A marca FSC® é a garantia de que a madeira utilizada na fabricação do papel deste livro provém de florestas que foram gerenciadas de maneira ambientalmente correta, socialmente justa e economicamente viável, além de outras fontes de origem controlada.

os pastores da noite

COLEÇÃO JORGE AMADO

Conselho editorial

Alberto da Costa e Silva

Lilia Moritz Schwarcz

Coordenação editorial

Thyago Nogueira

O país do Carnaval, 1931
Cacau, 1933
Suor, 1934
Jubiabá, 1935
Mar morto, 1936
Capitães da Areia, 1937
ABC de Castro Alves, 1941
O cavaleiro da esperança, 1942
Terras do sem-fim, 1943
São Jorge dos Ilhéus, 1944
Bahia de Todos os Santos, 1945
Seara vermelha, 1946
O amor do soldado, 1947
Os subterrâneos da liberdade
    Os ásperos tempos, 1954
    Agonia da noite, 1954
    A luz no túnel, 1954
Gabriela, cravo e canela, 1958
De como o mulato Porciúncula descarregou seu defunto, 1959
Os velhos marinheiros ou O capitão-de-longo-curso, 1961
A morte e a morte de Quincas Berro Dágua, 1961
As mortes e o triunfo de Rosalinda, 1963
Os pastores da noite, 1964
O compadre de Ogum, 1964
Dona Flor e seus dois maridos, 1966
Tenda dos Milagres, 1969
Tereza Batista cansada de guerra, 1972
O gato malhado e a andorinha Sinhá, 1976
Tieta do Agreste, 1977
Farda, fardão, camisola de dormir, 1979
O milagre dos pássaros, 1979
O menino grapiúna, 1981
A bola e o goleiro, 1984
Tocaia Grande, 1984
O sumiço da santa, 1988
Navegação de cabotagem, 1992
A descoberta da América pelos turcos, 1992
Hora da Guerra, 2008
Toda a Saudade do Mundo, 2012

os pastores da noite

JORGE AMADO

Posfácio de Zuenir Ventura

2ª reimpressão

Copyright © 2009 by Grapiúna Produções Artísticas Ltda.

1ª edição, Livraria Martins Editora, São Paulo, 1964

Grafia atualizada segundo o Acordo Ortográfico da Língua
Portuguesa de 1990, que entrou em vigor no Brasil em 2009.

Consultoria da coleção Ilana Seltzer Goldstein

Projeto gráfico Kiko Farkas e Mateus Valadares/ Máquina Estúdio

Pesquisa iconográfica Bete Capinan

Imagens de capa © Pierre Verger/ Fundação Pierre Verger (capa);
© Luiza Chiodi/ Companhia Fabril Mascarenhas (chita); © Zélia Gattai
Amado/ Acervo Fundação Casa de Jorge Amado (orelha). Todos os esforços
foram feitos para determinar a origem das imagens deste livro. Nem sempre
isso foi possível. Teremos prazer em creditar as fontes, caso se manifestem.

Cronologia Ilana Seltzer Goldstein e Carla Delgado de Souza

Preparação Cecília Ramos

Revisão Isabel Jorge Cury e Márcia Moura

Texto estabelecido a partir dos originais revistos pelo autor. Os personagens e
as situações desta obra são reais apenas no universo da ficção; não se referem
a pessoas e fatos concretos, e não emitem opinião sobre eles.

Dados Internacionais de Catalogação na Publicação (CIP)
(Câmara Brasileira do Livro, SP, Brasil)

Amado, Jorge, 1912-2001.
   Os pastores da noite / Jorge Amado ; posfácio de Zuenir Ventura. — 1ª ed. — São Paulo : Companhia das Letras, 2009.

   ISBN 978-85-359-1452-8

   I. Romance brasileiro I. Ventura, Zuenir II. Título.

09-03626   CDD-869.93

Índice para catálogo sistemático:
1. Romances : Literatura brasileira   869.93

Diagramação Estúdio O.L.M.
Papel Pólen Soft, Suzano S.A.
Impressão e acabamento Lis Gráfica

[2021]
Todos os direitos desta edição reservados à
EDITORA SCHWARCZ S.A.
Rua Bandeira Paulista 702 cj. 32
04532-002 — São Paulo — SP
Telefone (11) 3707 3500
www.companhiadasletras.com.br
www.blogdacompanhia.com.br
facebook.com/companhiadasletras
instagram.com/companhiadasletras
twitter.com/cialetras

Para Zélia, na viração do Rio Vermelho,
com Oxóssi e Oxum, na fímbria do mar da Bahia.

Para Antônio Celestino, Carybé, Eduardo Portella, Jenner Augusto,
Gilberbert Chaves, Lênio Braga, Luís Henrique, Mário Cravo,
Mirabeau Sampaio, Moysés Alves, Odorico Tavares e Tibúrcio Barreiros,
Walter da Silveira e Willys, baianos de variada procedência mas
todos dos verdadeiros, que viram nascer e crescer Tibéria, Jesuíno e seus
companheiros, com a amizade do autor.

Para o romancista Josué Montello, do Maranhão, primo.

Na escola da vida não há férias.
(dístico num caminhão na Rio-Bahia)

Não se pode dormir com todas as mulheres do mundo mas deve-se fazer esforço.
(provérbio do cais da Bahia)

Homem! Essa palavra soa orgulhosamente!
(Gorki, *Bas-fond*)

PASTOREÁVAMOS A NOITE COMO SE ELA FOSSE UM REBANHO de moças e a conduzíamos aos portos da aurora com nossos cajados de aguardente, nossos toscos bastões de gargalhadas. E, se não fôssemos nós, pontais ao crepúsculo, vagarosos caminhantes dos prados do luar, como iria a noite — suas estrelas acendidas, suas esgarçadas nuvens, seu manto de negrume —, como iria ela, perdida e solitária, acertar os caminhos tortuosos dessa cidade de becos e ladeiras? Em cada ladeira um ebó, em cada esquina um mistério, em cada coração noturno um grito de súplica, uma pena de amor, gosto de fome nas bocas de silêncio, e Exu solto na perigosa hora das encruzilhadas. Em nosso apascentar sem limites, íamos recolhendo a sede e a fome, as súplicas e os soluços, o estrume das dores e os brotos da esperança, os ais de amor e as desgarradas palavras doloridas, e preparávamos um ramalhete cor de sangue para com ele enfeitar o manto da noite.

Varávamos os distantes caminhos, os mais estreitos e tentadores, chegávamos às fronteiras da resistência do homem, ao fundo de seu segredo, iluminando-o com as trevas da noite, enxergávamos seu chão e suas raízes. O manto da noite cobria toda a miséria e toda a grandeza e as confundia numa só humanidade, numa única esperança.

Conduzindo a noite apenas ela nascia no cais, palpitante pássaro do medo, as asas ainda molhadas do mar, tão ameaçada em seu berço de órfã, lá íamos nós pelas sete portas da cidade, com nossas chaves pessoais e intransferíveis, e lhe dávamos de comer e de beber, sangue derramado e estuante vida, e em nosso cuidado e saber ela crescia, formosa de prata ou ornada de chuva.

Sentava conosco nos botequins mais alegres, donzela do estrelado negro. Dançava o samba de roda com sua saia dourada de astros, requebrando as negras ancas africanas, os seios como ondas agitadas. Brincava na roda da capoeira, sabia os golpes dos mestres e até inventava, inventadeira danada, desrespeitadora das regras, noite mais brincalhona! Na roda das iaôs era o orixá mais aclamado, cavalo de todos os santos, de Oxalufã com seus cajados de prata, curvado Oxalá, de Iemanjá parindo peixes, de Xangô do raio e do trovão, de Oxóssi das florestas molhadas, de Omolu com suas mãos de bexiga, era Oxumaré das sete cores do arco-íris, o dengue de Oxum e a guerreira Iansã, os rios e fontes de Euá. Todas as cores e todas as contas, as ervas de Ossani e suas mandingas, seus feitiços, suas bruxarias de sombras e iluminuras.

Já um tanto bebida e excitada, entrava conosco nos castelos mais pobres onde as idosas viviam seu último tempo de amor e as meninas recém-chegadas do campo aprendiam o difícil ofício de meretriz. Era uma noite devassa, não lhe bastava um homem só, sabia dos prazeres mais refinados e da desmedida violência, ruíam as camas ao seu rebolar, seu grito de amor enchia de música as ruas de canto e os homens se revezavam no seu corpo onde sexos explodiam a cada momento nas axilas e nas coxas, na planta dos pés e no nascer dos cabelos no cangote de cheiro. Noite putona, insaciável e doce, dormíamos em sua rosa de pelos, em seu orvalhado veludo.

E que trabalheira nos dava quando a levávamos para o mar, nos leves saveiros, para as moquecas de peixe, com cachaça e viola. Ela trazia, escondidos no manto, as chuvas e os ventos. E quando mais tranquila ia a festa, serena de cantigas, as moças com gosto de sal e maresia, ela soltava os ventos e as tempestades. Não eram mais as campinas do luar, aquele doce apascentar de harmônicas e violas, cálidos corpos de abandono, eram os abismos do mar, quando ela, a enfurecida e louca senhora do medo e do mistério, a irmã da morte, apagava o luar, as estrelas e as lanternas dos saveiros. Quantas vezes não tivemos de tomá-la em nossos braços para que ela não se afogasse nesse mar da Bahia e não ficasse o mundo sem noite para sempre e eternamente,

eternamente e para sempre dia claro, hora solar sem amanhecer nem anoitecer, sem sombra, sem cor e sem mistério, um mundo tão claro, impossível de se enxergar.

Quantas vezes não tivemos de prendê-la pelas pernas e pelas mãos, de amarrá-la no portal dos botequins e ao pé da cama de Tibéria, trancadas as portas e janelas, para que ela, amuada ou sonolenta, não partisse antes da hora, deixando um tempo vazio, nem de noite nem de dia, um tempo gelado de agonia e morte.

Quando ela chegava em seu berço de crepúsculo, no barco de uma lua antecipada, nas franjas derradeiras do horizonte, era uma pobre noite sem sentido, solitária, ignorante, analfabeta da vida, dos sentimentos e das emoções, das dores e das alegrias, das lutas dos homens e das carícias das mulheres. Noite bronca, apenas de negrume e de ausência, inútil e grosseira.

Em nosso apascentar sem limites, pastoreando-a pelas ânsias e ambições, pelas penas e alegrias, pelas amarguras e gargalhadas, pelos ciúmes, sonhos e solidões da cidade, nós lhe dávamos sentido e a educávamos, fazíamos daquela pequena noite vacilante, tímida e vazia, a noite do homem. Seus machos pastores, nós a engravidávamos de vida. Construíamos a noite com os materiais do desespero e do sonho. Tijolos de amores nascentes ou de fanadas paixões, cimento da fome e da injustiça, barro das humilhações e das revoltas, cal do sonho e da inexorável marcha do homem. Quando, apoiados em nossos bastões, a conduzíamos aos portos da aurora, era uma noite maternal, seios de amamentação, ventre parido, cálida noite consciente. Ali a deixávamos no começo do mar, adormecida entre as flores da madrugada, envolta em seu manto de poesia. Chegara tosca e pobre, era agora a noite do homem. Voltaríamos no próximo crepúsculo, infatigáveis. Os pastores da noite, sem rumo e sem calendário, sem relógio e sem ponto de emprego.

Abram a garrafa de cachaça e me deem um trago para compor a voz. Tanta coisa mudou de então para cá e mais ainda há de mudar. Mas a noite da Bahia era a mesma, feita de prata e ouro, de brisa e calor, perfumada de pitanga e jasmineiro. Tomávamos da noite pela mão e lhe trazíamos presentes. Pente para seus cabelos pentear, colar para seus ombros enfeitar, pulseiras e balangandãs para ornamentar seus braços, e cada gargalhada, cada ai gemido, cada soluço, cada grito, cada praga, cada suspiro de amor.

Conto o que sei por ter vivido e não por ouvir dizer. Conto de acontecidos verdadeiros. Quem não quiser ouvir pode ir embora, minha fala é simples e sem pretensão.

Pastoreávamos a noite como se ela fosse um rebanho de inquietas virgens na idade do homem.

HISTÓRIA VERDADEIRA DO
CASAMENTO DO CABO MARTIM,
COM TODOS OS SEUS DETALHES,
RICA DE ACONTECIMENTOS
E DE SURPRESAS

OU

CURIÓ, O ROMÂNTICO,
E AS DESILUSÕES DO AMOR PERJURO

1

QUANDO ESTAS HISTÓRIAS ACONTECERAM, JESUÍNO GALO DOIDO ainda era vivo e cabo Martim tampouco se havia promovido, por merecimento e necessidade, a sargento Porciúncula, o que, aliás, aconteceu ao fim dos trabalhos, como se verá no momento competente. Quanto à morte de Galo Doido, dela se falará também, se houver ocasião propícia, com as naturais reservas e o a-propósito necessário. Vinha Pé-de-Vento pela ladeira, a expressão concentrada, e assoviava mecanicamente. Seu rosto sério, ossudo, olhos azuis e parados, por vezes vazios de toda expressão como se ele houvesse partido a navegar e ali apenas restassem seus pés e suas mãos, o couro cabeludo, os dentes e o umbigo, os ossos salientes. Quando ele ficava assim, Jesuíno dizia: "Pé-de-Vento embarcou pra Santo Amaro". Por que para Santo Amaro, não se soube nunca, Jesuíno usava uns macetes difíceis em seu linguajar, só ele sabia o porquê. Pé-de-Vento era pequeno e magro, um pouco curvado, os braços longos e as mãos descarnadas. Não fazia ruído ao andar, como se deslizasse, e vinha perdido em meditações. Assoviava certa música antiga, repetindo a melodia, distribuindo-a pela ladeira. Só um velho a recolheu, no entanto, sobressaltando-se ao ouvi-la, pois há muito a esquecera. Recordou uma face perdida em distante passado, o som de um riso claro, e ficou a perguntar-se quando e onde Pé-de-Vento, menor de quarenta anos certamente, aprendera aquela velha modinha.

Foi neste tempo que está se acabando cada vez mais depressa, um fim de tempo, um fim de mundo. Tão depressa, como guardar memória de acontecimentos e de pessoas? E ninguém mais — ai, ninguém! — verá sucederem coisas assim nem saberá de gente como essa. Amanhã é outro dia, e, no novo tempo recém-desabrochado, na flor da nova madrugada do homem, esses casos e essas pessoas não caberão. Nem Pé-de-Vento com seus olhos azuis, nem o negro Massu, nem o cabo Martim e sua picardia, tampouco o jovem e apaixonado Curió, nem Ipicilone, o alfaiate Jesus, o santeiro Alfredo, nem nossa mãezinha Tibéria, nem Otália, Teresa, Dalva, Noca, Antonieta e Raimunda, as meninas todas, nem os outros menos conhecidos, pois será um tempo de medir e pesar e eles não se medem nem se pesam. Talvez se fale ainda de Jesuíno, pelo menos enquanto durar o candomblé da Aldeia de Angola, no caminho da Federação, onde ele virou santo festejado e guia de respeito, o afamado Caboclo Galo Doido. Mas também já não é o mesmo Jesuíno, deram-lhe roupa de plumagens e atribuíram-lhe tudo quanto por aqui aconteceu nos derradeiros vinte anos.

Não cogitava de tais filosofias, no entanto, Pé-de-Vento, se bem não fosse menos importante a ordem de pensamentos a conduzi-lo ladeira abaixo. Pensava na mulata Eró ou, melhor, dela partira, da confusão por ela estabelecida, para suas cogitações, para um mundo de mulatas, mas das verdadeiras, mulatas com todas as qualidades físicas e morais, sem faltar nenhuma. Podia-se classificar Eró entre as mulatas verdadeiras, as perfeitas? Evidentemente não, concluía Pé-de-Vento, definitivo e irritado.

No bolso do enorme paletó, herdado de um cliente alemão, sujeito quase tão alto quanto o negro Massu, paletó a cobri-lo até os joelhos, estava a ratinha, num canto, amedrontada. Uma ratinha branca, de mimoso focinho, de olhos azuis, uma graça, um dom de Deus, um brinquedo e uma vida.

Durante dias e dias Pé-de-Vento lhe ensinara uma habilidade, uma só mas suficiente. Com o estalar dos dedos, fazia-a ir e vir de um lado para o outro e finalmente deitar-se de costas, as patas agitando-se no ar, à espera de uma carícia na barriga. Quem não ficaria feliz de possuir um animalzinho assim, delicado e limpo, inteligente e dócil?

Os esposos Cabral, a quem Pé-de-Vento vendia plantas da praia, cactos e orquídeas, quiseram comprá-la a pulso, quando Pé-de-Vento, orgulhoso, a exibira. Dona Aurora, a esposa, exclamara: "Até parece de circo". Desejava levá-la de presente aos netos mas Pé-de-Vento recusara-se a qualquer barganha, numa obstinada resolução. Não a educara para negócio, não perdera tempo a domesticá-la, a ensinar-lhe obediência para ganhar alguns mil-réis. Levara horas e horas a obter-lhe a confiança e só a conseguira por tratar-se de uma rata e bem feminina. Pé-de-Vento coçava-lhe a barriga e ela ficava imóvel, de costas, os olhinhos fechados. Quando ele parava, ela abria os olhos e agitava as patas, pedindo mais.

Gastara paciência e tempo para levá-la de presente a Eró e com essa dádiva conquistar-lhe o sorriso, a simpatia e o corpo. A mulata era recente e acertada aquisição da residência do dr. Aprígio, freguês de Pé--de-Vento, e lá exercia, com reconhecida capacidade, a profissão de cozinheira. Pé-de-Vento, apenas a vira, se perdera por ela e decidira tê-la o mais rapidamente possível em seu distante barraco. A ratinha parecera-lhe o meio mais prático e certo para atingir o almejado objetivo. Não era Pé-de-Vento homem de perder tempo e saliva em declarações, conversinhas em voz baixa, palavras ternas, e não enxergava a vantagem de tais lamúrias. Curió não fazia outra coisa, era um batuta em declarações de amor: até comprara um livro, o *Secretário dos amantes* (com o desenho de um casal, na capa, a beijar-se descaradamente), para aprender palavras melosas e frases difíceis. Apesar disso, ninguém mais traído por amantes e noivas, xodós e namoradas. Com toda sua literatura amorosa, vivia Curió a afogar em cachaça, no armazém de Alonso ou no botequim de Isidro do Batualê, as desilusões, vítima de constantes abandonos.

Caía a noite envolta em brisa, docemente sobre as ladeiras, as praças e as ruas, o ar estava morno, uma dolência estendia-se sobre o mundo e as criaturas, uma quase perfeita sensação de paz como se já nenhum perigo ameaçasse a humanidade, como se o olho da maldade houvesse sido fechado para sempre. Era um momento de pura harmonia quando cada um se sentia feliz consigo próprio.

Todos, menos Pé-de-Vento. Nem feliz consigo nem em paz com os demais e tudo por culpa daquela incompreensível Eró. Perdera dias a pensar nela, a sonhar com seios entrevistos no decote do vestido: ela se debruçava no fogão, Pé-de-Vento acendia os olhos. Curvava-se a mulata para apanhar qualquer tolice no chão, as coxas brilhavam, cor de mel. Vivera Pé-de-Vento no seu desejo as últimas semanas, sonhara com ela, gemera seu nome nas noites de chuva. Educara a ratinha, era presente e declaração de amor. Bastaria oferecê-la a Eró, fazê-la ir e vir, coçar-lhe a barriga e a mulata se abriria para ele, rendida e apaixonada. Levá-la-ia para seu distante barraco, na beira da praia deserta, e ali festejariam namoro e casamento, noivado e lua de mel, tudo de uma vez e misturado. Num caixão, sob umas palhas de bananeira, Pé-de-Vento guardava umas garrafas, escondidas. Compraria pão e mortadela pelo caminho, poderiam viver tranquilos a vida toda, se quisessem. A vida toda ou uma noite apenas. Pé-de-Vento não fazia projetos detalhados, com tempo determinado de duração, com delimitadas perspectivas. Seu objetivo era um único e imediato: levar Eró para seu barraco, derrubá-la na areia. Como evoluiriam as coisas, depois, isso já era outro problema a ser considerado em seu devido tempo.

Enquanto a educava, tomou-se de carinho pela ratinha branca, terna amizade nasceu entre os dois, a ponto de Pé-de-Vento, a partir de certo instante, esquecer por completo a mulata Eró, sua existência e a cor queimada de suas coxas. Brincava com a rata pelo simples prazer de brincar, sem nenhuma outra intenção, gratuitamente. Passava horas a divertir-se com ela, a rir-se, a conversar. Pé-de-Vento entendia as línguas faladas por todos os animais. Ele pelo menos assim o afirmava e como duvidar se ratos e sapos, cobras e lagartos obedeciam aos seus gestos e às suas ordens?

Não tivesse vindo ao centro trazer uns sapos encomendados pelo patrão de Eró, médico com laboratório de análises, e tudo seria diferente. Mas, apenas penetrara na cozinha, Pé-de-Vento a viu ao lado do fogão, seu perfil de palmeira, suas altas pernas. "Senhor!", pensou ele, "esqueci de trazer a rata". Depositou os sapos no tanque, recebeu o dinheiro, anunciou a Eró sua volta no fim da tarde. A mulata encolheu os ombros e balançou os quadris, como a significar-lhe sua completa indiferença ante aquela notícia: voltasse se assim entendesse, se algum assunto ainda tinha a resolver, pouco se lhe dava. Mas Pé-de-Vento atribuiu outras intenções, e pecaminosas, àquele jogo de corpo, jamais Eró lhe parecera tão fogosa e urgente.

Voltou à hora anunciada, entrou cozinha adentro, sem pedir licença. Eró, sentada junto à mesa da copa, descascava batatas para o jantar. Pé-de-Vento aproximou-se de manso e se fez presente. Eró levantou os olhos, surpreendida:

— Por aqui, de novo? Trazendo mais bichos? Que horror... Se for sapo, bote no tanque... Rato, na gaiola. Tudo uma imundície... — comentou, baixando a voz, voltando às batatas, desinteressando-se de Pé-de-Vento. Pé-de-Vento, aliás, nem a ouvia, olhava pelo decote do vestido o nascer dos seios e suspirou. Eró voltou a falar:

— Tá doente? Lidando com tanto bicho imundo deve tá pesteado...

Pé-de-Vento meteu a mão no bolso do desmedido paletó, sacou a ratinha branca e, com toda a delicadeza, a colocou sobre a mesa. A ratinha fungou, querendo reconhecer os diversos e tentadores cheiros da cozinha. Esticou o focinho em direção às batatas. Eró levantou-se num salto e num grito:

— Tire esse bicho daí... Já lhe disse pra não trazer essas imundícies pra cozinha...

Afastara-se da mesa como se a ratinha branca, tão linda e tímida, fosse uma cobra venenosa, igual às que Pé-de-Vento caça de quando em vez e vende no instituto. Continuava a reclamar, com voz esganiçada, expulsando a rata e o homem de sua cozinha, mas Pé-de-Vento não a ouvia, ocupado com o animalzinho.

— Não é catita? — estalou o dedo e a ratinha andou de um lado para outro e depois virou de borco, a barriga para cima, as patinhas paradas no ar. Ele a acariciou no ventre e novamente tornara a esquecer Eró, seus seios e suas coxas.

— Fora! Fora daqui! Leve esse bicho sujo! — gritava Eró, ameaçando um faniquito.

E tão forte gritou que Pé-de-Vento a ouviu, nela pousou os olhos, reconheceu-a e recordou o motivo por que ali viera. Tomou sua excitação por natural entusiasmo, sorriu-lhe, olhou a rata com certa pena, e, apontando-a com o dedo, disse a Eró:

— É de vosmicê... Tou lhe dando...

Tendo feito o presente, novamente sorriu e avançando o braço longo segurou a mulata pelo pulso e a puxou contra seu peito. Nada queria naquela hora além de um beijo agradecido. O resto ficaria para a noite no barraco. Mas Eró, em lugar de render-se desvanecida, lutava por libertar-se, arrancava-se violentamente de seus braços:

— Me largue... Me largue...

Conseguiu desprender-se, retirou-se para o fundo da cozinha a gritar:

— Vá embora antes que eu chame a patroa... E leve seu bicho medonho... Não entre mais aqui...

Tudo aquilo foi pouco claro para Pé-de-Vento. Com a ratinha no bolso, ainda assustada, ele vinha pela ladeira na tarde perfumada, na vizinhança da noite de mormaço e de pesadas nuvens, perdido em cogitações. Por que Eró recusara o presente, fugira de seus braços, não o seguira para a beira da praia, reconhecida e ávida? Não compreendia.

No mundo acontece muita coisa sem explicação, incompreensível, repetia constantemente Jesuíno Galo Doido, homem de muito saber. Fora ele quem, em certa noite de confidências, defendera a tese segundo a qual as mulatas eram seres de exceção, milagres de Deus, por isso mesmo complicadas e difíceis, com inesperadas reações.

Pé-de-Vento concordava: para ele não existia mulher alguma capaz de comparar-se com uma boa mulata. Nem loira de trigo, nem negra de carvão, nenhuma. Não apenas com Jesuíno discutira o assunto, fizera-o até com o dr. Menandro, sujeito importante com retratos nos jornais, diretor de um centro de pesquisas, mas simples e camarada, tratando todo mundo num mesmo pé de igualdade, homem sem besteiras. Gostava de conversar com Pé-de-Vento, de puxar por ele, de ouvi-lo falar dos bichos, sapos de olhos esbugalhados, teiús imóveis como pedras.

Uma vez, voltando de demorada viagem pelas estranjas, dera o dr. Menandro para elogiar as francesas, estalando a língua e movendo a grande cabeça de sábio. "Mulher igual à francesa não existe." Assim dizia e Pé-de-Vento, até então respeitosamente calado, não se conteve:

— Doutor, vosmicê me adisculpe, vosmicê é homem sabido, inventa remédio para curar doença, ensina na faculdade e tudo isso. Mas me disculpe a franqueza: eu nunca dormi com francesa mas lhe garanto que elas não ganham para mulata nenhuma. Seu doutor, não tem como natureza de mulata para essas coisas. Não sei se o doutor já prevaricou com alguma mulata, uma dessas cor de chá de sabugueiro, de bunda de tanajura, dessas igual a um saveiro balançando nas águas... Ah!, seu doutor, no dia que vosmicê pegar uma na cama, nunca mais quer saber de francesa nem pra lhe coçar as brotoejas...

Discurso tão longo, Pé-de-Vento não o pronunciava há muito tempo. Sinal de sua exaltação. Perorou convicto, tirou o chapéu furado num cumprimento, silenciou. Inesperada foi a resposta do dr. Menandro:

— De acordo, meu caro, sempre fui apreciador das mulatas. Sobretudo quando estudante e ainda hoje. Até me chamavam de Barão das Amas. Mas quem lhe disse que na França não tem mulatas? Você sabe o valor de uma mulata francesa recém-chegada do Senegal? Vêm navios cheios de mulatas de Dacar para Marselha, meu caro...

Realmente, e por que não havia de ter? — perguntou-se Pé-de--Vento, dando razão ao doutor, pessoa de sua particular admiração. Talvez apenas Jesuíno Galo Doido e Tibéria estivessem colocados mais alto na escala da admiração e estima de Pé-de-Vento. Quando voltou a prestar atenção, dr. Menandro dissertava sobre sovacos.

Possuía Pé-de-Vento, como se vê, não apenas larga prática como certos conhecimentos teóricos a respeito de mulatas. Prática e teoria a revelarem-se inúteis ante a incompreensível Eró. Pé-de-Vento sentia-se derrotado e desiludido. Aquela mais parecia uma brancarrona, com medo de uma pobre ratinha, onde já se viu? Mulata de verdade? Não.

Andava Pé-de-Vento em direção ao armazém de Alonso. A ladeira do Pelourinho, em sua frente, enchia-se de mulatas, das verdadeiras. Um mar de seios e coxas, de ancas ondulantes, de perfumados cangotes. Desembarcavam às dúzias das nuvens agora negras no céu, povoavam as ruas, um mar de mulatas e, nesse agitado mar, Pé-de-Vento a navegar. Mulatas subiam a ladeira correndo, outras vinham voando, uma encontrava-se parada sobre a cabeça de Pé-de-Vento, um seio crescia e se alçava no céu, o passeio repleto de bundas, pequenas e grandes, roliças todas, a escolher.

Era o começo da noite, o misterioso começo da noite da cidade da Bahia, quando tudo pode suceder sem causar espanto. A primeira hora de Exu, a hora das sombras do crepúsculo quando Exu sai pelos caminhos. Teriam feito naquele dia o seu despacho em todas as casas de santo, seu indispensável padê, ou por acaso alguém esquecera a obrigação? Quem, senão Exu, podia encher de mulatas formosas e devassas a ladeira do Pelourinho e os olhos azuis de Pé-de-Vento?

No mar, lá embaixo, as velas dos saveiros numa urgência de chegar antes da chuva. Nuvens saindo barra afora, tangidas pelo vento, fechando o caminho à lua cheia. Veio uma mulata de ouro e levou a melodia assoviada por Pé-de-Vento, deixando-o só com suas cogitações. Seu destino era o armazém de Alonso. Os amigos lá estariam e com eles discutiria aquele complicado assunto. Jesuíno Galo Doido tinha capacidade para desemaranhá-lo e explicá-lo. Era retado, o velho Jesuíno. E se lá não estivessem os amigos, Pé-de-Vento iria até o botequim de Isidro do Batualê, nas Sete Portas, iria ao cais, ao bar de Cirilíaco nos limites da lei, com seus contrabandistas e seus maconheiros, iria ao ensaio do afoxê, ao castelo de Tibéria, iria por toda parte até encontrá-los, mesmo ensopado sob a chuva começando a cair em grandes bátegas. Para com os amigos discutir e esclarecer aquela confusão. Mulatas voavam em torno dele, cada qual mais verdadeira.

2

ENQUANTO DUROU A CERIMÔNIA DE APRE-SENTAÇÃO, OTÁLIA ORA SORRIA, ora ficava séria, olhando para o chão, amassando com as mãos o laço do vestido amarelo, encabulada, num jeito de quem pede desculpas. Timidamente passava o olhar pelo grupo ali reunido, demorava mais em Curió, balançava o corpo levemente. Apesar da excessiva pintura na boca, nas faces e nos olhos, e do penteado arrevesado, podia-se ver como era novinha, moderna, de uns dezessete anos não mais. O moleque dava o recado às pressas, numa pressa de voltar:

— Minha madrinha Tibéria mandou trazer essa moça e dizer que ela se chama Otália, tá chegadinha de novo, veio de Bonfim no trem da tarde, mas na estação da Calçada perdeu a bagagem, tudo que ela tinha, parece que roubaram mas ela vai contar tudo a vocês que minha madrinha disse que é pra vocês dar um jeito, encontrar as malas da dona e o gatuno, dar uns tabefes nele e pra eu voltar logo porque na pensão tem muito que fazer senão quem leva uns tapas sou eu...

Respirou, sorriu com os dentes brancos, avançou lentamente a mão, tirou um pastel da travessa, saiu correndo acompanhado pelas pragas de Alonso.

Otália ficou com as mãos abanando, a vista baixa, e disse:

— Queria encontrar pelo menos o embrulho. Tem coisa de estimação.

Uma voz morna como a noite recém-inaugurada. Levantou os olhos súplices para os dois amigos, cada um com seu copo de cachaça, a eles fora enviada e apresentada, não aos demais: Curió e negro Massu. Curió vestido com aquele fraque surrado, chapéu de coco na cabeça, as faces pintadas de vermelhão, parecia artista de circo. Otália tinha vontade de perguntar mas temia ser indiscreta. Negro Massu convidou:

— Tome assento, moça, e teja à vontade.

Otália sorriu-lhe, agradecendo. Oferta gentil, revelando a inata delicadeza de Massu, mas um tanto quanto platônica como constatou Otália ao percorrer o local com o olhar: do lado de lá do balcão movimentava-se Alonso, do lado de cá todos os caixões estavam ocupados pelos frequentadores e ainda assim uma parte da freguesia bebia sua cachaça em pé, apoiando-se nas paredes e portas. Naturalmente a oferta de Massu era uma fórmula de polidez e Otália ficou sem saber onde botar as mãos. Todos os olhares pousados nela, todos desejosos de ouvir sua história. O moleque despertara-lhes a curiosidade, e uma boa história de roubo, ouvida antes do jantar, na hora do aperitivo, é o ideal para abrir o apetite. Otália deu um passo para o balcão, na intenção de ali encostar-se para melhor poder desenvolver-se. Mas parou ao berro do negro Massu:

— Sujeitos mais mal-educados...

Quando o negro convidara a moça a sentar-se não o fizera numa simples formalidade, num jogo de palavras vãs e sem conteúdo. Era uma oferta concreta, ela podia ocupar qualquer dos lugares à sua escolha. No entanto os tipos sentados pareciam não ter entendido: sentados estavam, sentados continuavam, cômodos e grosseiros. Ainda mais comodamente instalado encontrava-se Massu, em cima de uma barrica de bacalhau. Cômodo mas não grosseiro. Ao contrário, vigilante aos ritos de gentileza. Seu olhar, onde se acendera uma chama de raiva, percorreu o semicírculo dos bebedores e pousou em Jacinto, jovem batoteiro de Água de Meninos, muito metido a besta, sempre de gravata amarrada ao pescoço, querendo passar por sucessor e herdeiro do cabo Martim. Lá estava escrachado num caixão, os olhos melosos em cima de Otália. Massu cuspiu, estendeu o braço, tocou com o dedo o peito do malandro. O dedo do negro parecia um punho e Jacinto o sentiu entre os ossos das costelas. Costumavam dizer pelo mercado e adjacências não ter negro Massu consciência de sua própria força.

— Dê o lugar à moça, seu porreta! E ligeiro...

Jacinto esvaziou o caixão num de repente, encostou-se na porta. Massu dirigiu-se a Alonso:

— Uma lambada para a moça, Alonso...

Tendo assim providenciado assento e bebida, Massu sentiu-se um pouco mais aliviado. Aquela história de bagagem roubada ia dar-lhe dor de cabeça, pressentiu ele, sem mesmo saber por quê. Logo naquela noite Jesuíno ainda não aparecera e, quanto ao cabo Martim, este andava há mais de dois meses desaparecido da Bahia, fugitivo pelo Recôncavo. Jesuíno Galo Doido e o cabo eram bons para assuntos complicados, resolviam os casos mais atrapalhados com plena satisfação de todos os interessados. Quanto a ele, Massu, faria o possível: a moça era enviada por Tibéria, como deixá-la sem ajuda? Tibéria mandava, não pedia. Curió e Ipicilone colaborariam, com certeza, mas negro Massu previa uma noite difícil. Nem mesmo Pé-de-Vento aparecera, estava em atraso. Há noites assim desde o começo: confusas, obscuras, dificultosas. Por que diabo Jesuíno Galo Doido demorava? Já era hora de estar contando os cruzados do dia, bebendo sua cachaça. De que adiantava a moça desfiar sua história antes de Jesuíno aparecer? Nem ele, Massu, nem Curió, nem Ipicilone com toda sua prosopopeia, quanto mais o tolo do Jacinto, nenhum dos presentes estava capacitado para resolver aquele assunto de bagagem perdida, cujas dificuldades Massu podia prever pelo simples jeito de Otália, pois experiência para julgar não lhe faltava. Assim pensando, Massu tratou de voltar à conversa anterior, instrutiva discussão sobre fitas de cinema. Como se Otália nada tivesse a dizer e ninguém a quisesse ouvir.

— Tu quer dizer — considerou o negro dirigindo-se a Eduardo — que o que a gente vê no cinema é de mentira? Tiro de mentira, soco de mentira, os cavalos correndo também? Tudo? Não, não acredito...

— Claro que é... — reafirmou Eduardo Ipicilone, assim chamado por causa de seus proclamados e universais conhecimentos. Bastava falar-se de um assunto e Ipicilone logo se metia, declarando-se especialista na matéria. — É tudo truque para enganar bobos como você... Li uma revista... — e com essa afirmação esmagava os demais. — É tudo faz de conta. Você pensa que o cavalo tá galopando e ele tá bem do seu, bulindo as pernas na frente da máquina de tirar fita. Tu vê o mocinho se jogar num abismo de mais de mil metros, não tem abismo nenhum, é um buraco de meio metro...

Negro Massu considerou a afirmação prudentemente, não estava convencido. Buscou apoio nos demais mas era claro o desinteresse agora existente: o assunto perdera todo o encanto, transformara-se numa discussão acadêmica, maçante, a impedir a moça de desfiar sua história. Haviam-se voltado para Otália, esperando. Jacinto puxara do bolso uma tesourinha e aparava as unhas, os olhos derretidos em cima da viajante. Negro Massu não se deixava vencer assim, com facilidade. Perguntou a Otália:

— Vosmicê o que pensa? É mesmo tudo de mentira, no cinema, ou Ipicilone tá gozando a gente?

— Para falar a verdade — disse ela — não gosto de cinema. Lá em Bonfim tem um, mas é muito esculhambado, a fita quebra a toda hora. Pode ser que os daqui sejam bons, já me disseram, mas o de lá não presta mesmo não. Ainda assim eu ia de vez em quando, quer dizer depois de virar mulher-dama porque antes só tinha ido duas vezes que pai não deixava nem eu tinha dinheiro. Teresa, minha irmã, é que vai muito, é doidinha por cinema, sabe o nome de tudo que é artista, se apaixona por eles, corta retrato das gazetas, pendura com um alfinete no quarto. Coisa mais tola, não é? Uma mulher de maior a se apaixonar por artista de cinema, já se viu? Capaz até de nem ser homem de verdade, ser de mentira, como diz ali o moço que parece sabedor... Mas Teresa é assim mesmo, cheia de nove-horas. E, por falar em cinema, o sumiço da bagagem até parece coisa de cinema ou de livro...

Negro Massu suspirou, resignado. Tanto quisera adiar o relato de Otália, esperar a chegada de Jesuíno Galo Doido (onde andava o velho debochado?), para isso tentara envolver a moça na discussão sobre cinema. Para ganhar tempo. Mas ela dera seu jeito, torcera a conversa até desembarcar na estação da Calçada com sua bagagem desaparecida. Curió já não podia esconder a ansiedade:

— Pois é, a bagagem, como foi que sucedeu?

Estava procurando sarna para se coçar, refletiu Massu, ao ouvir o amigo. Todos os demais também queriam saber, o próprio Ipicilone deixara o assunto das fitas de cinema rolar na poeira do armazém. Negro Massu encolheu os ombros, previa uma noite agitada, ele e os amigos andando ao léu atrás da bagagem da recém-chegada. Bateu com o copo no balcão, reclamando mais cachaça, fosse o que Deus quisesse! Alonso serviu e quis saber:

— Mais alguém?

Não desejava ser interrompido enquanto a moça contasse, queria ouvir em paz. Otália sentiu, de repente, sua responsabilidade: todos atentos, à espera. Não podia decepcioná-los, bebeu um gole pequenininho, fazendo bico com os beiços, sorriu para todos e olhou para Curió: era ou não artista de circo? Se não era, por que tinha o rosto pintado de vermelho, usava fraque e cartola? Curió retribuiu-lhe o sorriso, já estava a apaixonar-se por ela, achando lindo seus cabelos escorridos, negros e finos, muito finos, finos também os lábios e uma cor pálida, desmaiada. Uma cabocla porreta, e com um jeito tímido, de quem necessita proteção e carinho. Animada pelo sorriso de Curió, Otália começou a explicar:

— Pois, como eu ia dizendo, vim de Bonfim onde tava hospedada na pensão de Zizi e tudo ia bem até que o delegado começou a embirrar comigo e a me perseguir. Por causa do escândalo do filho do doutor juiz, mas que culpa eu tenho se Bonfim é uma terra acanhada e se o moço não queria arredar da pensão, passava o dia no meu quarto? Até que eu não gostava muito, rapaz moderno me aborrece, não tem conversa, é sem graça, só fala besteira, não é mesmo? Mas o juiz disse que ia me botar na cadeia e a mulher dele só me tratava de nome feio, inventando que eu tinha mandado fazer feitiço pro filho ficar enrabichado. Já pensaram? Eu fazer feitiço pra arranjar complicação... A perseguição foi aumentando, o que é que eu tava ganhando com aquilo tudo? Mais dia, menos dia, ia era amanhecer no xilindró, se não levasse uma surra de facão. E ainda por cima o juiz cortou o dinheiro do filho, aí Zizi se aborreceu de verdade: o desinfeliz não tinha nem com que pagar uma cerveja, quanto mais para garantir meu quarto, a comida e outras despesas. Dinheiro não tinha mas tinha ciúme, um ciúme danado, infernando minha vida... Aí então, eu...

Foi interrompida pela chegada de Pé-de-Vento. Ele vinha assoviando, parou um instante na porta para desejar boa noite à sociedade ali reunida. Andou depois até junto do balcão, apertou a mão de Alonso, recebeu sua cachaça, veio encostar-se ao lado de Massu, considerou os presentes. Jesuíno Galo Doido ainda não chegara. Mesmo assim, Pé-de-Vento anunciou:

— Mandei buscar na França um navio com quatrocentas mulatas. Vai chegar na quarta-feira... — e após uma pequena pausa para um gole de cachaça, repetiu: — Quatrocentas...

Revelação intempestiva, o anúncio de Pé-de-Vento perturbou a narrativa de Otália. Ele voltara a assoviar e a ensimesmar-se como se nada houvesse a acrescentar à notícia. Otália, após certa vacilação, ia continuar, quando negro Massu perguntou:

— Quatrocentas? Tu não acha demais?

Pé-de-Vento respondeu um pouco irritado:

— Demais? E por quê? Ora, demais... Quatrocentas e nem uma menos.

— E o que é que tu vai fazer com tanta mulata?

— E tu não sabe? O que é que havia de fazer? Ora essa...

Otália esperava o término do diálogo para continuar sua história. Negro Massu deu-se conta, desculpou-se:

— Toque o bonde, moça, eu só tava querendo me informar...

Acenou com a mão como a dar livre trânsito a Otália, ela partiu:

— Diante disso tudo, o melhor mesmo era arrumar a trouxa e cair fora. Zizi me deu uma carta para dona Tibéria, são comadres as duas, e eu meti no decote do peito. Foi minha sorte senão até a carta eu perdia e aí como é que eu ia fazer? Saí da cidade meio escondida no trem, pro rapaz não se dar conta, senão ia ser um fuzuê danado. Só Zizi é que sabia, ela e minha irmã Teresa. Desembarquei aqui com a mala e o embrulho... Botei tudo juntinho de mim, na estação...

Estava chegando ao momento culminante da história. Por isso mesmo, ela fez uma pausa. Negro Massu aproveitou para buscar uma confirmação com Pé-de-Vento:

— Tu mandou mesmo buscar essas mulatas todas?

— Na França. Um navio carregado. Vai chegar quarta-feira. As francesas são as melhores.

— Quem disse?

— Doutor Menandro.

— Psiu... — fez Curió, um dedo sobre os lábios ao ver Otália novamente esperando.

Ela retomou o fio de sua narrativa:

— Pois botei a mala e o embrulho juntinhos de mim, no passeio do trem. O embrulho por cima da mala para não amassar, tinha coisa de estimação, como já disse... Não que fosse troço de valor... Os vestidos, os sapatos, um colar que o moço me deu logo que começou o xodó, tudo isso tava na mala. No embrulho era coisa só de estimação, sabe... Eu tava apertada, querendo ir na casinha, na do trem ninguém podia ir, tava uma sujeira medonha. Tinha um senhor parado perto de mim, um homem todo lorde e tava me olhando. Eu já não aguentava, pedi a ele para espiar a mala e o embrulho, ele respondeu: "Pode ir descansada que eu tomo conta".

Fez nova pausa, estendeu o copo vazio a Alonso. Negro Massu curvou-se para Pé-de-Vento:

— Com que dinheiro tu vai pagar? — havia um tom de dúvida na voz do negro.

— Comprei fiado... — esclareceu Pé-de-Vento.

Tendo recebido a cachaça e bebido um gole, Otália continuou:

— Fui lá dentro, uma latrina muito decente, e quando voltei não encontrei nem o homem, nem a mala, nem o pacote. Bati a estação toda procurando...

Mas estava escrito que Otália não podia narrar com a necessária tranquilidade, sem ver sua história interrompida a todo momento. Dessa vez foi mestre Deusdedith, do saveiro *Flor das Ondas*, quem entrou no armazém perguntando por Jesuíno Galo Doido. E como não o encontrasse declarou contentar-se com Massu, Curió e Pé-de-Vento. Estava chegando de Maragogipe e trazia um recado para eles:

— Tava procurando vancês, seu Massu. O recado era primeiro para Galo Doido, na falta dele um de vosmicês servia...

— Recado?

— E de urgência... Do cabo Martim...

Houve um movimento entre os fregueses e amigos, um interesse maior como se a bagagem de Otália, Pé-de-Vento e seu navio de mulatas passassem a um plano secundário.

— Tu viu Martim? — havia uma vibração na voz do negro.

— Deparei com ele não mais tarde do que ontem em Maragogipe. Tava lá carregando o saveiro quando ele apareceu e traçamos uma cervejinha juntos. Mandou dizer que está voltando, mais uns dias e tá chegando. Até me ofereci para trazer, mas ele ainda tem uns assuntos a resolver...

— E tá bem de saúde? — informou-se Curió.

— Bem até demais. Também, casado com aquela dona que é uma formosura... Mulher bonita tá ali...

— Tá de xodó novo? Mulata? — interessou-se Pé-de-Vento.

— É capaz de demorar... — concluiu Ipicilone achando rematada tolice apressar uma viagem quando se está de paixão recente.

— Vosmicê não me entenderam. Eu disse casado...

— Casado? De cama e mesa?

— Foi isso que ele me anunciou. Assim: "Deusdedith, meu irmão, esta é minha esposa, me casei, constituí família. O homem sem família não vale nada. Lhe aconselho a fazer o mesmo".

— O que está me dizendo...

— Isso mesmo... E pediu que eu procurasse vancês e contasse o sucedido. E avisasse que ele vai chegar com a mulher, na semana entrante. Uma mulher batuta, seu mano. Com aquela, até eu casava... — e em silêncio recordou o sinal negro no ombro esquerdo da senhora do cabo.

O silêncio, aliás, fez-se geral, um silêncio preocupado. Ninguém, nem os três amigos, nem os outros fregueses, sentiu-se capaz de uma palavra, de um comentário imediato. A notícia era difícil de digerir. Finalmente Pé-de-Vento considerou:

— Diz que Martim tá casado? Não acredito. Vou dar a ele dezesseis mulatas...

Deusdedith levou um susto:

— Dezesseis mulatas? E onde vosmicê vai arranjar?

— Ora, onde... Das quatrocentas que encomendei.

Os outros iam se refazendo da notícia espantosa.

— Coisa mais sem jeito... — disse Massu.

Otália sentia a importância do acontecido, assim mesmo tentou continuar seu relato. Mas como era evidente a confusão a dominar a assistência, consultou antes o negro Massu em quem enxergava uma espécie de chefe, talvez devido ao seu tamanho:

— Posso continuar?

— Tenha paciência, dona, espera um pinguinho...

Ela compreendia ter-se passado algo grave, acontecimento bem mais sério e importante que a desaparição de sua bagagem. O próprio Alonso se admirava:

— Caramba! Martim se ahorcó...?

Pé-de-Vento notou a tristeza de Otália, perdida como sua bagagem e sua história, naquele meio estranho. Meteu a mão no bolso e de lá retirou a rata branca. Colocou-a no chão, estalou os dedos, ela foi e depois deitou-se de costas para ele acariciar-lhe a barriga.

— Que amor... — suspirou Otália, de olhos brilhantes.

Pé-de-Vento sentiu-se satisfeito. Estava ali alguém capaz de compreendê-lo. Pena não ser uma mulata verdadeira:

— É tão sabida que só falta falar... Eu já tive um gato que falava. A gente conversava como quê. Falava até um pouco de inglês.

Otália baixou a voz para não ser ouvida pelos demais:

— Você e os outros dois — apontava Curió e Massu — são gente de circo?

— Nós? Nunca ouvi dizer, não...

A ratinha levantava-se, o nariz no ar a aspirar o perfume do bacalhau e da carne-seca, do queijo e da mortadela. Otália continuava a perguntar:

— E é verdade que vosmicê mandou buscar aquelas mulatas todas?

— Na França. Um navio carregado. Vai chegar na quarta-feira. As francesas são as melhores, o doutor Menandro tirou a limpo — e, num sussurro, transmitiu-lhe o grande segredo até então guardado só para si, nem a Massu, nem a Curió o revelara: — São mulatas no sovaco também.

Bateu com o dedo, a ratinha foi e veio, já vários olhares estavam por ela distraídos, Curió, Ipicilone, Jacinto, outros. Deusdedith chegava a rir alto, tão interessante lhe parecia a ratinha obediente. Negro Massu considerou a situação. Desejava fazer alguma coisa, tomar uma decisão, resolver. Tantos acontecimentos sucedidos naquele princípio de noite: a bagagem desaparecida de Otália, as quatrocentas mulatas de Pé-de--Vento, e agora a absurda notícia do casamento do cabo Martim. Era muito para ele, só mesmo Jesuíno Galo Doido para carregar com tanto acontecido, para desenrolar os fios de tantos novelos. Onde andaria o velho sem-vergonha?

Estava parado na porta, sorrindo, na mão o usado chapéu de feltro, a cabeleira desgrenhada, um dedo saindo pelo buraco do sapato, e saudava os amigos. Agora negro Massu podia respirar tranquilo e agradecer a Ogum, seu santo: "Ogum ê, Ogum ê, meu pai!", Galo Doido chegara, cabia a ele enfrentar os acontecimentos, deslindar os novelos.

Chegara e queria saber, os olhos em Otália, bondosos:

— De onde veio tanta formosura?

Curió informou sucintamente. Avançou Jesuíno, tomou da mão de Otália, e a beijou. Também ela beijou a mão de Galo Doido, pedindo--lhe a bênção. Bastava vê-lo para compreender ser ele da bênção e não da boa noite, talvez um babalaô, talvez um babalorixá, quem sabe um obá de Xangô, certamente um velho ogã desses saudados pelos atabaques à sua entrada nos terreiros, dono do respeito.

— Um trago duplo, Alonso, que é noite de chuva e de comemoração. Vamos comemorar a chegada da moça aqui presente.

Alonso serviu a cachaça e acendeu a luz. Os olhos de Jesuíno sorriam, todo ele parecia contente da vida. Gotas de água brilhavam no paletó de punhos e colarinho roídos e no basto bigode emaranhado e branco. Saboreou a cachaça num trago ruidoso e largo, de conhecedor.

Negro Massu baixou a cabeça grande como a de um boi, gemeu:

— Paizinho, tem tanta novidade que nem sei por onde começar. Se pela bagagem da moça, perdida ou roubada, se pelas mulatas, nem sei quantas, se... Sabe, Galo Doido, da desgraça que aconteceu? Martim se casou...

— Besteira grossa... — atalhou Pé-de-Vento guardando outra vez a ratinha no bolso do paletó. — Eu ia dar a ele dezesseis mulatas, escolhidas a dedo... — e em confidência a Jesuíno: — Mandei buscar um navio com quatrocentas... Se você quiser, posso lhe emprestar uma...

3

O CASAMENTO DO CABO MARTIM, REALIZADO DURANTE AS CHUVAS de junho, deu matéria a muito falar. A notícia trazida por mestre Deusdedith, inesperada e incrível, logo se espalhou e imediatamente deixou de existir qualquer outro assunto para prosas e comentários. Os jornais estavam cheios de acontecimentos importantes mas, onde se conhecia o cabo, a notícia de seu casamento dominava todas as conversas.

Fazia um tempo longo e enjoado, aguaceiros pesados intercalando-se com um chuvisco miúdo e persistente, desses que molham até os ossos. Rios transbordando, avalanches derrubando casas nas encostas, habitantes ao desabrigo, lama grossa nas ruas, e o consumo de cachaça aumentando porque, para chuva e frio, para evitar resfriados, gripes, pneumonias e outras tísicas, não existe melhor remédio, como está de sobra provado. Com tanta água caindo do céu, superlotavam-se os botequins, o armazém de Alonso, as acolhedoras casas de mulheres. E o assunto preferido era o casamento do cabo.

Até mesmo a recém-chegada Otália, para quem o nome de Martim era inteiramente desconhecido, quase esqueceu sua bagagem perdida, a querer saber por que tanta celeuma e discussão a propósito do casamento desse tal cabo. Se ainda fosse um tenente ou um capitão, poder-se-ia compreender... Em Bonfim, um capitão da polícia militar se meteu com a filha de um fazendeiro, andou arrastando a donzela para os matos, deu um desaguisado medonho. O coronel soltou os jagunços, o capitão abriu no mundo, largando não só a donzela mas também a esposa e os meninos pois era casado e tinha quatro filhos. Um fuzuê danado.

Deusdedith contara detalhes: o cabo e sua patroa estavam em viagem de lua de mel, muito agarradinhos, num dengue medonho, só se vendo. Segredinhos murmurados ao ouvido, beijinhos trocados em público, os diminutivos pelos quais se tratavam, enfim, uma série de detalhes igualmente abjetos. Matéria para demorada cogitação e muita conversa.

Uma boataria rasteira como erva daninha logo partiu do armazém de Alonso e espalhou-se pela cidade. Nas ruas de canto, nos mercados e feiras, nos castelos pobres, era um cochichar sem conta. Nos botequins, animadas pelos tragos, as elucubrações ganhavam um tom exaltado. Sucediam-se as perguntas e as respostas, as indagações precisas e as explicações incompletas e insatisfatórias, um mundo de conjecturas e, por que não confessar?, palavras amargas, sombrias previsões.

O mistério do despacho colocado em frente à antiga residência do cabo não foi até hoje devidamente esclarecido. Ebó fortíssimo, trabalho de babalaô competente, desses capazes de despachar para o outro mundo não apenas dois apaixonados esposos mas uma família inteira, dos avós aos netos. Não fossem fortes os santos de Martim, por sinal Oxalá, o velho, seguido de Omolu, orixá das moléstias e de sua cura (atotô, meu pai!), não tivesse o cabo sólidas amizades em certas casas de santo, quem por ele velasse e desfizesse ebós com feitiços ainda mais fortes, e teria embarcado direto para o cemitério. Ele e sua mulher, os dois no mesmo caixão, pois se em vida não se largavam um minuto, como davam testemunho os viajantes chegados do Recôncavo, haveriam certamente de querer continuar unidos na cova.

A notícia trazida por Deusdedith foi logo confirmada e ampliada. Barraqueiros voltando de compras em Santo Amaro, viajantes de Cachoeira, marítimos de Madre Deus: de todos os recantos do Paraguaçu chegavam novas de estarrecer. O idílio do cabo cobria com um lençol de ternura a Bahia de Todos os Santos, as cidades e povoados por onde passavam os nubentes e eram vistos, mãos nas mãos, olhos nos olhos, as bocas abertas em riso alvar e feliz, indiferentes à paisagem, ao clima e aos habitantes. Além dessa exibição pública, desse deboche de recém--casados, causava espécie e provocava sérias preocupações a impressionante unanimidade com que todos testemunhavam a mudança operada nos modos e princípios do cabo Martim. Parecia outro homem, tão mudado estava: havia quem o tivesse ouvido falar em trabalho, em buscar e obter emprego. Um absurdo, só vendo para crer.

Quem não sabe das transformações operadas pelo amor no caráter dos homens? O triste fica alegre, o extrovertido transforma-se em melancólico, o otimista em pessimista e vice-versa, o covarde ganha coragem e o indeciso faz-se decidido. No entanto jamais alguém pensou ver um dia o cabo Martim, cuja inteireza de caráter era tão citada e cuja fidelidade às convicções era arraigada, falando em emprego. Abandonando princípios e convicções, alarmando seus amigos, desiludindo muitos admiradores, criando perigoso precedente para a juventude a iniciar-se na vida na Rampa do Mercado, em Água de Meninos, nas Sete Portas. Como enrijecer o caráter desses adolescentes quando o cabo, o exemplo mais admirado, rompia com seu passado, descia tão baixo? Como aceitar tal boato — o cabo em busca de trabalho — a não ser que, como sugeriu Massu, de tanto amor houvesse ele enlouquecido e não fosse mais senhor de seus atos e palavras.

Aliás, já não era prova de loucura o próprio casamento? Ninguém se espantaria do casamento de qualquer outro, o de Curió, por exemplo. Os comentários haviam de reduzir-se a algumas palavras sobre a beleza da noiva, sobre Curió e seu incurável romantismo. Mas o cabo parecia feito de outra madeira.

Balançavam a cabeça os homens mais responsáveis, os velhos tios, os respeitáveis ogãs, nos becos e ladeiras, nas gafieiras e afoxés, nas rodas de jogo, nos terreiros de santo. Enquanto mulheres diversas, nos quatro cantos da cidade, tinham os olhos marejados de lágrimas ou rangiam os dentes, jurando vingança.

Tais e tantos foram os boatos, com detalhes tão circunstanciados e mínimos, a ponto de falarem em casamento com padre e com juiz, na igreja e no cartório, tudo registrado nos livros com testemunhas e firmas reconhecidas. Não adiantava sequer argumentar com o primeiro casamento de Marialva, esse, sim, com todas as formalidades, ela novinha em folha.

Nem assim os boatos diminuíam. Descreviam inclusive o vestido da noiva, com véu, grinalda e flores de laranjeira. Flores de laranjeira, valha-nos Deus, que blasfêmia!

A verdade deve ser dita e por inteiro. Nem por se tratar da mulher de um amigo deve-se esconder a realidade, sobretudo fatos conhecidos e facilmente comprováveis. Quando Marialva encontrara o cabo Martim já esquentara os colchões de três amásios, após ter-se separado do marido, um certo Duca, antigamente marceneiro hábil, hoje vegetando meio atoleimado, em Feira de Santana. Pode ser visto nas imediações do mercado oferecendo-se para carregar fardos e cestas, única ocupação de que é capaz. Onde sua competência de carpina, sua vivacidade antiga, sua ambição? Marialva levou tudo consigo ao partir, e mais houvera, mais levaria.

Quatro maridos, sem falar nos tempos no castelo de Leonor Doce de Leite, escoteira e afreguesada. Com toda essa larga crônica, e ainda existia gente a inventar ter-se ela casado com o cabo vestida de véu e grinalda de flores de laranjeira, símbolos de virgindade guardada a sete chaves. Ora, virgem é de crer não o fosse mais a atual senhora do cabo, sequer na pinta negra a embelezar-lhe o ombro esquerdo, sinal de família possuído também por suas irmãs, excitante. Ela o sabia e usava vestidos decotados para melhor exibir a tentação. O camarada desprevenido botava o olho em cima da pinta negra, alucinava-se, perdia a cabeça. Assim sucedera certamente com o cabo, ao encontrá-la. Ele, exilado e solitário, distante dos amigos, indefeso. No mês de junho, quando, na capital, eram as festas animadas. Ela, com o sinal exposto no ombro esquerdo e aqueles olhos medrosos e súplices! Olhos a implorarem urgente proteção.

Os amigos balançavam a cabeça, confundidos. Não sabiam como defender o cabo de tanto cochicho, de tanta boataria. Constava não ser mais ele o mesmo homem, vivia agora agarrado às fraldas da mulher como um cachorrinho. Jacinto e alguns outros riam-se às gargalhadas, contando tais histórias. Apenas Jesuíno Galo Doido, com seu tradicional senso de justiça, não abria a boca para condenar o cabo. Também Tibéria conservou íntegra sua confiança em Martim, como uma bandeira desfraldada em meio àquele temporal de boatos, tremulando ao vento de todas as discussões. Ela não acreditava em nada daquilo. E quando Otália lhe perguntou quem era esse tal de Martim tão falado e discutido, Tibéria acariciou-lhe os cabelos finos e esclareceu:

— Como ele não há outro igual, minha filha. Sem ele não há animação verdadeira. Deixa ele chegar e tu vai ver.

4

LONGO TEMPO IRIA DEMORAR OTÁLIA A CONHECER DE PERTO O CABO Martim e a constatar a verdade das palavras de Tibéria. Pois, ao voltar à Bahia, a conduta do cabo parecia dar razão aos mais alarmantes boatos.

Naquela noite, no entanto, apesar de toda a excitação causada pela notícia trazida por Deusdedith, ninguém acreditava realmente em profundas transformações no caráter do cabo. E cada um dos presentes recordava, em benefício de Otália, uma história, uma particularidade, uma picardia qualquer de Martim. Eis como Otália soube dele muito antes de tê-lo visto e isso talvez explique certos detalhes de acontecimentos posteriores ou, pelo menos, ajude a compreendê-los. Assuntos para serem esclarecidos mais adiante, por ora Otália nem sabia direito quem era Martim. Apenas constatava, pelas informações dos demais, ser homem livre de qualquer peia e cioso, como ninguém, de sua liberdade. Assim sendo, como viera a envolver-se com casamento, a estabelecer lar de tão sólidos alicerces, a tornar-se esposo exemplar?

Vale a pena falar dos antecedentes do caso para melhor entendê-lo e comentá-lo. Como poderia Otália ter uma ideia perfeita do acontecido se não lhe contassem o princípio? Uma história, para ser bem entendida, deve pontualizar com clareza os seus começos, raízes de onde ela nasce, cresce e se estende, frondosa de sombra e frutos, de ensinamentos. Otália, ao demais, ouvia atenta, presa às palavras e aos acontecimentos, como se ela própria houvesse esquecido sua bagagem perdida ou roubada na estação da Calçada. Dava gosto contar a quem tanto se interessava, escutava com tamanha atenção. Moça simpática, essa Otália.

Explicaram-lhe então andar Martim exilado pelo Recôncavo há mais de dois meses, a demonstrar suas habilidades nas paradas cidades de Paraguaçu, de vida tranquila e pouco movimento. Levava-lhes Martim uma súbita visão do progresso, um pouco da vida movimentada e perigosa da capital.

Não podia queixar-se de ter sido mal recebido. Ao contrário: encontrara ambiente propício às suas demonstrações, um ávido interesse, e o dinheiro não lhe faltou em nenhum momento. Faltou-lhe, isso sim, tudo quanto deixara na Bahia: as noitadas de estrelas e canções, o riso fácil, o gole de pinga e a longa conversa, a despreocupação, o calor fraternal da amizade. Perdera as festas de junho, a de Oxóssi a coincidir naquele ano com o fim das trezenas de Santo Antônio, no dia 13, as fogueiras de São João, a canjica e o licor de jenipapo tão abundantes. Perdera as obrigações de Xangô, não fizera seu bori. Todas essas faltas eram-lhe desculpadas pelos amigos e pelos orixás pois uns e outros conheciam as sobradas razões daquela voluntária emigração. Não procedia ele desse modo por querer e sim por dura necessidade. Sentiam sua falta, recordavam-no cada dia e Tibéria ameaçava não festejar seu aniversário se ele não chegasse a tempo. "Sem Martim não há animação verdadeira", dizia ela.

Uma coisa parecia certa e indiscutível: houvesse o cabo ficado entre seus amigos, em seu ambiente, estimado por todos, respeitado nas rodas de capoeira, um deus menino nos castelos, e não teria casado, dando assunto para tanto comentário. Mas, solitário em Cachoeira, pensando nas festas da Bahia, deparou com Marialva, o decote do vestido mostrando a pinta negra no ombro esquerdo. Capitulou. Os sertanejos estavam vingados.

Por causa de uns sertanejos mal-agradecidos tivera de partir para o Recôncavo precipitadamente. A polícia estava a procurá-lo e os tiras, cuja antiga antipatia por Martim crescera na proporção da generosa gorjeta dada pelos sertanejos, estavam dispostos a levá-lo de qualquer maneira e a mantê-lo uns tempos fora de circulação. O único jeito foi mudar-se às pressas, sem levar bagagem e abandonando os suspiros de Dalva, seu xodó na ocasião.

Tudo isso porque Martim não costumava dar importância nem preocupar-se com as esporádicas reclamações de alguns de seus parceiros no jogo de ronda. Reclamações, aliás, quase sempre murmuradas entre dentes, raro o atrevido a levantar a voz. Quando, por acaso, isso sucedia, era um divertimento para a roda.

O ponto de vista do cabo, repetidamente enunciado, resumia-se em dois límpidos conceitos de inapelável verdade: "quem não tem competência não se estabeleça" e "quem aposta é para ganhar ou perder". Com sua voz mansa e tranquila expunha essa filosofia quando surgiam dúvidas e discussões. Não era homem de alterar a voz com facilidade, pessoa educada estava ali, por vezes de tão educado até incomodava e desfazia nos companheiros menos dados a tais protocolos. Amigo de viver em paz, para brigar era necessário ofenderem-no em sua honra de militar. Tendo sido, no passado, cabo do exército, contraíra obrigações com a "gloriosa" — a gloriosa era a farda — e era cioso de sua condição. Assim não podia admitir certas ofensas, pois, em sua opinião, dúvidas e insultos não atingiam apenas a ele pessoalmente e, sim, envolviam a honra de toda a corporação militar, do último soldado ao general. Ofendê-lo era ofender o exército; essa, sua maneira de ver. Ponto de vista, aliás, segundo parece, comum a generais e a coronéis, o que deixa o cabo Martim em graduada companhia.

Daí ser diversão apreciada o aparecimento de um exaltado, em geral novato por aquelas bandas, sem saber direito com quem estava tratando, desconhecedor dos antecedentes militares de Martim. O cabo não perdia a linha, não saía da medida de compostura imposta pela boa educação. O imprudente enganava-se com a voz mansa do cabo, com sua cortesia, confundia educação com medo, engrossava a voz, ia aos insultos:

— Se meter com ladrão dá nisso...

O cabo não se alterava:

— Sabe de uma coisa, seu mano? Vá à puta que o pariu...

Nem dava tempo para o parceiro engolir o dito, pois o cabo acompanhava a palavra com o gesto e o leviano estatelava-se no chão. Martim era mestre na capoeira, igualava-se aos maiores do passado e do presente: a Querido de Deus, a Juvenal, a Traíra, a mestre Pastinha. Nos domingos à tarde, quando, para atender a solicitações de admiradores ou para alegrar os olhos de uma cabrocha, exibia-se no Pelourinho ou na Liberdade, dava gosto ver. Assistindo a uma dessas exibições, apaixonou-se pelo cabo uma grã-fina de São Paulo, em turismo na Bahia, e fez misérias. Para Martim, o brinquedo de Angola não tinha segredos.

Sem fôlego e sem palavras, de olho arregalado, estendido na rua, o queixoso via brilhar ao sol aquela célebre navalha denominada Raimunda, em honra de uma ciumenta que tentara tirar carta de valente às custas de Martim, anterior proprietária da arma de barbear.

Essa Raimunda, a própria, cujo nome a navalha recordava, era uma negra de Iansã, metida a guerreira. De posse de irrefutáveis provas de uns acontecidos de cama entre o cabo e a doméstica Cotinha, declarou, em pleno baile na Gafieira do Barão, ser alérgica a chifres, mulher de sua qualidade não carregava galhos, davam-lhe dor de cabeça e, ao demais, sua santa não permitia. Misturou umas cervejas e uns tragos de pinga e colocou-se na porta de entrada à espera do cabo. Não fosse ele ligeiro de corpo e estaria marcado no rosto. Quem não escapou foi a pobre Cotinha, mas a cicatriz depois de fechada ficou até graciosa, um pedaço de beiço arregaçado, como se ela vivesse rindo sem parar. Enquanto conduziam Cotinha para a Assistência, o cabo deu uns tabefes em Raimunda, remédio para acalmar-lhe os nervos, e expropriou-lhe a navalha. Ao levá-la para a casa próxima, teve de segurá-la com força e, de tanto mantê-la presa entre seus braços, Martim terminou por esquentar-se e por esquecer a pobre Cotinha a esperá-lo na Assistência com três pontos no beiço. Essa negra Raimunda, iaô de Iansã, era um pedaço de mulher, mais parecia uma égua solta na rua em busca de ser domada e montada.

A história da navalha, porém, nada tem propriamente a ver com o casamento do cabo. Aconteceu um bocado antes e não havia sequer necessidade de contá-la a Otália. Mas, é assim: a gente começa a contar um caso, e, se não toma tento, vai se embrulhando noutras histórias, entrando por atalhos, e quando dá por si está falando do que não quer e não deseja, longe de sua rota, perdido, sem começo e sem fim.

A história dos três sertanejos, essa sim, tem a ver com o cabo, com sua precipitada viagem e com o tão comentado casamento. Martim, como se sabe, não levava insulto para casa e, por isso mesmo, o número de seus parceiros crescia sempre. As insinuações sobre a qualidade suspeita dos baralhos por ele usados e sobre a sua ligeireza de mãos aumentavam-lhe a freguesia em vez de diminuí-la, consolidavam-lhe o prestígio. Ia o cabo ganhando honradamente sua vida quando veio a envolver-se com aqueles tipos do sertão.

Segundo parece, os sujeitos apareceram em Água de Meninos por acaso. Estavam passeando na capital, trocando pernas pelas ruas, entrando em igrejas, na do Bonfim para pagar promessa, na de São Francisco para ver a ourama desparramada pelas paredes, visitando os lugares afamados, e dessa forma chegaram à feira de Água de Meninos. Usavam uns chapelões de fita de cinema e fumavam charutos.

O cabo estava bem do seu, dando as cartas, bancando para uns barraqueiros, velhos parceiros de todos os dias. Joguinho barato, uns níqueis só para dar interesse, brincadeira entre conhecidos antigos, o cabo ganhando uns cruzados aqui, outros ali, os mil-réis estritamente necessários para a cachaça da noite. Era mais uma demonstração de suas habilidades num ambiente acolhedor e cordial do que mesmo jogo a sério. Faziam-se pilhérias, risadas espocavam, tudo em meio a muita amizade, quase uma família. Do alto de uns caminhões ali parados, choferes e ajudantes espiavam e alguns molecotes, em torno, aprendiam. Tinham pelo cabo grande respeito e elevada estima, com ele aprendiam educação e modos, bebiam na fonte de seu variado saber, os olhos presos nas mãos ágeis de Martim. Aquela era a universidade que cursavam, a escola da vida onde não há férias, e nela o cabo Martim, gratuita e generosamente, transmitia seus conhecimentos, professor emérito. Mais emérito e respeitável, só mesmo Jesuíno Galo Doido, pela idade, pela sabedoria incomensurável, e por tudo mais a ser explicado em seu devido tempo. Não há coisa pior do que contar uma história atropeladamente, às carreiras, com tropeços e precipitações, sem definir cada acontecido.

Iam os três sertanejos andando por Água de Meninos, de boca aberta, nunca tinham visto feira como aquela nem imaginavam sequer enormidade assim, quando depararam com o cabo instalado à sombra de uma árvore, os parceiros sentados em caixões e tamboretes, os moleques em redor, os choferes de arquibancada nos caminhões. Os sertanejos pararam e ficaram espiando o virtuosismo de Martim. Por fim um deles se resolveu, tirou o chapelão, coçou a cabeça, meteu a mão no bolso da calça e de suas profundezas arrancou um bolo de dinheiro. Maçaroca de não caber na mão e tudo pelegas de cem, duzentos e quinhentos, tantas a ponto do olho do cabo se iluminar e de um dos moleques, já meio taludo, com duas entradas na polícia, suspirar. O sertanejo desfolhou as notas, e escolheu uma de cem, botou em cima da dama.

Martim deu um balanço em suas disponibilidades, a caixa estava baixa mas o crédito era alto. Recorreu a alguns capitalistas seus conhecidos, os mesmos parceiros com quem antes jogava, os barraqueiros da feira. Reforçada a banca, o cabo sorriu para os sertanejos. Sorriso cordial como a lhes dizer que não se arrependeriam da confiança nele depositada: se queriam aprender como se jogava, melhor ocasião jamais encontrariam nem professor animado de tão grande boa vontade.

Os sertanejos embolsaram as primeiras mãos, é claro. A boa educação do cabo não lhe permitia sair ganhando de começo. "O primeiro milho é dos pintos", costumava assegurar Martim. Num abrir e fechar de olhos, Martim passou um conto e oitocentos e os barraqueiros sentiram-se inquietos, a recear por seu dinheiro. Nessa altura já os três sertanejos estavam no brinquedo e a banca começava a animar-se: cem de um, cinquenta de outro, vinte de um terceiro e um molecote foi enviado buscar umas cervejas bem geladas para distrair do sol de rachar. Ninguém sabe como, tinham aparecido uns tamboretes e os sertanejos estavam cômodos, sentados, dispostos a passar a tarde ali.

E persistiram na dama, como se não soubessem ser mulher bicho traiçoeiro, indigno de confiança. As nobres senhoras começaram a falhar exatamente quando o primeiro dos três sertanejos a entrar no jogo depositou uma pelega de quinhentos. Depois foi o que se viu. Naquela noite, Martim levou um colar de contas para Dalva, contas douradas de Oxum, orixá da mulata sestrosa, cheia de dengue, dada a faniquitos, hóspede do castelo de Tibéria. E para a própria Tibéria, amizade do peito, o cabo levou um penduricalho de ouro, coisa de primeira, vendido por Chalub, no Mercado, pelo preço de custo, sem lucro. Todas as despesas da festa improvisada correram por conta do cabo ou, para ser mais correto, por conta dos sertanejos.

Tinham ficado de voltar no dia seguinte e, assim, contava Martim com vida fácil e folgada por uns tempos, enquanto os trouxas estivessem na Bahia. Queriam aprender a jogar ronda? O cabo encarregar-se-ia de ensinar-lhes, de completar sua educação. Dinheiro e diversão não iriam faltar nos próximos dias, sem esquecer a cervejinha por causa do calor. Eram róseas as perspectivas naquela noite de festa, ninguém teve o mais leve pressentimento, nem mesmo Antônio Garcia, com todo seu espiritismo, médium vidente e tudo o mais. Nem ele nem ninguém, todos alegres a falar na volta dos sertanejos no outro dia e a calcular o tempo necessário para aliviá-los de todo o dinheiro.

Voltaram antes da hora marcada e trouxeram a polícia. Não houvesse Martim nascido empelicado — e quem nasce empelicado tem a proteção de Oxalá a vida inteira — e teria ido parar direto na cadeia. Os tiras não escondiam seus propósitos, resmungavam alto, falavam em dar uma lição definitiva a esses jogadores profissionais a infestarem a cidade com seus baralhos marcados, a roubarem a gente trabalhadora da feira e dos mercados e os honestos tabaréus vindos do interior. Citavam o nome do cabo, o pior de todos na opinião deles, o mais reles e salafrário, e não escondiam a disposição de tê-lo durante uns tempos como hóspede no xadrez, alimentado a surras de facão. Entre os tiras mais exaltados, foi reconhecido um tal Miguel Charuto, particularmente arrogante e insultuoso, querendo beber o sangue do cabo, e todos sabiam por quê. Andara ele enrabichado por uma falada Clarinda, cabocla com focinho de chinesa, descaradinha como ela só. O tira pagava-lhe o chatô, o feijão e a lordeza com o dinheiro afanado ao povo. Um dia descobriu um sócio na firma: o cabo Martim, sócio sem capital, entrando apenas com o trabalho do corpo. Coragem de enfrentar Martim de homem para homem não tinha Miguel Charuto. Aproveitava-se agora da oportunidade e prometia vingança com juros.

Nessa altura da narrativa, Otália quis saber se esse citado cabo era algum artista de cinema, tudo quanto era mulher se atirava nos braços dele, não estariam os amigos exagerando? Garantiram-lhe o contrário, não havia exagero. Por que as mulheres gostavam dele, um sujeito magro e comprido, não o sabiam os amigos, quem entende as mulheres? Quem parecia com artista de cinema não era ele, era Miguel Charuto, de cabeleira lustrosa de brilhantina, bengala e costeleta.

A sorte do cabo deveu-se de muito aos alardes do chifrudo Miguel. Tanto arrotou valentia e vingança, a coisa logo se espalhou, medidas de segurança foram tomadas. Ao demais, Martim se atrasara após a farra da véspera e a manhãzinha nos braços de Dalva.

Moleques, feirantes, choferes, baianas de tabuleiro, espalharam-se pelas redondezas, colocaram-se em pontos estratégicos, cobrindo por completo os itinerários por onde Martim podia chegar, inocente e risonho, de consciência tranquila.

Foi avisado e caiu fora. Os tiras rondaram umas horas por ali, fazendo jus à gorjeta dos sertanejos, terminaram por desistir. Não sem jurar a perda de Martim: sabiam onde encontrá-lo, não escaparia. Miguel Charuto ainda demorou-se a enfiar os chifres pelas barracas e saveiros, investigando.

Martim, ao receber mais tarde um relatório completo dos acontecimentos e ao analisá-lo em companhia dos amigos, emborcando uns tragos de cachaça de pitanga, não concedeu maior importância à movimentada crônica policial. Em sua opinião, tudo aquilo não passava de tempestade em copo d'água: a cólera dos tabaréus e a demagogia dos tiras. Os sertanejos deviam ter escutado conversas, talvez ali mesmo pelas proximidades da feira, restrições aos baralhos usados pelo cabo e à sua maneira de embaralhar e dar cartas. Gente do sertão é de natural desconfiada e emprenha facilmente pelos ouvidos. Acreditaram nas intrigas, botaram a boca no mundo, engraxaram as patas da polícia, fizeram aquele escarcéu. Mas não ia passar disso, voltariam às suas terras, ao trabalho na pá e na enxada, aos currais e pastos, curados para sempre do vício do jogo. Um dia seriam agradecidos a Martim quando, passada a raiva, refletissem serenamente nos fatos. A única dúvida de Martim residia em saber se os sertanejos estavam totalmente curados ou se havia o perigo de esquecerem a lição e retornarem ao vício. O ideal teria sido pelo menos mais uma sessão, mais uma tarde de jogo. O cabo lastimava sinceramente a ruptura daquelas relações tão simpáticas, estabelecidas com tanta cordialidade na véspera, e destinadas, segundo pensara e desejara, a transformar-se em sólida amizade.

Jesuíno Galo Doido discordara de Martim: o assunto não lhe parecia assim tão inconsequente. Ao contrário do cabo, Jesuíno não acreditava estivesse tudo esquecido no dia seguinte, após vinte e quatro horas de recolhimento espiritual no castelo de Tibéria, no cálido agasalho dos braços de Dalva.

Sertanejos são gente teimosa, cheia de orgulho, vingativa. Não desistiam assim facilmente de seus objetivos, inflexíveis e obstinados. Jesuíno retirou do surrão de sua variada experiência uns dois ou três casos para ilustrar sua tese, histórias verídicas e exemplares, onde havia uma de causar calafrios. Contava de um sertanejo a perseguir, durante ano e meio, pelo mundo afora, o ousado que comera os tampos de sua filha, de resto já meio arrombada por noivos anteriores. Nem esse detalhe, a reduzir de muito a responsabilidade do rapaz, esfriou a sede de vingança do pai desonrado. Tocou-se atrás do moço sertão afora, lá se foram, um no rastro do outro, um fugindo, o outro perseguindo, numa correria danada, até os confins de Mato Grosso onde o sedutor parou um tempinho de nada, apenas o suficiente para comer outra donzela, e naquela mesma hora agoniada, em plena função, foi capado pelo sertanejo enfurecido que lhe levou os ovos para o sertão de onde viera e com eles resgatou sua honra da boca do povo onde a deixara. Fez então as pazes com a filha, aliás bem instalada em casa do vigário como empregada de todo serviço e de toda confiança, e viveu cercado do maior respeito, como homem de honra e de religião.

Nem mesmo essa história abalou a calma confiança do cabo: não se podia — declarou ele — comparar os três vinténs de moça donzela, assunto de responsabilidade, com uns poucos contos de réis perdidos no jogo de ronda, num dia de azar. Não havia honra de moça ou morte de homem em suas rápidas relações com os sertanejos. Um dia ou dois, no máximo, e tudo seria uma lembrança divertida. Mais divertida ainda quando ele, cabo Martim, descobrisse a identidade do intrigante, do ressentido salafra a emprenhar os sertanejos com calúnias, e lhe ensinasse a virtude da discrição.

Jesuíno balançava cético a cabeça de cabeleira cor de prata. Cabeleira a crescer-lhe sobre as orelhas, a desabar-lhe na testa, rebeldes cabelos encaracolados nos quais gostava a gorda Magda de enfiar os dedos nas horas de ternura. Jesuíno considerava a atitude de Martim francamente leviana. A seu ver a situação era séria: os sertanejos dispostos a gastar dinheiro, os tiras excitados, Miguel Charuto ávido de vingança. O cabo devia acautelar-se.

Martim deu de ombros, sem escutar as precavidas palavras de Galo Doido como se opinião de Jesuíno fosse de se deixar perder. E já no dia seguinte pela manhã dirigia-se ao Mercado Modelo onde pretendia discutir um assunto de afoxê de Carnaval com Camafeu, proprietário da barraca São Jorge e figura importante no referido afoxê. O Carnaval ainda tão distante, é claro ter sido o afoxê apenas pretexto. O cabo não perdia oportunidade de ir bater um papo na barraca, admirar o peji de Oxóssi e Iemanjá, um dos mais belos da cidade, tocar berimbau com Camafeu e Didi, tirar pilhérias com Carybé, comentar os acontecimentos.

Quase foi preso, o Mercado estava atulhado de tiras, o mesmo acontecendo em Água de Meninos, no Pelourinho, nas Sete Portas, nos demais pontos onde o cabo costumava dar seu expediente cotidiano. Como se a polícia nada mais tivesse a fazer, nenhuma outra obrigação, crimes a investigar, casas comerciais a guardar, políticos salafrários a proteger, honrados bicheiros a perseguir. Como se o dinheiro dos contribuintes devesse ser empregado exclusivamente na caça ao cabo Martim. Um absurdo, como se vê, a dar inteira razão às indignadas imprecações de Jesuíno cujo horror à polícia e aos policiais era conhecido.

Martim não pôde sequer voltar ao castelo de Tibéria pois Miguel Charuto e outro asqueroso tira andavam por lá, molestando as meninas, ameaçando Tibéria, interrogando Dalva. Quanto aos três sertanejos, sujeitos realmente obstinados, iam de um lado para outro, incentivando os investigadores, prometendo-lhes mundos e fundos caso recuperassem os cobres e metessem o cabo na cadeia. Sorte tratar-se de assunto de jogo, contentavam-se os sertanejos com ver Martim entre grades. Se tivesse honra de moça pelo meio, com a obstinação daqueles tipos, Martim correria o risco da castração.

Hipótese, aliás, aventada quando alguns amigos íntimos, além de Tibéria e Dalva, encontraram-se na oficina de Alfredo, santeiro há muitos anos estabelecido no Cabeça, para traçar os planos de fuga e beber a cachacinha da despedida. Pé-de-Vento trouxera uma garrafa, Camafeu oferecera outra e o dono da casa a primeira e a última como era seu dever e seu direito. Assim a conversa prolongou-se e alguém recordou a história contada por Jesuíno. Curió, cuja juventude não lhe permitia guardar conveniências, comentou a rir:

— Imaginem só se eles capam Martim...

Hipótese longínqua e improvável mas suficiente para arrancar do fundo de Dalva um uivo de animal ferido, lamento de criatura subitamente ameaçada em seu bem maior, em sua razão de vida. Quis a bela atirar-se em cima de Curió, as unhas como garras, foi necessária toda a autoridade de Tibéria para acalmá-la.

Não deixava a cabrocha de ter certa razão e se bem lhes fosse difícil colocarem-se em seu lugar, fácil era entendê-la e desculpá-la. Que serventia poderia ter, de seu ponto de vista de mulher, o cabo Martim, se os sertanejos o sujeitassem à delicada operação? Um cabo capado, onde já se viu?

Não podia ela adivinhar, a lastimosa Dalva, naquela hora de despedida, pendurada ao pescoço de Martim, trocando juras de amor eterno, envolta em choro e em saudade, não podia ela imaginar como os resultados da viagem do cabo se assemelhariam, de certa maneira, com a hipótese levantada por Curió. Mas como poderia ela prever, como poderiam os amigos ali reunidos, entre imagens restauradas de santos, suspeitar sequer que o cabo, tendo partido naquela madrugada, escondido no saveiro de mestre Manuel, retornaria dois meses depois, durante as grandes chuvas, trazendo pendurada ao braço a falada Marialva, com seus olhos de mel e a pinta negra no ombro esquerdo, brilhando no decote do vestido? Do ponto de vista de Dalva, o cabo voltava moralmente capado.

No armazém de Alonso, narrando a Otália os primórdios do caso, eles não se davam ainda perfeita conta de toda a extensão do desastre. Só depois da chegada do cabo puderam medir todas as consequências. Pois até mesmo no castelo de Tibéria deixou Martim de aparecer, entregue por inteiro ao matrimônio.

Naquela noite, eles ainda riam e pilheriavam, dividindo entre si as quatrocentas mulatas encomendadas por Pé-de-Vento, quando saíram em busca da bagagem de Otália.

5

CHEGARAM NOITE ALTA, EFUSIVOS E VITORIOSOS, ao castelo de Tibéria. Fora grande o consumo de cachaça nessa noite trabalhosa, primeiro no armazém de Alonso, onde a chuva os prendera, depois na peregrinação até o Caminho de Areia e, por fim, nas comoventes cenas do encontro da bagagem de Otália. Ainda chuviscava quando rumaram para o castelo de Tibéria, por vezes o vento trazia uma rajada de água, lavava as ruas e os últimos transeuntes.

Haviam partido em busca da bagagem aproveitando uma estiada, após os precedentes do casamento do cabo terem sido expostos e explicados, a opinião pública bem informada. Nessa altura, a notícia sensacional começava a circular pela cidade, partindo do armazém de Alonso, provocando conjecturas, maledicências, boatos e rumores. No armazém, abrigados da chuva pesada, do vento a zunir nos velhos casarões, os amigos escutaram a repetição da história de Otália. Jesuíno Galo Doido exigira ouvir da boca da moça a narrativa circunstanciada da perda da bagagem, começando com o xodó do filho do juiz na cidade de Bonfim até o desembarque na estação da Calçada com a mala e o embrulho de papel pardo. Sem esquecer nenhum detalhe. Demonstrou grande interesse pelo embrulho, tentando descobrir seu conteúdo, mas Otália tirara o corpo fora:

— Coisa sem importância... Nada de valor...

— Sem importância? Mas você disse que antes prefere perder a mala do que o embrulho...

— Pois é... Besteira... O embrulho eu queria encontrar porque tem coisa de estimação... Só isso...

Sorriu de tal jeito encabulada, levando Jesuíno a desistir do interrogatório, apesar de sua crescente curiosidade pelo misterioso pacote.

Durante a narrativa, Pé-de-Vento, tendo terminado de dar uma bolacha a roer à ratinha branca, guardou o animal no bolso e adormeceu. Negro Massu e Eduardo Ipicilone dormiam já a sono solto, o ronco do negro agitando latas e garrafas nas prateleiras. Os demais haviam partido, desafiando a chuva, na ânsia de espalharem a notícia do casamento do cabo. Só Curió se mantivera acordado, sentado diante de Otália, a fitá-la, sentindo uma cócega no peito, uns arrepios de ternura, sinais evidentes de uma nova paixão a possuí-lo.

Desistindo de arrancar de Otália detalhes precisos sobre o embrulho, Jesuíno os reclamou a propósito do cavalheiro que ficara a zelar pela bagagem quando ela se afastara para "satisfazer urgentes necessidades pessoais e intransferíveis", como disse ele.

E, apenas Otália o descrevera: "Um senhor distinto... Terno branco, bem engomado, chapéu-chile, gravata-borboleta, todo nos trinques", uma centelha acendera-se nos olhos de Galo Doido. Fitou Curió como a pedir-lhe confirmação de suas suspeitas mas o rapaz não estava ali, estava preso ao rosto de Otália, ouvia sem entender, incapaz de escutar quanto mais de suspeitar, capaz somente de apaixonar-se. Assim era Curió, coração sempre disposto ao amor, sempre comovido com a beleza e a graça das mulheres.

— Todo nos trinques... E o que mais?

— O que mais? — Otália buscou na memória: — Os olhos grudados em cima de mim que nem os do moço aqui... — e riu nas bochechas de Curió, mas não ria de deboche, ria porque achava engraçado e pela cachaça bebida.

Curió ficou sem jeito, desviou os olhos, prestou atenção. Era tímido e facilmente perdia a segurança. Otália ainda ria:

— Com essa cara pintada, tão engraçado, os olhos em cima de mim... O lorde na estação era a mesma coisa, cada olhão me comendo... Ah! — lembrou-se —, tava com uma flor no paletó, uma flor vermelha...

Riu alto Jesuíno, contente consigo mesmo, não se enganara. Piscou o olho para Curió e esse balançou a cabeça concordando com as confirmadas suspeitas de Galo Doido. Sim, não podia ser outro.

— Vamos... — disse Jesuíno.

— Onde? — fez Otália.

— Buscar suas coisas... A mala, o embrulho...

— E vosmicê sabe onde estão?

— É claro. Bastou você falar e eu já sabia... — gabou-se.

— E sabe também quem roubou?

— Foi roubo não, minha filha, só brincadeira...

Curió tratava de acordar os outros para aproveitarem a estiada. Massu, Pé-de-Vento e Ipicilone, postos a par do pormenorizado retrato do cavalheiro a cuja guarda e discrição Otália confiara a preciosa bagagem, concordaram com Jesuíno; só podia ser Zico Cravo na Lapela.

— É um compadre meu... Brincalhão que só ele...

Uma de suas brincadeiras prediletas era exatamente essa: levar coisas dos amigos, pregar-lhes um bom susto. Um gozador, Cravo na Lapela. Timidamente Otália recordou um detalhe: não era amiga do divertido Zico, mal o conhecia e apenas de vista, quando ele botucara-lhe a olho na estação e ela aproveitara para lhe pedir um favor. Jesuíno meteu a mão na cabeleira agreste, retrucou com um argumento que lhe parecia definitivo:

— Não é seu amigo mas é nosso, é amigo de Tibéria também, e meu é até compadre, batizei um menino dele, um que morreu, coitadinho... Por isso é que fez a brincadeira...

Otália abriu a boca para dizer qualquer coisa, um tanto confusa, Jesuíno tinha ou não tinha razão? Enquanto vacilou, Jesuíno tomou de novo da palavra disposto a apagar qualquer desconfiança ainda existente, qualquer suspeita de Otália. Longamente passou a lhe explicar enquanto desciam o Pelourinho não só a natureza brincalhona de Zico como também a continuada urucubaca a persegui-lo. Iam para o Caminho de Areia, onde Cravo na Lapela vivia com sua numerosa família.

Desceram o Tabuão, atravessaram as ruas do mulherio mais acabado e pobre, onde eram saudados com entusiasmo, sobretudo Jesuíno Galo Doido, evidentemente popular nas imediações. Para descansar paravam nos botequins abertos e a voz de Galo Doido ganhava em colorido e emoção a cada trago, o elogio de Zico se fazia mais sincero, a narração de seus percalços, de sua falta de sorte e da perseguição iníqua movida pela polícia àquele "excelente pai de família".

Excelente, exemplar pai de família, carregado de filhos e filhas, e homem de saúde delicada. Não reparara em sua magreza? Incapaz não só para as fileiras do exército como para empregos pesados, a exigir esforço físico. Imaginasse então Otália o drama vivido por Cravo na Lapela. Sensível como ele só, sabendo, como o cabo Martim, tirar letras ao violão, dedicadíssimo à esposa e aos filhos, passava o dia a buscar emprego onde ganhar o dinheiro necessário ao sustento dos seus, o aluguel da casa, a luz e a água, o feijão e a farinha. Ia de um lado para outro, busca aqui, busca acolá, e só lhe ofereciam lugares impossíveis, oito a dez horas por dia a carregar fardos e caixões em armazéns ou a servir fregueses, de pé, em lojas vagabundas. Tais dificuldades levavam um homem honrado e trabalhador a passar como desocupado e ocioso, como mau elemento. Há mais de quatro anos vivia Zico a trocar pernas nas ruas, desde o injustificado fechamento dos cassinos de jogo. Com os cassinos funcionando, jamais lhe faltara trabalho, não havia melhor apontador de casa de jogo, mais capaz, mais alinhado. Aquilo, sim, era emprego condizente com sua frágil saúde pois permitia-lhe dormir pelo dia afora, tranquilamente. Por outro lado, como todos sabem, o trabalho noturno é mais leve, de noite não faz tanto calor e o atropelo é menor. Mas os cassinos estavam fechados, quando muito Cravo na Lapela arranjava, vez por outra, uns bicos em certos locais onde se jogava ilegalmente, empregos transitórios e perigosos sobretudo para homem marcado pela polícia como ele. A polícia tinha provada má vontade com Zico Cravo na Lapela, colocara seu retrato na galeria dos descuidistas e dos passadores do conto do vigário, os tiras prendiam-no a dois por três, sem nenhum motivo, por simples suspeitas.

Zico sofria com tudo isso. Cioso de sua reputação, via seu nome manchado, vítima da urucubaca e da polícia. No entanto, não se deixava abater, mantinha sua fibra, seu sorriso, seu constante bom humor. Companheiro gozadíssimo, ninguém sabia contar uma anedota como ele, possuía inesgotável repertório. E um homem assim, alegre e inocente, era miseravelmente perseguido.

Jesuíno Galo Doido não gostava da polícia. Vítima ele também de investigadores, comissários e delegados, estudara longamente a psicologia dos policiais e concluíra contra eles. Tanta profissão no mundo, costumava comentar, tanto ofício a escolher, folgados uns, suados outros, uns exigindo saber, malícia, inteligência, outros apenas a força bruta e a coragem de pegar no pesado, quando um tipo escolhe o ofício de policial, de perseguir seu próximo, prendê-lo, torturá-lo, é porque não deu mesmo para nada, não serviu nem para recolher lixo na rua. Faltavam-lhe a dignidade e o sentimento de homem.

No entanto, perguntava excitado a Otália após outra cachaça numa barraca aberta em Água de Meninos, quem manda no mundo de hoje, quais os donos, os senhores absolutos, aqueles que estão colocados acima de governos e governantes, dos regimens, das ideologias, dos sistemas econômicos e políticos? Em todos os países, em todos os regimens, em todos os sistemas de governo, quem manda realmente, quem domina, quem traz o povo vivendo no medo? A polícia, os policiais! — e Galo Doido cuspia seu desprezo com o ranço da cachaça. O último dos delegados manda mais do que o presidente da República. Os poderosos, para manter o povo no medo e na sujeição, foram aumentando o poder da polícia a ponto de terminarem eles próprios seus prisioneiros também. Diariamente a polícia comete as violências, as injustiças, os crimes mais cruéis, levantada contra os pobres e contra os livres. Quem já viu um policial condenado por crime cometido?

Para Jesuíno, rebelde a todo mando, coração livre e peito ardente, o mundo só será mesmo bom de se viver no dia em que não houver mais soldados de nenhuma espécie nem policiais de qualquer tipo. Atualmente estavam todos os homens, inclusive reis e ditadores quanto mais os pobres desamparados, na dependência da polícia, um poder acima de todos os poderes. Imaginasse ela então esse imenso poder voltado contra um simples pai de família como Zico Cravo na Lapela, bom de bico, sem dúvida, sabendo como ninguém levar um pacóvio na lábia, mas sem a menor possibilidade de resistir à violência. Não desejava senão viver em paz, mas não o deixavam, os tiras haviam tomado assinatura em cima dele, a má sorte também. Por consequência, não devia Otália fazer julgamento apressado, mau juízo de quem era apenas joguete do destino.

Assim deletreando, degustando uma cachacinha ali e mais além quando a luz de um botequim brilhava no caminho, chegaram finalmente ao beco mal iluminado onde residia o desventurado Cravo na Lapela. Haviam abandonado o asfalto e os paralelepípedos, as ruas calçadas de pedra, chegavam às de terra batida. A casa de Zico ficava um pouco afastada das outras, no fundo do beco, com um pequeno terreno ao lado, todo plantado de craveiros. Sobre as folhas e as flores tremulavam pingos d'água, da chuva recente.

— Adora as flores, os cravos. Todo dia usa um na botoeira... — explicou Curió e era como se completasse o retrato de Zico, o verdadeiro e não aquele tantas vezes saído nos jornais com um número no peito.

Diante da casa fechada, adormecida, do silêncio daquele beco perdido, cortado apenas por um grilo abrigado entre os craveiros, depois de tanto elogio a Cravo na Lapela, Otália, as pernas cansadas, a cabeça pesada de tanta conversa e de tanta cachaça, propôs abandonarem a busca e voltarem para o castelo de Tibéria. Mas Jesuíno não estava disposto a permitir qualquer dúvida a respeito da honorabilidade de Zico, tampouco queria deixar prolongar-se por mais tempo a brincadeira do amigo com a bagagem de Otália.

— Toda brincadeira tem seu limite...

Enquanto Ipicilone batia palmas na porta da frente, Jesuíno atravessou entre os craveiros, dirigindo-se aos fundos da casa. Ninguém respondia às palmas, Curió e Pé-de-Vento secundaram Ipicilone, o silêncio perdurava. Como se não houvesse ninguém na casa ou estivessem todos mortos. Então negro Massu assentou seu punho na porta, balançando o teto e as paredes. Enquanto isso, Galo Doido chegava aos fundos da casa a tempo de ver Cravo na Lapela atravessar a porta da cozinha e sumir no mato.

— Para aí, compadre... Para onde vai? É só a gente...

Ao ouvir a voz conhecida, o apressado perguntou, de longe:

— É tu, compadre Jesuíno?

— Eu e mais Massu, Pé-de-Vento, Ipicilone... Volta e abre a porta...

— E que diabo tu vem fazer aqui a essa hora, assustando a gente?

Seu vulto reaparecia, saltando agilmente sobre as poças d'água, a roupa branca perfeitamente engomada, o chapéu-chile, a gravata-borboleta, um cravo envelhecido na botoeira.

— Vim trazer uma moça...

— Moça?... — na voz de Zico havia uma nota de suspeita.

Já uma luz acendia-se dentro da casa e a cabeça de uma criança aparecia na porta da cozinha. Logo depois eram três cabeças, os olhos vivos varando a noite. Também os amigos e Otália vinham para os fundos da casa atravessando por entre os craveiros.

— Moça, sim. E tu, por que ia assim, apressado?

— Pensei... Quer dizer, ia na farmácia comprar farinha pro neném...

A família acordava e punha-se de pé. Otália nunca tinha visto tanto menino e menina a empurrarem-se e a sucederem-se na porta.

— Vamos entrar... — convidou Cravo na Lapela.

Da cozinha viam as outras duas peças da casa, o quarto e a sala. No quarto, sete das oito crianças empilhavam-se num colchão e em algumas esteiras estendidas no chão. A mais velha teria seus doze anos, lindeza de menina-moça. O menor andava pelos seis meses e choramingava no colo da mãe, cujo perfil de prematura velhice surgia na porta aberta da sala, onde o casal dormia. A mulher fitava os recém-chegados, o ar cansado.

— Boa noite, comadre... — saudou Galo Doido.

Os outros também cumprimentaram, inclusive Otália.

— Boa noite, compadre... Veio buscar...?

Jesuíno disse:

— Não vê que a moça é protegida de Tibéria? Foi por isso que vim com ela. — E voltando-se para Zico: — Cadê a mala, compadre?

— Que mala, homem de Deus?

— A que tu pegou na Calçada... A moça sabe que foi só de brincadeira... Já expliquei a ela.

Cravo na Lapela percorreu o grupo com o olhar.

— Não foi de propósito... Como eu ia adivinhar que era gente da casa de Tibéria? Tava ali dando sopa, ela mesma botou a bagagem em minha mão. "O senhor pode tomar conta que eu vou ali?" Não foi assim mesmo, mocinha?

Passou pela mulher, entrou na sala, voltou com a mala. Vazia.

— Pois me desculpe pelo engano...

— Mas a mala tá vazia, compadre...

— E então? Tu pensa que tinha alguma coisa dentro?

Otália apontou com o dedo a mulher parada na porta:

— Ela está vestida com minha camisola...

A mulher nada dizia, apenas olhava Jesuíno, Otália, os demais. As crianças no quarto seguiam a cena entre cochichos e risadas. A segunda em idade, também menina, de seus dez anos, usava apenas uma calcinha, enorme para seu tamanho.

— Aquela calcinha também é minha...

— Compadre... — apelou Jesuíno.

A mulher, da porta da sala, abriu a boca e falou numa voz monótona, sem calor, sem raiva e sem ternura:

— Não te disse, Zico, que não adiantava? Tu não serve mesmo pra nada... Não tem jeito. — Alteou a voz, ordenando às crianças: — Entreguem as coisas da moça!

Recolheu-se, fechou a porta para logo depois abri-la e atirar a camisola para onde estava Otália. Uns minutos mais e retornou vestida com um robe velho e remendado.

Pelo quarto e pela sala foram aparecendo as outras coisas: uns sapatos novos, chinelos, dois vestidos atirados sobre a única cadeira existente. Cravo na Lapela explicava:

— Tu sabe, compadre, aqui tá uma falta medonha de roupa. As meninas, coitadas, até faz pena...

A mulher punha uns copos numa bandeja velha, de lata, ia descobrir uma garrafa num canto da cozinha. Agora Zico dava pressa às crianças, desejoso de encerrar quanto antes o incidente desagradável da mala. Estavam entre amigos e deviam festejar. A mulher servia a cachaça, silenciosa, avelhantada, sem rir mas também sem chorar, vivendo apenas.

Parecia completo o carregamento da mala, negro Massu ia fechá-la. Otália constatou:

— Falta meu melhor vestido, o mais bonito.

A mulher olhou para a filha mais velha, a menina baixou a cabeça, entrou no quarto, voltou com um vestido florado, de babados. Fora presente do filho do juiz no começo do xodó, quando o pai ainda não lhe cortara a mesada. A mocinha vinha em passo lento, os olhos postos no vestido, numa tristeza de dar pena. Otália disse:

— Acha bonito?

Toda sem jeito a menina fez sim com a cabeça. Mordia os lábios para prender o choro.

— Pois fique com ele.

A mocinha olhou para Cravo na Lapela:

— Posso ficar, pai?

Zico encheu-se de dignidade:

— Deixa o vestido da moça, empesteada. Que é que ela vai pensar da gente?

— Fique para você — repetiu Otália. — Senão fico zangada.

A menina quis sorrir, as lágrimas encheram-lhe os olhos, voltou as costas, o vestido apertado contra o peito, entrou na sala correndo.

Cravo na Lapela levantou os braços, caloroso:

— Muito obrigado, muito obrigado. Já que insiste, consinto que ela aceite, para não lhe fazer uma desfeita... Agradeça à moça, Dorinha... menina mais sem modos...

Nessa altura a cachaça estava sendo servida. Otália tomou o pequenino em seus braços para a mulher poder movimentar-se melhor:

— Quantos meses?

— Seis... E já estou com outro no bucho...

— Esse Zico não perde tempo... — riu Ipicilone.

Riram todos. Cravo na Lapela resolveu ir com eles, precisava comprar farinha na farmácia para o caçula, e devia apresentar desculpas a Tibéria. Iam saindo quando Otália perguntou:

— Tinha um embrulho... Não se lembra?

— Embrulho? Ah!, um embrulho de papel? Não tinha nada que prestasse... Não sei o que os meninos fizeram... Onde botaram? — gritou para o quarto.

A de dez anos foi buscar o pacote, estava escondido num canto. Caiu o papel e viram uma boneca, velha e esmolambada. Otália precipitou-se, tomou da boneca, apertando-a contra o peito. Reclamou o papel pardo, queria refazer o embrulho. Os outros olhavam sem entender, só Pé-de--Vento comentou:

— Uma boneca... — e, dirigindo-se a Otália: — Por que tanto chamego com uma boneca? Se ainda fosse bicho vivo...

Os meninos não tiravam os olhos da rapariga. Ela levantou-se, andou até a mala, guardou o embrulho, Massu ajudou a fechar.

Saíram finalmente. Massu levava a mala, a mulher ficou a olhar da porta da cozinha, com o pequeno no braço. Recomendou:

— Não esqueça de trazer a farinha do neném...

— O bichinho tá com diarreia... Só pode comer farinha de lata, e eu tou a nenhum... — explicou Cravo na Lapela.

Juntaram o dinheiro ali mesmo, cada um deu um pouco. Zico estendeu a mão para recolher o montante mas Jesuíno meteu no bolso:

— Eu mesmo compro, compadre... É melhor.

— Tá bom... Como tu quiser.

— Não é por nada não. Tu podia esquecer.

Jesuíno sabia de outros meninos de Cravo na Lapela mortos na primeira infância em dias sem dinheiro para farinha. Sabia também como seu compadre era esquecido e, sobretudo, como não resistia a tentar a sorte nas mesas de jogo. Podia topar com uma em seu caminho, pela madrugada, antes da abertura das farmácias e, com tanta má sorte a acompanhá-lo, perder aqueles magros mil-réis retirados da cota da cachaça.

Quando chegaram ao castelo de Tibéria já o movimento havia cessado completamente. Recolhidas as meninas, descansando, sozinhas ou com seus xodós. Na sala grande, as luzes apagadas, a vitrola silenciosa. Na de jantar, Tibéria sentada em sua cadeira de balanço, enchendo-a por completo com seu corpo volumoso. Era uma gorda mulata de seus sessenta anos, seios imensos, rosto plácido, olhos de firmeza e bondade. Naquela hora avançada da noite seu rosto, em geral acolhedor e prazenteiro, estava sombrio como se algo grave houvesse sucedido. Com um apagado boa noite acolheu a caravana. Quem riu amigavelmente foi Jesus, seu marido, sentado na cabeceira da mesa, fazendo contas num caderno.

Jesus Bento de Sousa, alfaiate batineiro, mulato cabo-verde, de lisos cabelos de índio, cor bronzeada, os óculos equilibrados na ponta do nariz. Mais moço do que Tibéria talvez uns dez anos, era um rapagão quando os dois se conheceram há quase trinta anos, ela opulenta balzaquiana, de duras carnes morenas, rainha do Carnaval, porta-estandarte de clube, fazendo a vida no castelo de Aninha. Ele, jovem aprendiz na Alfaiataria Modelo, gostando de sua farrinha, traçando músicas ao violão. Conheceram-se numa festa de micareta, no mesmo dia dormiram juntos, doidos um pelo outro, amor a prolongar-se, constante e doce, sem diminuir com o passar dos anos.

Quando completaram dez anos de coabitação e carinho, Tibéria estabelecida por conta própria, ele também com A Tesoura de Deus, pequena mas afreguesada alfaiataria especializada em batinas e vestes sacerdotais, escolhido secretário da Confraria do Carmo, cargo em que permanecia ainda, sucessivas vezes reeleito, tal a competência demonstrada, casaram-se no juiz e no padre. A data da cerimônia civil, eles a conseguiram manter em segredo, conhecida só de alguns íntimos. Mas, quando do casamento religioso, num domingo, na igreja das Portas do Carmo, perto do Pelourinho, a notícia transpirou. A igreja ficou atestada de mulheres e amigos, as raparigas nos seus vestidos mais caros, os irmãos da Confraria do Carmo com suas capas vermelhas. Havia na igreja tal rebuliço de putas, ar de festa tão verdadeiro, perfumes, rendas, risos e flores a ponto de dizer o padre Melo, com seus quarenta anos de sacerdócio, jamais ter celebrado casamento tão pomposo e concorrido. Tibéria era uma rainha, com seu vestido de cauda, um diadema nos cabelos. Jesus, com a idade, emagrecera e ficara um pouco curvado. Vestia impecável roupa branca. Casamento mais rico talvez tenha celebrado o padre Melo, nenhum, porém, destinado a tamanha compreensão e tranquila felicidade como esse a unir o alfaiate batineiro e a caftina.

Caftina? Feia palavra para se usar em referência a Tibéria. "Mãezinha", eis como dizem as meninas do castelo. Gerações, sucedendo-se umas às outras, vão e vêm as raparigas, risonhas ou tristes, amando ou odiando seu ofício trabalhoso, mas sabendo todas elas poder confiar em Tibéria. Descansar a cabeça em seu seio farto, derramar em seu coração tristezas, paixões e desencantos, contar com ela nos momentos difíceis. Tibéria com a palavra justa e o gesto preciso, a consolação e o remédio. "Mãezinha", eis como dizem os seus amigos, tantos e tantos, de todos os meios e condições, e havia alguns dispostos a matar e a morrer por Tibéria. Larga era sua influência, pessoa mais respeitada e querida.

O cabo Martim era um daqueles amigos do peito. Por Tibéria era capaz de tudo, vinha diariamente vê-la no castelo, tivesse ou não xodó com uma das meninas, vinha para conversar, ajudava no que se fizesse necessário, traçava sua cerveja, ia embora. Isso quando não chegava em companhia dos amigos, para recolher as pequenas e partir para uma festa qualquer.

Por causa de Martim estava ela com o rosto sombrio e mal saudou Jesuíno e os demais. Tentava digerir a notícia, ali chegada com rapidez e adulterações, do casamento do cabo. Mas a novidade não lhe atravessava na garganta, não podia aceitá-la, nela acreditar.

Fitou os recém-chegados com um olhar duro:

— Isso são horas?...

— A gente estava procurando a bagagem da moça... — explicou Galo Doido, sentando-se à mesa.

— Encontraram?

Massu colocava a mala no chão:

— Zico tinha guardado em casa dele pra não roubarem...

Tibéria demorou o olhar em Cravo na Lapela:

— Tu não toma jeito de gente? E tua mulher, como vai? Tu precisa procurar Lourival, ele tem trabalho pra você. Vai abrir um negócio...

— Amanhã vou atrás dele...

Jesus levantou a vista do caderno:

— É mesmo verdade que Martim se casou?

Mas, antes de qualquer resposta, Tibéria explodiu:

— Não acredito. Não acredito e acabou-se. E aqui, em minha casa, ninguém fala mal de Martim que eu não admito. Quem quiser discutir esse assunto que vá embora daqui, vá se estourar nos infernos.

Disse e levantou-se, indignada. Fez um gesto para Otália acompanhá-la:

— Pegue sua mala e venha, seu quarto está arrumado...

Resmungava ao sair:

— Martim casado, onde já se viu estupidez igual...

Ficaram os homens na sala, em torno à mesa. Jesuíno enfiou a mão na cabeleira, comentou:

— Esse negócio do casamento do cabo mais parece uma revolução.

Jesus confirmou, balançando a cabeça:

— É um deus nos acuda... Quando a notícia chegou até pensei que as meninas iam fazer greve... Foi um fim de mundo.

Levantou-se para servir uma cachacinha.

6

NOS QUINZE DIAS DE INTERVALO ENTRE AQUELA NOITE DE CHUVA, quando recuperaram a bagagem de Otália, e a luminosa manhã do desembarque do cabo em companhia de sua esposa Marialva na Rampa do Mercado, os comentários ferveram, multiplicaram-se os boatos, a notícia atingiu os recantos mais distantes, subúrbios e mesmo outras cidades. Foi encher de lágrimas, em Aracaju, no estado vizinho de Sergipe, os cobiçados olhos de Maria da Graça, doméstica de gabadas prendas. Não conseguira ela esquecer, apesar do tempo e da distância, aquela loucura do ano passado quando, após tê-lo visto exibir-se na Gafieira do Barão, abandonara emprego e noivo para seguir Martim em sua vida estouvada, sem lar e sem horário.

Confiança absoluta em Martim só Tibéria a mantivera, inalterada. Jesuíno Galo Doido não acusava o cabo, é bem verdade, tampouco o fazia Jesus Bento de Sousa, até o defendiam, tentando explicar, encontrar razões para o discutido casamento. Não se recusavam, no entanto, a crer nos boatos. Atitude tão radical apenas Tibéria a assumia, para ela tudo aquilo não passava de maldosa mentira, perversa invenção de inimigos e invejosos a transformarem em casamento um daqueles rápidos e habituais xodós do cabo. De tantos fora Tibéria testemunha e alguns apadrinhara, com meninas do castelo. Aparecia o cabo loucamente apaixonado, declarando não poder estar um só instante longe da mulher amada, dizendo-se amarrado para sempre. Bastava, entretanto, topar com uma outra em sua frente e lá ia o cabo, e se uma terceira surgisse, a ela se atiraria como se pudesse e devesse amar todas as mulheres do mundo. Quantos incidentes, bate-bocas e até desforços físicos entre apaixonadas de Martim não presenciara Tibéria?

Recordava o caso com Maria da Graça, tão bonita e inocente. Morta de paixão, nas vésperas do casamento com um ótimo rapaz. Um espanhol bem empregado na mercearia de um seu patrício, com promessa de interesse no negócio para muito breve, um galego fino. Ela largara tudo, o emprego de babá na casa do dr. Celestino onde era tratada como pessoa da família, o noivo, as perspectivas de futuro, para ir atrás de Martim. O cabo comera-lhe os três vinténs, parecia entregue, ele também, à paixão mais furiosa, muito se falou em casamento, pelo menos em prolongada amigação. Cabo Martim estava comovido: aquela menina aparentemente tão tímida abandonara tudo para ficar com ele e nada lhe pedia. Ao demais, tão graciosa, tão terna e dócil! Martim a fora esconder para os lados do Cabula, pela primeira vez Tibéria o acreditou preso a uma mulher.

E, de repente, quando todos o pensavam por inteiro devotado àquele amor profundo e recente — nem um mês ainda se passara, a contar do primeiro encontro na gafieira —, eis o escândalo a envolver Martim: agredido por um sapateiro, nas proximidades do Terreiro de Jesus, ferido a faca no ombro. O sapateiro, avisado por uma vizinha assanhada, solteirona, é claro, fora encontrar sua esposa na cama com Martim, e esquecida das obrigações familiares, em plena tarde de dia útil. Estava o sapateiro trabalhando quando a intrigante cochichou-lhe a desventura: levantou-se levando a faquinha de cortar couro, precipitou-se para casa, atirou-se sobre Martim, atingindo-o no ombro. Os vizinhos impediram desgraça maior: o sapateiro querendo matar a mulher, suicidar-se, necessitando de sangue para lavar os chifres. Com tanta balbúrdia, acabaram todos na polícia e saiu notícia nos jornais, na qual o cabo Martim era tratado como "o sedutor". Ficou Martim muito vaidoso com esse qualificativo, guardou o recorte no bolso para exibi-lo.

Maria da Graça, porém, ao saber do fato, arrumou suas coisas e foi embora, tão silenciosa como viera. Não se queixou, não disse uma palavra de recriminação, mas tampouco aceitou desculpas e pedidos de perdão. Martim tomara um porre monumental, curtira a cachaça num quartinho dos fundos, no castelo de Tibéria.

Se nem daquela vez tivera constância, se nem a doçura e o devotamento de Maria da Graça conseguiram prender seu leviano coração, se jamais mulher alguma mandara nele, como iria transformar-se assim de súbito, a ponto de falar em trabalho? Não seria Tibéria, mulher de maior, experiente, vivida, dona de casa de raparigas há mais de vinte anos, a acreditar em tais conversas.

Jesus Bento de Sousa encolhia os ombros, por que não podia ser? Todo homem, por mais mulherengo, termina um dia por prender-se, por sentir necessidade de fixar-se numa única mulher, de estabelecer seu lar, plantar-se num chão onde suas raízes cresçam em ramos e frutos. Por que Martim deveria ser exceção? Casara-se, ia trabalhar, nasceriam meninos, terminara o velho Martim sem lei e sem patrão, o malandro por excelência, o passista emérito, o tocador de violão, de berimbau e atabaque, o mestre de capoeira, o Martim dos baralhos marcados e dos dedos ágeis, o namorado de todas as cabrochas, o sedutor. Chegara o tempo dos filhos e do trabalho, impossível escapar. Não fora ele também, Jesus Bento de Sousa, um inveterado farrista, homem de muitas mulheres, mulato cabo-verde mais disputado? — perguntava o alfaiate a Tibéria, sorrindo-lhe. As gazetas da época não o haviam classificado de sedutor por falta apenas de oportunidade e não porque lhe minguassem méritos. E, no entanto, ao conhecer Tibéria, mudara por completo, entregara-se ao trabalho, enchera-se de ambição, virara outro homem.

Em lugar de comover-se com a homenagem, replicava Tibéria, áspera:

— Tu agora quer me comparar com essa piolhenta?

— Por que tu fala assim, se tu nem conhece a moça, Mãezinha?...

— Não conheço e ninguém conhece, mas só ouço é dizer que é uma beleza, mais bonita não há, formidável, não sei mais quê. Não conheço mas posso te garantir que não é flor de se cheirar...

Silenciava Jesus, compreensivo. De natural tão amável e alegre, Tibéria enfezava-se com a simples menção do caso, quando alguém trazia um novo detalhe, a comprovar a veracidade da notícia. Para ela, Martim era como um filho, traquinas e sem juízo, por isso mesmo mais mimado. E as mães não gostam de ver seus filhos casados, amarrados a outra mulher. Nesses dias difíceis, sua única distração era cuidar da recém-chegada Otália, tabaroa e novata, tão menina ainda, ainda — imagine-se! — agarrada com bonecas. Realmente, no tal misterioso embrulho, misturada a recortes de jornais, encontrava-se uma velha boneca rebentada. Tibéria levava Otália a passear, mostrava-lhe a cidade, os jardins, as praças, os lugares bonitos.

Só os cuidados com Otália distraíam-na da irritação crescente, chegando ao cúmulo quando soube ter Maria Clara, mulher de mestre Manuel, alugado, para o cabo e a esposa, um barraco na Vila América, nas proximidades do candomblé do Engenho Velho. Para isso, dera-lhe Martim instruções e dinheiro quando o saveiro de Manuel estivera carregando tijolos em Maragogipe. Pedira-lhe para alugar casa e comprar móveis: mesa e cadeiras, cama larga e resistente, um espelho grande. Recomendação especial merecera o espelho, encomenda de Marialva, e Maria Clara andara meia Bahia a procurá-lo, custara um dinheirão. Martim, porém, estava perdulário, tudo lhe parecia abaixo dos merecimentos da esposa. Tibéria, ao saber dessas andanças da mulher do mestre de saveiro, arrenegou dela, que diabo tinha de sair alugando casa e comprando móveis? Quando a visse, lhe diria belas e boas.

Reconsiderou, no entanto, sua posição agressiva, ao saber, muito confidencialmente, da opinião de Maria Clara sobre a tal de Marialva. Pois a saveirista segredou-lhe, assim como às pessoas mais chegadas, não ter tido boa impressão da esposa do cabo: pernóstica e emproada. Bonita, sem dúvida, quem poderia negá-lo? Metida a sebo, porém, cheia de não me toques, enjoada, enfim — resumia numa palavra — um vomitório. O pior era que Martim parecia adorar aquilo tudo, a voz chorosa, os arrebiques, o emproamento da fulana. Agarrado às saias dela, não tinha olhos para nenhuma outra mulher. Podiam todas as mulatas do Recôncavo requebrarem-se em sua frente, sorrirem em convites tentadores, o cabo nem ligava. Arrulhando com sua Marialva, marido perfeito, era outro homem, Tibéria ia ver quando ele chegasse, coisa de mais alguns dias.

Tibéria virara fera ao ouvir tais comentários. Esbravejava contra os portadores de detalhes, como se tivessem eles alguma culpa no acontecido. Recusava-se a acreditar, podiam colocar diante de seu nariz as provas mais concludentes: mantinha-se irredutível. Precisava ver para crer. Antes, não.

— Pra semana, eles tão por aqui, vosmicê verá... — Maria Clara acendia o fogareiro para fazer café. Mestre Manuel ouvia silencioso a conversa das duas, não se envolvia, não dava palpites. Fumava seu cachimbo de barro na popa do saveiro.

De todo aquele noticiário, de toda aquela boataria, só interessava a Tibéria o anúncio da próxima chegada do cabo. Esperava-o sem falta para a festa de seu aniversário.

Festa de arromba, a do aniversário de Tibéria, acontecimento importante no mundo do Mercado, da Rampa, do Pelourinho, da feira de Água de Meninos, das Sete Portas e dos Quinze Mistérios. A cada ano, a comemoração ganhava maior amplitude, sobrepujando a festa do ano anterior. Começava com missa na igreja do Bonfim, continuava numa feijoada monumental ao almoço, à noite era a festa propriamente dita, terminava alta madrugada.

Tibéria via a data acercar-se, e Martim, figura obrigatória e indispensável, ainda em viagem pelo Recôncavo, às voltas com a tal mulher. Tibéria não podia sequer admitir a ideia da ausência de Martim nos festejos programados.

Aliás, o interesse pela chegada do cabo não se limitava a Tibéria. Diariamente crescia o número dos curiosos a trocar pernas na Vila América, assim como quem não quer nada, com o único objetivo de constatar se já havia movimento na casinha alugada por Maria Clara para abrigar os esposos. Sentiam-se defraudados ao enxergar as janelas fechadas, a porta trancada. O próprio Jesuíno Galo Doido, aparentemente superior a essas tolices, não podia esconder o nervosismo. Um dia, quando discutiam o assunto, destemperou-se:

— Afinal, o que é que Martim está pensando? Que a gente não tem outra coisa a fazer, só ficar falando dele, esperando que se resolva a aparecer com essa fulana? Ele está é fazendo a gente de besta...

O desabafo deu-se naquela hora indecisa quando já não é noite e ainda não é manhã. Haviam estado numa festa de Ogum, santo de Massu, continuaram os festejos noite afora, com grande entusiasmo. Do candomblé vieram para o botequim de Isidro do Batualê. Como sempre, a conversa girou por diversos assuntos, terminou em Martim e em seu casamento.

Naquela mesma hora de luz ainda indefinida, Martim e Marialva, no saveiro de mestre Manuel, rumavam para a Bahia. O barco velejava maneiro, ajudado pela brisa. Marialva dormia, a cabeça encostada no braço, Maria Clara esquentava água para o café, mestre Manuel ia ao leme, pitando seu cachimbo. Sozinho na proa do saveiro, cabo Martim buscava enxergar ao longe as luzes da Bahia desmaiadas na baça claridade da antemanhã. O rosto impassível, mas o coração latindo dentro do peito, disparado.

Pousou o olhar na mulher adormecida e bela: o seio arfando ao ritmo do sono, semiaberta a boca sensual de beijos e dentadas, a cabeleira solta, esvoaçante, o vestido decotado, aquela pinta negra no ombro. Voltou-se novamente para a distância: lá estava a cidade, massa negra na montanha verde sobre o mar, a cidade e os amigos, a alegria, a vida. As luzes morriam na aurora, não tardaria a cidade a despertar.

7

COUBE AO NEGRO MASSU CONHECÊ-LA ANTES DOS OUTROS e jamais iria esquecer aquela manhã quando contemplou pela primeira vez seu perfil, enquadrado na porta. Marialva pareceu-lhe uma visão do outro mundo, o mundo dos livros, das histórias, dos filmes: uma princesa de contos de fadas e Massu adorava as histórias com fadas, gigantes, princesas e gnomos, uma artista de cinema, daquelas vistas nos filmes e reencontradas nos sonhos, ou uma das inatingíveis pensionistas de um discreto castelo, escondido na praia da Pituba, entre coqueiros, frequentado por alguns milionários e altos políticos, mulheres importadas do Rio e de São Paulo, até da Europa, o suprassumo, o non plus ultra. Acontecera algumas vezes a Massu enxergar de longe mulheres assim, os loiros cabelos, a pele finíssima, o suave perfume, envoltas sempre em pesados abrigos ou em esvoaçantes tecidos, pernas longas, rostos divinos, sempre fugidia visão entrando ou saindo de um automóvel luxuoso. Ah!, derrubar uma delas na areia da praia... Negro Massu passava a mão pela barriga cor de carvão, sentia um frio no ventre só ao pensar. Pois Marialva podia ser uma delas, com a graça de Deus e a pinta no ombro, tanto a rapariga o impressionou quando pela primeira vez fitou seu rosto, descobriu seus olhos, vendeu-se a seu sorriso, desejou-a com aquele desejo sem medida porque sem esperança, um frio na barriga. Contentar-se-ia com tocar o sinal negro no ombro esquerdo e ficou diante dela como um escravo, um cão humilde, um verme da terra. Baixou a cabeça grande como a de um boi e esperou suas ordens, para cumpri-las. Ela apenas sorria, o mais doce dos sorrisos, e o encarava com aqueles olhos medrosos, a pedirem proteção. O negro inflou o peito de lutador, os músculos retesaram-se sob a camiseta esburacada. O sorriso de Marialva ampliou-se na contemplação da força violenta do negro, seus olhos semicerraram-se.

Após a apresentação, abriu a boca para palavras de desculpas, a explicar por que não o convidava a entrar na casa ainda desarrumada, ela própria, naquela hora matutina, num desalinho impróprio para visitas. Cabo Martim olhava a cena, orgulhoso, como a perguntar a Massu se alguém na Bahia tinha mulher tão bela e tão perfeita dona de casa. Uma senhora, Marialva. E a seus pés, rastejando na poeira, o negro Massu.

Desembarcara Martim às três e meia da manhã, na Rampa do Mercado. No bolso da calça, tilintavam as chaves da casinha alugada por Maria Clara. Por uma vez, ao descer em Salvador, chegando de fora, não se tocou direto para o castelo de Tibéria. Quando regressava de uma curta fugida a Porto Seguro ou Valença, Cachoeira ou Santo Amaro, convidado por mestres de saveiros ou de barcaças, sua primeira visita era para Tibéria. Trazia-lhe uma lembrança, contava-lhe os acontecidos da viagem. Bebiam pelo regresso, comiam se era hora de comer, e quando chegava pelo meio da noite ou pela madrugada havia sempre uma rapariga a abrigá-lo em seu leito, a dividir com ele o travesseiro, a resguardá-lo do frio no calor de seu peito. De pouca coisa nesse mundo gostava tanto Martim como de chegar à Bahia, após uma semana ou dez dias de navegação, e encontrar-se na atmosfera cálida e afetuosa do castelo de Tibéria, vendo-a em sua cadeira espreguiçadeira, as banhas sobrando pelos lados, maternal, conversadeira, as meninas em torno, Jesus na ponta da mesa com seus cadernos de contas, uma família por assim dizer, aliás a única que Martim conhecia e adotava.

Desta vez, porém, não rumou o cabo para os lados do Pelourinho, onde estava Tibéria estabelecida. Tinha sua casa, seu lar. Seu destino foi o barraco da Vila América, onde chegaram acompanhados de uma carroça com as malas e uns cacarecos trazidos do Recôncavo. Os vizinhos madrugadores viram o casal subindo a ladeira, o cabo curvado sob o peso de um grande baú de couro, a moça rodando uma sombrinha na mão e lançando olhares curiosos em torno. O carroceiro conduzia o resto da bagagem, arfava na subida íngreme. O barraco pintado de azul, com uma janela desconjuntada, dominava do alto da colina a verde paisagem do vale a estender-se embaixo em roças de bananeiras e em altas mangueiras e jaqueiras.

Martim descansou no chão o pesado baú, abriu a porta, entraram ele e o carroceiro com os trens. Marialva ficou parada diante da casa e da paisagem, a examinar os arredores, deixando-se ver e admirar pela vizinhança acordada de urgência, surgindo nas portas e janelas.

Foi um desses vizinhos quem comunicou a nova a Massu. Estava o negro, por volta das oito horas, fazendo sua cotidiana parada no jogo do bicho quando um seu conhecido, Robelino de nome, lhe aconselhou:

— Se quer ganhar, jogue no urso... Dezena, noventa, descarregue...

— E por quê? Palpite ou sonho? — informou-se Massu, cujas predileções naquela manhã iam para a cabra, por uma série de complicadas circunstâncias.

— É o número da casa de Martim, lá no morro. Foi a primeira coisa em que batuquei o olho hoje, de madrugadinha. Tinha chegado na porta do meu chalé, tava enxaguando os dentes, quando Martim abriu a porta do chatô vizinho e no meio da porta tava o número, pintado com tinta vermelha: 90. Engraçado é que meu barraco, juntinho do dele, é 126. Devia ser 92, tu não acha?

Massu estava de respiração suspensa:

— Tu quer dizer que Martim chegou?

— Pois, como lhe digo... Subiu a ladeira carregando um malão do tamanho do mundo, vinha penando com o peso. Se tudo aquilo é vestido daquela dona, nem a mulher do governador tem tanto de vestir... sem falar na outra mala que o carroceiro trazia e mais um caixão...

— Que dona?

— A que tava com ele, tão dizendo aí que ele se casou, tu não sabia? Como tu não havia de saber, tu que é tão amigo dele... Chegou com ela, largou a mala, abriu a porta, foi aí que eu vi o número, nunca tinha reparado antes. Noventa, a dezena ali estalando na minha cara, joguei as economias, seu Massu...

Susteve a voz como se seu pensamento estivesse noutra parte, tornou-se mais confidencial:

— Que pedaço de mulher, meu irmão, um andor de procissão. Que foi que Martim fez pra merecer tanto de Deus? Porreta, seu mano...

Massu, por via das dúvidas, jogou dois tostões no urso, tocou-se para a Vila América. Queria ser o primeiro a abraçar Martim, a contar-lhe as novidades, a saber da vida do outro, a conhecer a dona tão falada.

De passagem, anotou um botequim ao pé da ladeira com variado sortimento de cachaça. Chamaria a atenção de Martim, podiam começar ali as comemorações. Aquele era um dia para muito beber, de manhã até à noite, reunindo todos os amigos, terminando no cais dos saveiros na hora do sol chegar.

Encontrou o cabo de martelo em punho, desmontando a janela da frente para consertá-la. Armado com pregos, alicate, pedaços de tábua, trabalhando firme. Largou tudo para abraçar o negro, pedir-lhe notícias de Galo Doido, de Pé-de-Vento, de Curió, de Ipicilone, de Alonso, de todos os demais, e antes de qualquer, de Tibéria e de seu marido Jesus. Limpava o suor da testa com as costas da mão, retomava do martelo. Massu olhava a casa, a paisagem desdobrando-se morro abaixo, o amigo trabalhando. Pensava no botequim ao sopé da ladeira, devia convidar Martim. Mas o cabo estava de tal forma entregue ao trabalho, tão disposto a consertar a janela, Massu decidiu esperar: Quando ele terminar, falo do botequim, vamos virar nossa cachacinha. Sentou-se numa pedra, ao lado da porta, tirou um palito da carapinha, começou a palitar os dentes alvos e perfeitos.

Martim, enquanto batia prego, recondicionando a janela, ia falando disso e daquilo, de gente de Cachoeira e São Félix, de Maragogipe e Muritiba, de Cruz das Almas, andara por todos aqueles lugares. Também Massu lhe dava notícias, detalhes da festa de Ogum na noite passada, contava do febrão a derrubar Ipicilone na cama durante dez dias, resistindo a tudo quanto era remédio de farmácia, desaparecendo milagrosamente apenas chamaram Mocinha, a rezadeira. Rezou Ipicilone por volta das onze da manhã e às quatro da tarde já ele estava de pé, pedindo comida. Rezadeira como Mocinha, não havia outra na Bahia. Martim concordou e por um momento suspendeu a empreitada da janela para louvar Mocinha e seus poderes. Com que idade estaria ela, tia Mocinha? Devia já ter passado dos oitenta, se não já houvesse alcançado a casa dos noventa. No entanto, ainda dançava na roda das filhas de santo no candomblé de Senhora e andava quilômetros a pé, carregando suas folhas sagradas, retiradas do peji de Ossani. Velha retada, tia Mocinha!

Massu falou também da desaparecida bagagem de Otália, brincadeira de Cravo na Lapela, obrigando-os a andar até o Caminho de Areia. Martim quis então saber notícias de Zico, da família, e de jogadores amigos, de Lourival, da gente de Água de Meninos. Massu informou mas para logo voltar ao tema de Otália: menina bonitinha, Curió andara apaixonado por ela mas essa Otália era um pouco lesa, não fizera dificuldades para dormir com Curió como não fazia com os outros, mas não quisera conversar de namoro e xodó, não se agarrava nem com ele nem com nenhum. Quando saía com eles para uma festa de dança numa gafieira ou para uma boa moqueca num saveiro, dava o braço ao primeiro a candidatar-se, com ele ficava no fim da festa, entregava-se numa ânsia quase sempre confundida com amor pelo parceiro. Mas, passada a noite, não ligava mais para o fulano, como se nada houvesse existido entre eles. De Curió sobretudo caçoava, tirava chalaças a propósito de seus olhares, ria de seus suspiros, de seu velho fraque surrado e de sua cara pintada. Não adiantava ele lavar o rosto, guardar o fraque e vestir um esmolambado paletó, encharcar a cabeleira alta de mulato com latas inteiras de brilhantina, nada a comovia. Nem mesmo a compra de um paletó novo, nem mesmo um verso que ele compôs em sua honra, troço caprichado, rimando Otália com dália, falando em seu amor e sua dor. Para nada disso ela ligava, fazia a vida no castelo à tarde e à noite, saía depois para passear no cais, adorava espiar os navios. Assim, um tanto amalucada e metida a besta era essa Otália. Pusera Jacinto a correr, Martim se lembrava quem era?, um molecote metido a jogador, todo engravatado. Não saía sem uma fita no pescoço. Fora propor amigação a Otália, nada menos. Ela lhe respondeu que não dormiria com ele nem como freguês, por nenhum dinheiro do mundo, nem Tibéria ordenando, preferia voltar para Bonfim. Assim, sem jeito, sem papas na língua, bonitinha mesmo, não uma dessas belezas deslumbrantes mas toda benfeitinha, Otália era agora uma espécie de centro geral de interesse. Tibéria se pegara com ela, Jesuíno também, Jesus até lhe comprara uma boneca nova, dessas grandes, de celuloide, para substituir a velha e rebentada trazida de Bonfim no tal embrulho de papel pardo. Sim, brincava com bonecas como uma criança. Uma criança, e tão menina, às vezes até dava pena vê-la na sala do castelo esperando macho. Ao desembarcar, aumentara a idade, declarara dezoito anos, mas Tibéria a pusera em confissão e apurara a verdade: mal completara os dezesseis.

Não era intenção de Massu provocar o amigo ao conversar de tais assuntos, ao traçar o contraditório retrato de Otália na manhã de sol. O negro não era dessas sutilezas, falava da moça porque gostava dela, tinha raiva de vê-la mulher-dama com tão pouca idade. Mas não era Massu de todo desprovido de senso de observação, a ponto de não estranhar o silêncio desinteressado do cabo, a bater pregos, a ajustar as tábuas dos caixilhos, apoiando com um sorriso as declarações do negro mas, via-se facilmente, apenas por boa educação — e sabe-se como o cabo era educado — e nada mais. Realmente, considerou Massu, estava Martim muito mudado, tinham razão os boateiros. Se fosse noutros tempos seus olhos fuzilariam, sujeitaria Massu a apertado interrogatório, não perderia tempo a consertar janelas, se largaria atrás de Otália. Em vez disso, ouvia desatento, um ouvido na conversa do negro, o outro voltado para o interior da casa, à espera de qualquer ruído dali proveniente.

Até aquele momento não havia sido feita nenhuma referência a Marialva. Não por falta de vontade de Massu, doido estava ele para ouvir algo sobre a tão comentada mulher do cabo, aquela por quem ele decidira mudar de vida. Mas não se sentia autorizado a puxar a conversa para tão delicado assunto. Cabia a Martim iniciá-la, comunicar oficialmente o casamento, falar da esposa, ou, pelo menos, dar uma deixa, uma referência qualquer na qual o negro pudesse se agarrar e seguir em frente. Enquanto Martim se mantivesse trancado, discorrendo disso e daquilo, de tudo o demais e só não falando do que realmente interessava, negro Massu não podia tocar no assunto, sem romper os ritos mais invioláveis de gentileza.

Quem sabe, quando o cabo terminasse o conserto da janela e descessem os dois para o botequim, talvez abandonasse a reserva, se desdobrasse em confidências. Refletia Massu nessas conjecturas quando viu o rosto de Martim mudar de expressão. Encontrava-se o negro de costas para a casa, sentado sobre a pedra, voltou-se. Marialva estava parada, como que emoldurada pela porta, a observá-lo num olhar crítico. Apenas o negro voltou-se, porém, desapareceu daquele olhar toda a dureza, toda a desconfiança, para transformar-se numa tímida mimada donzela em perigo, reconhecendo de súbito o herói capaz de defendê-la. Tão rápida a mutação a ponto de Massu logo esquecer aquele primeiro instante de frios olhos desconfiados. A voz completou o encantamento, melodiosa e amedrontada:

— Martim, não vai me apresentar?

Negro Massu levantou-se, a mão estendida. Martim disse:

— Tu já sabia que eu tinha me casado? Pois essa é minha patroa. — E dirigindo-se a Marialva: — E esse batuta é Massu, meu amigo do peito, meu irmão.

A pequena mão de Marialva desapareceu na mão de pilão do negro a sorrir obsequioso, mostrando os dentes recém-palitados.

— Muito prazer, dona. Já tinha ouvido falar de vosmicê, sua fama chegou na sua dianteira, só se falava do casamento de Martim.

— E se falou muito disso aqui?

— Se falou demais... Não se tinha outra conversa...

— E por que tanta conversa, a esse propósito?...

— Martim, vosmicê sabe, ninguém pensava ver ele casado. Não tinha jeito pra se amarrar...

— Pois tá casado e muito bem casado, se lhe interessa saber. E se alguém duvidar que venha ver...

— Marialva! — cortou Martim brusco, o rosto fechado.

Por um segundo apenas a voz da moça fizera-se cortante como uma lâmina, seus olhos tingiram-se de cólera, mas, apenas Martim a atalhou, ela retornou à modesta postura de amedrontada corça, em meio às intempéries da vida, voz melodiosa, olhar tímido, necessitada de carinho e proteção. Tão rápida foi a explosão, negro Massu a esqueceu como esquecera o primeiro olhar a medi-lo quando ele ainda de costas não a vira. Quem tinha razão, pensava o negro, era Robelino, ao comparar Marialva com uma santa em seu andor, diante da qual negro Massu tinha vontade de ajoelhar-se em adoração.

Retornou à modesta pose de gentil dona de casa e explicou:

— Uma pena a casa estar toda desarrumada, por isso não lhe convido para entrar. Mas Martim me disse que ia convidar os amigos para hoje à noite tomar uma xícara de café com a gente. Espero que vosmicê venha... Tou lhe esperando.

— Pode esperar que tou aqui com certeza.

Martim voltara a sorrir. Franzira a testa quando Marialva explodira, impusera com uma palavra sua vontade, mostrara quem mandava, rudemente. Talvez por isso mesmo, agora reafirmava o convite de Marialva, pedia a Massu para transmiti-lo aos amigos. E completou, ampliando o sorriso, cutucando com o martelo a barriga do negro:

— Tu precisa é casar, Massu, pra ver o que é bom...

Modesta, Marialva baixou os olhos. Deu um passo em direção a

Martim, o cabo veio, abraçou-a, prendeu-a contra seu peito, tomou de sua boca, ela cerrou os olhos. Massu ficou olhando meio sem jeito.

Foi quando um embrulho, jogado com força do alto de uns barrancos mais além do arruado, passou por eles e caiu um pouco adiante da casa. Ao bater no chão, rasgou-se o papel a envolvê-lo, desprendeu-se o cordão. Uma galinha preta, morta, o pescoço cortado: a cabeça ficara certamente nos pés de Exu. Farofa amarela, de dendê. Um pedaço de pano, resto de uma velha camisa de Martim. Algumas moedas. Martim partiu correndo para os barrancos, a tempo apenas de ver um vulto desaparecendo do outro lado da colina.

Marialva fitou o ebó desparramado nas proximidades da casa. Massu coçou a carapinha, curvou-se tocando a terra com a mão e levando-a à testa, murmurou: "Ogum ê, ê Ogum ê", pedindo a proteção de seu santo, disse:

— Livre-nos Deus de coisa-feita, Deus e Xangô.

Novamente nos olhos de Marialva aparecia aquela luz de fria cólera, aquela marca de cálculo meditado. Andou para o feitiço, foi vê-lo de mais perto, declarou:

— Podem fazer o feitiço que quiser, Martim agora é meu, faço dele o que quiser.

Martim voltava a tempo de impedi-la de cometer a loucura de atirar longe, com suas próprias mãos, os restos do ebó.

— Tu tá doida? Quer que a gente morra? Deixa aí, vou mandar chamar mãe Doninha, ela tira a força da coisa e limpa o corpo da gente. Tu pode chamar ela para mim, Massu?

— Pode deixar que eu vou e trago ela.

Mas antes de partir, recordou o botequim embaixo, fazia calor e um trago iria muito bem. Propôs:

— Tu não quer aceitar uma antes, tem um boteco aqui mesmo…

Sorriu Martim:

— Pois vamos, irmãozinho…

Tomou do braço de Massu, grosso como um tronco de árvore, saiu com ele. Da porta, Marialva falou:

— Espera. Vou também…

Susteve o passo Martim, contrariado. Olhou a mulher, ela vinha vindo, ele quis dizer algo, espiou Massu, o negro esperava, Martim vacilou, mas o ar vitorioso de Marialva o decidiu:

— Tu não vem não. Lugar de mulher casada é em casa, arrumando as coisas… Nós volta já…

Desceram a ladeira, Marialva ouvia o riso de Martim a conversar com o negro. "Um dia, ele me paga tudo", pensou, os olhos novamente embaçados com aquela luz fria de meditado cálculo.

8

DESCEU A SANTA DO ANDOR, POR SORTE NÃO A VIRAM NEGRO MASSU, seu devoto recente, nem Robelino, autor da comparação. Fechou-se o rosto de Marialva, bem previra ela dificuldades na Bahia, não seria tão fácil como na viagem pelo Recôncavo. Apenas desembarcavam e já ousava ele dar-lhe ordens, decidir de seus atos, deixá-la plantada em casa enquanto ia beber cachaça no botequim. O riso de Martim perdia-se ladeira abaixo, respondido pela gargalhada ruidosa de Massu, Marialva sentia o perigo naquelas risadas, no ar da cidade, na presença sólida e tranquila de Massu, na verde paisagem de bananeiras onde o casario irrompia em coloridas manchas azuis, amarelas, vermelhas, cor-de-rosa. Ia-lhe ser necessário dobrar a todos eles, os celebrados amigos de Martim, colocar o pé em seus cangotes. Por duas vezes, naquela mesma manhã, o cabo elevara a voz contra ela, impondo-lhe sua vontade. No primeiro dia, apenas chegados e instalados. Onde o apaixonado sem medidas, incapaz de deixá-la por um momento sequer, rastejando na poeira de seus chinelos?

Era tempo de fazê-lo sentir a rédea curta, e, se necessário, tocar-lhe as esporas do ciúme, arrancar-lhe sangue do coração. Possuía Marialva experiência de tais situações, gostava de mandar nos homens, dominá-los, vê-los rendidos a seus encantos, suplicantes. E quanto maior o número, maior o prazer, a sensação de mando, a volúpia de dispor deles como melhor lhe aprouvesse. Tudo fazia para conquistá-los, era humilde e tímida, necessitada e terna, tornava-se indispensável. Sugava-os depois, tirava-lhes a vontade e a decisão, para largá-los como bagaços quando já não valiam nada, tudo lhe haviam entregue, até sua consciência de homens. Inúteis por completo, capazes apenas de recordá-la, de desejar mais uma vez deitar em seu leito, de xingá-la e odiá-la, de sonhar com ela. Nascera para mandar nos homens, para rainha pisando sobre escravos, para santa de andor, quem sabe?, a procissão de adoradores de joelhos à sua passagem. Devoradora de homens, Marialva!

Até ali seus projetos haviam marchado em perfeita ordem. Há muito pensava abandonar as pequenas cidades do Recôncavo, partir para a conquista da capital. Não imaginara, porém, tivesse tanta sorte a ponto de ali desembarcar triunfante, pelo braço do cabo Martim, sua amásia, tendo-o preso e dominado. Assim sucedera e Marialva estava disposta a mantê-lo em seu poder e cada vez mais. Desembarcava na Bahia, trazendo pela coleira aquele considerado o mais livre dos homens, por quem suspiravam as mulheres, aquele cujo coração jamais se entregara. Não era o assunto do comentário de todos? Cabia-lhe agora exibir cabo Martim curvado à sua vontade. Necessitava, para isso, trazê-lo de rédea curta. E se ele pensasse em escapar, ela sabia como novamente dobrá-lo: bastaria sorrir para outro, por outro interessar-se. Soubera conquistá-lo, saberia mantê-lo apaixonado e súplice, vivendo dos gestos e das palavras, da vontade de Marialva. Para isso Deus lhe dera beleza e malícia, e o gosto de mandar.

Sua fama de jogador, de malandro, de conquistador sem rival, de inconstante coração, precedera Martim pelas cidades do Recôncavo. Falava-se dele nas ruas de mulheres, nos botequins pobres, nas feiras, antes de seu desembarque em Cachoeira. Da cidade onde ia passando as notícias chegavam traçando seu perfil, inquietando corações. Também Marialva, exercendo durante uns tempos no castelo de Leonor Doce de Coco, ouviu falar dele, das lágrimas derramadas por sua causa, mulheres sem conta em seu rastro, a suplicar uma palavra sua, um gesto de carinho. Ele dormia com uma e com outra, não se afeiçoava a nenhuma, curto era o tempo de seu interesse. Jurou Marialva tê-lo e dobrá-lo se por ali ele aparecesse. Transformar Martim em dócil instrumento de sua vontade, largá-lo mais adiante, como fizera com Duca, seu marido, com Artur, com Tonho da Capela, com Juca Mineiro, seus amásios, com tantos outros, aventuras rápidas. Fazer ainda mais com esse tão metido a besta e a sedutor. Arrastá-lo em seu cortejo, atrás de seu andor, exibi-lo às demais, mostrar quanto valia Marialva.

Até não foi tão difícil: apenas o cabo apareceu e de imediato nela demorou os olhos. Talvez pensando tão somente numa noite de cama, mas Marialva tinha seus planos. Logo compreendeu estar Martim roído de saudade, longe de sua cidade, de seu ambiente, de seus amigos e era o mês das festas de junho. Tentava afogar em cachaça e no corpo das mulheres sua solidão sem remédio. Ganhava dinheiro fácil daqueles tabaréus, jogava-o fora nos cabarés e botequins, tentando esquecer a cidade da Bahia onde deixara sua picardia.

Marialva percebeu em seguida a solidão do cabo, talvez porque ela temesse e odiasse a solidão. Envolveu-o em carinho, sabia ser maternal, corpo e coração onde cabiam e encontravam conforto e medicina todas as penas do mundo. Não era ela própria tão necessitada de carinho e proteção? — dizia-lhe com os olhos de donzela amedrontada, vítima da incompreensão e do destino. Martim sentiu-se envolto em ternura, calor a dissolver a solidão, braço a sustentar sua tristeza. Confortado, mergulhou nos mistérios daquele corpo cuja alma se estendera sobre ele.

Ah!, poucas mulheres na cama iguais a Marialva! Felizes ou desgraçados os que dormiram com ela mesmo uma única noite, seres à parte, diferentes dos outros. Tinham sido eleitos num determinado momento. Os que tiveram tal sorte ou tal desgraça deveriam reunir-se e constituírem-se em irmandade ou confraria, em ordem benemérita e sacrossanta, para encontrarem-se em dia e local determinados, pelo menos uma vez ao mês, e recordarem-na entre lágrimas e ranger de dentes. Poucas mulheres como ela, na cama: tempestade violenta, cadela em cio, égua em fúria, e logo remanso de águas calmas, doçura de cafunés, tranquilo seio de descanso, e mais uma vez mar em temporal e o arrulhar dos pombos. Quem com Marialva dormia uma vez, não tinha descanso nem alegria antes de deitar-se novamente a seu lado, comer em sua fome, beber em sua sede. Um marinheiro deitara com ela e no outro dia partira para Salvador onde estava seu navio. No mar oceano viajou com a lembrança de Marialva, largou o barco na primeira escala, para voltar à Bahia e ir procurá-la suplicante. Um padre também dormiu com ela certa noite, danado ficou desde então e para sempre.

Também Martim sentiu o poder daquele corpo. Do corpo assim de mistérios feito e do coração de bondade maternal, a comportar sua solidão, a lhe dar novamente alegria de viver. Pareceu-lhe assim, ao encontrar Marialva, ter encontrado sua outra metade, o outro lado de sua face, a mulher buscada em todas as anteriores, a sua, única e para sempre.

Marialva, devotada, aduladora, apaixonada. Martim revolvia-se, afundava-se naquela devoção, naquela adulação, naquela paixão sem medidas. Tão ardente, tão sensual, tão tímida e discreta ao mesmo tempo, Marialva confidenciava-lhe não ter vivido antes de conhecê-lo, só agora, com ele, aprendia a existência e o significado do amor, tudo antes fora vão e sem sentido. Assim também para Martim, e o xodó cresceu numa excitação a conduzi-los Recôncavo afora como o mais perfeito casal em lua de mel. Sentia-se Martim como um cavaleiro andante, a salvar da prostituição aquela pobre vítima de um destino injusto, nascida para amar e dedicar-se a um único homem, ser sua escrava, fiel e única, sua para sempre e até depois da morte.

Sem contar com as noites de alucinação, de dentadas e suspiros, carne mais doirada não havia nem mais perfumado cangote. Mil vezes ele morria em seu seio, mil vezes ressuscitava glorioso em seu olhar agradecido. Marialva devorava o cabo lentamente, era sua maior glória, com ele chegaria à Bahia, sua esposa, dona de cada gesto seu, de todos os seus momentos. Jamais subira tão alto a menina de Feira de Santana, filha de uma cozinheira da família Falcão, pois não era a riqueza sua tentação, nem ambicionava a fama, mas apenas dominar os homens, vê-los a seus pés, na dependência de uma palavra ou um gesto seu. Era a esposa do cabo Martim, o rei dos vagabundos da Bahia, tinha-o em seu cortejo.

Mal desembarcaram, porém, na Rampa do Mercado, e ela sentiu uma sutil mudança. Como se, ao pisar as pedras da cidade, algo crescesse dentro de Martim. Marialva pôs-se em guarda. E logo naquela manhã da chegada, por duas ocasiões ele lhe falara alto, elevara a voz, fazendo-a calar-se uma vez e impedindo-a de segui-lo depois. Era preciso colocá-lo novamente em seu lugar, aos pés de Marialva. Na porta do barraco, ouvindo os amigos rirem na ladeira, ela se prepara e fortalece para qualquer situação a enfrentar. Olha a paisagem em torno, o casario da cidade subindo pela montanha, estendendo-se para o lado do mar: por ali arrastaria Martim, a seus pés.

Descendo a ladeira, em busca do botequim, Martim fazia a Massu o elogio da vida de casado. Nunca pensara encontrar tanto encanto e diversão no matrimônio. No entanto, embora apaixonado por Marialva, feliz de possuí-la e de possuir seu amor, compreendia dever, pouco a pouco e docemente, colocá-la em seu lugar, ela se acostumara mal nesses tempos de idílio no Recôncavo, com ele por toda parte, sem o largar um momento. Vira o contra que lhe dera na saída? Um tranco de quando em vez é saudável ao matrimônio, faz com que a esposa se sinta ainda mais dedicada ao marido. E sobretudo a coloca onde ela deve estar, dá-lhe a medida justa de seus direitos. Massu precisava ir aprendendo todas essas coisas pois certamente, mais dia menos dia, o negro terminaria casando-se, construindo sua família, entregando-se às delícias do lar.

9

SIM, ESTAVA O CABO ENTREGUE — E COM ABSOLUTA CONVICÇÃO — ÀS DELÍCIAS DO LAR, os amigos puderam constatá-lo à noite e o invejaram. Esse foi o sentimento predominante: o da inveja. Outros existiram, não vamos escondê-los, deles falaremos, mesmo daqueles pouco confessáveis. Por exemplo: brilharam os olhos de Cravo na Lapela num arrebatado entusiasmo ao ver os talheres. E inconfessáveis, por salafrários, eram os sentimentos de toda a assembleia (com exceção de Maria Clara, naturalmente) em relação à esposa de Martim. Marialva desdobrava-se em gentilezas, ia de um a outro. Do ponto de vista de afirmação da felicidade matrimonial, aquela primeira reunião foi completo sucesso para os donos da casa. E para Marialva um duplo sucesso, qual deles não se rendeu à sua beleza e à sua modéstia, qual deles não tomou lugar na procissão de seus devotos, ela em seu andor, o andor um leito com espelho?

Ao sair, no entanto, mais de meia-noite, Jesuíno Galo Doido, cuja experiência de vida e capacidade de julgamento ninguém punha em dúvida, balançou a cabeça, torceu o nariz e prognosticou pessimista:

— Bom demais para durar...

Não lhe deram crédito os amigos, dessa vez. Pensavam, ao contrário, definitiva a transformação do cabo e, no fundo, todos o invejavam. Naquela noite encontravam-se todos eles dispostos a casarem-se, mesmo Cravo na Lapela, já casado e pai de tantos filhos. Mas, ah!, topasse ele com uma outra Marialva e, apesar das parcas posses, outro lar constituiria, faria novos filhos, não tinha preconceitos contra a poligamia. Todos invejavam o cabo, inclusive Jesuíno, essa é a verdade. Como estava Martim bem-posto, quase solene, esparramado na cadeira espreguiçadeira, vestido de calça branca e paletó listrado de pijama, botando consciaciosamente a cinza do cigarro no cinzeiro. Olhavam o cabo, aquela tranquilidade, faziam projetos de casamento, vagos projetos, diferentes nos detalhes mas todos com a mesma esposa: Marialva.

Todos, menos Jesuíno. Invejar, invejava, desejar Marialva, desejava, mas não em termos de casamento. Embora evitasse qualquer referência ao passado, nunca falasse no assunto, fora Galo Doido casado em outros tempos, há muitos anos. Sabia-se não ter sido feliz sua vida matrimonial, cochichavam-se histórias, tenebrosos segredos. A única coisa certa era não ter mais Jesuíno esposa e lar quando surgira nas ruas da Bahia. Do casamento, segundo as más-línguas, só lhe restava um defunto às costas, cadáver de rapaz moço, amante de sua mulher. Se isso é verdade ou invenção, jamais se soube. Se verdadeira a informação, nunca sentiu Galo Doido necessidade de arriar seu defunto no chão, embora por um momento, para respirar que fosse. Não, jamais quis dividir sua carga com os amigos, se é que a carregava. E, no entanto, um defunto pesa, é fato comprovado, quem não sabe disso? Mesmo se morreu de morte natural e está em paz em seu caixão, quanto mais se foi cosido a facadas, o punhal pejado de ódio, como contavam do tal despachado por Galo Doido. Cada punhalada pesa mais de cem quilos. Sete vezes cem são setecentos, difícil deve ser conduzir um defunto assim, às costas, pela vida afora. Já pensaram? O dia inteiro com os braços do finado em torno ao pescoço do vivente, as mãos sobre o peito a apertá-lo, curvando-lhe o lombo, embranquecendo-lhe os cabelos, comprimindo-lhe o coração. Um dia o desgraçado não aguenta mais, larga o defunto no chão, na hora menos pensada, numa mesa de bar, na cama de uma mulher desconhecida, no mercado cheio de gente, no meio da rua. Mesmo com perigo de cadeia ou de vida, de vingança de parentes.

Se Galo Doido carregava um esfaqueado às costas, parecia-lhe leve a carga, jamais a dividiu com ninguém, nem mesmo quando rolava bêbado sob a mesa, no botequim de Isidro do Batualê, ou ao lado do balcão, no armazém de Alonso. Tantos e tantos anos, nem mesmo Jesuíno Galo Doido seria capaz de suportar tamanho peso tão largo tempo, a sentir o defunto no lombo todos os dias, a sonhar com ele todas as noites. Provavelmente toda aquela história das catorze facadas, sete no homem, sete na mulher, ele esticando a canela ali mesmo, ela conseguindo escapar mas ficando um estrepe com o rosto cortado de baixo a cima, certamente não passava tudo aquilo de invenção da beira do cais. Vai ver e o tipo não morreu coisíssima nenhuma, apenas capou o gato, abriu no mundo, sumiu com medo.

De qualquer forma, por ter sido casado e malcasado, Jesuíno, participando da inveja, não participava do entusiasmo geral. Nem Tibéria, é claro.

Tibéria, aliás, recusara, abrupta e insolente, o convite de Martim, transmitido por Massu. O negro ouvira uma catilinária, desaforos sem conta, ao aparecer no castelo com a mensagem do cabo.

Encontrou Tibéria sentada em sua cadeira, na placidez da tarde, e, arrodilhada a seus pés, Otália, os finos cabelos soltos, sendo penteada.

Tibéria fazia-lhe tranças, uma fita azul nas pontas. Otália parecia ainda mais menina, quem a imaginaria mulher-dama? O negro entrou, desejou boas-tardes, ficou olhando as duas mulheres, a gorda dona do prostíbulo, a mocinha prostituta. Semelhavam mãe e filha, pensou Massu, e pareceu-lhe injusto estarem as duas ali na sala de um castelo. Por que injusto, não saberia dizer, era um sentimento confuso apenas, bastante forte no entanto para que o negro Massu, pouco dado a cogitar em tais coisas, se desse conta andar o mundo errado, necessitado de mudar. Seria mesmo capaz, naquela hora, de colaborar nesse urgente conserto, se soubesse como fazê-lo. Pareciam mãe e filha, descansava Otália o rosto nos gordos joelhos de Tibéria, os olhos semicerrados sob a carícia do pentear e dos cafunés na catação de inexistentes piolhos.

Tibéria sorriu para Massu, gostava do negro, convidou-o a sentar-se. Desincumbiu-se mesmo de pé:

— A demora é pequena, ainda vou adiante. Só vim trazer um recado. Sabe quem tá na terra, Mãezinha, e me mandou aqui? Martim com a mulher dele...

Tibéria largou os cabelos de Otália, brusca empurrou-lhe o rosto dos joelhos, pôs-se de pé ante Massu:

— Chegou? Quando?

— Essa madrugada... Soube cedo, me toquei pra lá, Martim tava consertando uma janela. Mandaram um recado pra você, Mãezinha.

— Mandaram? Quem?

— Martim e a mulher dele, o nome é Marialva, parece santa de andor, é um estupor de boniteza... Mandaram lhe convidar pra ir lá hoje de noite. Pra fazer uma visita...

Otália ainda não assistira ao espetáculo de Tibéria em fúria. Tão celebradas quanto sua bondade, seu generoso coração, eram suas cóleras, suas explosões. Quando se enfurecia, perdia a cabeça, capaz das maiores violências, de agredir e espancar. Raro acontecer e, com o passar do tempo, difícil vê-la enraivecida, como se em seu coração já não coubessem a ira e o despeito. Envelhecia em doçura, em ternura distribuída, em compreensão solidária.

Ao ouvir o recado, porém, agitou-se seu corpanzil naquela hora liberto de cintas, tremeram-lhe as carnes, os seios como travesseiros, monumentais, avermelhou-se seu rosto, soprou pelo nariz e pela boca, começou com voz quase normal, logo estava aos gritos:

— Quer dizer que ele chegou com essa vaca, e eu é que devo ir visitar ele? É esse o recado que você tem a ousadia de me trazer, seu ordinário, não tem vergonha na cara?

— Mas, eu...

— E ainda compara uma puta descarada com santa de igreja...

— Foi Robelino quem disse...

Tibéria não aceitava desculpas. Destemperou-se, Otália tremia, negro Massu abanava as mãos, não lhe cabia culpa do acontecido. Então, perguntava Tibéria aos berros, era essa a consideração de Martim para com seus amigos, velhos e provados amigos como ela e Jesus? Vivia arrotando boa educação, todo metido a sebo, falando de um estrito código de gentilezas. Como se atrevia então a mandar-lhe um recado para ir visitá-lo? A ele cumpria vir, como sempre tinha vindo, dizer-lhe bom dia, saber-lhe as notícias, informar-se de sua saúde, abraçar Jesus. Ela, Tibéria, jamais apareceria na tal casa, onde ele metera a tal descarada, apanhada no lixo, sifilítica de merda, pedaço de bosta, poço de cancros. Se quisessem vê-la aparecessem no castelo, e a piolhenta que tomasse banho antes de pisar na soleira de sua porta. O melhor mesmo era não trazer a imunda, Tibéria não sentiria a sua falta. Mas se quisesse podia também trazê-la já que perdera a vergonha e o bom gosto ao ligar-se a tal monturo. Ela, Tibéria, estava em sua casa e ali os receberia se aparecessem. Como pessoa educada, não diria à tal sujeita a opinião que dela fazia, tratá-la-ia bem, pois não era uma qualquer. Não iria, porém, sair rua afora, subir ladeira na Vila América, atrás de Martim e dessa leprosa metida a mulher casada. Que é que Martim estava pensando? Ela, Tibéria, tinha idade para ser mãe dele, merecia mais respeito...

Parou finalmente, necessitada de respirar, o peito ofegante, o coração disparado. Otália veio aflita com um copo de água. Tibéria voltara a sentar-se, a mão contendo o coração, afastou o copo, ordenou com voz fraca:

— Abra uma cerveja e traga dois copos, pra mim e pra esse negro recadeiro sem-vergonha...

Passara a cólera, agora estava abatida e triste, perguntava:

— Tu acha, Massu, que Martim tem o direito de fazer isso comigo? Comigo e com Jesus? Não é ele que tem de me visitar primeiro?...

E, quase choramingando:

— Tu sabe que sábado da semana que vem é minha festa... Se Martim não vier, juro que nunca mais ele entra em minha casa. Não vou querer mais ver a cara dele. Festa de meu aniversário, não perdoo.

Massu concordava, Otália enchia os copos com cerveja. Na tarde plácida, passarinhos trinavam nas gaiolas, nos fundos do castelo.

Negro Massu recordou os trinados e a cerveja, à noite, em casa de Martim. Também ali um canário-da-terra, acordado com a luz e os ruídos, trinava exasperado, enquanto Marialva servia primeiro café, depois cachaça.

Houve três momentos de grande emoção, durante a noite. O primeiro foi quando ela apanhou a cafeteira em cima de um móvel, espécie de pequeno guarda-louça em cujas prateleiras estavam xícaras, copos, cálices. Cálices, sim, neles foi servida e repetida várias vezes a cachaça, após o café. Eles abriam a boca de espanto, tanta ordem, tanta arrumação, tanto conforto. Não importava estar o guarda-louça capenga, inclinado para a esquerda, faltarem dois pires e algumas asas às xícaras para café pequeno e serem os cálices diferentes uns dos outros. Cálices e xícaras, um luxo, uma delícia do lar. E a cafeteira? Quando eles chegaram ela estava em cima do móvel, como um ornamento. Alta, de louça, o pedaço quebrado voltado para a parede, uma beleza. No fogão, a água fervia numa lata, Marialva preparava o café.

— Um cafezinho antes da bebida para esquentar a boca... — anunciou Marialva e todos concordaram, mesmo Massu, cujas preferências iam para uma cachaça imediata.

O olor do café dominou a sala, viam-na de pé, passando a água pelo coador estufado como um seio de mulher. Na mão a cafeteira, retirada de cima do móvel. Os olhos de Ipicilone brilhavam: o cabo estava um verdadeiro lorde, até cafeteira possuía. Houve de parte de Pé-de-Vento exclamações de admiração. Martim sorria, Marialva baixava, modesta, os olhos.

Marialva segurou a cafeteira com a maior naturalidade, entornando em seu bojo o café recém-coado, negro e oloroso. Veio depois com a cafeteira numa das mãos, a bandeja com as xícaras e um pires com açúcar na outra, foi servindo um a um. Perguntava: muito ou pouco açúcar?, servia ao gosto da resposta, juntava um olhar, um sorriso, um meneio de corpo. Na cafeteira, em alto-relevo, rosas entrelaçadas. Coisa mais bonita!

Na espreguiçadeira, sorvendo o café, Martim seguia os movimentos de Marialva com um olhar enternecido. Via a inveja crescendo nos olhos dos amigos, elevando-se na sala, dominando a todos: envolvia-se o cabo nessa inveja como num lençol, entregue por completo às delícias do lar. Voltava Marialva com a bandeja, a recolher as xícaras. Incansável, retornava com a garrafa de cachaça, pura de Santo Amaro, e os cálices. Diante de Curió parou, escolheu o cálice a lhe oferecer: um azul-escuro, o mais lindo de todos. O olhar do cabo seguia-a enleado, buscava os amigos a perguntar se já haviam encontrado dona de casa mais formosa e competente. Parecia um senhor, instalado na espreguiçadeira, calça branca, chinelas e paletó listrado de pijama, descansado em seu conforto, um lorde em sua lordeza.

Ali estavam os amigos, os convidados e uns dois ou três penetras: Jesuíno Galo Doido, Pé-de-Vento, Curió, Massu, Ipicilone, Cravo na Lapela, Jacinto, Nelson Dentadura, um feirante de Água de Meninos, além de mestre Manuel e Maria Clara. Babados todos de admiração, mesmo Jesuíno se bem não o demonstrasse tanto como os demais. A olharem e medirem todos os detalhes da casa e dos movimentos de Marialva, tão interessados a ponto de lhes faltar assunto para conversa. A segui-la com os olhos, atentos a cada gesto seu, sorrindo com seu sorriso.

O segundo momento, sensacional, foi quando ela, após ter servido a cachaça e colocado a garrafa sobre a mesa, à disposição das visitas, sentou-se num tamborete e cruzou as pernas. O vestido apertado subiu pelo joelho deixando ver um pedaço de coxa. Martim percebeu o silêncio ofegante e os olhos brilhantes, compridos, molhados de desejo. Tossiu o cabo, Marialva compôs-se, puxando o vestido, endireitando-se na cadeira. Os olhos desviaram-se também, Curió até se levantou do banco e aproximou-se da janela, encabulado. Só Pé-de-Vento continuou a olhar e a sorrir, pronunciou:

— Vosmicê precisa é tomar uns banhos de mar...

Marialva riu, concordou, "se ele deixar", disse, apontando Martim. A conversa ganhou um certo interesse, a garrafa de cachaça foi substituída, e, finalmente, o cabo não pôde resistir e os convidou a ver o quarto. "Nosso ninho", disse ele, ante a admiração de Ipicilone e o asco de Jesuíno. Onde já se viu chamar quarto de ninho? Decididamente Martim perdera a cabeça, estava insuportável. Os demais, no entanto, achavam a expressão justa e inteligente. Era um acanhado quarto de dormir, onde mal cabia o estrado com colchão de crina e colcha de retalhos, mas na parede estava o espelho enorme, em cima de uma pequena mesa. E as escovas, os pentes, brilhantina de Martim, perfumes de Marialva. Martim sorriu, apontou mesa e espelho:

— É aqui que a patroa se penteia, arruma a fachada e se prepara pra deitar, de noite...

Marialva tinha ficado na sala, ia servir uns pedaços de bolo de fubá, mas todos a viam ali no quarto. Ninguém disse nada após as palavras de Martim, o silêncio só foi cortado pelo riso de negro Massu. À evocação de Marialva preparando-se para o leito, o negro não pôde dominar-se, era um riso de alegria incontida, via Marialva de camisola, os cabelos sobre os ombros, a boca semiaberta. Os outros a viam também, refletida no espelho. Mas não riam, prendiam a voz e a respiração, tentando esconder os pensamentos. Curió fechou os olhos porque a estava vendo nua no espelho, a pinta preta reproduzida um pouco acima do umbigo, os seios empinados e uma rosa azulada. Da cor do cálice, um azul-escuro, cálice de mel dourado. Fechou os olhos mas continuava a vê-la. Saiu apressado do quarto, queria respirar.

Mas na sala ela estava, como a esperá-lo, parada, de pé, alta e serena. Sorria-lhe. Os olhos dentro dos olhos de Curió, numa interrogação, como a adivinhar tudo quanto se passava em seu coração. E fizeram-se súplices aqueles olhos, pedindo proteção e amizade, logo se via ser Marialva a mais pura das mulheres, a mais solitária e abandonada, incompreendida. Vítima, certamente. Não contara Massu a Curió como ainda pela manhã, por mais de uma vez e brutalmente, Martim gritara com a pobre? Para isso fora buscá-la no Recôncavo e com ela se casara? Olhos tristes a fitarem Curió, como a suplicarem um pouco de compreensão e de ternura. Não mais que amizade fraternal, platônica, terno carinho de irmão, solidariedade de amigo. Mas entreabriram-se os lábios de Marialva, os dentes alvos, a ponta vermelha da língua, lábios carnudos, bons de beijar e de morder...

Curió colocou a mão sobre a boca como a cobrir o mau pensamento, mas não pôde reter o suspiro. Suspirou Marialva também e os dois suspiros encontraram-se no ar, misturaram-se, juntos morreram. Os outros chegavam do quarto. Ah!, Curió se pudesse, atirar-se-ia no chão, como uma iaô ante sua ialorixá, e beijaria a planta dos pés de Marialva.

Sentaram-se todos menos Curió, Martim em sua espreguiçadeira, Pé-de-Vento interrogou:

— Vocês sabiam que no fundo do mar tem um céu igualzinho ao outro? Com estrela e tudo o mais? Pois tem, um céu mais cheio de estrelas, com sol e lua. Só que no fundo do mar é lua cheia todas as noites.

Marialva adiantou-se para servir o bolo, Curió encheu o cálice azul-escuro, bebeu de um trago.

10

"MARTIM É MEU IRMÃO, AI MEU IRMÃO! NÃO SÓ MEU IRMÃO de santo, filhos os dois de Oxalá (Exê ê ê Babá), mas meu amigo do peito, de todas as horas, de todas as alegrias e tristezas, por ele sou capaz de me rebentar, de topar qualquer parada, como posso então olhar para sua mulher, sua mulher verdadeira, senhora de sua casa, com outros olhos senão os de amigo, como posso nutrir por ela sentimentos senão os da mais pura fraternidade? Ai, Martim, meu irmão, teu irmão é um salafra." Assim refletia Curió naqueles dias entre a visita à casa de Martim e a grande festa do aniversário de Tibéria.

Vivia o camelô amargurado, pensamentos obscuros, ambíguos sentimentos. A última vez a vê-la, num domingo pela manhã, ela ficara a despedi-lo da janela da casa e, sem quê nem por quê, lhe mostrara a ponta da língua. Um frio percorreu o corpo de Curió, um estremeção. "Ai, meu irmão, não tenho forças! Oxalá, meu pai, me salva, mandarei rezar meu corpo para resistir aos ebós dessa mulher, ao feitiço de seus olhos." Na porta da loja Barateza do Mundo, perturbado em seu trabalho, dava-se conta Curió faltar ao gesto pícaro de Marialva e ao seu febril estremeção qualquer caráter fraternal, aquela aura de pureza necessária às brincadeiras entre irmãos, eram, ao contrário, índices de equívocos sentimentos, pecaminosas intenções. "Ai, meu irmão, onde se viu irmã despedir-se do irmão mostrando-lhe a ponta vermelha da língua, os lábios semiabertos numa espera ansiosa? E onde se viu, Exê ê ê Babá, irmão estremecer de frio, sentir na face calor de febre, ao fitar os lábios carnudos da irmã, a língua a mover-se como um réptil?" Se eram irmãos, Curió e Marialva, como se diziam, tais sentimentos só podiam classificar-se como incestuosos. Curió apertava a cabeça entre os punhos fechados, que fazer?

Já se falou do extremo romantismo a marcar o caráter de Curió, de suas incontáveis paixões, de suas cartas de amor, centenas e centenas, de seus repetidos compromissos de noivado, sempre aos pés de uma dona, quase sempre abandonado a lastimar-se. Que se houvesse apaixonado por Marialva, nenhuma surpresa. Mais ou menos apaixonados pela mulher do cabo estavam todos eles, mesmo Pé-de-Vento. Em matéria de mulatas, Pé-de-Vento era um purista, um exigente. Demasiado clara, sem aquela cor queimada, Marialva encontrava-se fora do restrito círculo da mulataria verdadeira, traçado por Pé-de-Vento. No entanto, para ela abriu exceção, ofereceu-lhe a ratinha branca, prometeu-lhe uma jia verde.

Apaixonados, sim, porém platonicamente, sem pensar sequer na possibilidade de malícia entre eles. Não era Marialva a esposa de Martim? Muda adoração, seus devotos servos a obedecer às suas ordens, nada além disso. Vinham visitá-la, beber sua cachaça, ouvir sua conversa, olhar o sinal negro no ombro, seus meneios de corpo, e não passava disso.

No caso de Curió foi diferente: a paixão rompeu os limites da lealdade devida ao amigo. Curió sentiu estar atravessando perigosamente aquela linha além da qual encontravam-se a ingratidão, a deslealdade, a hipocrisia. Vivia dias dramáticos, a cabeça pesada de desencontrados sentimentos, o peito opresso, o coração doendo. Via-se como um afogado, de olhos abertos, enxergando quanto se passava, consciente, mas incapaz de manter-se à tona, de nadar, implacavelmente arrastado para o fundo do mar. Onde seus sentimentos de honra? Jurava reagir, tanta mulher no mundo, jurava ser digno da amizade de Martim, no entanto bastava um olhar de Marialva para destruir toda sua dignidade. Virava um molambo.

Tão desarvorado a ponto de descuidar-se no trabalho e de Mamede reclamar maior animação na propaganda:

— Ei, Curió, quer ganhar o dinheiro de Chalub na maciota? Que negócio é esse? Cadê a freguesia?

Ai, Mamede, que sabe você dos sofrimentos morais de um homem? Curió tem vontade de encostar a cabeça pesada no ombro do árabe, contar-lhe tudo, chorar suas mágoas.

Camelô profissional ou "chefe de propaganda comercial", como se intitulava, Curió era de quando em vez contratado pelo árabe Mamede para atrair freguesia. Postava-se ante as duas portas da Barateza do Mundo, abertas para a Baixa do Sapateiro, a gritar as excelências das calças de mescla vagabunda, do algodãozinho ordinário, da quinquilharia barata ali vendida cara por Mamede. Vestido com o surrado fraque, a cartola na cabeça, o rosto pintado como o de um palhaço de circo, Curió bradava aos quatro ventos as vantagens inúmeras da loja do árabe, sobretudo por ocasião do queima sensacional, anunciado numa faixa com garrafais letras vermelhas, a cobrir a fachada da casa:

O QUEIMA DO SÉCULO! TUDO DE GRAÇA!

Duas vezes por ano, ao menos, utilizando os mais variados pretextos, Mamede "queimava" a mercadoria existente, renovando o estoque. Curió era peça importante nessa manobra comercial. Cabia-lhe levar a freguesia a tomar conhecimento da bondade do árabe, bondade tão grande mais parecia loucura, e a adquirir aqueles produtos vendidos por irrisórios preços, quase dados de graça. A massa popular, a passar indiferente pela Baixa do Sapateiro, não parecia sensível e agradecida à generosidade de Mamede. Devia por isso Curió desdobrar-se numa ruidosa propaganda, tentando parar os apressados transeuntes. Por vezes ia ao exagero de segurar um deles e arrastá-lo para dentro da loja. Não era apenas competente, era consciencioso também, fazia por seu dinheiro.

Eis por que Mamede admirava-se ao vê-lo desanimado, sem a graça costumeira, o extenso repertório de ditos e dichotes, as pilhérias, tudo quanto fazia a gente parar, reunir-se em torno dele, terminando alguns por atravessar a porta. Desde que entrasse, comprava, Mamede se encarregava de convencer o incauto. Mas naquela manhã faltava a Curió a vivacidade, o élan, estava apático, triste. Doente, quem sabe, pensou o árabe:

— Tá doente ou é ressaca?

Não respondeu Curió, lançou-se aos gritos pelo passeio:

— Entrem! Entrem todos! O árabe Mamede enlouqueceu e está queimando tudo abaixo do preço! Vendeu a casa, vai pra Síria, tá queimando! Entrem todos! Aproveitem a ocasião! Entrem logo, antes de acabar.

Como poderia responder sem contar tudo? A paixão a devorá-lo, não podia ficar um segundo sem pensar nela, sem vê-la parada ante ele, os olhos súplices, aquela pobre vítima da vida e de Martim. Vítima de Martim? Curió buscava ansioso descobrir indícios de maus-tratos e violências do cabo contra a esposa e não os encontrava. Seria útil pretexto para acalmar seus remorsos.

Parecia-lhe clara a mensagem dos olhos sofridos de Marialva: era uma vítima, estava ali obrigada, quem sabe os recursos empregados por Martim, homem de lábia e malícia, para conquistá-la? Nada lhe havia ela dito, eram apenas os olhares. Curió fugira até então de uma conversa franca, de uma confissão mútua, embora Marialva por mais de uma vez buscasse ficar a sós com ele. Curió tinha medo.

Mas contra quem podiam os olhos de Marialva pedir proteção e socorro, senão contra Martim? Embora Curió não tivesse sabido de mais nenhuma palavra áspera do cabo contra a esposa, embora o visse meloso e sempre apaixonado, a satisfazer todas as vontades de Marialva, não podia imaginar outra fonte de opressão e violência.

Mas nada disso justificava a paixão de Curió. Mesmo se o cabo a tratasse a pontapés, a arrastasse pelos cabelos, esquentasse-lhe a bunda e as costas, era ela sua mulher, tinha ele o direito de tratá-la como melhor lhe apetecesse. E se ela não estivesse de acordo, fosse embora, largasse o esposo e o lar. Passado algum tempo do drama, poderia talvez Curió aproximar-se e colocar sua candidatura. Mas com ela em casa de Martim, às beijocas com ele, sentada em seu colo, toda dengosa, ele na maior delicadeza, a satisfazer-lhe as vontades, melhor marido parecia não existir, como explicar olhares, estremeções, lábios entreabertos, pontas de língua? Curió não tinha direito sequer de pensar nela com desejo. Nem Marialva de pensar nele.

Atira-se Curió em desespero à propaganda do queima da Barateza do Mundo. Sua voz corta a Baixa do Sapateiro, gritando as chalaças habituais, soltando as graçolas de infalível sucesso. Mas sob o alvaiade e o carmim a cobrirem-lhe a face, há um vermelho de vergonha, da vergonha de estar alimentando a traição ao amigo. "Ai, Martim, meu irmão, teu irmão é um salafrário!" Sua voz não tem a graça habitual, seus gestos são mecânicos e não há alegria em seu coração. O amor sempre o deixou excitado e alegre. Agora, no entanto, quando sente ter encontrado o amor de sua vida, o incomensurável, total e eterno, tem o coração cheio de tristeza e de remorso. Ah!, se pudesse esquecê-la, se pudesse arrancar do peito sua imagem de santa, para fitar de frente a Martim, ser digno de sua amizade.

Sim, devia arrancá-la do coração, expulsá-la de seu pensamento e para sempre. Mesmo que, para isso, fosse necessário não voltar a vê-la, não retornar à casa do cabo, não ir sequer à festa do aniversário de Tibéria onde fatalmente encontraria o casal. Sem dúvida, faltar à festa seria terrível. Tibéria não lhe perdoaria. Mas devia fazê-lo, tinha de fazê-lo. Martim não agiria de outra maneira, se fosse ele, Curió, o marido ameaçado. Curió recordava mesmo uma ocorrência que ainda mais o obrigava perante o cabo em assuntos de amor. Andara arrastando a asa a uma sarará na Gafieira do Barão, haviam-se os dois comprometido um pouco, estavam quase noivos, quando Martim, sem saber de nada, inocente de todos esses detalhes, tirou a fulana para dançar e insinuou-lhe umas propostas. Ela derreteu-se toda, a descarada. Foi topando de cara, enquanto com Curió fazia uma comédia sem tamanho, declarando-se moça donzela e filha de família. Ao combinar, porém, o encontro para depois do baile avisou a Martim ser necessário evitarem Curió, pois estava quase noiva dele e se ele viesse a desconfiar, Martim compreendia...

Não esperava a pérfida, porém, a reação de Martim: largou-a ali mesmo na sala, com cara de besta. Então, comprometida com Curió, quase noiva dele, e aceitando convite para cama com o primeiro a aparecer? Muito cínica e despudorada, não sabia ela por acaso ser Curió irmão de santo de Martim, seu amigo do peito? Ainda há menos de quinze dias haviam os dois feito bori juntos, limpado a cabeça, dormido lado a lado na camarinha do santo, como dormem dois irmãos de sangue na mesma cama. Não estivessem na festa, e ele lhe daria uns tabefes para ensiná-la a respeitar seu homem.

E, quando Curió chegou, todo engomado, de roupa nova, Martim lhe contou a safadeza da sarará, a espiar de longe, receosa. Curió queria fazer e acontecer, despachá-la logo, com o maior desprezo, mas não o consentiu Martim, experiente desses assuntos. Primeiro bancasse o zangado, aconselhou, perdoasse depois, generoso, mas exigindo em troca dormir com a zinha naquela mesma noite. E só após a noite dormida, desse-lhe o desprezo, tocasse a tipa porta afora. E assim o fez Curió, se bem lhe custasse primeiro representar a comédia, depois expulsar a cuja do leito. Jamais poderia ele ser um dominador de mulheres como Martim, era um sentimental sem cura.

Sim, nada lhe restava a fazer, se não quisesse agir como o mais indigno dos amigos, a não ser arrancar aquele amor do coração, nunca mais pousar os olhos em Marialva nem dirigir-lhe a palavra. Sabia, desse saber definitivo, que se a encontrasse, se pusesse os olhos dentro de seus olhos súplices, não resistiria, confessaria sua paixão, traindo o amigo, o irmão de santo. Parou Curió de gritar sua propaganda, estava decidido: não voltaria a vê-la, jamais lhe diria uma palavra dos sentimentos a queimar-lhe o peito, sofreria o resto da vida do mal de tê-la perdido, não mais seria capaz de amar outra mulher, desgraçado para sempre mas digno da amizade de Martim, leal a seu irmão. "Ai, Martim, meu irmão, vou me desgraçar por tua causa mas assim devem agir os amigos!" Sentia-se Curió heroico e comovido. Lançou um olhar à rua em derredor e a viu: lá estava ela, parada na porta do cinema fechado àquela hora da manhã, e sorria-lhe. Levantou o braço, acenou com a mão, Curió pensou estar vendo miragens, fechou os olhos e novamente os abriu. Marialva alargou o sorriso, ampliou o gesto, Curió não enxergou mais nada, dissolveram-se as intenções mais firmes, as decisões heroicas. Lá no fundo da lembrança a figura de Martim apareceu mas Curió a afastou. Afinal, que havia de condenável em dizer bom dia à esposa de um amigo, em conversar um pouco, falando disso e daquilo? Até daria para suspeitar, se ele se recusasse a vê-la e a falar-lhe. Tudo isso pensou ele em menos de um segundo, entre fechar e abrir os olhos. Segurou a cartola, atirou-se para o outro lado da rua, num salto espetacular, sem levar em conta o bonde a vir em velocidade nem o caminhão na contramão. Escapou de um e outro, milagrosamente, Mamede chegara a gritar, vendo-o esmagado. Que diabo acontecia com Curió naquele dia? Um súbito ataque de loucura, precedido de uma crise de melancolia? Curioso, o árabe andou para o passeio. A tempo de ver Curió, ao lado de uma dona porreta, dobrar a esquina numa conversa animada. Balançou a cabeça: esse Curió não tomava jeito. E, como não o esperasse ver de volta naquela manhã, Mamede elevou a voz, com seu característico sotaque levantino, e começou a anunciar ele mesmo as vantagens da loja Barateza do Mundo, do queima sensacional, mercadorias dadas verdadeiramente de graça.

11

NÃO HAVIA JEITO DE ACOSTUMAREM-SE COM A MUDANÇA RADICAL da vida do cabo. Para vê-lo, atualmente, era necessário buscá-lo em casa, não aparecia como antes, figura difícil. É certo ter voltado ao Mercado e a Água de Meninos, aos seus pontos preferidos para um rápido carteado, ter começado suas exibições com o baralho, para gáudio e exemplo das jovens gerações. O necessário apenas, no entanto, para ganhar uns caraminguás para o feijão e a carne--seca, a farinha e o azeite de dendê. Fora disso, estava em casa entregue às delícias do lar.

Havia quem o considerasse definitivamente perdido, sem salvação possível. Aquela mulher o dominara por completo, fazia dele gato e sapato, mandava em Martim, trazia-o de cabresto curto. Tardara o cabo a apaixonar-se, a entregar-se, mas quando o fizera fora por completo. Os amigos e conhecidos recordavam aquele Martim libérrimo, bebedor, passista, jogador de capoeira, dançarino emérito, à frente de todas as festas. Desaparecido para sempre, substituído por um humilhado esposo de horário estrito.

Se pior ainda não lhe viesse a acontecer, pois começavam alguns a murmurar a propósito da frequência com que Marialva e Curió eram vistos juntos, num conversê sem fim, entre risadinhas e olhadelas. É bem verdade serem Martim e Curió amigos íntimos, fraternais, eram até irmãos de santo, faziam juntos seu bori anual, e talvez toda aquela intimidade não passasse de simples cortesia. Mesmo assim, dava para desconfiar. Só Martim parecia nada ver, entregue à sua paixão, aos encantos de sua nova vida.

Porque, vale a pena constatar, as críticas à conduta do cabo e o coro de lamentações a elevar-se em torno dele, não excluíam aquela já referida inveja inicial.

Não manteve ela a intensidade dos primeiros dias quando todos sonharam com o casamento. Decresceu o entusiasmo ante as limitações aceitas por Martim mas ainda assim a visão da ordem, do conforto, do calor do lar, perturbava, em certos momentos, a Ipicilone e ao negro Massu, sem falar, é claro, de Curió, pois este não sonhava com outra coisa: casar-se ele próprio, entregar-se àquela doce cadeia, mas casar-se, é claro, com Marialva.

E nisso residia a dificuldade. O idílio crescia entre eles, declarado naquela manhã do encontro na Baixa do Sapateiro, diante da loja Barateza do Mundo, quando partiram juntos, tímidos e um pouco envergonhados. Durante algum tempo, mudos, sem saber como começar.

Olhavam para o chão, iam lado a lado, ora sorridentes, ora sérios e concentrados, graves pensamentos. Por fim Marialva tomara a iniciativa, em voz quase sussurrada:

— Eu tava querendo lhe falar...

Curió elevou o olhar até o rosto cândido e tristonho da esposa de Martim:

— Queria me falar? Pra que dizer?

— Pra lhe pedir uma coisa... Não sei...

— Pois peça... Tou aqui para fazer, seja o que for...

— Promete?

— Tá prometido...

— Pois eu tava querendo... — e fez-se mais tímida e triste.

— O quê? Vamos... Diga...

— Tava querendo lhe pedir que você não aparecesse mais lá em casa.

Foi como se ela houvesse dado um soco no peito de Curió. Esperava tudo menos aquele pedido, aquele brusco corte em suas esperanças. Apesar de ter ele pouco antes decidido de moto próprio não ir mais à casa do cabo, o pedido de Marialva feriu-o fundo. Fez uma cara de completa desgraça, por um momento não falou, parado na rua. Ela também parou, olhando compadecida para ele. Tomou-lhe do braço depois e disse:

— Porque se você continuar a ir lá não sei o que vai terminar acontecendo...

— E, por quê?

Marialva baixou os olhos:

— Então, não enxerga... Martim termina por desconfiar, ele já anda com a pulga atrás da orelha...

Outro soco no peito de Curió. Como fazer, se Martim já desconfiava? Ai, meu irmão, que horror!

— Mas, se não há nada...

— Por isso mesmo, é melhor a gente não se ver mais... Enquanto não há nada... Depois seria pior...

Foi então que, perdido de paixão, alucinado, sem enxergar a rua movimentada em sua frente, ele tomou da mão de Marialva e perguntou, a voz embargada:

— E tu acha que...

Novamente ela baixou os olhos:

— De seu lado, não sei... Do meu...

— Eu não posso mais viver sem você...

Ela recomeçou a andar:

— Vamos andando, o povo está reparando...

Foram andando, ela explicou que não podia ser. Devia obrigações a Martim, ele a trouxera, dava-lhe de um tudo, era de uma bondade sem limites, de uma dedicação completa, louco por ela, louco de verdade, capaz de praticar até um crime. Como deixá-lo, mesmo não o amando, mesmo pulsando por outro seu coração? Deviam os dois, ela e Curió, sacrificar tudo para não ferirem Martim, não lhe darem tamanho desgosto. Ela, pelo menos, estava disposta a não voltar a ver Curió, por mais que sofresse com essa decisão. E ele devia fazer o mesmo, era amigo de Martim, aquele amor estava condenado. Viera procurá-lo para obter dele a promessa de jamais voltar a vê-la.

Jurou Curió, estava emocionado, Marialva era uma santa, e ele completamente indigno de seu amor. Ela o recolocava no caminho da honra, da lealdade ao amigo. Sim, sofreria como um condenado às profundas do inferno mas não voltaria a procurá-la, estrangularia esse amor criminoso, seria digno de seus amigos. Estufou o peito, Marialva espiava-o pelo canto do olho. Jurou, beijando a cruz formada pelos dedos, e arrancou dali, num repelão, para não ser tentado. Ela o viu partir e um sorriso abriu-se em seus lábios. Atravessou por entre o povo a encher a Baixa do Sapateiro, ouvindo com satisfação os dichotes e os assovios com que os ousados saudavam sua passagem. Não se voltava para olhar, apenas acentuava o rebolado da bunda. Curió perdia-se pelos becos em busca de um botequim, envolto por um temporal de emoções, barco em naufrágio, as velas rotas, o leme partido.

Durante três dias vagou Curió pela cidade da Bahia com sua dor, seu sacrifício, seu heroísmo, a beber cachaça. Os amigos não conseguiram descobrir os motivos da comemoração, se começo ou fim de noivado, se estava ele comprometido ou se fora despedido por um xodó. Sua conversa era confusa mas deixava perceber um certo orgulho em meio àquele sofrimento. Tendo no segundo dia visitado Martim, para discutir a propósito de apostas numa briga de galos, Jesuíno contou-lhe do desespero de Curió, caindo de bêbado pelos cantos, com ar de mártir e falando em suicídio. Martim declarou:

— Curió precisa é se casar...

Marialva ouvira a conversa, de pé na porta da sala, e sorria. Martim continuava:

— Mulher nasceu foi pra servir a gente, em casa... — e dirigindo-se a Marialva: — Vamos, beleza, sirva Galo Doido e aqui o seu moreno... Uma cachacinha escolhida...

Marialva atravessou a sala para encher os cálices.

No outro dia, quando, sentado no botequim de Isidro do Batualê, barbado e sujo, Curió encomendava a cachaça inicial da jornada, um capitão da areia aproximou-se dele e cochichou-lhe:

— Moço, ali fora tem uma dona querendo falar com o senhor. Mandou lhe chamar...

— Não quero falar com ninguém... Vai embora.

Mas a curiosidade foi mais forte e ele espiou pela porta. Algumas casas adiante, ela estava, ele atirou-se:

— Marialva!

— Ai, meu Deus, como ele está... Nunca pensei...

Segundo confissão posterior de Marialva, fora nessa hora, ao vê-lo sórdido de cachaça e sujeira, que se rendeu àquele amor culpado. Começou a chorar e as suas lágrimas lavaram a alma de Curió como um banho, algumas horas depois, iria deixá-lo limpo e leve.

Foi esse o primeiro encontro mas sucederam-se vários outros em poucos dias. Marialva, apaixonadíssima, Curió, nem se fala. Encontravam-se, apressados, nas naves das igrejas, no cais do porto, conversavam aos arrancos, com medo de Martim. Haviam combinado não se verem em casa de Marialva. Quando ela podia, procurava-o onde ele estivesse trabalhando, iam pela rua, desciam o Tabuão, perdiam-se no comércio. Duas almas irmãs, dois apaixonados enlouquecidos um pelo outro, porém duas almas nobres.

Sim, porque haviam decidido não trair Martim. Aquele amor enorme, sem medidas, marcado por um desejo brutal, eles o domariam, mantendo-o num plano puramente espiritual. Amavam-se, é certo, nada podiam fazer contra isso, era mais poderoso que eles. Mas não permitiriam jamais a esse amor tornar-se pecaminoso: resistiriam a todo desejo, jamais ele a tocaria, jamais trairiam Martim. Vivia Curió numa exaltação quase selvagem, os amigos não sabiam o que pensar.

Marialva despejara-lhe na alma suas amarguras. Sempre fora assim, infeliz. Nada de bom lhe sucedia, marcada pelo destino, perseguida pela má sorte. Não tinha ele o melhor exemplo ali mesmo, no caso entre os dois? Quando ela encontrava o amor, quando finalmente, após tantos anos duros de sofrimento, a vida lhe dava algo de bom, estava ela ligada pelos laços da gratidão a um homem a quem não amava mas ao qual devia respeito e amizade. E dele era Curió grande amigo, o destino parecia não lhe deixar nunca a menor possibilidade de ser feliz.

Contava-lhe, a seu modo, a história de sua vida. Valia a pena ouvi-la para dar-se conta de como ela interpretava os fatos, de como, em sua narrativa, o marceneiro Duca, sujeito pacato e incapaz de elevar a voz contra quem quer que fosse, virava uma fera, sedenta de ódio, a martirizar uma pobre menina de quinze anos, Marialva, praticamente vendida àquele bandido pela madrasta de maus bofes. Duca, um bandido, a bondosa Ermelinda, amásia do pai de Marialva, plena de paciência a suportar os malfeitos da enteada, transformada em madrasta de dramalhão a perseguir e finalmente a vender a órfã infeliz, e assim por diante. É evidente não existir, nessa versão dos fatos, nenhum outro homem na vida clara e sofrida de Marialva entre Duca e Martim. Desapareceram, riscados do mundo, o gordo Artur, Tonho da Capela, sacristão de ofício, Juca Mineiro, dono da venda. Foram sumariamente eliminados os tempos do castelo e os arrivistas de uma noite, os oportunistas de uma pernada. Ao contrário, quando Duca a abandonara na miséria, após tê-la arrastado numa vida de sacrifícios, cozinhando e lavando para ele, quando, inteiramente dominado pelo vício do álcool, a deixara na rua — ela fora se empregar, lavar e passar roupa em casa de gente rica para não se prostituir. Nessa faina a encontrara Martim, numa ocasião propícia para ganhar-lhe o afeto e a gratidão. Doente de tanto trabalhar, um febrão de gripe a comer-lhe o peito, a ameaçá-la de tísica. Assim ele a encontrou e fora bondoso com ela, trouxera um médico, comprara remédios e sem nada lhe pedir. Quando ela melhorara e começara a andar, pensando retornar ao trabalho, ele lhe propusera trazê-la para a Bahia, viverem juntos. Aceitara, se bem não nutrisse por ele sentimento profundo, não o amasse. Mas era-lhe grata, tinha-lhe estima, e ao demais não aguentaria voltar à tábua de lavar e ao ferro de engomar. Se o fizesse não tardaria a estar no hospital de indigentes com o pulmão brocado. Eis aí o resumo de sua vida, rosário de tristezas, mar de lágrimas.

Curió sofria ao ouvir, crescia a ternura dentro dele. De mãos dadas (haviam concluído não implicar o gesto em safadeza, era apenas forma de solidariedade, prova da aliança espiritual dessas duas nobres almas) andavam pelo cais, e sonhavam como seria bom se pudessem juntar suas solidões, suas anteriores desilusões, seus negros trapos, e iniciarem juntos nova vida. Apoiando-se um no outro, sustentando-se mutuamente. Não o podiam, entre eles estava Martim, o bom Martim, o amigo Martim, o admirável, uma vez provara sua lealdade ao amigo, o fraternal Martim, Martim, irmão de santo, tão sagrado quanto um irmão de sangue, Martim, ah!, Martim, esse filho da puta do Martim, por que diabo fora se meter com Marialva?...

12

NAQUELES DIAS, ÀS VÉSPERAS DA FESTA DE ANIVERSÁRIO DE TIBÉRIA, as últimas notícias do front matrimonial do cabo Martim constatavam a seguinte disposição das forças: o cabo, refestelado em sua espreguiçadeira, dava a impressão de ser o mais feliz dos esposos; Marialva, cuidando de sua casa e de seu homem, movendo-se em torno dele, a fazer inveja às cabrochas dos arredores; Curió, amigo leal, suspirando de paixão e sacrificando-se pelo irmão de santo; os demais amigos lastimando a perda de Martim, o grande animador da noite, mas concordando na verificação de sua tranquila felicidade, todos a invejá-lo um pouco; Martim transformara-se num senhor e, se bem não tivesse chegado ao absurdo de procurar emprego e de trabalhar, modificara por completo sua vida. Somente Jesuíno mantinha-se irredutível: aquela farsa seria de curta duração.

Tais informações, porém, revelavam toda a verdade? Quando o cabo começava a sorver sua cachacinha, voltando de rápidas excursões em busca de dinheiro, e deixava-se ficar em silêncio a refletir, seria isso uma reafirmação de acerto do casamento? Feliz, sem dúvida, demasiado feliz... Exatamente isso: demasiado feliz, achava-se ele, era enjoado.

Pelo canto do olho via Marialva movimentando-se pela casa, indo e vindo, limpando a poeira, areando os talheres, a cafeteira, lavando os cálices, cuidando de tudo não tanto para ter a casa em ordem e brilhando de limpeza mas para exibir sua perfeição. Perfeita, até demais, dava uma gastura na boca do estômago.

Por vezes um pensamento estranho tomava conta de Martim: por que fora se meter com Marialva? Coisas que acontecem na vida de cada um, imprevistas. Cria-se uma situação, um compromisso de repente tomado, em torno elevam-se comentários, somam-se interesses, e quando o sujeito se dá conta está enredado, obrigado a tocar para a frente e a representar um papel. Não lhe desagradava o papel de marido feliz: mulher bonita estava ali, com sua pinta negra no ombro esquerdo, tão fogosa na cama não havia outra, boa dona de casa, tudo arrumado e bem-posto, na hora e na medida justa, que poderia Martim desejar a mais? Por que achar pesada a pose de homem casado, de esposo perfeito, de marido venturoso? Poderia mesmo dizer ter-se divertido à grande durante algum tempo. Agora, no entanto, começava a fartar-se de tanto bem-estar, da casa tão em ordem, da esposa tão modelar.

Quando a encontrara em Cachoeira, no castelo, necessitado de alguém a romper com o calor da ternura sua solidão de exilado, pensara vagamente, ao fitar seus olhos, unir-se a ela e lhe propôs, assim ao passar. Ela tomou-lhe da palavra, arrumou seus cacarecos, montou em sua garupa. Ele estava tão precisado de companhia e de carinho, decidiu levá-la consigo durante uns dias, soltá-la umas duas cidades mais adiante, antes de voltar à capital. Não contava com a experiência de Marialva, sua capacidade de fazer-se indispensável. Martim sentiu-se envolto naquele amor, grato àquela mulher para quem ele era a própria vida, atirada a seus pés. Foi-se enrolando e quando se deu conta era ele, Martim, quem estava amarrado a ela, com algemas no pulso e uma corrente no pé. Quem decidira da volta para a Bahia? — perguntava-se ele, sentado na espreguiçadeira, dando um balanço nos acontecimentos. Quem decidira alugar casa, comprar móveis? Quem espalhara aos quatro ventos a notícia do casamento, inventando até detalhes? Quem traçara os rumos de uma nova vida para o cabo Martim? Marialva, ela e apenas ela, levando-o, num enlevo de quem se deixa amar, a concordar com tudo, a apoiar suas decisões e a ratificar suas afirmativas. Foi assim e quando o cabo deu-se conta, estava casado e estabelecido num lar, a gozar-lhe as incontáveis venturas.

Divertira-se também o seu bocado: a surpresa dos amigos, a inveja dentro deles, a irritação de Tibéria, as dúvidas de Jesuíno e as explicações de Jesus, o ambiente formado em derredor do assunto, com aquela boataria e comentários, as apostas, os ebós lançados em sua porta, tudo aquilo o levara a acrescentar a seu bem-estar real a representação de uma completa ventura. Foi-se cansando aos poucos: a vida desenvolvendo-se lá fora, aconteciam fatos os mais interessantes e Martim deles não participava, já não era o comandante, o porta-bandeira, o homem decisivo. Já ninguém vinha buscá-lo para as festas. Basta dizer terem esquecido de chamá-lo por ocasião das eleições no afoxé. Aliás, por isso Camafeu não foi à presidência e todos estão a par das consequências de tão grave erro: o afoxé não ganhou naquele ano o primeiro lugar, perdendo assim o tricampeonato. Martim, antes de partir para o Recôncavo, coordenara a candidatura de Camafeu, e, com seu prestígio, sua esperteza, suas relações e amizades, era o cabo eleitoral para garantir a vitória. Camafeu tinha positivo saldo de realizações a favor do clube, era ativo e benquisto. Valdemar da Sogra, presidente quase vitalício, já não conseguia levar o afoxé adiante, havia crescido muito em número de sócios e em importância, as mãos de Valdemar não suportavam tanto peso. Iam-no mantendo, porém, para não desagradá-lo e porque não havia pessoa de valor a fazer-se candidato. Foi quando o cabo ocupou-se do assunto, pensando no tricampeonato, e levantou o nome de Camafeu. Encontrou simpatia e apoio e tudo marchava em ordem quando foi obrigado a capar o gato e sumir para as bandas do Recôncavo. Voltara próximo às eleições. A candidatura de Camafeu, sem ter o cabo à sua frente, minguara, sumira, incapaz de impedir a reeleição de Valdemar da Sogra. Pois bem: tão casado e retraído estava Martim a ponto de ninguém lembrar-se, nem o próprio Camafeu de Oxóssi, de apelar para ele, de convocá-lo. Não foi nem votar, só soube do resultado dias após.

Ia-se cansando também da perfeição de Marialva. E começou a dar-lhe uns trancos, de quando em vez, para não deixá-la sentir-se senhora absoluta. Evidentemente, não na vista dos amigos, diante do público. Continuava a aparecer como o mais apaixonado dos homens, o mais dedicado esposo, o marido modelar. Gostava de ver e sentir a inveja nos olhos dos outros, inveja de sua completa felicidade. Curió então morria de inveja, era capaz de pegar a primeira cabrocha na rua e casar-se com ela, só para imitar Martim...

Divertido, sem dúvida, mas começava a enjoar... As saídas "para arranjar arame para as despesas" tornaram-se mais frequentes e as demoras na rua mais longas, embora protestasse se lhe falassem nesse começo de enjoo. Se levantassem a hipótese de um fim próximo para aquele casamento tão celebrado, Martim protestaria, com certeza e com violência. Porque ele próprio não pensava em rompimento, em abandonar Marialva, em desfazer o lar. Nada disso. Apenas, era tudo tão bom e tão perfeito, a ponto de cansar, como é que uma coisa pode ser demasiado boa?

Marialva dava-se conta, não lhe escapava nem o mais discreto bocejo de Martim, parecia adivinhar-lhe os pensamentos, como se pudesse ler em seu coração: o cabo já não era o mesmo do Recôncavo. Começara a senti-lo no próprio dia da chegada à Bahia, durante a visita matinal de negro Massu, e vira o lento crescimento daquela sensação de enjoo: Martim começava a ficar farto daquela vida e dela, Marialva. Ela o sentia no ar, em certa pressa nos beijos dele, em certa demora a ir para a cama, mas não dava a perceber. Não que lhe importasse tanto perder Martim e desfazer aquele lar: já desfizera outros antes e um amante a mais, um amante a menos não lhe fazia mossa. Não admitia, isso sim, partisse dele a iniciativa, o primeiro bocejo, fosse ele a largá-la nas ruas da Bahia como uma qualquer, como as anteriores. Se alguém devia fazê-lo, era Marialva, e quando e como ela decidisse.

Sentia-o afastando-se pouco a pouco, tão lenta e suavemente, outra, menos perspicaz, não se daria conta. Marialva, porém, não se dispõe a permitir a Martim botar banca às suas custas. Não vai deixar crescer o cansaço, o enjoo. Não vai admitir a repentina partida de Martim, um dia, deixando-a com a casa e os móveis, os cálices e a cafeteira... Ela traçara seu plano de ataque: feriria tão fundo sua vaidade a ponto de arrastá-lo pelo chão, a chorar a seus pés, suplicando-lhe perdão. Para isso ela sabia conduzir os homens. Arma melhor do que o ciúme não existia. Marialva provaria seu poder, para isso contava com Curió. E quem melhor? Curió, o amigo íntimo, o irmão de santo, filhos os dois de Oxalá... Martim lhe pagaria a ousadia de cansar-se de seu corpo e de seu sorriso, de enjoar-se dela. Nunca lhe acontecera semelhante coisa: sempre fora ela a mandar embora o homem apaixonado, suplicante. Mas antes de Martim sentir-se farto e resolver partir, ela pisaria em cima dele, do braço de seu novo amante, e o mandaria sair, voltar ao meio da rua de onde tinha vindo. Em sua casa dormiria o homem escolhido por ela, em sua cama, e para ele Marialva se prepararia diante do grande espelho do quarto.

Curió, inocente de todas essas sutis maquinações, do início de cansaço do cabo — a quem ele julgava cada vez mais louco de paixão, como aliás confirmava Marialva nas conversas apressadas e escondidas da beira do cais —, dos projetos de Marialva para vingar-se, Curió sofria as penas do inferno e gozava os gozos do paraíso, penas e gozos de quem vive um grande amor. Marialva, ao encontrá-lo, dramática e desarvorada, sem saber como agir, deixava-o em pânico e em delírio. Ela vinha, temerosa, arriscando a reputação e a vida, para encontrar-se com ele, encontro platônico, nada além de conversas atropeladas, planos sem consistência, apertos de mão, olhos nos olhos, o desejo crescendo, Curió em vias de enlouquecer.

Ela lhe contava do amor de Martim, um amor desatinado, não podia passar um momento sem ela, quando saía para arranjar dinheiro (e ela aproveitava para encontrar-se com Curió) era às pressas, voltando em cima da perna, numa corrida. Nas noites de corpos despedaçando-se na cama — Curió rangia os dentes de ódio —, ele ameaçava matá-la se um dia sequer ela pensasse em traí-lo, em abandoná-lo, em ir com outro. Jurava matá-la a facadas que é a pior das mortes, estrangular o parceiro e suicidar-se depois para completar a tragédia. Eis quanto ela arriscava para durante um instante falar a Curió, apertar-lhe a mão, fitá-lo nos olhos. Será que ele, Curió, merecia tanto, será que realmente a amava, não estava abusando dela, de sua ingenuidade, de sua inocência? Vinha como uma perdida ou uma louca, só para vê-lo, nesse amor sem futuro, sem perspectiva. Nem podiam pensar em levá-lo mais adiante, seria a morte e a desonra para todos eles. Ah!, se Martim desconfiasse sequer...

Assim falava ela, excitada. Ao mesmo tempo, como se não pudesse conter-se, atirava-se aos sonhos mais alucinantes: imaginava por acaso Curió como seria belo e doce viverem os dois, para sempre juntos e livres, amando-se sem ameaças, a casa de Marialva ainda mais bem-posta do que atualmente, com cortinas nas janelas e tapete na porta? Ela a cuidar dele, finalmente podendo viver para o homem amado, ele progredindo em sua profissão, deixando de trabalhar para lojas de sírios, agindo por conta própria, a vender remédios milagrosos ou invenções modernas para donas de casa, saindo com ela e sua mercadoria a viajar pelo interior... Sonhava com isso, sonho irrealizável, sonho de louca, mas não podia aceitar a realidade terrível, a impossibilidade de um dia, custasse o que custasse, ser dele, inteiramente dele e dele tão somente...

Partia, de repente, temerosa de Martim, imagine se chegasse antes dela, não a encontrasse em casa, exigisse saber onde ela fora, com quem se avistara, os assuntos da conversa. Seria capaz de perder a cabeça e contar tudo, aquele tudo que era nada, tão pouco mas suficiente sem dúvida para Martim imaginar-se traído, chifrudo, e ali mesmo, com a faca da cozinha, despachá-la. Deixava Curió em desespero, num conflito sem medida, entre a lealdade ao amigo e o amor exigente, o desejo roncando dentro dele, e seu romantismo, sua atração pelos gestos nobres e trágicos. Marialva para ele era a mais pura, injustiçada e sofredora das mulheres. Que poderia fazer para libertá-la, arrancá-la da prisão onde Martim a conservava, para trazê-la a seus braços, para derrubá-la na cama?

Sim, para derrubá-la na cama, porque por mais romântico, não excluía Curió de seus remotos e impossíveis sonhos rolar com Marialva no leito atualmente de Martim, abraçado nela, mergulhado em seus seios, envolto em seus cabelos, aportado em sua rosa.

Mesmo sem conhecer todos esses detalhes, não acreditava Jesuíno Galo Doido nas informações provenientes da frente de batalha. Dono de uma espécie de sexto sentido, temia pela sorte do casamento do cabo. E confiava a Jesus suas dúvidas, ante a garrafa de cerveja bem gelada, a espuma molhando-lhe os bigodes:

— Não vai durar, seu Jesus, não vai durar... Tibéria não tem motivo para um calundu tão grande. Isso é pra pouco tempo. Mais dia, menos dia e Martim vai estar aqui, virando uma loirinha com a gente...

Era uma intuição, nada mais, Jesuíno, porém, raramente errava no diagnóstico quando a moléstia era xodó, paixão ou amor. Para ele o amor só é eterno porque se renova nos corações dos homens e das mulheres. E não porque houvesse amor a durar a vida inteira, sempre a crescer. Estalava a língua, saboreando a cerveja, balançava a cabeça, os cabelos de prata, revoltos:

— Conheço aquele tipo de mulher, seu Jesus. É dessas que põe a gente de cabeça doida, enquanto não se dormiu com ela a gente não descansa. Mas, depois de dormir, a gente quer ir embora... Porque ela quer é mandar, meter o pé no cangote da gente... Tu acha que Martim vai suportar?

Jesus não se comprometia. Para ele o coração humano era mistério sem explicação, surpreendente. Bastava, por exemplo, atentar nessa menina Otália... Parecia apenas uma mocinha tola, sem nada de especial, bonitinha e acabou-se. Vai-se ver e era um poço de complicações, cheia de saliências e reentrâncias, de mistérios a serem decifrados...

13

COMPLICADA E SURPREENDENTE ESSA PE- QUENA OTÁLIA, JESUS tinha razão. Quase menina ainda, e, no entanto, capaz de enfrentar as situações mais complicadas, como o provou na festa de Tibéria.

Ressoam ainda hoje pela fímbria do mar da Bahia, no cais inteiro, nos mercados e adjacências, os ecos daquela festa, não só pela alegria a reinar, a quantidade consumida de cachaça e cerveja, mas também pela fibra revelada por Otália quando os acontecimentos o exigiram. Em horas assim, de grave decisão, pode-se medir com medida justa um homem ou uma mulher, pode-se contemplar sua face verdadeira. Por vezes pensa-se conhecer uma pessoa, saber de sua intimidade completa, e de súbito, quando a ocasião é chegada, ela revela-se outra, o tímido faz-se audacioso, o covarde vira temerário.

Talvez porque ralada de aborrecimentos desde o desembarque do cabo, consumida de preocupações, resolvera Tibéria dar especial relevo naquele ano aos festejos de seu natalício. Criara-se uma situação aparentemente sem saída entre ela e Martim, após o convite transmitido pelo negro Massu e tão abruptamente recusado. Não vinha ela à sua casa? — exaltava-se Martim. — Não iria ele tampouco ao castelo. Argumentava o cabo, entendido nesses protocolos e etiquetas, caber a Tibéria a obrigação de visitá-lo primeiro, pois chegara ele de viagem e, ainda por cima, casado, competia aos amigos irem conhecer, cumprimentar, dar boas-vindas a Marialva. Nonadas, tolices, idiotices a separar dois amigos de tantos anos, crescendo logo na boca dos leva e traz, arruinando uma sólida amizade. Nada no mundo vale uma boa amizade, é o sal da vida. E é triste ver arruinar-se amizade antiga como a de Tibéria e Martim. Tibéria, ao saber da interpretação dada pelo cabo à precedência nas visitas, declarou para quem quisesse ouvir dever Marialva esperar sentada pois ia esperar pela existência afora sua visita, não seria Tibéria, mulher honrada e respeitada, quem iria sair de seus cômodos para dar as boas-vindas a uma puta reles do interior, poço de sífilis.

Não falava Tibéria no nome do cabo, evitava referir-se a ele e a Marialva. Aparentava a mesma costumeira alegria mas os íntimos sabiam-na ferida e magoada, e, por isso mesmo, trataram de cercá-la de carinho no dia de sua festa. Desde a manhã cedinho, na missa das cinco na igreja do Bonfim. Muita gente era convidada para a feijoada ao meio-dia, muitos vinham à noite, bebiam e dançavam. Mas à missa apenas os íntimos compareciam: as mulheres do castelo (cotizavam-se para pagar ao padre e gratificar o sacristão, para as velas e as flores do altar do santo milagreiro), os amigos de todos os dias. Para evitar o comparecimento de estranhos, de curiosos, Tibéria a fazia celebrar àquela hora matinal.

Chegava pelo braço de Jesus, vinha no táxi de Hilário, seu compadre. Encontrava os amigos na escadaria, Galo Doido à frente. As raparigas formavam um coro álacre, cercavam-na para entrar com ela.

Era, para Tibéria, o momento de maior emoção. Mantilha negra na cabeça, cobrindo parte do rosto, um livro de orações, encadernado em madrepérola, a compô-la devota, o vestido negro e fechado, ia ajoelhar-se no primeiro banco, Jesus a seu lado. As meninas distribuíam-se nos outros bancos, os amigos ficavam ao fundo, próximos à pia de água benta.

Ajoelhava-se, juntava as mãos, baixava o rosto, moviam-se seus lábios. Não abria o livro de orações como se não necessitasse dele para recordar as rezas aprendidas na infância. Jesus, de pé, quase homem da igreja, pois de suas mãos, de sua tesoura e de suas agulhas, haviam saído as batinas e as vestes sacerdotais ali usadas, íntimo daqueles sagrados objetos, esperava impassível o momento das lágrimas. Porque as lágrimas explodiam infalíveis, todos os anos, durante a missa, e os soluços mal contidos faziam arfar o peito de Tibéria, largo como um sofá. Que emoções vibrariam dentro dela, nessa hora solene da missa de seu aniversário? Quais as recordações, os acontecimentos, os rostos, os lugares, os mortos a encherem a meia hora quando ficava sozinha consigo mesma, os lábios remoendo rezas, o pensamento perdido talvez nos dias da infância e da adolescência? Quando as lágrimas saltavam e o peito arfava comovido, Jesus estendia a mão, pousava-a nos ombros da esposa, solidário. Tibéria tomava dessa mão de conforto, levava-a aos lábios, agradecida. Levantava os olhos, sorria para Jesus, o momento das lágrimas estava terminado.

Naquele ano, ao saltar do táxi de Hilário e ao subir as escadarias da igreja, Tibéria recenseou com o olhar as pessoas presentes. As raparigas riam alto, excitadas na manhã de festa, vencendo os restos de sono com a visão matinal do mundo. Acostumadas a acordar tarde, nada sabiam da vida citadina naquela hora madrugadora. Quando por acaso estavam despertas ao clarear do dia era por ainda não terem deitado e nem assim viam o nascer da aurora, estavam em geral trabalhando, envoltas em fumaça e no hálito das bebidas, cansadas da noite perdida e da obrigação de rir. Era diferente na manhã da festa de Tibéria: saltavam da cama pela madrugada, vestiam-se com as roupas mais discretas, um quase nada de pintura, e, em volta de Tibéria, pareciam familiares seus, filhas e sobrinhas a festejarem parenta querida.

Cercaram-na na escada, num rumor de risos explodindo a qualquer pretexto. Mas Tibéria, após receber os abraços dos amigos, penetrava apressada na igreja, buscando enxergar na meia-luz do átrio a figura de Martim. Nunca falhara ele nos anos anteriores. Era o primeiro a abraçá-la, beijando-a na face gorda, filialmente. Vinha numa pinta medonha, a roupa branca estalando de tão engomada, os sapatos de bico fino brilhando. Ao constatar sua falta, Tibéria baixou a cabeça: começava triste a sua festa.

Ajoelhou-se, como o fazia todos os anos, no mesmo lugar, cruzou os dedos, seus lábios começaram a murmurar as velhas orações. Mas seu pensamento não seguia o curso habitual, não penetrava memória adentro até os distantes escaninhos da mocidade, trazendo à tona a mocinha gorducha e animada da cidadezinha do interior, na época dos primeiros namoros. Não conseguia recordar sequer as figuras do pai e da mãe, tão cedo perdidos e para sempre. Martim não viera, ingratidão tamanha jamais se vira, amigo tão falso, de sentimentos tão frágeis. Bastara aparecer uma sujeitinha qualquer em sua vida e ele abandonava amizades antigas e provadas. Tibéria baixou a cabeça sobre as mãos cruzadas, naquele ano as lágrimas ameaçavam chegar antes da hora habitual.

Sentiu a pressão dos dedos de Jesus em seu ombro. Jesus compreendia, sabia da estima devotada por ela a Martim, queria-o como a um filho: o filho tão longo tempo esperado, o grande vazio de sua vida. Tanto desejara um filho, sujeitara-se a longo tratamento médico, sem nenhum resultado. Martim herdou toda essa ternura acumulada no correr dos anos.

Jesus cutucava-lhe o ombro, ela ia tomar-lhe da mão e beijá-la quando ele ciciou:

— Espie...

Voltou a cabeça, Martim estava na porta da igreja, a luz caía sobre ele, a roupa branca alumiava, resplandeciam os sapatos negros, de bico fino. Sorria em sua direção. Tibéria desejava não sorrir, mostrar cara feia, a zanga recalcada naquelas semanas, mas, como resistir? Martim sorria-lhe, piscava-lhe o olho, ela sorriu também. Curvou-se novamente, reencontrou as imagens antigas, a mocidade e o pai e a mãe. As quentes lágrimas consoladoras correram-lhe pela face, o peito agitou-se, Jesus pousou a mão em seu ombro.

Para tudo contar, deve-se esclarecer não ter sido o gesto de Martim tão espontâneo quanto seria de desejar. Na véspera, à noite, Jesuíno Galo Doido aparecera em casa do cabo, demorara-se a conversar. Marialva servira a cachaça, ficara rondando em torno deles. Jesuíno saltava de um assunto para outro, Marialva percebia ser toda aquela conversa apenas um introito, Galo Doido ainda não se abrira. Mas, após degustar a cachaça, ele disse:

— Tu tá lembrado, Martim, que amanhã é dia da festa de Tibéria?

O cabo balançou a cabeça, uma sombra nos olhos. Jesuíno prosseguiu:

— A missa é às cinco da manhã no Bonfim, tu sabe...

Marialva olhava ora para um ora para outro, aquele assunto interessava-a particularmente. Houve um breve silêncio, Martim fitava pela janela a rua lá fora mas sem nada enxergar, nem sequer os capitães da areia jogando futebol com uma bola de pano, nem o bonde a rangir nos trilhos, Jesuíno era capaz de jurar. Finalmente falou:

— Tu sabe, Galo Doido, não vou aparecer.

— E por quê?

— Tibéria não andou direito comigo nem com Marialva. Me ofendeu.

Jesuíno tomou o cálice vazio, olhou dentro dele, Marialva levantou-se para servir.

— Obrigado... — disse ele. — Tu é que sabe, se tu não quer ir tu não vai, isso é lá com você... Só tem uma coisa que eu quero te dizer: quando a gente discute com a mãe da gente quem tem razão é ela e mais ninguém.

— Com a mãe da gente...?

— Pois é...

Bebeu a cachaça, Marialva aproximava-se dele:

— Por meu gosto, Martim ia. Dona Tibéria não gosta de mim, não sei por que, deve ter sido intriga... Mas não é por isso que Martim há de brigar com ela... Já disse a ele...

— Se fosse eu — concluiu Jesuíno — ia sozinho na missa que é reservada pros amigos, depois iam os dois pra feijoada... Pra Tibéria não ia ter presente melhor...

Martim não respondeu, Jesuíno Galo Doido mudou de assunto, bebeu mais um trago, foi-se embora. Quando ia começar a descer a ladeira ouviu uma voz a chamá-lo no escuro. Era Marialva, dera a volta por detrás para lhe dizer:

— Deixe comigo que ele vai... Não tá querendo ir por minha causa mas eu ajeito ele... Ele faz o que eu quero... — riu.

Foi Martim sozinho à missa, para o almoço chegou com Marialva. A imensa feijoada fervia em duas latas de querosene: quilos e quilos de feijão, de linguiças, de carnes de sol, de fumeiro, do sertão, carne verde de boi e de porco, rabada, pé de porco, costelas, toucinho. Sem falar no arroz, nos pernis, nos lombos, na galinha de molho pardo, na farofa, comida para alimentar um exército.

Tantos como um exército não eram os convidados mas comiam por um batalhão, garfos dignos do maior respeito. Cachaça, vermute e cerveja à farta. Alguns convidados não chegariam certamente à festa da noite, emborcariam ali mesmo no almoço. Curió por exemplo: não tocava na comida, esvaziando os cálices de cachaça um em seguida ao outro, sem intervalo.

Sentada em sua cadeira de balanço, restabelecida em seu equilíbrio após as contraditórias emoções da missa, Tibéria recebia felicitações e presentes, abraços e beijos, serena, alegre e a comandar a festa. De quando em vez chamava uma das raparigas, ordenava-lhe servir a fulano ou a sicrana, atenta a que nada faltasse aos convidados. Jesus circulava pela sala mas sem muito afastar-se da cadeira de Tibéria, fazendo-lhe ele mesmo o prato, servindo-lhe vermute, bebida de sua predileção, acariciando-lhe os cabelos. Dera-lhe de presente uns brincos compridos, ela os exibia nas orelhas, parecia uma escultura oriental, enorme.

Ao chegar, Marialva foi direta a Tibéria, dobrando-se em rapapés e mesuras, em palavras de adulação. Desejava ganhar as boas graças da dona do castelo, figura importante em seu meio, um dia poderia vir a necessitar dela, era previdente. Tibéria aceitou as homenagens sem se alterar, balançando a cabeça como a aprovar os termos bajulatórios, interrompendo a oradora para dar ordens ao moleque empregado, mandando-a prosseguir depois, com um gesto condescendente. Quando Marialva terminou, Tibéria sorriu-lhe, tratando-a com gentileza mas com distância, sem demonstrar contentamento por tê-la na festa, sem felicitá-la pelo casamento, como se nem soubesse ser ela mulher do cabo, sem elogiar-lhe sequer a beleza. Não podia esquivar-se à evidência da formosura de Marialva, guardava-se, porém, de confessá-lo. Tratou-a cordialmente, convidou-a a sentar-se, ordenou a uma das raparigas servi-la. Como se ela fosse visita cerimoniosa, sem aludir em nenhum momento à sua ligação com Martim, ao comentado casamento, ao lar erguido na Vila América. Nem com Marialva nem com Martim, a quem tratou com a mesma amizade antiga como se nada houvesse sucedido, não tivesse ele sequer viajado para o Recôncavo. Martim tentou forçar a situação, romper a equívoca barreira erguida por Tibéria. Deliberadamente perguntou-lhe:

— Que é que tu acha de minha mulher, Mãezinha? Não é batuta?

Fez Tibéria como se não tivesse ouvido, dirigindo a palavra a um convidado qualquer. Martim repetiu a pergunta, tocando-lhe no braço.

— Cada um come no prato que prefere... — resmungou ela.

Resposta pouco adequada, como se vê, Martim buscou encontrar-lhe a malícia, a ironia, o significado. Terminou por encolher os ombros e dirigir-se para junto de Marialva sentada ali perto: evidentemente Tibéria não se dispunha a uma declaração de simpatia, ainda estava magoada, resistia a acolher Marialva em sua ternura. Por quanto tempo resistiria? Martim a conhecia bem, ela não sabia conservar ódios, antipatias, não guardava rancor. Por ora mantinha-se nos limites da estrita boa educação, exagerando até certos cuidados, a atenção devida a uma convidada, mandando abarrotar Marialva de comida e bebida, mandando servi-la a cada instante. Menos com a intenção de ser-lhe agradável, e, sim, para mostrar-lhe a fartura de sua casa, atirar-lhe em rosto a largueza da festa, o esbanjamento de bebidas e comidas.

As outras mulheres, as do castelo e as convidadas, não escondiam a curiosidade, acotovelavam-se para ver Marialva, examinar-lhe o vestido, os sapatos, o penteado, comentavam entre risinhos. Podia-se considerar aquela a primeira aparição pública de Marialva, sua apresentação à sociedade local. E se naquele território noturno, de alegria barata, existisse cronista social, certamente registraria o fato cercando-o de adjetivos e exclamações. Marialva sentia-se o centro dos olhares e se fazia tão superior e distante para todo aquele mulherio indiscreto quanto se fizera servil e humilde ante Tibéria. Agarrada ao braço de Martim, muito sua namorada, a exibir seus direitos de propriedade sobre o cabo, olhava as demais do alto de sua posição. Cochichava ao ouvido de Martim, beliscava-lhe a orelha, trocava beijos, a voz morrendo de dengo. As mulheres criticavam mas de pura inveja.

Mesmo porque os homens não tinham olhos para outra, inclusive os que já a conheciam e com ela haviam privado em casa de Martim, nas conversas onde ela servia café e cachaça. Preparara-se Marialva para a festa, vestia trapos novos, saia ajustada a seu corpo, valorizando cada contorno, os altos e baixos, e, ao sentar-se, exibia as pernas e os joelhos. Boa costureira, ela mesma cortava e cosia seus vestidos. O único a evitá--la, a manter-se distante, era Curió. Apenas provara a feijoada, enchar-cava-se de cachaça.

O incidente com Otália foi durante a noite, no auge da festa. Muitos não tinham sequer voltado às suas casas, emendaram o almoço e as dan-ças noturnas. Marialva, porém, voltara em casa para mudar de vestido e viera de azul, decotadíssima, os cabelos soltos. Entrara com Martim quando já pares dançavam na sala de frente, onde nos dias comuns as raparigas esperavam os fregueses. Quando ela entrou, a música quase se atrapalha pois André da Flauta errou uma nota e Tibúrcio esbugalhou os olhos e largou o cavaquinho. Esse Tibúrcio era um estudante de di-reito, boêmio afamado, muito amigo de Tibéria, excelente tocador de cavaquinho. Juntara-se aos membros do conjunto: dois violões, harmô-nica e flauta, todos íntimos da casa. Marialva, sempre pelo braço de Martim, atravessou toda a sala até a cadeira de balanço como um trono, onde a aniversariante, cercada pelas meninas do castelo, recebia novos cumprimentos. Traziam-lhe um presente, um corte de fazenda, entre-garam-no, e logo saíram dançando.

Ora, todos sabem da perícia do cabo como dançarino. Passista ha-bituado a exibir-se na Gafieira do Barão, amava dançar e o fazia admi-ravelmente, era um espetáculo. Há muito não se mostrava na Bahia, naquele dia caprichou. Marialva não era bailarina à sua altura mas com-pensava as possíveis falhas com os meneios do corpo, a entregar-se e a fugir, a abandonar-se, a pedir cama e homem. Não era a pura dança de Martim, aquela leveza de pássaro, quase etérea de tão ágil e graciosa. Mas quem não gostaria de ver aquelas ancas soltas, ao ritmo da música?

Terminada a dança, o cabo deixou Marialva na sala para ir virar um trago, nos fundos da casa, com os amigos. Lá estavam todos eles, só fal-tava Curió, arriara após o almoço, tivera de ser levado. Jesuíno, negro Massu, Pé-de-Vento, Ipicilone, Cravo na Lapela, Isidro, Alonso, tantos outros. Pouco dançavam, em compensação bebiam muito. O cabo jun-tou-se aos amigos, sentia-se contente, a briga com Tibéria era um espi-nho em sua vida. Pela primeira vez, após seu regresso, bebia como nos velhos tempos, desde pela manhã, e sua tendência era rir.

Na sala, repimpada numa cadeira, Marialva deixava-se admirar. Relanceava os olhos em torno, a procurar Curió. Quando voltara para casa, após a feijoada, já o moço camelô estava no fim da jornada, dizendo palavras incongruentes. Certamente haviam-no levado embora. Uma pena, Marialva gostava de vê-lo assim por inteiro entregue, por sua causa, bebendo por seu amor, por tanto desejá-la. Um trapo, um resto de gente. Assim amava ver os homens: a seus pés, arrastando-se. Sentia os olhos a fitarem-na, a demorarem em suas pernas, no decote do vestido. Cruzava as pernas, mostrando e escondendo sabiamente pedaços de coxa.

A música atacava um samba, um daqueles irresistíveis. Marialva gostaria de dançá-lo, por que Martim não regressava? Estava encharcando-se de cachaça, Marialva nunca o vira beber tanto. A sala encheu-se rapidamente de pares animados. Samba bom para rebolar as ancas, acendendo o desejo nos olhos dos homens, luz amarela e fosca. Por que Martim não vinha tirá-la? Os outros não se atreviam, era a esposa do cabo, não ficaria bem. Ao demais, nenhum dançava como ele, com sua graça e picardia, e era só dela, exclusivamente dela...

Não, não era exclusivo seu, constatava Marialva ao vê-lo de súbito na sala, Otália em seus braços, rodopiando. Não os vira passar, não assistira ao começo daquela pouca-vergonha. Onde fora ele desencavar aquela sirigaita, magricela, espirro de gente, de tranças e laço de fita no vestido? Otália estava com o mesmo vestido da manhã, na missa, parecia realmente mocinha do interior, apenas púbere, as tranças espetadas no pescoço.

Girando na sala, sorria nos braços de Martim. Sorria o cabo também, extravasava contentamento. Quem não o conhecesse na intimidade não se daria conta de sua bebedeira, pois à exceção da euforia a brilhar-lhe nos olhos, a abrir-se em riso incontido, nada mais a revelava. No entanto vinha bebendo desde o término da missa: ali mesmo, nas imediações da igreja, ele, Jesuíno e Massu tinham tomado umas abrideiras no início das comemorações. Agora sorria para Otália, incentivando-a. Não tinha ela ao dançar nenhum dos requebros de corpo de Marialva, era leve folha revolteando ao vento, os pés não pareciam tocar o chão, doce menina reencontrada, nascida da música, dançarina, ela sim, à altura do cabo.

Era tão pura dança, tão pura e bela, os demais pares foram abandonando a pista, um a um, preferindo assistir, deixando sozinhos os verdadeiros dançarinos.

Então Martim soltou Otália e começou a bailar diante dela, numa rapidez e variedade de passos estonteadores, enquanto a moça volteava sobre si mesma, completando a dança do homem. Após a demonstração, partiram pela sala novamente, pássaros livres, portadores da graça e da alegria. Antes os homens haviam olhado Marialva a dançar, os olhos inflamados de desejo. Agora, homens e mulheres olhavam Otália, penetrados de ternura. Martim ria, cada vez mais rápido em sua dança.

Jamais em toda sua vida sentira-se Marialva tão insultada e agredida. Fechava os olhos para não ver, cerrava os dentes para não gritar. Pálida, um suor frio na testa e nas mãos.

Via-os rodopiando em sua frente, nos lábios de Otália um sorriso, um brilho nos olhos de Martim. Uma nuvem passou diante dela, cobrindo-lhe a visão e o entendimento. Quando se deu conta, estava de pé no meio da sala, avançando para Otália, a gritar:

— Sai, espirro de gente. Larga meu homem!

Foi tudo muito rápido e inesperado, houve quem não chegasse a tempo para assistir, como os bebedores da sala do fundo, perdendo o melhor da festa. Avançara Marialva para Otália, com um empurrão tentou afastá-la de Martim.

Otália, porém, não arredou pé, continuou a dançar. Martim, a rir, exibia-se entre as duas mulheres, abrindo os braços para uma e para a outra, satisfeito de ser assim disputado. Otália sorria e dançava como se nada estivesse acontecendo. Pela sala ia um entusiasmo geral, existe coisa mais sensacional do que uma briga de mulheres?

Marialva ficara parada, a boca semiaberta, a respiração quase suspensa. Quando reagiu, avançou novamente para Otália, insultando:

— Puta! Ranho de tísica!

Mas Otália estava atenta e, no ritmo mesmo da dança, aplicou-lhe um pontapé na canela quando Marialva estendia as mãos para tomar-lhe das tranças. Recuou a esposa do cabo a segurar a perna atingida, gemendo. Diante de seus gritos, algumas mulheres dirigiram-se à pista para conter Otália mas a moça fazia frente a todas, sem suspender sua dança, e conseguiu ainda aplicar dois tapas em Marialva. Só então Tibéria exigiu respeito em sua casa e em sua festa. Na opinião de Jesuíno, podia tê-lo feito antes. Havia mesmo, ainda segundo o testemunho de Galo Doido, impedido projetada intervenção anterior de Jesus, quando Otália levantava a mão para o rosto de Marialva. Finalmente, majestosa, desceu de seu trono e foi buscar Otália incontrolável:

— Venha, minha filha, não se iguale...

Quanto a Marialva, foi retirada aos gritos. Martim ria, ria cada vez mais, enquanto, ajudado pelo negro Massu e por Pé-de-Vento, levava Marialva em prantos. O cabo não sabia direito se ao chegar em casa, aplicaria uma surra na mulher ou se lhe daria razão e a consolaria. Não conseguia zangar-se com ninguém naquela noite. Nem com Tibéria, apesar dela lhe haver dito, ao passar por ele, debicando:

— Leve sua trouxa de molambo daqui, meu filho. Quando casar de novo, me consulte antes para escolher melhor...

Não estava zangado tampouco com Otália, com os tapas aplicados em Marialva, era uma menina disposta, de opinião. Nem com Marialva se irritava: não fora ela levada pelo ciúme? Não estava desgostoso com ninguém. Ao contrário, alegre ia pela rua, reconciliado com Tibéria, sua mãezinha Tibéria, amiga igual não existia. Obrigando Marialva a subir no bonde, reencontrava cabo Martim sua cidade novamente, como se houvesse desembarcado naquele dia, as semanas anteriores houvessem sido um sonho.

Negro Massu e Pé-de-Vento ajudavam, Marialva não queria ir, debatia-se, mordeu a mão de Pé-de-Vento. Tentava arranhar o rosto do cabo, gritava para gáudio dos raros passageiros do bonde:

— Cachorro! Metido com aquele espeto de pau! Imundo! Chibungo!

Martim ria às gargalhadas. Negro Massu ria também. Pé-de-Vento abriu os braços, equilibrando-se com certa dificuldade, explicou aos passageiros, ao condutor, ao motorneiro:

— Não há festa igual à de Tibéria... Nem na Alemanha, no tempo do Imperador do Mundo, nem lá nem em lugar nenhum. É ou não é?

O bonde partiu, levando Marialva aos urros e a gargalhada do cabo a espalhar-se pelas ruas na madrugada recente.

14

A PARTIR DA FESTA DE TIBÉRIA OS ACONTECIMENTOS PRECIPITARAM-SE.

Há sempre um momento, em qualquer história, quando os "acontecimentos se precipitam", é em geral um momento emocionante. Há muito desejava-se assim acontecesse nesta história do casamento do cabo onde em verdade pouca coisa acontece e num ritmo lento. Ainda agora, o anúncio da precipitação dos acontecimentos não significa terem eles avançado com rapidez surpreendente, mas, sim, o fato de terem entrado em ebulição. Preparando-se o desfecho do trágico amor de Curió e Marialva.

Quando se acalmou a crise e os nervos de Marialva permitiram-lhe raciocinar, ela passou a viver para sua vingança. O escândalo a perturbar a festa de Tibéria viera concretizar seus piores temores, aquela sensação de perigo a cercá-la desde a chegada à Bahia. Ou bem ela tomava medidas ou o cabo terminaria por dominá-la, por meter-lhe o cabresto e tocar-lhe as esporas. E um dia, inesperado e tranquilo, podia ir-se, largando-a como um trapo sujo. Ela, porém, não iria permitir. Aproveitaria enquanto ele estava ainda apaixonado, mostraria o valor de Marialva, e o colocaria de joelhos a seus pés. Para isso contava com Curió e sua desesperada paixão. Porque, é curioso constatar, dos ruidosos acontecimentos do dia do aniversário de Tibéria, Marialva não guardara raiva nem de Tibéria nem de Otália. Desejava, é claro, mostrar a elas, assim como a todas as demais mulheres do castelo e adjacências, seu poder sobre Martim, como podia fazê-lo chorar e dele podia rir-se. Raiva ficara de Martim, de seu riso para ser mais exato, da maneira como ele se divertira às suas custas. Em lugar de imediatamente abandonar a sirigaita, voltar-se para ela, Marialva, humilde e arrependido, explicando a pouca importância de ter dançado com outra, ficara entre as duas, quase a incitar a briga, vaidoso de ser objeto da disputa a tapas e caneladas. Ah!, não ficaria assim, vingar-se-ia! E logo, e quanto mais depressa melhor, antes de apagarem-se os ecos do barulho e da festa. Veriam todos a humilhação de Martim, ela rindo em sua cara, fazendo dele motivo de troça e escárnio de todos. Apontá-lo-iam a dedo, toda sua prosopopeia terminada de uma vez e para sempre.

Estiveram, no entanto, seriamente ameaçados seus planos pela falta inicial de colaboração de Curió. Marialva planejara atirar seus amores com o camelô no rosto do cabo, arrastar os chifres de Martim na via pública. Para isso era preciso antes de tudo colocar-lhe os galhos na testa, fazer-se amante de Curió. Não lhe parecia difícil, ao contrário. Não era no desejo de dormir com ela que se consumia Curió? Bastaria uma palavra ou gesto seu para fazê-lo vir em delírio.

Mas não sucedeu como previra. Embora cada vez mais apaixonado e desvairado, Curió possuía reservas morais praticamente inesgotáveis. Trair o amigo era-lhe impossível, morreria de amor e de desejo mas não iria para a cama com a esposa de seu irmão (de santo).

Foi logo dois dias depois dos acontecimentos, quando ainda ferviam os comentários. Martim, que aparentemente regressara à mesma vida sossegada de marido caseiro, devera sair para arranjar o dinheiro das despesas. Gastara muito com a festa de Tibéria: presente para a aniversariante, fazendas para Marialva, sapatos e meias, pulseiras e brincos. A caixa descera a zero, Martim meteu o baralho no bolso, zarpou em busca de parceiros. Marialva mandou correndo o capitão da areia avisar a Curió e fez-se formosa, caprichando no penteado, perfumando-se, escolhendo um vestido capaz de ainda mais valorizar-lhe o corpo. Desceu para as bandas do Unhão, na ponte abandonada ela o esperou.

Curió não estava sequer trabalhando naqueles dias. Tal era seu descontrole a ponto de nem procurar serviço, andava devendo bebida em toda parte e se ainda lhe fiavam era de pena. Tão em desespero não o haviam visto nunca, pobre Curió sempre apaixonado e sempre abandonado. Dessa vez, no entanto, a coisa parecia séria pois durava além do habitual: dois, três dias de cachaça era a medida necessária para curar as anteriores paixões de Curió. Essa última, porém, ultrapassava todas as previsões, ele chegava a falar em suicídio. O capitão da areia foi encontrá-lo num botequim, nas imediações do Mercado, solitário ante um cálice de pinga.

Quando chegou ao Unhão já ela estava a esperá-lo, tão melancólica quanto bela, sentada na ponte a fitar o mar, os olhos perdidos. Curió suspirou. Homem mais infeliz não havia no mundo, também podia suceder-lhe pela vida adiante toda sorte de desgraça, jamais seria tão marcado e perseguido pela má sorte quanto agora. Amava e era correspondido — nem podia acreditar-se tão merecedor! — por aquela formosa de toda a formosura, mas, ah!, meu Deus!, tão leal quanto bela, tão decente quanto meiga. Ligada, como se encontrava, por laços de gratidão a um homem a quem não amava, era-lhe fiel, no entanto, contendo o desejo e a paixão, limitando aquele amor a uma ânsia sem solução, a um desejo irrealizado, a um amor platônico. Como ser mais infeliz? Impossível.

Mais infeliz sairia ele da entrevista, mais infeliz e desgraçado. Contente, no entanto, consigo mesmo, orgulhoso de ter encontrado forças para resistir quando ela, vencida na batalha, se entregava e por um triz não ornamentaram os dois a testa de Martim. Curió provara ser um amigo digno e direito.

Porque, apenas ele chegara e trocara as primeiras palavras excitadas, ela tomara-lhe das mãos e declarara:

— Querido, eu não suporto mais... Seja como for, aconteça o que acontecer, quero ser tua... Sei que é errado, mas, que posso fazer?

Curió arregalara os olhos, não estava certo de haver entendido bem, pediu-lhe para repetir, ela repetiu numa voz cada vez mais alterada, uma chama a queimá-la inteira, querendo ali mesmo pendurar-se ao seu pescoço e beijá-lo, aquele primeiro beijo sempre recusado.

Vacilou Curió, muito a desejava, sonhara tê-la nas noites maldormidas, nas mesas de bar ele a vira andando pelo seu braço, a cabeça reclinada em seu ombro, através a névoa de cachaça ela se despira para ele uma e muitas vezes, seu corpo esplendoroso, toda de pintas negras e o orvalhado chão de seu ventre e a rosa de pétalas de veludo. Muito a desejara, sim, e vinha sofrendo por amá-la, mas, por outro lado, tranquilo em seu drama pois Marialva levantara desde o início a barreira da impossibilidade de concretizar-se aquele amor. Não tivera, em verdade, em nenhum momento, de decidir entre o amor a Marialva e a lealdade a Martim, amigo como irmão, irmão de santo. E agora vinha ela, assim sem preparação, e se oferecia. Pronta para fazer quanto ele quisesse e desejasse, a ir com ele para sempre ou a apenas dormir em seu leito e regressar para casa.

Afundou Curió em sua tragédia, era um arbusto ao vento, uma vela de saveiro arrastada pelo temporal. Diante dele, Marialva, tudo quanto aspirava possuir. Mas entre ele e Marialva, erguia-se Martim, como fazer? Não, não podia levantar o punhal da traição contra seu irmão, muito menos pelas costas. Não, não podia.

— Não, não podemos... — soluçou em desespero. — Não, impossível!

Grito lancinante, decisão suicida porém irredutível. Cobriu o rosto com a mão, acabara de liquidar sua vida, de retirar-lhe toda e qualquer perspectiva, mas mantinha-se um amigo honrado e leal.

Por aquela não esperava Marialva, não viera preparada para uma recusa. Pensara vê-lo em delírio, apressado em levá-la para seu quarto no Pelourinho, nas águas-furtadas de um sobradão antigo. Imaginara mesmo como conter seu entusiasmo, como ir-se entregando aos poucos, naquele primeiro dia os beijos, os apertos, elevando o desejo, marcando ali um outro encontro, quando então... Para fazer dele seu amante e vingar-se de Martim. E deparava com as reservas morais de Curió, intransponíveis.

Não, explicava-lhe Curió, segurando-lhe as mãos, não podia ser. Entre eles nada podia acontecer, seu amor era de sacrifício e renúncia. Para que um dia pudessem ser um do outro, era necessário deixar de existir entre ela e Martim qualquer laço, qualquer espécie de compromisso. Ela própria já o dissera muitas vezes, devia obrigações a Martim, era-lhe grata, não podia. Não tinha o direito de perder a cabeça como estava sucedendo agora. Nem ela, muito menos ele. Sua amizade com Martim remontava a um passado de anos, quando Curió, menino novinho, pedia esmolas nas ruas e se misturara aos capitães da areia. Martim ocupava posto de destaque entre os capitães da areia e estendera sua mão protetora sobre o novato, impedindo perseguições e abusos de parte dos mais velhos. Depois, rapazolas, quando iniciavam-se na vida e no candomblé descobriram serem ambos de Oxalá, Martim de Oxalufã, Oxalá velho, Curió, de Oxaguiã, Oxalá moço. Juntos fizeram bori mais de uma vez, a mãe de santo derramando o sangue dos animais sacrificados sobre suas cabeças, o mesmo sangue a limpar um e outro. Juntos, certa feita ofereceram um bode ao orixá, dividindo as despesas. Como então podia deitar com a mulher de Martim, mesmo sofrendo por ela paixão alucinada? Não, Martim para ele era sagrado, preferia matar-se e matar Marialva.

Isso não, não estava nos planos de Marialva deixar-se matar nem suicidar-se. Andava atazanada com as coisas sucedidas na festa de Tibéria mas longe dela a ideia da morte. Queria, isso sim, vingar-se do cabo, tê-lo a seus pés, humilhado, quebrada sua castanha.

No meio daquele festival de desespero e lágrimas, de juras de amor e de ameaças de morte, onde Curió misturava frases decoradas no *Secretário dos amantes* com suas palavras mais sinceras, um parágrafo chamou a atenção de Marialva e deu-lhe a chave para a melhor solução, de seu ponto de vista.

Foi quando ela, tentando levantar-lhe os brios e também porque estava aborrecida, sentindo-se ferida em sua vaidade, pela primeira vez era recusada por um homem (e ela viera oferecer-se, ela habitualmente perseguida por eles), cuspiu-lhe seu desprezo:

— Tu é um covarde, tu tem é medo de Martim...

Estremecera Curió. Medo? Não tinha medo de ninguém no mundo, nem mesmo de Martim. Respeitava-o, sim, tinha-lhe amizade, era-lhe dedicado. Como então traí-lo, apunhalá-lo pelas costas, enganá-lo às escondidas? Se ainda fosse com o conhecimento dele... Francamente, de frente...

Com o conhecimento dele... Marialva voltou à doce voz de mel, a ser a apaixonada, a boa e leal Marialva de antes:

— E se a gente contasse a ele? Se tu fosse lhe dizer? Dizer que nós se gosta e quer viver junto?

Era uma ideia nova, não se pode dizer ter entusiasmado Curió desde o primeiro instante. Mas, como recusar fazê-lo? Marialva, essa estava no auge do entusiasmo. Era exatamente o que mais podia desejar: Curió dizendo a Martim de seu amor, ela a assistir à cena, Martim a arrojar-se a seus pés, talvez levantado em fúria contra Curió, os dois homens a disputá-la, capaz de matarem e morrerem por ela... Vingada de Martim, podendo ela decidir com qual dos dois viver, com qual dos dois apenas dormir. Talvez ficando com Martim, já estava instalada com ele, mas pondo-lhe os cornos com Curió. Ou, ficando com Curió, herdando móveis e casa e indo, de quando em vez, para o leito com o cabo Martim, afinal gostava de deitar com ele, não queria tampouco perdê-lo. Seria seu dia de glória, quando Curió atravessasse a soleira da porta para fazer a comunicação oficial.

Curió balançava a cabeça: não, não ficava bem ir a Martim contar-lhe tudo, para quê? Marialva imaginava o que podia se passar?

Quanto Martim sofreria? Que espécie de loucuras poderia fazer? Marialva sorria, a ideia amadurecia em sua cabeça, era sua vingança, seu dia de glória, seu triunfo. Não abriria mão, Curió não tinha escapatória. Haveria de ir diante de Martim e dizer-lhe, contar-lhe tudo, disputar-lhe a mulher.

Suas mãos tocaram os cabelos de Curió:

— Tu não entendeu nada do que eu disse quando eu cheguei. Tu pensou que eu tava querendo ir para cama contigo, enganar Martim sem ele saber.

— E não era?

— Que é que tu pensa de mim? Tu me acha capaz de uma coisa dessas? O que eu tava querendo era que tu fosse lá e conversasse com Martim. Tou segura que ele vai entender... Vai amargar um bocado que ele é louco por mim mas é capaz que entenda. E, mesmo se ele não quiser, aí terminou a obrigação que nós tinha, a gente pode ir embora... Tu não acha?

— Tu quer dizer que se a gente contar a ele, mesmo se ele não tiver de acordo, a gente pode ir...?

— É claro.

— Ele não vai ficar de acordo nunca...

— Não vai mesmo... Mas aí a gente já cumpriu a obrigação com ele. Se tu tem dúvida, pergunta a Jesuíno... Tu não pode é trair ele pelas costas, tá certo, eu também não posso. Então, nós vai lá e diz a ele. E depois então nós pode fazer o que quiser...

Pareceu tudo claro a Curió.

— Creio que tu tem razão...

— Tenho, é claro...

E pela primeira vez deu-lhe um beijo, um longo beijo, daqueles como só ela sabia dar, com os lábios e a língua, ele teve de lutar para desprender-se.

— Ainda não, só depois da gente falar com ele.

— E quando é que tu vai falar?

Mas Curió pedia um prazo, queria acostumar-se à ideia. Não era tão fácil como parecia.

15

AO CONTRÁRIO, ERA BEM DIFÍCIL. MÚLTIPLAS COMPLICAÇÕES CIRCUNDAVAM o problema e Curió não suportou o fardo de tanta preocupação, resolveu dividi-lo com os amigos. Com a voz entrecortada pela vergonha, gestos excitados, frases decoradas em livros, vomitou toda a história aos ouvidos fraternos e curiosos de Jesuíno Galo Doido. Vomitou-lhe também a cachaça e uns pedaços de mortadela arruinada, seu único alimento do dia. Andava magro e pálido, com olheiras, a carapinha desgrenhada. Logo negro Massu e Ipicilone ficaram a par do assunto e Pé-de-Vento mais ou menos: não chegava a entender toda aquela confusão — afinal Curió comera ou não a rapariga de Martim? —, mas não faltava com sua silenciosa solidariedade em momentos tão difíceis e dramáticos.

Foram dias agitados de confabulações, demorados exames dos diversos ângulos da situação, previsões, conselhos, planos e correspondente derrame de cachaça. Pareciam uma assembleia internacional em funcionamento: discutiam e discutiam, num debate por vezes excitado, para no fim da noite constatarem pouco progresso nas negociações. Segundo Jesuíno o assunto requeria tato e experiência, conselho de homens vividos e paciente exame, dada sua delicadeza: estava em jogo a amizade antiga de dois companheiros, de dois irmãos de santo, sem falar em valores menores como a honra, os chifres morais, a vida em perigo. Assim foi solicitado conselho a alguns veneráveis tios e a técnicos especializados, para determinados detalhes. E o caso espalhou-se como o desejava Marialva a rir pelos cantos em sua casa. Acordava à noite para rir sozinha.

Dividiam-se as opiniões. Negro Massu achava tudo aquilo errado, loucos projetos de Curió, cabeça habitualmente ao vento, por completo desregulada quando se tratava de mulher. Em sua abalizada opinião, Curió só tinha dois caminhos pelos quais embarafustar e nenhum dos dois passava pela porta da casa do cabo.

Quais esses caminhos, queriam todos saber. Negro Massu começava pelo mais prático e prudente: Curió largava tudo, ia passar uns tempos em Alagoinhas ou em Sergipe. Sergipe era terra de boa cachaça e lugar de futuro para um camelô. Aliás ele próprio, Massu, conhecia um tipo necessitado de camelô para percorrer o interior fazendo a propaganda e vendendo um remédio inventado por ele, milagroso. Tratava-se de um sujeito metido com folhas, vivera uns tempos com os índios, aprendera muita coisa com eles a respeito de tudo que era mato, descobrira um preparado para blenorragia, um porrete! Feito de casca de árvore e raiz de planta brava, não havia gonorreia que resistisse.

Precisava de alguém para vender o produto no interior, nas feiras e nas festas de largo. Curió recusava a oferta: em sua experiência de camelô evitara sempre a venda desses remédios infalíveis, costumava dar cana, médicos e farmacêuticos botavam a polícia em cima. Isso, retrucou Massu, era na capital, a polícia recebendo bola dos donos de farmácia. Por isso mesmo seu amigo queria conquistar os mercados do interior. Não podia expandir-se na capital, tendo sido inclusive ameaçado de cadeia. Só porque não tinha título de doutor não aprovavam sua fórmula, os médicos invejosos de seu saber e temerosos de sua concorrência haviam declarado, unânimes, após o exame de um vidro de Levanta Cacete (nome batuta!), tratar-se de charlatanismo criminoso. O remédio fazia, segundo eles, recolherem-se os gonococos e espalharem-se pelo sangue, com imprevisíveis consequências futuras. Quanto ao autor da fórmula era um charlatão a reclamar larga temporada no xadrez.

Tudo infâmia, inveja, temor, pois o remédio era mesmo bom, com três ou quatro doses não havia gonorreia que resistisse, desaparecia corrimento e dor, e tudo por um preço irrisório e sem aquele desespero das lavagens de permanganato. O benemérito inventor da fórmula, o antigo hóspede dos índios, já experimentara o remédio em mais de um doente, com resultados positivos em todos os casos. É verdade atribuírem os médicos a essas experiências estar Arlindo Bom Moço entrevado numa cama aos vinte e oito anos de idade. Pegara uma blenorragia de gancho, andara às voltas com os doutores, sem melhoras. Para urinar, era um inferno, sem falar no mau cheiro. Terminou, a conselho de amigos, por experimentar o Levanta Cacete e foi tiro e queda: com menos de dois vidros ficou novo em folha. É verdade que uns poucos meses depois caiu entrevado na cama, como se os nervos e músculos estivessem todos embolados. Mas por que ligar esses reumatismos brabos de Arlindo Bom Moço, assim conhecido por sua bela aparência anterior hoje um tanto comprometida, com o remédio de seu Osório Redondo? Só mesmo a má vontade dos médicos. Por causa, no entanto, dessa perseguição infame, não podia Osório vender sua fórmula benfazeja na capital, restava-lhe apenas o interior por onde andava de feira em feira a curar tabaréus. Mas como o interior era grande, buscava quem se dispusesse, à base de boa comissão, a ajudá-lo em sua cruzada contra as moléstias venéreas. Se Curió quisesse, negro Massu o levaria a seu Osório, morava ele para as bandas do Corta Braço, tinha em casa umas cachaças especiais tratadas com ervas só dos índios conhecidas, deixavam um homem mais fogoso do que cavalo reprodutor ou gato vagabundo em noite de lua. Tinha uma freguesia de velhos, de dar gosto.

Recusou Curió a sugestão tão tentadora, não queria ganhar a vida no interior nem largar Marialva, mas Jesuíno Galo Doido interessou-se pelo benemérito cidadão, considerava indispensável uma visita à sua casa, deviam levar solidariedade ao filantropo perseguido. Jesuíno era também metido a entender de ervas, conhecia muito dos segredos das folhas, era gente de Ossani.

Reclamou Curió o segundo caminho, quem sabe seria melhor conselho? Negro Massu não se fez de rogado: ora, se não tinha Curió forças para largar a zinha e sair pelo mundo curando os desgraçados portadores de moléstia da vida, então só lhe restava um jeito a dar. Qual? Agarrar a bruaca numa noite sem lua, sumir com ela, esconder-se onde Martim não o pudesse encontrar, não voltar nunca mais. Entrar sertão adentro, sumir na caatinga, desaparecer nos caminhos do Piauí ou do Maranhão, lugares de cuja existência Massu ouvira falar, longínquos países nos limites do fim do mundo. Porque, não alimentasse Curió a mínima dúvida a respeito, Martim ficaria uma fera quando chegasse em casa e lá não encontrasse a beldade da pinta negra no ombro, sua excelentíssima esposa. E se pegasse Curió, o raptor, não haveria depois Levanta Cacete capaz de lhe dar jeito.

Essas, as duas sugestões de negro Massu. Não via terceiro caminho, mesmo porque a ideia de irem Curió e Marialva à presença de Martim contar-lhe a pouca-vergonha, rir nas fuças do cabo, passar-lhe atestado de corno, quanto a isso...

Curió zangava-se, berrava exaltado: não havia pouca-vergonha de nenhuma espécie nem corno a quem passar atestado. Massu injuriava um puro amor platônico e insultava a dignidade de Curió. Tinham-se comportado, ele e Marialva, com a maior lealdade para com o cabo. Todo o caso não passara até agora de conversas líricas, projetos e sonhos, sem uma carícia mais audaciosa. E por que desejavam ir a Martim senão para continuar nessa linha de absoluta lealdade? Por isso não partiam na calada da noite, como fugitivos, para não apunhalar um amigo pelas costas. Queriam ir a ele, contar-lhe como haviam sido dominados pelo amor, por uma paixão avassaladora, incontrolável. Incontrolável, sim, porém eles a haviam controlado, tão leais à amizade e à gratidão, tão leais a Martim, tinham-na mantido num plano de absoluto platonismo. E ali estavam para dizer-lhe, leal e honradamente, não poderem viver um sem o outro, por isso solicitavam-lhe dar o fora, deixar a casa de Marialva e a própria Marialva...

A casa de Marialva? Ipicilone estranhava tão apressada e definitiva posse da casa com os objetos correspondentes a guarnecer-lhe sala e quarto: da cama à cafeteira, do grande espelho aos cálices. Não seria tudo aquilo de Martim, comprado com o dinheiro dele, ganho com o suor de seu rosto e o risco da perda de sua liberdade no carteado ilegal? Não se contentava Curió com a dor a causar ao amigo roubando-lhe a esposa, ainda queria levar-lhe os móveis e herdar-lhe a casa? Onde já se vira uma coisa assim?

Defendia-se Curió: por ele não queria nada, tendo Marialva já tinha os bens todos do mundo, com ela lhe bastava. Quanto à casa e aos móveis, no entanto, se examinassem bem veriam não ser assim claro o assunto de sua propriedade. Quando tivera Martim, em toda sua vida, casa montada, habitação conhecida? De quando em vez, é bem verdade, alugava um quarto para pendurar suas roupas e derrubar cabrochas. Mas podia-se decentemente chamar de casas tais habitações provisórias, abandonadas apenas se enxodozava ele com rapariga de castelo e passava a dormir no quarto da cuja, transportando para seus armários os ternos brancos? Quantas vezes não largara Martim seus tarecos no quarto de Curió, no Pelourinho, no de Jesuíno, no Tabuão, na distante casinha

onde Massu vivia com sua avó, mesmo no barraco erguido por Pé-de-
-Vento na praia? Por não ter onde deixá-los quando rompia com um
xodó. Não os levava para casa de Ipicilone porque esse jamais tivera
quarto alugado, muito menos barraco ou casa, vivia ao deus-dará, dormindo pelos botequins ou no armazém de Alonso, em cima do balcão ou
transformando um fardo de carne-seca em oloroso colchão.

Casa e móveis, se agora de tais coisas desfrutava Martim, devia-as a
Marialva. Exigira ela casa alugada, móveis decentes, e o cabo, para conquistá-la (pois ela tudo fizera para não ir com ele, resistira o quanto lhe
fora possível e só o aceitara por gratidão, como todos deviam ficar sabendo para poderem julgá-la com justiça), tudo lhe dera e mais lhe daria, fosse ela uma exploradora, uma aproveitadeira. Para ela, Marialva, e
não para ele próprio, alugara Martim a casa da Vila América, era moralmente dela, podiam eles imaginar Martim vivendo sozinho numa casa?
Quanto aos móveis ainda mais clara e cristalina apresentava-se a questão. Para Marialva ele os comprára, para dar-lhe conforto, presentes
para garantir seu afeto, eram bens de Marialva, aliás tudo quanto a pobre possuía. Além da roupa de vestir e de uns colares e brincos, coisa de
pouca monta. Quem lhe dera colares e brincos, vestidos e sapatos, não
fora também Martim? No entanto, iria Martim por acaso tomar os sapatos e os vestidos, deixá-la nua quando ela não quisesse mais viver com
ele? Certamente não. Por que então iria apropriar-se dos móveis, estavam móveis e vestidos na mesma idêntica situação. E a casa também.
Curió confiava em Martim: não iria ele vingar-se com tais mesquinha-
rias, era de generoso coração, Curió não sabia de ninguém tão franco e
desinteressado quanto o cabo.

Não se convenceu Ipicilone com a desdobrada argumentação e como nesse ínterim assentara-se em meio à douta assembleia o alegre
Cravo na Lapela, reconhecida autoridade em assuntos de propriedade
alheia e contratos de locação de casas de aluguel, sua opinião foi requerida e julgou ele contra Curió. Dono da casa, seu real proprietário, era
quem a alugara, o responsável pelo aluguel mesmo que não o pagasse
com pontualidade. Não fora Martim quem apalavrara, assinara papel ou
bem dera sua palavra de pagar o aluguel? Então era dele a casa, Marialva
ali estava de hóspede, de convidada, para embelezar o ambiente. Tanto
isso era a verdade que ele, Cravo na Lapela, já não pagava o aluguel da
casa onde morava há mais de seis meses e nem assim o espanhol, dono
daquelas ruínas, conseguia botá-lo para fora, mesmo tendo contratado

115

advogado. Melhor prova não havia. Quanto aos móveis e o resto, era ainda mais claro pertencerem a Martim, por ele tinham sido comprados e pagos. Curió, não se contentando com arrasar a vida do amigo, ainda queria roubar-lhe casa e móveis, Cravo na Lapela estava assombrado. Por pouco não reclamaria Curió as elegantíssimas roupas do cabo, os ternos brancos de calça apertada e paletós compridos, as camisas listradas de colarinho alto, os sapatos de bico fino...

Bufava Curió, não o entendiam... Se Martim quisesse, ficasse com casa e móveis, até com os vestidos e os brincos da rapariga. Tudo quanto desejava e reclamava era a própria Marialva. Amavam-se, não podiam viver um sem o outro, nem a continuarem como até agora, afogando nos peitos doloridos o desejo terrível, órfãos de todo carinho, da carícia mais simples, distantes um do outro para não caírem em tentação quando andavam pelo cais a discutir o problema... Um em cada ponta do passeio...

— Tu andou de mão dada com ela, deixa de conversa... Teve gente que viu... — atalhou Jesuíno cuja voz só então se levantara para opinar.

Mas antes de fazê-lo teve de ouvir as explicações de Curió. De mãos dadas pode ter sucedido uma vez na vida outra na morte, quando mais terríveis lhes pareciam as perspectivas, quando se viam cercados de impossibilidade, cobertos pelas "nuvens negras do temporal de sua existência" (frase do *Secretário dos amantes* bem encaixada por Curió em seu discurso de defesa). Com a cabeça em febre, o coração aos saltos, era possível terem-se dado as mãos para se sustentarem melhor em sua dor, em seu amor maldito, "esse amor de maldição a medrar-me no peito de procelas...". Por falar nisso, sabia algum deles que diabo era procela? Palavra velhaca, muito usada no *Secretário dos amantes*, talvez Jesuíno ou Ipicilone soubessem seu significado...

— Quer dizer tempestade, seu besta — explicou Jesuíno, exigindo, ao mesmo tempo, mais detalhes: — Me diga com toda a sinceridade se não passou de mão metida na mão, se não teve mais...

Bem desejaria Curió negar os beijos, aquele primeiro nas ruínas do Unhão quando decidiram falar a Martim. E os outros, a se seguirem, naquele mesmo dia e semana adiante, enquanto discutiam os detalhes da visita ao cabo. Marialva desdobrava, a propósito dos beijos, duas considerações. Primeiro: não iam viver juntos após terem contado tudo a Martim? Então que importava um beijo? Não tirava pedaço, não era como dormirem juntos. Explicação a absolvê-los de pecado e remorso. Por outro lado, um tanto quanto contraditória, ela afligia-se após os beijos, argumentava com eles para dar urgência ao passo decisivo, à entrevista com o cabo. Antes do beijo, provava sua nenhuma importância. Após, achava-o o próprio caminho do abismo. Nesse ir e vir, os beijos cresciam em número e ardor, alguns eram de deixar o vivente sem respiração, outros levavam quase pedaços de lábios, longos como a vida e a morte, chupões e dentadas, beijos a descerem perigosamente pelo ombro de Marialva, a subirem na curva do seio.

Não podiam retardar a entrevista, senão estariam apunhalando Martim pelas costas. Marialva estremecia em seus braços: se Curió era amigo de seu amigo devia marcar quanto antes a visita ao cabo. Agarrada a Curió, aos beijos e dentadas, suspirava de remorso, devia gratidão a Martim, como fazia aquilo? Era aquele amor de desvario a arrastá-la pelos caminhos da desonra... Curió devia apressar-se, antes do irremediável acontecer...

Curió gostaria de não falar dos beijos, ou pelo menos evitar certos detalhes, mas sabia não adiantar mentir a Jesuíno. Tinha Galo Doido fama de adivinho, vidente capaz de ler nos olhos e no pensamento das pessoas, era quase babalaô. Inútil tentar esconder a verdade, ele a descobriria...

— Bem... Uma vez ou outra um beijo, nada sério...

— Beijo? Onde? Na testa, na mão, na cara, na boca?

Para gáudio dos outros, detalhou Jesuíno o interrogatório, baratinando Curió, fazendo-o vomitar cada beijo e mais os chupões e as dentadas e o caminho pelo ombro a pretexto da pinta negra, rondando já as alturas do seio.

— Melhor mesmo é tu falar logo com Martim antes que isso termine mal. Se tu for e falar tu tá agindo direito, como homem de bem, se ele se zangar quem perde a razão é ele.

Ipicilone achava a empresa perigosa, parecendo-lhe impossível determinar a reação do cabo, capaz de perder a cabeça e matar Marialva e Curió. Este encolhia os ombros, heroico e resignado: a vida sem Marialva não lhe importava. Se o cabo o matasse, estava no seu direito, ele levantara o olhar para a mulher de um amigo, reconhecia-o lealmente.

— Só os olhos? E os beijos, os chupões?

A isso, aos beijos, se referia Curió ao falar em olhos levantados para a proibida mulher do amigo. De outras coisas não se acusava, por outras coisas não era culpado ante o amigo. Se merecia a morte era por esses poucos beijos, mas valia a pena morrer pelo gosto da boca de Marialva.

Só então, em verdade, interessou-se Pé-de-Vento por todo aquele assunto. Gosto? Que gosto? Qual era o gosto da boca dessa dona? Ele, Pé-de-Vento, conhecera uma mulher, noutros tempos, cujo beijo tinha gosto de moqueca de camarão, coisa sensacional. Andara lhe dando uns baques mas ela sumira e nunca mais ele voltara a encontrar o mesmo gosto na boca de outra. Como era o gosto do beijo de Marialva?

Não respondeu Curió, interessado na opinião de Jesuíno. Galo Doido parou de refletir, a luz caía sobre seus cabelos, estavam todos suspensos de suas palavras. Não acreditava ele que saísse Martim a dar tiros, a agredir Curió. Por que havia de fazê-lo se o amigo comportava-se decentemente, fiel aos ritos sagrados da amizade? Podia a entrevista ser dolorosa, isso sim. Se era verdade tanto amar o cabo aquela dona, ser-lhe tão devotado a ponto de não poder viver sem ela, iria receber um golpe com a notícia, golpe terrível, capaz até de transtorná-lo. E, transtornado, então era realmente imprevisível qualquer reação.

Massu, pensando no sofrimento e na cachaça do cabo, propôs fossem todos acompanhando Curió, na data marcada, assim assistiriam à cena e poderiam impedir qualquer loucura de Martim. Proposta a provocar o entusiasmo dos presentes mas a ela se opôs Jesuíno, firme e com argumentos. Assunto delicado, envolvendo a honra dos comparsas, ninguém devia nele misturar-se além dos protagonistas naturais. Não deviam chegar com Curió. Quando muito poderiam acompanhá-lo até o começo da ladeira, ficariam no botequim ao sopé, traçando uma cervejinha. Assim, quando Martim saísse da casa, acabrunhado, far-lhe-iam companhia, solidários com sua dor. Ou correriam para a casa se de lá chegasse barulho suspeito a indicar violência ou desespero.

Assim acertaram e Curió marcou a data para a manhã do dia seguinte, antes do almoço, quando era certa a presença de Martim. Jesuíno dava pressa, qualquer demora podia ser fatal. Até quando iria Curió aguentar os beijos da Marialva? Estava à beira do abismo, a qualquer instante podia despenhar-se seio abaixo...

Outra coisa não repetia Marialva quando se abraçavam e beijavam, ela e Curió, nos ermos do Unhão. Naquela tarde não necessitou fazê-lo. Curió chegou numa exaltação, anunciando a decisão para o dia seguinte, combinou a hora com ela: dez da manhã. Em geral naquela hora Martim dedicava-se ao violão, após ter tratado dos pássaros.

Curió estava com a face coberta de drama: no dia seguinte iria cravar um punhal no peito do amigo dileto. Se Martim o matasse, não podia queixar-se. Talvez fosse até melhor. Matasse a ele e a ela, aos dois amantes (platônicos), ficariam estendidos juntos no necrotério, juntos seriam conduzidos, pelos amigos, para a cova. Via-se morto, uma flor no peito, Marialva a seu lado, os cabelos soltos, a garganta cortada.

16

OU MORTO, ESTENDIDO FRIO E ENSAN-GUENTADO, MARIALVA com um punhal no peito, ou vivo a assistir ao desespero de Martim. Em certos momentos chegava a preferir a primeira hipótese tanto o horrorizava a segunda, a visão de homem tão macho como Martim, acabrunhado, liquidado para sempre. Sim, porque sem Marialva a vida é triste e inútil.

Curió imaginava a cena: chegaria, olharia o amigo, contar-lhe-ia tudo. Tudo, não. Não falaria dos beijos, das mordidas, da mão descendo pelo colo no caminho de delícias dos seios. Falaria, sim, daquele amor de loucura e perdição, surgindo de repente, à primeira vista, e o imenso sofrimento, a batalha sem quartel para contê-lo e arrancá-lo do coração, aquele amor condenado. Tinham-se mantido num plano de pura amizade, como irmãos. Mas quem pode resistir ao amor, "quando dois corações entoam uníssonos a canção das núpcias sagradas" e "nem os ventos da tempestade nem as ameaças de morte podem separá-los", como bem dizia o *Secretário dos amantes*. Não haviam podido reprimir os sentimentos cada vez mais violentos, mas, fazendo das tripas coração, conseguiram, todo aquele tempo, respeitar a honra de Martim, imaculada e intacta até o momento à custa de imenso sacrifício dos dois apaixonados. Marialva o fazia por gratidão, para não magoar Martim por ela tão louco e devotado, Curió por amizade o fazia, lealdade ao irmão de santo tão sagrado como se fora irmão de sangue. Intacta, imaculada, impoluta a honra de Martim, nem uma só mancha por mais mínima (ah!, os beijos, não podia fazer nenhuma alusão a eles, nem mesmo aos apertos de mão), porém o amor continuava a devorá-los como as chamas do inferno. Não conseguiam, ele e Marialva, suportar por mais tempo aquela situação equívoca e terrível. Eis por que ali estava, solene e grave, diante de Martim. Para colocar em suas mãos a decisão, o destino deles três. Sem Marialva não podia viver, preferia a morte. Sabia quanto seria doloroso para Martim, porém...

Via o amigo sofrendo em sua frente. Humilhado em sua vaidade de homem, de conquistador famoso, uma vez o jornal o chamara de "sedutor" e a polícia andara atrás dele. Preterido por Curió, esse Curió sem sorte tantas vezes antes abandonado, desprezado por namoradas, noivas e amantes. Ferido em sua vaidade... Isso não era nada, porém, comparado à dor mais funda de perder Marialva. Por ela o cabo modificara sua vida. Quem era antes o boêmio inveterado, o notívago sem cura, o vagabundo sem pouso e sem horário, transformara-se no pacato cidadão ordeiro, no marido exemplar, caseiro e diligente, atencioso, terno. Transformara-se o vagabundo num senhor, quase num lorde. Seu lar era a inveja de todos os amigos... E ali estava Curió, seu irmão de santo, seu íntimo, para destruir toda essa felicidade, para levar-lhe a esposa, ocupar o lar do irmão como um soldado inimigo ocupa terras e cidades de país invadido, viola esposas, noivas e irmãs, arrebata os bens mais preciosos, destroça as vidas. Tarefa sinistra, trágico amor!

Desarvorado andava Curió pelas ruas, ruminando esses horrores, comovido e um tanto heroico. Heroico porque não deixava de existir um certo perigo. Era a hipótese da morte, defunto estendido ao lado de Marialva. Pesando depois na corcunda de Martim pela vida afora. Curió tinha vontade de chorar sobre seu próprio destino e o de Martim. Por vezes até se esquecia de Marialva. À noite foi visto num botequim decorando frases e parágrafos do *Secretário dos amantes*, os mais fortes e emocionantes.

Os amigos preparavam-se também para os acontecimentos do dia seguinte, a exigirem ânimo forte. Nada melhor para retemperar a fibra e estabelecer o equilíbrio emocional do que umas cachacinhas bem medidas e pesadas, ingeridas de véspera. Assim o faziam no botequim de Isidro do Batualê onde Curió era apontado a dedo pelos curiosos. Porque, não se sabe como, a notícia extralimitou do grupo fechado dos amigos, circulou em diversos meios. Certas coisas não necessitam ser contadas ou reveladas, são adivinhadas, percebidas pelo sexto sentido da gente, sem explicação e repentinamente. Pois assim foi com a projetada visita de Curió a Martim. Até apostas se estabeleceram à base da reação do cabo. A maioria dos apostadores jogavam na surra a ser aplicada por Martim em Curió, sobrando alguns tabefes para a esposa dedicada e quase infiel. Ao saber da tendência da bolsa, Curió estremeceu: aquela ameaça de surra não era perspectiva agradável nem digna. Não tinha o heroísmo da morte, era reles e chula. Mas ele estava decidido. Não recuaria.

Marialva banhava-se em alegria, cantava ao arrumar a casa, risonha, lépida, esquecida por completo — assim parecia — do incidente desagradável na casa de Tibéria, dias antes. Martim, refestelado na espreguiçadeira, estabelecendo complicada lista para o jogo do bicho, susteve a delicada operação intelectual para vê-la ir e vir numa agitação juvenil, rindo sozinha pelos cantos da casa.

Rindo sozinha, prelibando as emoções do amanhã, quando Curió entrasse na sala e ela visse os dois homens face a face, erguidos um contra o outro, armados de ódio, capazes de tudo, da agressão ao assassínio e somente por sua causa. Os dois amigos íntimos, desde os tempos da meninice solta nos capitães da areia, os dois irmãos de santo, ambos de Oxalá, juntos haviam feito bori, juntos haviam derramado o sangue dos galos e dos bodes sobre as cabeças, jurando lealdade um ao outro, e, por amor de Marialva, levantados estavam um para o outro como muros de ódio, os olhos pedindo morte e sangue. Talvez não chegassem a tanto, apenas rolassem pelo chão em luta corporal, o cabo levava vantagem, era capoeirista de fama, Curió não podia com ele. Vantagem física na luta, mas ficaria um espinho cravado no coração do cabo porque Marialva olhara para o camelô, trocara com ele palavras de amor, virara sua cabeça a ponto de levá-lo a enfrentar Martim.

Veria o cabo humilhado em sua frente, a pedir-lhe para ficar, rastejando a seus pés. Vitorioso na luta mas ferido para sempre e nunca mais o mesmo Martim de antes.

Poderia então Marialva decidir como melhor lhe parecesse. Continuar com Martim, um Martim definitivamente dobrado à sua vontade, encontrando-se com Curió — para curar-lhe as feridas com o bálsamo de suas promessas e de seus beijos e, quem sabe… Ou bem ficar de cama e mesa com Curió, ideal para marido, tão dócil e romântico, mas dormindo de quando em vez com Martim, era bom dormir com ele, não podia negá-lo. De qualquer maneira seria ela a decidir e o faria na hora, na inspiração do momento, ditada pelos rumos da entrevista. Ria pela casa Marialva, sem motivo aparente, ria tanto e tão satisfeita, Martim quis saber o motivo de tamanha satisfação:

— Que bicho te mordeu?

Ela veio e sentou-se a seus pés, tomou-lhe das mãos, voltou para ele aqueles olhos antigos de súplica e medo, olhos de vítima. Pedindo, suplicando um carinho. Maquinalmente estendeu Martim sua mão sobre os cabelos de Marialva, que estaria ela maquinando? Quando punha aqueles olhos, quando se vestia de humildade e doçura, alguma coisa tinha em mente, algum projeto a executar. Martim considerou aquela mulher encontrada em Cachoeira, em dia de solidão maior, quando o homem teme morrer sozinho como um cão. Desde então vinha com ela, aos trancos e barrancos, mudara sua vida. Se alguém lhe dissesse, não acreditaria...

— Tu gosta de tua cabrocha, meu negro?

Martim acentuou a carícia nos cabelos como a responder à pergunta. Mas seu pensamento estava longe e ele via a face adolescente de Otália. Engraçada, aquela menina... Balançou a cabeça, retirou a mão dos cabelos de Marialva, querendo livrar-se delas todas, de todas as mulheres. Não era possível, a um homem só, dormir com todas as mulheres do mundo mas devia-se fazer esforço para consegui-lo, assim ensinavam no cais os velhos marinheiros. Martim se esforçava mas era impossível, o número de mulheres era grande demais, não havia força nem tempo de homem capaz de tal empresa. Queria voltar à sua lista para o jogo do bicho daquela manhã, trabalho a exigir reflexão e calma, cálculos difíceis e especializados conhecimentos, a capacidade de interpretar os sonhos. Mas Marialva forçava sua atenção, reclamando carinho, provas de amor. Bocejou Martim, não era hora, estava voltado para o pavão e o elefante, sonhara com Pé-de--Vento cavalgando uma nuvem feita de penas de pavão.

— Agora não...

Levantou-se brusca, saiu num repelão de saias e anáguas. Amanhã ele veria, amanhã pagaria caro esse pouco-caso de hoje, amanhã pela manhã, por volta de dez horas.

E se Curió não viesse? Não seria melhor despachar o moleque com um recado? Mas por que haveria ele de falhar? Estava louco por ela, rastejava aos pés de Marialva. Como voltaria a rastejar Martim quando Curió chegasse e tudo lhe contasse. Ela os via, os dois erguidos um contra o outro, como inimigos de morte, os dois amigos íntimos, os irmãos de santo. Empunhando os punhais do desejo, do ciúme, do ódio, erguidos um contra o outro por amor a Marialva, sem ela não podiam viver, sem ela, sem sua presença, não desejavam viver.

17

OS AMIGOS FICARAM EMBAIXO, AO PÉ DA LADEIRA, NO BOTEQUIM. O grupo aumentara de alguns penetras, gente com dinheiro em jogo na bolsa das apostas cujo movimento na última noite fora dos mais razoáveis. Dali, do bar, apesar da ladeira a separá--los da casa de Martim, podiam, de certa maneira, acompanhar os acontecimentos: ouviriam qualquer grito, alertas a qualquer ruído de luta ou tiro de revólver, alterações no ritmo da tranquila vida conjugal do cabo. Estavam excitados e alguns davam palmadinhas nos ombros ou nas costas de Curió, a animá-lo. Sobretudo os que haviam posto dinheiro na reação violenta do cabo e previam no mínimo uma surra, talvez algumas facadas no bucho do camelô. No botequim, encomendaram uma primeira rodada, para animar. Quiseram oferecer um trago a Curió antes do apaixonado amigo iniciar a subida, mas ele recusou. Bebera demasiado na noite anterior, sentia a boca amarga, a língua pastosa e a cabeça pesada exatamente quando mais necessitava de cabeça fria e língua solta. Ergueram então os copos de cachaça em sua honra, num brinde mudo porém significativo. Ele olhou demoradamente os amigos, um por um, comovido e grave. Apertou a mão de Jesuíno, arremeteu para a ladeira. Todos os presentes mantinham-se também graves e comovidos, na clara consciência de estarem vivendo um momento histórico. Curió desaparecia na curva da ladeira enlameada. As acácias deixavam-se desfolhar pelo vento, atapetavam o caminho com corolas amarelas.

Ia Curió vestido a caráter, deixara as roupas de trabalho, o fraque surrado e a calça listrada, a velha camisa de peito duro, a cal e o alvaiade. Pusera sua roupa de festa, gravata e paletó, fizera a barba, andava magro, a cara pálida e olheiras negras. Subia em passos medidos, o olhar melancólico, o rosto grave. Aliás uma certa gravidade cercava toda sua figura, uma gravidade um tanto lúgubre, dando um ar de funeral àquela caminhada ladeira acima. Curió assim se preparara, vestindo-se como só o fazia em raras ocasiões solenes, para logo à entrada Martim dar-se conta do extraordinário da visita, de sua seriedade. Eis por que, ao fazer a ladeira um ângulo para a direita, de onde se avistava o barraco de Martim, Curió parou para ajeitar a roupa e deu ainda maior solenidade à marcha. Na porta, Marialva aguardava, impaciente: nos relógios acabavam de soar as dez horas. Acenou para Curió a dar-lhe pressa mas ele manteve o lento ritmo da caminhada, não era ocasião para corridas, para leviana sofreguidão. Ia despedaçar a vida de um amigo, sangrava o coração do camelô. Não teria sido melhor aceitar e seguir o conselho de negro Massu, arrebanhar as garrafas do miraculoso preparado contra blenorragia e tocar-se para Sergipe a chorar a ausência da amada? Apenas atravessasse a porta, Martim se daria conta do funesto caráter da visita, ao primeiro olhar lançado sobre a dramática face de Curió.

Mas, ao alcançar a soleira da porta da casa do amigo — onde ia penetrar solerte e crapuloso, pior que um ladrão ou um assassino, levando a desolação e a tristeza sem consolo —, ouviu as reclamações de Marialva, ciciadas entre dentes:

— Pensei que não vinha mais, que tinha se encagaçado...

Injustiça sem tamanho pois estava na hora exata, às dez como ficara combinado. Nunca, em toda sua vida de compromissos assumidos e cumpridos, fora tão pontual. Os amigos, tão solidários naquela encruzilhada trágica de sua existência e também interessados nos resultados das apostas, haviam-se encarregado de acordá-lo e o acordaram muito antes da hora.

O rosto de Marialva estava esfogueado, seus olhos brilhavam inquietos numa luz estranha, toda ela parecia diferente como se pairasse no ar, bela como uma fada mas trazendo em sua formosura certa marca cruel, expressão satânica, talvez devido ao penteado caprichado com dois rolos na testa como se fossem diabólicos chifres. Jamais Curió a vira assim, parecia outra, não a reconhecia, aquela sua doce Marialva, desfalecente de amor.

— Vamos, ele está na sala...

E, apressada, entrou anunciando:

— Meu bem, Curió está aqui querendo falar com você...

— Por que diabo ele não entra? — a voz de Martim chegou de dentro, um tanto confusa como se ele falasse com a boca cheia.

Era preciso, reafirmava-se Curió, revelar a Martim com os primeiros gestos e as palavras iniciais a gravidade da visita, sua excepcionalidade. Assim sendo, solicitou antes de entrar na sala:

— Com licença...

Jamais amigo algum pedira licença para entrar em casa do cabo. Devia pois Martim dar-se conta do caráter trágico dos acontecimentos apenas Curió entrasse na sala num passo rígido e logo parasse mais rígido ainda, pálido, quase lívido. Mas, para desilusão e desespero do apaixonado camelô, o cabo nada notou, em nada reparou. De todo entregue ao espetáculo de melosa e amarelada visão de uma jaca mole, estendida na mesa. Acabara de abri-la e os bagos recendiam perfumados, o mel escorria sobre um pedaço de jornal posto na mesa para proteger as tábuas, todo o aspecto da fruta dava gula e desejo. Martim nem se voltou, Curió perdia todo o esforço da pose difícil. Ao demais, o perfume poderoso da jaca entrava-lhe pelas ventas, atingia-lhe o estômago, Curió estava em jejum, nada comera naquela manhã de traição e morte.

A voz fraternal de Martim envolveu o amigo:

— Senta aí, mano, vem comer uns bagos de jaca. Tá suculenta.

Curió aproximou-se no mesmo passo medido, o rosto funéreo, uma postura enfática, quase majestosa. Marialva encostara-se à porta do quarto, bem instalada para seguir sem perder detalhe a cena a desenrolar-se. Martim provava um bago de jaca, o perfume enchia a sala, quem podia resistir a esse cheiro? Curió resistia, impávido. Martim voltou-se para ele, finalmente estranhou-lhe a seriedade:

— Aconteceu alguma coisa?

— Não, nada... Tava querendo lhe falar. Para resolver um assunto...

— Pois tome assento e vá falando que estando em minhas mãos tu tá servido...

— É troço sério, é melhor esperar que tu acabe...

Martim voltou a examinar o amigo:

— Tu até parece que engoliu uma vassoura... Pois tá certo, a gente primeiro dá conta da jaca, depois conversa... Senta aí e mete os dedos...

Por entre os dedos do cabo, o mel da jaca escorria, os bagos cor de ouro e o perfume. Nada comera Curió pela manhã, não era ocasião de comer e, sim, de chorar e de fazer das tripas coração. Não tivera fome, um nó na garganta. Mas agora já passava das dez, os amigos haviam-no acordado cedíssimo, muito antes da hora. Sentia o estômago vazio, uma fome súbita a dominá-lo, a reclamar, a exigir a aceitação do convite reiterado:

— Vamos, rapaz... O que é que está esperando?

E a jaca fazia-se irresistível, era a fruta predileta de Curió, o mel escorria pelos dedos e pelos lábios de Martim, pairava no ar aquele perfume embriagador, que importavam uns minutos a mais, uns minutos a menos?

Curió retirou o paletó, abriu a gravata, não se pode comer jaca todo vestido de etiqueta. Sentou-se, enfiou os dedos, retirou um bago, meteu-o na boca, cuspiu o caroço:

— Porreta!

— Retada! — apoiou Martim. — De uma jaqueira daqui pertinho, tá carregadinha assim...

Diálogo interrompido pela batida violenta da porta do quarto. Marialva chamava assim a atenção dos dois amigos, seus olhos fuzilavam e os rolos de cabelo na testa assemelhavam-se cada vez mais a chifres do demônio.

— Tu não me disse que tinha um assunto urgente a falar com Martim? — perguntava ela a Curió, a voz dura.

Estava furiosa, não esperava por aquele início de conversa. Então era esse o amor tão decantado, louco e sem medidas de Curió? Incapaz de resistir aos bagos de uma jaca mole?

— Quando acabar eu falo... Daqui a pouco...

— Para tudo há tempo e hora... — sentenciou Martim.

Com um repelão no ar, Marialva entrou no quarto, em cólera.

— Não tolera jaca, fruta para ela tem que ser maçã ou pera...

— Não diga...

Curió lambia os dedos, fruta boa é jaca, ainda mais pela manhã em jejum. Como não gostar de jaca e babar-se por pera e maçã, frutas bobas, que gosto tem maçã? Até batata-doce é mais saborosa, menos insossa. Assim externando suas opiniões, Martim deu-se por satisfeito, limpou os dedos nos pedaços de jornal. Curió saboreou ainda uns dois bagos, riu de contentamento. Fruta mais porreta, jaca. E essa então estava arretada de boa. Martim palitava os dentes com um fósforo, falou:

— Agora tu pode desembuchar teu assunto.

Curió quase esquecera o motivo e a solenidade da visita, a jaca o deixara em paz com a vida, disposto a uma boa prosa, demorado cavaco, sobre os mais diversos assuntos como sempre acontecia quando eles, os amigos, se encontravam. Martim o empurrava novamente para aquele túnel sem luz e sem ar, tinha de atravessá-lo. Levantou-se.

Na porta do quarto, reaparecera Marialva, os olhos brilhantes, as narinas acesas, égua de corrida pronta para a partida, esperando apenas o sinal. Curió apertava a gravata, envergava o paletó e o ar solene, a grave expressão funerária conseguida agora com muito maior esforço. Já não estava em jejum, em vez da boca amarga ele a tinha perfumada de jaca, e as ideias de suicídio e morte haviam-se distanciado. Ainda assim obteve apreciável resultado, a ponto de Martim, ao voltar à espreguiçadeira para melhor ouvir, estranhar-lhe a expressão e os modos:

— Tu tá parecendo guarda de defunto...

Curió estendeu a mão num gesto oratório, a voz embargada. Assim de pé, parecia direitinho uma dessas estátuas de gente importante plantadas nas praças públicas pela admiração de seus compatriotas. Tão atento aos gestos e à pose de Curió, mal ouviu Martim as primeiras palavras da retórica falação.

Martim buscasse compreender — orava Curió —, era difícil, sem dúvida, mas que fazer? Desenrolava o discurso estudado nos dias anteriores com a eficiente ajuda do *Secretário dos amantes* e de Jesuíno Galo Doido. Leal como ele podia existir algum amigo, mais leal, porém, era impossível. Leal, morrendo no entanto de amores por Marialva, aquela santa e pura, "casta e impoluta donzela", esposa mais leal não existia. Eram duas vidas a romperem-se no jogo terrível do destino, marcadas pela sorte adversa, urucubaca sem jeito, caipora infernal. Joguetes do destino, ao léu da sorte.

Na porta do quarto, Marialva não podia controlar-se, era-lhe difícil naquela hora gloriosa representar a pobre vítima, donzela perseguida. Uma aura de triunfo circundava seu rosto. Seus olhos iam de Curió a Martim, preparava-se para pisar sobre os dois, para ser por eles disputada a ferro e fogo.

Martim esforçava-se por entender a complicada explanação do amigo, tão respingada de palavras difíceis, aquela mania de Curió de comprar e ler folhetos e livros. Fechava o rosto no esforço. Desespero, imaginava Marialva. Horror ante a traição do amigo, pensava Curió. Puro esforço, em verdade, para seguir o palavreado de Curió, tão enfeitado com termos de sermão ou de dicionário. Ali estava a real explicação da falta de sorte de Curió com as mulheres: era esse linguajar de livro, não havia cabrocha capaz de aguentar. Embora à custa desse grande esforço, Martim foi percebendo, pegando uma palavra aqui, outra acolá, por vezes uma frase inteira, e com o rabo do olho vendo o teatro de Marialva de pé na porta do quarto com aquele ar sublime aparafusado na cara. Dava-se conta dos porquês daqueles modos e roupas e melancolias de Curió: parecia estar o palerma enrabichado por Marialva, doidinho... Seria possível, meu Senhor do Bonfim, Oxalá, meu pai (Exê ê ê Babá)? Seria possível? E estar ela igualmente... Não era a isso que se referia Curió com essa comparação bonita de almas gêmeas, ligação platônica, vidas partidas? Estava entendendo: Curió louco por Marialva mas se contendo por ser seu amigo, para não lhe botar os chifres, respeitando a testa honrada do amigo. Batuta, esse Curió.

O melhor, no entanto, era esclarecer de vez. Interrompeu o discurso num trecho particularmente emocionante e perguntou, levando a mão desconfiada à testa lisa:

— Tu andou comendo ela?

Estremeceu Curió, em vão dispensara seus talentos e sua erudição, não fora entendido, não lhe reconhecia Martim a pureza das intenções. Respondeu definitivo:

— Não! O que é que estou lhe dizendo desde que comecei?

Acrescentando logo depois, no entanto, a completa verdade:

— Não comi mas ela me apetitou.

— Lhe apetitou, hein? E tu a ela também?

Aproveitou Curió a deixa e voltou a seu discurso, não ia abandoná-lo para entregar-se àquele diálogo rasteiro e não previsto. Sim, era correspondido mas ela, ínclita matrona, fora a primeira a erguer a barreira da impossibilidade...

Sorriu comovido o cabo Martim, tanta lealdade de Curió chegava a arder-lhe nos olhos, a amolecer seu coração. Sabia como era alto o sofrimento de Curió ao apaixonar-se. Imagine-se agora, com Martim pelo meio: sofrendo como um cão leproso só para ser leal ao irmão de santo. Tanto devotamento estava a exigir paga correspondente, e ele, cabo Martim, homem de educação e palavra, não podia ficar atrás em dedicação, em provas de amizade. Eram irmãos de santo, Curió o recordava, haviam feito juntos mais de um bori, era-lhe por isso leal, sofria para não traí-lo, sofria como um cão danado, sofria as penas do inferno... Merecia uma compensação, Martim não havia de ficar por baixo nessa competição da amizade ameaçada e vitoriosa.

— Tu gosta mesmo dela? De verdade?

No silêncio enorme e solene, onde Marialva chegara a prender a respiração pois soara sua hora de triunfo, Curió baixou a cabeça e, após um segundo longo de hesitação, reafirmou seu amor.

Martim olhou para a porta do quarto, Marialva crescia, radiosa, princesa a cujos pés os homens rastejavam, depositando seus corações enlouquecidos, formosura sem rival, humilhando os machos mais fortes, mulher fatal e definitiva. Pronta para responder, cruel e sábia, às ineludíveis perguntas de Martim.

O cabo, porém, nada lhe perguntou. Apenas a considerava com um olhar calculista, mulher fatal e definitiva, definitivamente fatal, nascida para pisar os homens, arrastá-los em seu cortejo, assim era ela, Marialva, formosa da pinta negra no ombro esquerdo. Fatal, quem podia escapar de seu fascínio? Às vezes, seu tanto enjoada. Bem enjoada até. Curió a merecera, Martim sentia-se generoso e bom como um cavalheiro antigo. Os melhores sentimentos enchiam seu peito um tanto opresso da muita jaca comida pouco antes.

Sua voz ressoou no silêncio de solenidade e brisa:

— Pois, meu irmão, tou vendo tudo. Tu gostando e sofrendo. Coisa bonita de se ver, tu é irmão de teu irmão. E eu te digo: quem merece ela é mesmo tu e tu pode levar ela. É tua.

Voltou-se para a porta do quarto:

— Marialva, arruma tua trouxa, tu vai com Curió. — E sorrindo para o amigo: — Tu vai levar ela agora mesmo, não fica bem largar tua mulher aqui em minha casa com a fama ruim que eu tenho...

Curió abriu a boca, ficou com ela aberta, apatetado. Esperava por tudo: gritos, pragas, desespero, faca erguida, revólver, quem sabe?, desforço físico, choro, horror, horror, suicídio, assassinato, tragédia com manchete nos jornais, tudo menos aquilo, aquela de todo inesperada solução. Quando conseguiu falar foi ainda como um bêbado:

— Levar ela? Agora mesmo?... E para quê?

Marialva pálida, na porta, imóvel.

— Agora mesmo porque desde agora ela é tua. E não fica bem...

Mas Curió ainda tentava chamá-lo à razão:

— Tu vai sofrer muito, demais, sozinho... Prefiro...

Marialva de dentes apertados, os olhos esbugalhados. Martim, generoso e lógico:

— Tu já sofreu por minha causa... Pra ser direito comigo. Agora é minha vez... Também tenho direito de sofrer por um amigo, não é só tu quem pode...

Tanta capacidade de renúncia levava aquela amizade aos píncaros da glória universal, os dois sentiam-se comovidíssimos. Na porta do quarto, Marialva começava a dissolver-se.

— Pois é... Mas tu é marido dela, talvez o mais certo seja eu ficar sofrendo, ir pra Sergipe vender remédio, um remédio retado de bom, tive um convite, não vou aparecer mais... Pra tu não sofrer... Tu fica com ela, eu vou embora sozinho agora mesmo. Adeus pra sempre...

Foi dando meia-volta, o grito áspero de Martim o segurou na sala. O cabo estava brabo:

— Calma, meu irmão, onde é que vai? Tenha paciência: tu vai mas é com ela, ela te apetitou, tu apetitou a ela, que é que eu vou fazer no meio de vocês? Comer comida desejada por outro? Tu leva ela e é agora mesmo... De mim, se acabou, não quero ela mais.

Curió ergueu os braços, estava no beco do sem jeito:

— Não tenho nem pra onde levar ela...

Martim resolveu, cada vez mais generoso e decidido:

— Não seja por isso, meu irmãozinho... Tu fica aqui com ela, eu vou embora... Vou esquecer no castelo de Tibéria, se ela tiver alguma morena bonita e escoteira... Digo a ela pra não esperar por tu tão cedo porque tu casou e homem casado não é para andar fuçando em castelo... Tu fica com tudo, só levo minha roupa...

— Com tudo? Eu...

— Com tudo... Mesa e cadeira, cama e espelho, te dou até o bule de café, coisa de estimação...

— E o que é que eu vou fazer com tudo isso? Não, não posso aceitar. É muita bondade sua, mas...

Marialva já perdera a vontade de gritar, de meter-lhes as unhas nos rostos, já não estava com a face febril, nem com os olhos irados. Passara por aquilo tudo, agora diminuía na porta, os cabelos caindo sobre a testa, num desmazelo. Martim sorriu para ela. Era muito enjoada, isso sim, Curió não tardaria a se arrepender.

Já estava arrependido:

— Tu quer saber de uma coisa, mano?

Martim levantava-se, um tanto cerimonioso, com um ar de visita:

— Pois diga...

— Fica o dito por não dito, volta tudo a ser como antes, pra falar a verdade ela já não está me apetitando mais...

— Ah! Isso é que não, meu irmão. Tu veio buscar ela, tu fica com ela. De mim, não quero mais, nem de mulher nem de criada. Tu nem sabe, maninho, como ela é enjoada. Um vomitório...

— Não quero não, já andava desconfiado. Tanta paixão tinha de ter uma razão... E te digo mais: não é mulher direita. Se fosse por ela tu já tava mais galhudo do que boi de curral...

Martim riu, apontou Marialva na porta, seus restos desmontados:

— E esse traste pensou que ia inimizar nós dois, nós que somos que nem irmãos... Só a gente rindo...

E riu gostosamente, aquela sua antiga e livre gargalhada, recuperada e para sempre. Curió riu também, as alegres risadas dos dois amigos rolavam pela ladeira abaixo, no botequim os apostadores buscavam caracterizar e catalogar aquele som estranho vindo da casa ao alto.

Martim foi buscar a garrafa:

— Um trago? Pra comemorar?

Curió bem desejava mas lembrou:

— A gente comeu jaca, faz mal.

— É mesmo. Cachaça com jaca é congestão certa.

— É pena... — lastimou Curió.

Os olhares dos amigos encontraram-se sobre os restos da jaca mole. Brilhavam os bagos cor de ouro, convidativos.

— O jeito é acabar com a jaca. De noite a gente comemora...

Curió arrancou paletó e gravata, o ar funéreo desaparecera. Atiraram-se novamente à jaca.

Marialva, no quarto, arrumava sua trouxa. Os dois amigos pareciam tê-la esquecido, riam e comiam. Ela atravessou a sala, eles nem repararam.

— Acho que ninguém ganhou as apostas... — considerou Curió. — A gente guarda o dinheiro pra gastar de noite... Pode-se fazer uma peixada no saveiro de mestre Manuel...

— E levar umas meninas do castelo de Tibéria. Me diz uma coisa, Curió: aquela caboclinha de cabelo liso, uma que dançou comigo na festa de Tibéria, ela ainda tá lá?

— Otália? Está, sim...

Marialva descia a ladeira, a turma a beber no botequim a viu passar, olharam uns para os outros. Da casa no alto da colina chegava o som das risadas. Não havia dúvida, era Martim e Curió a rirem os dois. Resolveram todos subir para saber por que terminava naquelas inesperadas gargalhadas a história do casamento do cabo Martim.

Na rua, a trouxa descansando no chão, Marialva, uma pobre e solitária rapariga, quase tímida e medrosa, aguardava o bonde bagageiro que a levaria ao castelo de Tibéria.

INTERVALO PARA O BATIZADO DE FELÍCIO, FILHO DE MASSU E BENEDITA

OU

O COMPADRE DE OGUM

1

O MENINO ERA LOURO, DE CABELO ESCOR-
RIDO E OLHOS AZULADOS. Azuis propriamente, não. "Tem olhos
cor do céu", diziam as más-línguas, mas não era verdade. Azulados e não
azuis, as insinuações a respeito da paternidade do Gringo não passavam
de baixa exploração de gente maldosa, pronta a maliciar a propósito de
um tudo ou de um nada.

Era fácil, aliás, desmascarar o boato, exibir sua falsidade: o Gringo
era completamente desconhecido na fímbria do cais, não havia ainda
desembarcado ninguém sabe de onde, com sua persistente e silenciosa
cachaça e seus olhos azul-celeste, quando Benedita parira o menino e o
andara exibindo pela vizinhança. Além do mais, mesmo depois, jamais
se observava o Gringo e Benedita em chamegos um com o outro, sendo
provável até nem se conhecerem, pois a embusteira, após a inesquecível
aparição e a perturbadora permanência de uns meses entre eles, partira
de vez, tendo reaparecido apenas quando veio deixar o menino. E ainda
assim sua demora foi nenhuma, o tempo de largar o coitadinho, avisar
que ainda não estava batizado, nem para isso tivera ela condições e posses, e novamente sumir sem deixar endereço nem rastro a indicar seu
destino. Alguns anunciavam seu definitivo retorno ao estado de Alagoas, de onde era proveniente, e sua morte por lá, mas tais informações
careciam de provas concretas.

Baseavam-se no lastimável estado físico de Benedita, ao voltar. Um
trapo, magra, as faces comidas, os ossos furando a pele, a tosse constante. Por que diabo trouxera a criança e a largara ali, em mãos do
negro, se não fosse a certeza de estar condenada? Porque, segundo as
informações da vizinhança, de Benedita podia-se dizer quanto se quisesse: leviana, inconstante, mentirosa, bêbada, cínica — só de uma
coisa não podia ela ser acusada: de mãe desnaturada tão madrasta a
ponto de abandonar o filho com um ano incompleto. Ah!, se havia
mãe boa e devotada, era igual a Benedita, melhor não. Desvelada, de
um amor até exagerado, de um devotamento sem medidas. Quando o
pobrezinho tivera uma infecção tola de intestino, Benedita passara
noites e noites sem dormir, a chorar e a velar o sono do filho doente,
um sobressalto a renovar-se a cada catarro, a cada dor de barriga do
neném.

Ao nascer o pequeno, ela pensara inclusive em largar a vida e em se
empregar de copeira ou em meter-se a lavar e a engomar. Até fome pas-

sava para nada faltar ao seu menino. Vestia-o com bordados e rendas caras, trazia-o nuns trinques de ricaço, parecia filho de capitalista.

Se viera entregar o filho, separar-se dele — concluíam uns e outros —, era porque sentia próximo o seu fim, a febre não dando mais nem uma folga, o gosto de sangue na garganta, cuspindo vermelho. E como dissera a uma conhecida, na afobação daquela rápida visita, do seu desejo de não morrer sem rever os campos onde nascera, concluíam por seu falecimento em Alagoas, nas redondezas de um burgo chamado Pilar.

Quem sabe, talvez, no entanto, houvesse morrido mesmo na Bahia, no hospital de indigentes, como propalava uma certa Ernestina, sua antiga camarada, cuja mãe também ali penava. Indo visitá-la deparara com Benedita no salão das desenganadas. Tão esquelética, a ponto de Ernestina não reconhecê-la, a tossir estendida na cama, se de cama podia-se apelidar os catres do hospital. Pedira notícias do menino e segredo de sua situação. Não queria ser visitada assim, tão acabada, fizera a amiga jurar nada dizer a ninguém.

Ernestina remoera o juramento umas três noites mas na véspera do dia de visita não resistiu, rompeu a promessa, contou o segredo a Tibéria e ao negro Massu.

No dia seguinte encaminharam-se os três para o hospital, levavam frutas, pão, uns bolos, e remédios dados pelo dr. Filinto, amigo de Tibéria, médico oficial do castelo, homem bom. Tinham discutido se deviam ou não levar o menino e concluído pela negativa: era melhor deixar para depois, podia ser um impacto grande demais para a enferma. Assim tão fraca e debilitada, podia até falecer com o choque.

Lá não mais encontraram Benedita e ninguém soube informar direito o que lhe sucedera. Enfermeiras apressadas, funcionários mal-humorados, umas e outros nada sabiam de concreto. Aquilo era um hospital de indigentes, não se ia esperar houvesse ali a ordem e a organização de um hospital particular. Assim, ficaram sem saber se tivera alta (e a alta ali não significava cura e, sim, impossibilidade de cura) ou se estava no rol das três indigentes falecidas nos últimos dias.

Depois disso nenhuma outra notícia da alegre Benedita, tão simpática e sem juízo, podia estar morta ou viva, afinal nenhum conhecido acompanhara seu enterro. Quem sabe, apareceria quando menos esperasse, a reclamar o menino, se bem que o mais certo, como explicava Tibéria, era ter mesmo faltado com o corpo, estar morta e enterrada e o menino órfão de mãe. Ela própria, Tibéria, de acordo com

Jesus, quisera, ao voltar do hospital, tomar a criança de Massu, levá-la consigo. Mas o negro nem admitia discutir o assunto, virara uma fera, ele e a avó dele, a negra Veveva, quase centenária mas ainda capaz de dançar na roda das iaôs, no candomblé, quanto mais de cuidar de uma criança. Também ela levantara-se em cólera: levar o menino, o filho de Massu, isso jamais!

Ora, se Benedita só teria podido engravidar do Gringo por ocasião de sua volta, já doente, para trazer o filho e deixá-lo com Massu, como atribuir ao loiro marinheiro tão impossível paternidade? Vontade de falar da vida dos outros, de inventar maledicências. Olhos azulados qualquer menino pode ter, mesmo sendo o pai negro, pois é impossível separar e catalogar todos os sangues de uma criança nascida na Bahia. De repente, surge um loiro entre mulatos ou um negrinho entre brancos. Assim somos nós, Deus seja louvado!

Benedita dizia ter saído o menino assim branco por haver puxado ao seu avô materno, homenzarrão loiro e estrangeiro, bebedor de cerveja, hércules de feira a levantar pesos e marombas para espanto dos tabaréus. Explicação, como se vê, das mais razoáveis, só as más-línguas teimavam em não aceitá-la e viviam atribuindo pais ao garoto como se não lhe bastasse Massu, um pai e tanto, cidadão direito e respeitado, com ele ninguém tirava prosa, e doido pelo filho. Sem falar na avó, na negra velha Veveva com seu menino nos braços. A própria Tibéria, mulher de julgamento severo e definitivo, pronunciara sua sentença quando desistira de adotar a criança: ficava ela em boas mãos, não podia estar mais bem entregue, pai mais compenetrado, mais doce avó.

Quanto à paternidade, ninguém melhor situado para julgar e decidir sobre ela do que Benedita e Massu. Quando tivera de separar-se do menino para morrer em paz, não desejara a rapariga outro pai para seu filho, devia saber o que estava fazendo. E Massu jamais demonstrara a menor dúvida, a menor desconfiança, a sombra sequer de uma suspeita em relação à conduta de Benedita em todo aquele assunto. Quando ela sumira do meio deles já anunciara a gravidez às amigas. Por que não seria dele a barriga, se haviam rolado os dois nas areias do trapiche em noite de bebedeira?

Benedita andava com eles para baixo e para cima, bastava chamá-la e ela vinha, bebia, cantava, dançava nas gafieiras, dormia às vezes com um deles. Falavam de um xodó seu, um tal de Otoniel, empregado no comércio, esbranquicento, com cara de palerma. Não havia nada afirmativo, porém. Ela era livre de fazer com seu tempo o que melhor quisesse, o tal de Otoniel sem voz nem voto.

Foi assim que em noite de muita cachaça, quando todos baquearam — até Jesuíno Galo Doido, tão poucas vezes visto arriado —, tendo ficado apenas de pé o negro Massu, que não perdia jamais a consciência e a força, com ele foi para o areal a moça Benedita e para ele se abriu. Sem saber de nada, a pobre, pois como adivinhar a antiga e encoberta paixão de Massu, se roendo por ela? Rebolaram-se na areia, o negro bufando como um touro espicaçado. Benedita o recebia alegre, estava sempre alegre e satisfeita da vida.

Os outros passavam por ela, por seu corpo e sua alegria, sem deixar marca. Mas não o negro Massu. Não só marcou-lhe todo o corpo com os punhos e os dentes, deixando-a roxa como se houvesse sido surrada: quis enquadrá-la ao demais em certos limites ditados por sua ânsia e seu ciúme.

Já no outro dia a exigiu de volta ao areal e, não a encontrando, entrou em fúria, ameaçou destruir o botequim de Isidro do Batualê, foi uma dificuldade para contê-lo. Ao comprovar depois ter ela se entrevistado com o tal de Otoniel, caixeiro de loja em São Pedro, para ali se dirigiu como um desatinado. Ergueu o caixeiro por cima do balcão, atirou-o contra as baterias de cozinha — era uma casa onde vendiam panelas, frigideiras, caçarolas —, espancou mais dois caixeiros e o gerente e terminou botando o patrão para correr. Foram necessários quatro soldados para levá-lo, arrastado pelas ruas, comendo bainha de facão.

Benedita aproveitou-se do engaiolamento de Massu, dias de calma após os sucessos violentos, e, anunciando sua gravidez, sumiu no mundo. Também desapareceu Otoniel mas não foi com a rapariga, não era louco de arriscar a vida, Massu ameaçara matá-lo se ele ainda a procurasse. Obteve dos patrões uma carta de recomendação e foi tentar a vida no Rio de Janeiro. Massu, finalmente posto em liberdade, por intervenção do major Cosme de Faria, não encontrou nem rastro de Benedita. Andou uns tempos de cara fechada, resmungando a propósito de tudo, recuperou-se finalmente, esqueceu o rosto da moça e a noite no areal. Voltou a ser o bom e cordial Massu das Sete Portas, nem se lembrava mais de Benedita.

Eis senão quando ela, uma noite, surge em sua casa com o menino e ali o deixa a atrapalhar-se nos primeiros passos, levantando e caindo, agarrando-se nas pernas de Veveva, rindo com sua cara engraçada. Era o filho posto por Massu em seu ventre quando tinham sido amantes os dois, meses antes, talvez vovó Veveva estivesse a par do caso. Não ouvira falar? Pois Massu a tinha embarrigado, a ela, Benedita, e depois a largara por aí. Ela tivera a criança, aquela beleza de menino, e não pretendia dela se separar, não fosse estar doente, necessitando tratamento de hospital, internada. Nesse caso, onde deixar o menino, senão em casa do pai? Uma coisa ela sabia: Massu era bom, não ia largar o filho na necessidade.

Foi mesmo nessa hora, quando Benedita pronunciava tais palavras, que Massu escolheu para chegar. Vinha trazer uns trocados para a avó comprar mantimentos. Ouviu a falação de Benedita, espiou o menino engatinhando pela casa, pondo-se de pé e caindo. Numa dessas quedas o corneta olhou para Massu e riu. O negro estremeceu: Benedita por onde andara para se fazer tão magra e feia, tão acabada, uns bracinhos de esqueleto? Mas o menino era robusto e forte, cada braço e cada perna, seu filho. Se fosse um pouco menos branco, de cabelo mais encaracolado, teria sido melhor. Mas, no fundo, não fazia diferença.

— Saiu a meu avô materno que era branco de olho azul e falava umas línguas da disgrama. Saiu branco como podia ter saído preto, foi meu sangue que valeu. Mas o corpo é o teu, direitinho. E o jeito de rir...

O jeito de rir, não tinha nada mais belo. O negro pôs-se de cócoras no chão, o menino veio e se levantou entre suas pernas. E disse "papá" e repetiu. A gargalhada de Massu ressoou, estremecendo as paredes. Então Benedita sorriu e foi-se embora descansada. As lágrimas seriam apenas de saudade, não de temor e desespero.

Quanto ao resto, jamais se viu pai e filho tão unidos, tão amigos. Nas costas do negro, o menino cavalga pela sala. Riem juntos os dois e a avó também.

Só faltava mesmo batizá-lo. Onde já se viu, perguntava Veveva, menino de onze meses feitos e ainda pagão?

2

O BATIZADO DE UMA CRIANÇA PARECE COISA MUITO SIMPLES, vai-se ver e não é, implica todo um complicado processo. Não é só pegar o menino, juntar uns conhecidos, tocar-se o bando para a primeira igreja, falar com o padre e pronto. Se fosse só isso, não seria problema. Mas é necessário escolher, com antecedência, o padre e a igreja, levando-se em conta as devoções e obrigações dos pais e da própria criança, os orixás e encantados aos quais estão ligados, é necessário preparar as roupas para o dia, escolher os padrinhos, dar uma festinha para os amigos, arranjar dinheiro para consideráveis despesas. Trata-se de tarefa árdua, pesada responsabilidade.

A negra velha Veveva não queria saber de desculpas: o menino não havia de completar um ano de idade em estado de pagão, como um bicho. Veveva sentia-se escandalizada com a displicência de Benedita. Era mesmo uma avoada, uma sem-juízo. Contentara-se com dar nome ao menino, chamara-o Felício, ninguém sabia por quê. Não era um nome feio, mas, se tivesse sido ela a escolher, Veveva teria preferido Asdrúbal ou Alcebíades. Mas Felício também servia, qualquer nome servia se a criatura fosse batizada, não corresse o risco de morrer sem o sacramento, condenada a jamais usufruir das belezas do paraíso, a atravessar a eternidade no limbo, um lugar úmido e chuvoso no pensar de Veveva.

Massu prometeu-lhe tomar as providências necessárias. Mas não faria nada às carreiras, o menino não estava ameaçado de morte, e um batizado apressado podia complicar toda a vida da criança. Ia consultar os amigos, iniciar os preparativos. Veveva deu-lhe um prazo estrito: quinze dias.

Ao negro, quinze dias pareceu prazo demasiado curto, mas Jesuíno Galo Doido, logo consultado, considerou-o razoável, levando-se em conta a proximidade do aniversário da criança, que não devia festejá-lo sem estar batizada. E uma primeira decisão foi tomada: batizado e aniversário constituiriam uma única comemoração, assim seria maior a vadiação e menor a despesa. A sábia solução encontrada por Galo Doido para aquele detalhe deixou negro Massu babado de admiração: Jesuíno era mesmo um porreta, para tudo tinha jeito. Iniciaram-se então e prolongaram-se em múltiplas rodadas de pinga as conferências entre os amigos para resolver os diversos problemas provocados pelo batizado de Felício.

De começo não houve dificuldade maior. Jesuíno ia dando jeito em cada situação, sempre com argumentos razoáveis e se não resolveram tudo numa única noite foi porque seria excessivo trabalho, labor fatigante para homens alguns deles já de maior, como era o caso do próprio Jesuíno e de Cravo na Lapela. Eles e Eduardo Ipicilone revelaram-se de grande ajuda na discussão, da qual participavam também Pé-de-Vento, cabo Martim e Curió. Pé-de-Vento havia dado um palpite inicial, silenciara depois:

— Se fosse filho aqui do degas eu batizava em tudo que fosse religião: no padre, no batista, no testemunha de Jeová, nesses protestantes todos e mais no espiritismo. Assim ficava garantido de vez. Não havia jeito de escapar do céu.

Mas essa curiosa tese não foi levada em consideração. Pé-de-Vento tampouco lutou por ela. Não trazia à mesa da discussão palpites e sugestões para vê-las debatidas, elogiadas, atacadas, para brilhar. Sua intenção era tão somente ajudar e sua contribuição gratuita. Aliás, naquela primeira noite, era ele quem pagava a cachaça, os demais estavam prontos, até mesmo o cabo Martim andava a nenhum. Em geral o cabo sempre tinha uns trocados que fosse, féria do jogo. Mas naquela tarde saíra de passeio com Otália e lhe comprara quantidades de revistas, além de tê-la levado a assistir a um casamento. Otália adorava casamentos.

Na primeira noite debulharam a maior parte das matérias em debate. O enxoval para o batizado seria oferecido por Tibéria, o dinheiro para a festa Massu arranjaria com a colaboração dos amigos. A igreja deveria ser a do Rosário dos Negros, no Pelourinho, não só porque ali se batizara Massu há mais de trinta anos, como por conhecerem eles o sacristão, seu Inocêncio do Espírito Santo, mulato maneiroso, nas horas vagas corretor de jogo do bicho. Usava óculos escuros e carregava sempre consigo um velho breviário, regalo de um cura da Conceição da Praia, entre suas páginas escondia as listas de apostas. Era um bicheiro de muita confiança, pois escapava de todas as batidas policiais. Além de ser sacristão de primeira, com mais de vinte anos de prática. De quando em vez, na conversação, metia um *Deo gratias* ou um *Per omnia sæcula sæculorum*, latim de oitiva, crescendo com isso na admiração dos presentes. Iam pedir-lhe conselhos, dizia-se mesmo possuir ele o dom da vidência, mas não havia confirmação. Com seu ar de santarrão, os óculos escuros e o livro bento, era bom companheiro numa festa de aniversário, batizado ou casamento, garfo respeitável, e não desprezava uma cabrocha se a coisa não desse demasiado na vista pois tinha de conservar sua reputação a salvo das más-línguas. Nesse particular concordava com Martim quando o cabo ligava sua honra à honra de todo o glorioso exército nacional. Inocêncio considerava sua reputação parte da reputação da própria Igreja universal. Qualquer mancha a enodoar o sacristão sujava toda a cristandade. Por isso era cuidadoso e não se metia com uma qualquer.

Não fosse por outro motivo e esse seria suficiente para fixarem-se na igreja do Rosário dos Negros: seu Inocêncio estava devendo grande favor a Curió, de certa maneira ao próprio negro Massu, tinham eles concorrido para salvar-lhe a reputação.

Massu apresentara Curió a um amigo seu, Osório Redondo, farmacêutico amador, entendido em ervas, fabricante de um medicamento milagroso para a cura da blenorragia. Curió levara umas dúzias do produto para vender nos arrabaldes, cedera um vidro a seu Inocêncio.

O sacristão fora ludibriado em sua respeitabilidade por uma dessas sirigaitas metidas a puritanas e até a beatas. Dera a cuja para aparecer na sacristia todas as manhãs, a boca cheia de orações e os olhos virados para Inocêncio, numa candura comovente. O sacristão arriscou a mão pela bunda da cuja, ela deixou, ele atreveu-se mais. Ela dengou um pouco para fazer constar, Inocêncio precipitou-se, ocupou as posições. Encantado com a aventura: não era a fogosa muito jovem mas em compensação era moça fina, de família, e tão vaidoso ficou Inocêncio a ponto de não ir visitar no dia seguinte a mulata Cremildes, a quem de longa data rendia viris homenagens todas as terças-feiras. Resultado: três dias depois sentiu na carne a dolorosa decepção: a santinha pegara-lhe doença feia. Grave dilema para o sacristão: expor-se à crítica do povo indo a um dos muitos médicos, com consultório no Terreiro e na Sé, especialistas em tais enfermidades ou apodrecer em silêncio? Bastaria às comadres vê-lo subir as escadas de um daqueles consultórios para botarem a boca no mundo. Podia até perder o emprego.

Foi quando ouviu, no armazém de Alonso, alguém comentar as milagrosas virtudes do remédio vendido por Curió. Conhecia o camelô, mantinham os dois cordiais relações, encontravam-se repetidamente no Pelourinho. Inocêncio iluminou-se por dentro, finalmente entrevia uma saída para sua desgraça.

Procurou Curió, contou-lhe uma história complicada: um amigo seu, aparentado com sua gente, pegara doença do mundo e não conseguia curar-se. Tinha vergonha de vir procurar pessoalmente Curió para adquirir o medicamento, pedira-lhe para fazê-lo. Ainda assim, ele, Inocêncio, desejava conservar sua caridosa interferência em profundo segredo, senão as más-línguas eram capazes de inventar misérias: até se espalhar ser Inocêncio o necessitado da mezinha. Curió não só lhe prometeu segredo absoluto como fez-lhe um abatimento no preço do vidro do Levanta Cacete. E Inocêncio uma semana depois já pôde voltar, arrependido e humilde, à casa e aos limpos lençóis da desprezada Cremildes.

Assim ligado ao grupo, certamente Inocêncio tudo faria para o maior brilho do batizado do filho de Massu. Tomaria pessoalmente as providências necessárias para a cerimônia. E diria uma palavra ao padre Gomes, recomendando o menino, seu pai e os amigos de seu pai. Seria Felício batizado com perfeição e capricho.

Escolhida a igreja, o sacristão e o padre, faltava o mais difícil: os padrinhos. Deixaram para fazê-lo noutra noite, era assunto extremamente delicado.

Aliás, Jesuíno lavou as mãos e caiu fora da discussão quando chegaram ao capítulo dos padrinhos. Via-se logo, pela sua atitude, contar ele como certa sua escolha para tão honroso encargo. Afinal era íntimo de Massu, amigo de muitos e muitos anos, muitas vezes o ajudara, sem falar na sua contribuição nesse assunto do batizado.

Disse não desejar influir nem pressionar Massu, por isso não participaria do debate. Padrinho e madrinha eram escolhas de iniciativa e decisão exclusivas dos pais, ninguém devia meter o bedelho. Procurados e encontrados entre os amigos íntimos, entre os mais estimados, a quem mais se deviam gentilezas e favores, os compadres eram como parentes próximos, uma espécie de irmãos. Ninguém devia envolver-se no assunto e, tomada a resolução, tampouco criticá-la ou levantar-se contra ela. Eis por que, dando mais uma vez o bom exemplo, Galo Doido retirava-se da discussão e aconselhava os demais a agirem como ele, com a mesma nobreza. Essa era a única atitude digna de ser assumida por cada um: deixar ao pai e à mãe a liberdade e a responsabilidade da grave decisão. No caso, aliás, só ao pai, pois a mãe infelizmente já faltara com o corpo, a saudosa Benedita. Fosse ela viva, e ele, Galo Doido, sabia com antecedência e certeza quem seria o escolhido. Ora se...

Retirar-se mesmo, abandonar por completo a discussão, ninguém o fez, nem sequer Jesuíno, apesar de seu eloquente falatório. Perderam-se em insinuações veladas, frases em meio-tom, chegando Ipicilone a resmungar qualquer coisa a propósito de como era hábito seu presentear repetida e regiamente seus afilhados. Afirmação recebida com geral e hilariante ceticismo: Ipicilone não tinha onde cair morto e não possuía tampouco afilhado a quem presentear. De qualquer maneira, Jesuíno considerou de muito mau gosto e extremamente incorreta tal insinuação, contando seu protesto com o apoio dos demais.

Deu-se conta assim o negro Massu de estarem todos eles, sem exceção — Jesuíno, Martim, Pé-de-Vento, Curió, Ipicilone, Cravo na Lapela e até o espanhol Alonso —, à espera, cada um deles, de ser convidado para padrinho da criança. Eram sete naquele momento, no dia seguinte poderiam ser dez ou quinze candidatos. A primeira reação de Massu foi de vaidade satisfeita, todos desejando a honra de chamá-lo de compadre, como se ele fosse político ou comerciante da Cidade Baixa. Por seu gosto convidaria a todos, o menino teria inúmeros padrinhos, os sete presentes e muitos outros, os amigos todos, os do cais, os dos saveiros, os dos mercados, das feiras, das Sete Portas e de Água dos Meninos, das casas de santo e das rodas de capoeira. Mas, se os candidatos eram muitos, padrinho deveria ser apenas um, escolhido entre eles, e de repente Massu dava-se conta do problema, e não encontrava saída. O único jeito era adiar o assunto, deixar a decisão para o dia seguinte. Senão, como continuar a beber em paz e na boa camaradagem? Olhares atravessados, palavras de duplo sentido, frases avinagradas começavam a entrecruzar-se.

Para terminar a noite em perfeita amizade puseram-se de acordo sobre a madrinha: seria Tibéria. Escapara ela de ser mãe de Felício, quisera adotá-lo, e ia dar a roupa do batizado. A escolha se impunha, não cabia discussão. Martim chegara a lembrar o nome de Otália, e Ipicilone o da negra Sebastiana, seu xodó no momento, mas apenas citou-se Tibéria as demais candidaturas foram retiradas. Competia-lhes agora ir ao castelo comunicar-lhe a boa-nova. Quem sabe, eufórica na emoção e na alegria da notícia, não abriria ela uma garrafa de cachaça ou umas cervejas geladas para saudar o compadre?

Saíram do armazém de Alonso novamente em fraternal camaradagem. Mas entre eles, como invisível lâmina a separá-los, motivo de permanente atrito, ia o problema da escolha do padrinho. Massu balançava a cabeçorra como se quisesse livrar-se da preocupação: decidiria no correr da semana, afinal não havia tanta pressa. Veveva dera um prazo de quinze dias e já no primeiro tinham resolvido a maior parte dos problemas.

3

A MAIOR PARTE, SIM, A MAIS DIFÍCIL, NÃO. DIFÍCIL MESMO era escolher o padrinho, convencera-se Massu, quando, três dias após a noite das primeiras e felizes conversações, a situação não se modificara, o menino continuava sem padrinho.

Não se modificara, é maneira de falar: em verdade a situação piorara. Não haviam adiantado nem um passo no sentido da solução do problema, em compensação pesava sobre o grupo a ameaça de sérias dissensões. Aparentemente aquela antiga e exaltada amizade continuava perfeita, não sofrera o menor arranhão. Mas um observador atento poderia sentir, no correr das noites e dos tragos, uma tensão a crescer, a marcar palavras e gestos, a colocar pesados silêncios em meio à conversa. Como se tivessem medo de ofenderem-se uns aos outros, estavam educados e cerimoniosos, sem aquela largada intimidade de tantos anos e tanta cachaça.

Todos, no entanto, muito atentos para com Massu, a tratá-lo nas palmas das mãos. Não podia o negro queixar-se, e, não fora estrito e rigoroso o prazo estabelecido pela velha Veveva, não havia ele de desejar outra vida, pai cercado de generosos pretendentes a compadre.

Cravo na Lapela oferecera-lhe charutos, uns pretos e fortes, de Cruz das Almas, de primeiríssima. Curió trouxera um patuá para proteger o menino contra as febres, a urucubaca e as mordidas de cobra, além de umas fitas do Bonfim. Ipicilone convidara Massu para um sarapatel em casa da negra Sebastiana, regado a caninha de Santo Amaro, e lá tentara embebedá-lo, talvez com a intenção de levá-lo a uma decisão favorável às suas pretensões. Massu comera e bebera à tripa forra mas quem primeiro rolou, entregue às baratas, foi Ipicilone. Massu ainda se aproveitou para dar uns apertos na negra Sebastiana e só não foi mais adiante em consideração a Ipicilone, bêbado porém presente. Não ficava bem, com o amigo na sala, a vomitar.

Cabo Martim, esse então mostrou-se de uma solicitude exemplar. Tendo encontrado o negro a suar no caminho da Barra, na cabeça um enorme balaio repleto de compras, debaixo do braço um porrão de barro, grande e incômodo, sob o sol das onze horas, dele aproximou-se e se propôs a ajudá-lo. Outro qualquer teria quebrado a esquina para evitar o encontro. Martim foi logo tomando do porrão, aliviando o negro de uma parte da carga, e com ele tocou-se para a Barra, fazendo-lhe companhia, diminuindo a distância com sua prosa sempre agradável e instrutiva. Massu sentia-se grato, não só pela diminuição da carga — e porrão dos grandes é troço difícil de conduzir, não cabe direito sob o braço, na cabeça o negro já levava o balaio — como pela conversa a conservar-lhe o bom humor, pois, antes do encontro com Martim, o negro ia aperreado da vida, arrenegando o diabo: pegara aquele biscate, o frete de uma dona elegante da Barra, compras feitas no Mercado das Sete Portas, mantimentos para uma semana, porque estava mesmo a nenhum e Veveva reclamava dinheiro para a farinha do menino. O pestinha adorava banana com farinha, comia como um disgramado e ele, Massu, andava numa urucubaca sem medida, não acertava um palpite no bicho.

Martim, sobraçando o porrão, tentando ajeitá-lo no braço — re-

145

cusava-se a levá-lo na cabeça —, ia contando as novidades. Não aparecera na véspera porque fora à grande festa de Oxumaré no candomblé de Arminda de Euá, que festa, seu mano, mais bonita era impossível... O cabo, em sua vida inteira de macumba, nunca vira descer tanto santo de uma só vez, só Ogum vieram sete e cada qual mais esporreteado...

Parou negro Massu sua caminhada: era filho de Ogum e também seu ogã. Martim contava da festa, da dança e das cantigas. Massu, apesar do balaio na cabeça, em equilíbrio instável, cheio de coisas de quebrar, ensaiou uns passos de dança. Martim quebrou também o corpo e puxou uma cantiga do orixá dos metais.

— Ogum ê ê! — salvou Massu.

E teve uma iluminação, como se o sol explodisse em amarelo, aquele sol cruel e castigado, teve um revertério, um troço nos olhos, uma visão: viu nos matos próximos Ogum rindo para ele, todo paramentado, com suas ferramentas, a dizer-lhe para ter calma porque ele, Ogum, seu pai, resolveria o problema do padrinho do menino. Massu devia vir procurá-lo. Disse e sumiu ligeiro, de tudo aquilo só ficou um ponto de luz na retina do negro, prova insofismável do acontecido.

Voltou-se Massu para o cabo, perguntou-lhe:

— Você viu?

Martim recomeçara a andar:

— Um pedaço de perdição, hein? Que bundaço... — sorria acompanhando com o olhar a majestosa mulata a desaparecer na esquina.

Massu, porém, estava longe dessas lucubrações, ainda tomado por sua visão.

— Tou falando de outra coisa... De coisa séria...

— De quê, mano? Tem alguma coisa mais séria que o rabo de uma dona?

Negro Massu contou-lhe a visão, a promessa de Ogum de resolver o problema e a ordem para procurá-lo. Martim impressionou-se:

— Tu viu mesmo, negro? Tu não tá tirando cadeia em cima de mim?

— Te juro... Ainda ficou uma bolota vermelha no meu olho...

Martim considerou o assunto e sentiu-se esperançoso. Finalmente fora ele quem trouxera a conversa para aquele tema de candomblé, quem falara nos vários Ogum a dançarem no terreiro de Arminda. Se Ogum devia indicar algum nome, por que não seria o dele, Martim?

— Ah!, meu irmão, é preciso é ir logo... Quem é que tu vai consultar?

— Ora, quem... Minha mãe Doninha, é claro...

— Pois vai logo...

— Vou hoje mesmo...

Mas naquele dia a mãe de santo Doninha, ialorixá do famoso Axé da Meia Porta, onde Massu era o ogã levantado e confirmado, e onde Jesuíno tinha um alto posto, honraria das maiores, naquele dia ela não pôde atender o negro, nem mesmo vê-lo e dar-lhe uma palavra. Estava na camarinha das iaôs, ocupada com uma obrigação pesada, trabalho para uma sua filha de santo, vinda de fora. Mandou-lhe um recado, voltasse no dia seguinte, a qualquer hora da tarde.

À noite, reunidos no botequim de Isidro do Batualê, ouviram os amigos da boca do negro a versão exata do acontecido. Martim já lhes havia adiantado algumas informações mas queriam escutar, com todos os detalhes, a narração de Massu.

O negro lhes contou: ia com Martim pelo caminho da Barra, carregado com balaios e porrões, quando começara a ouvir a música dos atabaques e umas cantigas de santo. A princípio baixinho, em surdina, depois foi crescendo, virou uma festa. Ali estava Martim para confirmar, não o deixava mentir.

Martim confirmou e acrescentou um detalhe: antes estavam falando da festa de Oxumaré no candomblé de Arminda de Euá, e quando o nome de Ogum foi citado, tanto Massu quanto ele sentiram o baque do santo no cangote, uma quebra do corpo como se fossem feitas e estivessem na roda de santo, no terreiro. Como se fossem cair no santo. Ele, Martim, chegara a sentir uma tremedeira nas pernas.

Pois a música cresceu e aí Ogum apareceu, saindo dos matos à beira do caminho, era um Ogum enorme, para mais de três metros, todo vestido com seus aparatos, a voz dominando tudo. Chegou e abraçou Massu, seu ogã, e lhe disse para não se preocupar mais com essa história de padrinho para o menino, pois caberia a ele, Ogum, decidir o assunto. Libertando assim o negro Massu daquela aperreação, daquela terrível dificuldade, sem saber a quem escolher entre amigos igualmente queridos. Não fora assim mesmo, Martim?

Martim novamente confirmou, sem garantir no entanto pela medida exata do Ogum, tanto podia ser três metros, como um pouco menos ou um pouco mais. Em sua opinião, era para mais, uns três metros e meio, talvez. E o vozeirão? Um vozeirão de vendaval, de estrondar tudo. Os demais olhavam o cabo pelo rabo dos olhos: via-se logo estar ele adulando Ogum, fazendo sua média junto do orixá.

Massu concluía sua narrativa, satisfeito: Ogum decidiria sobre o padrinho para o menino e quem quisesse fosse discutir a escolha feita pelo poderoso orixá, só maluco o faria, Ogum não é santo de sofrer desfeita.

Houve um silêncio pleno de concordância e respeito mas também de mudas interrogações. Não teria sido tudo aquilo montado pelo cabo Martim, não teria ele convencido o bom negro Massu daquela estranha visão ao meio-dia com música de macumba e o santo dançando em plena via pública? Martim era um tipo cheio de malícia e picardia, podia aquilo ser um plano bem arquitetado: na primeira visão, Ogum prometia resolver o problema, numa segunda, novamente sem a presença dos demais, Ogum — um Ogum de fancaria, existindo só na imaginação do negro, cutucada pelo cabo — declararia ter escolhido Martim para padrinho. Os olhares iam de Massu a Martim, inquietos, sem esconder as suspeitas. Por fim Jesuíno tomou a palavra:

— Quer dizer que Ogum vai escolher? Ótimo. Mas como é que vai ser? Ele disse pra tu ir procurar ele. Onde? Como tu vai fazer?

— Consultando quem pode me esclarecer. Já fui, hoje mesmo.

— Tu já foi? — na voz de Galo Doido soava o alarma. — Quem foi que tu consultou?

Teria sido ao próprio Martim ou a algum industriado pelo cabo?

— Fui ver mãe Doninha mas ela estava ocupada, não pôde me atender, só amanhã.

Jesuíno respirou, aliviado, os demais também. Mãe Doninha estava acima de toda e qualquer suspeita, merecia absoluta confiança, quem ousaria sequer levantar a menor dúvida a respeito de sua honorabilidade, sem falar nos seus poderes, em sua intimidade com os orixás?

— Mãe Doninha? Tu fez bem, pra uma coisa tão séria, só mesmo ela. Quando tu vai de novo?

— Amanhã, sem falta.

Apenas Pé-de-Vento ainda teimava em seu conselho inicial.

— Se eu fosse tu, batizava o arrenegadozinho no padre, no espírita, nas igrejas de crente de todo jeito, tem uma porção, pra mais de vinte, tudo com batizado diferente. Pra cada batizado, tu escolhia um padrinho...

Solução talvez prática e radical, mas inaceitável. Que diabo iria o menino fazer pela vida afora com todas essas religiões, não ia ter tempo para nada, a correr de igreja para igreja. Bastava com o católico e o candomblé que, como todos sabem, se misturam e se entendem... Batizava no padre, amarrava o santo no terreiro. Para que mais?

No outro dia, pela tarde, tocou-se Massu para o alto do Retiro, onde ficava o terreiro de Doninha. Era um dos maiores axés da cidade, roça enorme, com várias casas de santo, casas para as filhas e para as irmãs de santo, para os hóspedes, um grande barracão para as festas, a casa dos eguns e a pequena casa de Exu, próxima à entrada.

Doninha estava em casa de Xangô, o dono do axé, e ali conversou com Massu. Deu-lhe a mão a beijar, convidou-o a sentar-se e, antes de chegarem ao assunto, praticaram acerca de coisas variadas como devem fazer as pessoas bem-educadas. Finalmente Doninha colocou uma pausa na conversa, reclamou um café a uma das feitas, cruzou as mãos, inclinou ligeiramente a cabeça para o lado de Massu como a lhe mostrar estar pronta a ouvi-lo, ser chegada a hora da consulta.

Massu desdobrou então seu padre-nosso, contando da chegada de Benedita com o menino, bem cuidado, gordo mas sem batismo. Benedita nunca tivera muita religião, era avoada, nunca levara nada a sério na vida. Coitada, tinha batido as botas no hospital, pelo menos constava, porque ver ninguém vira, ninguém acompanhara o enterro.

Ouvia a mãe de santo em silêncio, aprovando com a cabeça, resmungando palavras em nagô de quando em vez. Era uma negra de seus sessenta anos, gorda e pausada, seios imensos, olhos vivos. Vestia saia rodada e bata alva, calçava chinelos de couro, um cordão de contas amarrado à cintura, o pescoço e os pulsos pesados de colares e pulseiras, o ar majestoso e seguro de alguém consciente de seu poder e de sua sabedoria.

Massu falava sem temor nem vacilações, com confiança, havia entre ele e a mãe de santo, como entre ela e as demais pessoas do axé, uma íntima ligação, quase um parentesco. Contava ele da aflição de Veveva com o menino sem batizar e Doninha aprovou essa preocupação, Veveva era sua irmã de santo, uma das feitas mais antigas da casa. Quando Doninha fizera santo, já Veveva cumpria as obrigações dos sete anos. Pois Veveva dera-lhe o prazo de quinze dias para batizar o menino, não queria vê-lo completar pagão um ano de idade. Tudo correra bem na discussão dos preparativos, até mesmo a escolha da madrinha, haviam concordado em Tibéria, mas definitivamente encalharam no padrinho. Massu era de natural amigueiro e, sem falar nos conhecidos aos montes, tinha tantos amigos fraternais, como entre eles escolher a um único? Sobretudo em se tratando dos cinco ou seis a encontrarem-se todas as noites, nem irmãos seriam tão inseparáveis. Massu já não dormia, perdia as noites comparando as virtudes dos amigos e não conseguia decidir. Em toda sua vida nunca soubera antes o que fosse dor de cabeça, agora sofria um aperto nas têmporas, um zumbido nos ouvidos, a testa a estalar. Já se via brigado com os amigos, afastado de seu convívio, e como viver então sem o calor da convivência humana, degredado em sua própria terra?

Doninha compreendia o drama, balançava a cabeça concordando. Chegou Massu então à intervenção de Ogum:

— Ia pelo caminho, carregado como um burro, Martim junto de mim conversando, quando, sem aviso nem nada, meu Pai Ogum apareceu a meu lado, um gigante de mais de cinco metros, maior que um poste. Conheci ele logo porque vinha todo paramentado e pela risada. Chegou e foi dizendo para eu vir ver vosmicê, minha Mãe, que ele ia dizer o que tinha decidido sobre o padrinho do menino. Que deixasse o caso com ele, ele mesmo ia resolver. Por isso vim ontem e tou vindo hoje, para saber a resposta. Quando acabou de dizer, ele riu de novo e zumbiu para o lado do sol, entrou por ele adentro e deu uma explosão, ficou tudo amarelo numa chuva de ouro.

Terminou Massu sua narrativa, Doninha comunicou-lhe já estar mais ou menos a par do assunto, não ter sido surpresa para ela, pois na véspera, quando por ali andara o negro e ela não o pudera ver por estar ocupada com obrigação muito dificultosa e delicada, acontecera algo realmente estrambótico. Naquela hora exata da chegada de Massu, estava ela começando a jogar os búzios para pedir a Xangô resposta às aflitas interrogações da dona da obrigação — uma sua filha de santo há muitos anos afastada da Bahia, morando em São Paulo, envolvida numa complicação como Massu nem podia imaginar, bastando dizer ter ela vindo às carreiras do Sul para fazer aquela obrigação para Xangô e colocar-se sob sua proteção. Pois como ia dizendo, Doninha jogou e invocou Xangô mas, em vez de Xangô, quem apareceu e falou um bocado de atrapalhações (assim ela pensara na ocasião) fora Ogum. Ela jogava os búzios, chamava por Xangô, vinha Ogum, tomava a frente e saía com uma confusão danada. E Doninha, sem saber de nada, ignorando as histórias de Massu, a despachar Ogum e a reclamar a presença de Xangô. Chegara a pensar ser tudo aquilo arte de Exu, muito capaz de estar imitando Ogum só para arreliar. Doninha já estava ficando queimada, a filha de santo de cabelo arrepiado, pois estando seus assuntos tão atrapalhados, aquela confusão a deixava arrasada. Como suportar um desassossego a mais, se já tinha sua conta e a sobra?

Foi quando Doninha, desconfiando de influência estranha, mandara uma iaô saber quem estava no terreiro, àquela hora. E a iaô, uma de Oxóssi, viera com o recado de Massu. Doninha não ligara então a visita de Massu ao aparecimento de Ogum, mandara apenas dizer ao negro para voltar no dia seguinte, como ia poder recebê-lo em meio àquele atropelo?

Mas, apenas Massu cruzara a porta da roça, Ogum se retirara também, tudo voltou ao normal, Xangô pôde chegar com toda sua majestade e responder à consulta da moça, resolvendo seus problemas tudo pelo melhor, a pobre ficara numa alegria, só vendo...

Depois, maginando no acontecido, Doninha começou a ligar as pontas do novelo, a tirar conclusões: Ogum viera porque tinha alguma coisa a ver com Massu. Ficara então a mãe de santo a esperar a visita do ogã. Ainda agora, enquanto proseavam, ela sentia uma coisa no ar, era capaz de jurar encontrar-se Ogum ali por perto a ouvir toda a conversa.

Levantou-se com esforço da cadeira, pôs as mãos nas ancas largas como ondas de mar revolto, mandou Massu esperar. Ia tirar tudo a limpo imediatamente, dirigiu-se para a casa de Ogum, numa pequena descida após o barracão. Uma filha de santo apareceu conduzindo uma bandeja com xícaras e bule, beijou a mão de Massu antes de oferecer-lhe o café quente e cheiroso. O negro sentia-se confortado e quase tranquilo, pela primeira vez em vários dias.

Não tardou Doninha, voltou andando com seu passo miúdo e apressado. Sentou-se, explicou a Massu as determinações de Ogum. Devia o negro trazer dois galos e cinco pombos além de uma travessa de acarajés e abarás para dar comida à sua cabeça. Responderia ele então sobre o padrinho. Na quinta-feira, daí a dois dias, após o crepúsculo.

Doninha encarregou-se de mandar preparar os acarajés e os abarás, Massu adiantou-lhe o dinheiro necessário. Os galos e os pombos traria no dia seguinte. Na quinta-feira viria em companhia dos amigos, comeriam com Doninha e as feitas por acaso presentes a comida do santo. Haveria aluá de abacaxi.

Viveram todos eles em suspenso aqueles dois dias, a perguntarem-se quem seria o escolhido por Ogum como o mais digno de ser padrinho do menino. O problema adquirira nova dimensão. Uma coisa era escolha feita pelo negro Massu, podia ele facilmente enganar-se, cometer uma injustiça. Mas Ogum não se enganaria, não cometeria injustiças. Quem ele escolhesse estaria consagrado como o melhor, o mais digno, o amigo exemplar. Sentiam-se todos de coração pequeno, agora estavam em jogo incontroláveis forças, mais além de todo e qualquer arranjo, malícia ou sabedoria. Nem mesmo Jesuíno, tão altamente situado na hierarquia dos candomblés, podia influir. Ogum é o orixá dos metais, suas decisões são inflexíveis, sua espada é de fogo.

4

AO LONGE, AS LUZES DA CIDADE ACENDE-RAM-SE, O CREPÚSCULO cresceu entre os matos no caminho do axé. Iam silenciosos e pensativos, Tibéria vinha com eles, fizera questão de estar presente, considerava-se diretamente interessada no assunto por ser a madrinha. Cabras e cabritos corriam pelas ribanceiras, recolhendo-se. As sombras caíam por cima das árvores e dos passantes, mais adiante a escuridão ia-se levantando como um muro.

No axé havia um silêncio de luzes apagadas e discretos passos nas casas habitadas por filhas de santo. Vermelha luz de fifós filtrava-se por entre as frestas das portas e janelas. Na casa de Ogum, velas acesas iluminavam o peji. Quando eles atravessaram a porteira e saudaram Exu, uma filha de Oxalá, toda de branco como é do ritual, surgiu da sombra e murmurou:

— Mãe Doninha já está esperando. Em casa de Ogum...

Uma cortina de chitão encobria a porta, tapando a entrada. Foram penetrando um a um, curvando-se ante o peji do santo, encostando-se depois à parede. A mãe de santo estava sentada num tamborete, um prato com obis em sua frente, dava a mão a beijar. A escuridão ia baixando sobre os campos, lentamente. Como a saleta era pequena não couberam todos: apenas Massu, Tibéria e Jesuíno ficaram no interior com Doninha. Os demais e as filhas de santo agrupavam-se do lado de fora, a cortina havia sido suspensa.

Uma feita veio e, ajoelhando-se diante de mãe Doninha, entregou-lhe um prato de barro com as duas grandes facas amoladas. Outra trouxe os dois galos. A mãe de santo puxou uma cantiga, as filhas responderam. A obrigação começara.

Prendeu Doninha o primeiro galo sob seus pés e entre eles colocou a cumbuca de barro. Segurou a ave pela cabeça, tomou da faca, decepou o pescoço, o sangue correu. Arrancou depois penas, juntou-as ao sangue.

O segundo galo foi sacrificado, as cantigas cortavam a noite, desciam pelas ladeiras para a cidade da Bahia, em louvor de Ogum.

Uma iaô veio e trouxe os pombos brancos, assustados. Noutra cumbuca foi recolhido o sangue e juntadas as penas escolhidas.

Doninha levantou, tomou do adjá, com ele comandou a música. Pronunciou as palavras de oferenda, entregando os animais mortos a Ogum. Massu estava dobrado sobre a terra, Jesuíno também. Com os dedos molhados de sangue, Doninha tocou na testa de cada um. Dos que estavam dentro da camarinha e dos outros. Qualquer um podia ser o escolhido. As filhas de santo levaram os animais mortos para preparar as comidas dos santos.

Saíram todos então para o terreiro e ali ficaram a conversar enquanto na cozinha da casa maior crescia o movimento. A noite caía por inteiro, as estrelas eram inúmeras naquele céu sem lâmpadas elétricas, eles não falavam no assunto que ali os levara. Era como uma reunião social, amigos a conversar. Doninha narrava coisas de sua infância distante, recordava gente já desaparecida, Tibéria contava casos. Assim ficaram até ser anunciado pela iaô de Oxalá estar a comida preparada.

Vieram as feitas em fila trazendo as travessas de comida de azeite, os abarás, os acarajés, o xinxim. Os animais sacrificados eram agora a comida cheirosa e colorida. Doninha escolheu os pedaços rituais, do santo, juntando-lhes abarás e acarajés. Os pratos foram colocados no peji, as feitas cantavam. Doninha puxava as cantigas.

Tomou então dos búzios e jogou. Os amigos enfiavam as cabeças pela porta para não perder detalhe. Ela jogou e chamou por Ogum. Ele estava satisfeito, via-se logo, pois veio rindo e brincando, e saudou a todos, e muito particularmente à mãe Doninha e ao seu ogã Massu.

Doninha agradeceu e perguntou-lhe se era bem verdade estar ele disposto a ajudar Massu naquele difícil transe, qual fosse a escolha do padrinho do menino seu filho. Ora, respondeu, para isso viera, para agradecer a comida oferecida por Massu, o sangue dos galos e dos pombos e para conversar com eles, dar-lhes a tão esperada solução.

Coube a Massu então por sua vez agradecer e transmitir suas mais efusivas saudações. Pois ali estava ele com aquele danado problema do batizado do filho, menino bonito e esperto, tão buliçoso e arrenegado, era um capeta, até parecia de Exu. E Massu tendo de escolher o padrinho entre os amigos, tantos amigos e tão bons, e só podia escolher um. Queria saber como agir para não ofender os demais. Para isso viera e trouxera os galos e os pombos, como Ogum ordenara. Não fora assim mesmo?

Assim mesmo fora, concordou Ogum, era tudo perfeita verdade. Vira seu filho Massu tão aperreado, viera em seu socorro. Massu não queria desgostar nenhum dos amigos e não via jeito, não era?

Acompanhavam todos o diálogo através do jogo, Doninha crescia diante deles, senhora das forças desconhecidas, da magia e da língua iorubá, das palavras decisivas e das ervas misteriosas.

E qual a solução, perguntava Massu ao encantado, a Ogum, seu pai, e todos eles, inclusive a mãe de santo Doninha, esperavam a resposta num silêncio tenso. Qual a solução, eles não viam nenhuma.

Escutou-se então na camarinha o tilintar dos ferros, o som do aço contra o aço, o ruído de espadas uma contra a outra, pois Ogum é o senhor da guerra. Ouviu-se um riso alegre e divertido, e era Ogum, cansado do lento diálogo através do jogo das contas, querendo mais diretamente estar com eles, era Ogum cavalgando uma das feitas, sua filha. Ela rompeu pela porta, saudou Doninha, postou-se no peji, elevou a voz:

— Decidir já decidi. Ninguém vai ser o padrinho do menino. O padrinho vou ser eu, Ogum. — E riu.

No silêncio de espanto, Doninha quis uma confirmação:

— Vosmicê, meu Pai? O padrinho?

— Eu mesmo e mais ninguém. Massu de agora em diante é meu compadre. Adeus pra todos, eu vou embora, preparem a festa, eu só vou voltar para o batizado.

E foi-se imediatamente embora, sem esperar sequer a cantiga de despedida. Mãe Doninha disse:

— Nunca vi disso, é a primeira vez... Orixá ser padrinho de menino, santo tomar compadre, nunca ouvi falar...

Massu estava inchado de vaidade. Compadre de Ogum, nunca nenhum existira, ele era o primeiro.

5

SIM, PERFEITA A SOLUÇÃO, ADMIRÁVEL, DEIXARA A TODOS SATISFEITOS. Nenhum deles fora o escolhido, ninguém se encontrara colocado mais alto na escala da amizade de Massu. Acima deles, só Ogum, o encantado dos metais, o irmão de Oxóssi e de Xangô. A solução a todos contentava. Nem por isso, no entanto, podia-se dizer estar o problema do batizado completamente resolvido.

Ao contrário, a decisão de Ogum, se deslindara o insolúvel impasse da escolha do padrinho, criara uma situação nova e imprevisível: como fazer para ir Ogum à igreja do Rosário dos Negros e lá testemunhar o ato católico? Não era o orixá um ser humano, não podia passar uma procuração a um dos amigos para representá-lo. Ao demais, essa solução aventada em certo momento por Curió fazia-os retornar ao problema anterior: quem seria o escolhido para representar Ogum? Quem o fosse, estaria sendo de certa forma padrinho do menino. Não, tal ideia devia ser por inteiro afastada.

A própria mãe Doninha confessou-se em dificuldades. Como resolver o caso? Ogum tranquilamente declarara-se padrinho do menino, compadre de Massu e a notícia não tardaria a espalhar-se pela cidade, a ser comentada por todos. Nunca se vira orixá batizando menino, compadre de encantado era o primeiro, muito se iria comentar esse assunto, negro Massu crescendo de importância social, todo mundo querendo assistir ao batizado. Para ver como se arranjariam o pai e seus amigos, como fariam para ter Ogum presente à cerimônia. O orixá proclamara-se padrinho, muito bem. Mas deixara nas mãos deles — de Massu, de Doninha, de Jesuíno, de Tibéria, de Martim e dos demais — aquela batata quente: como iria Ogum testemunhar o ato?

Mãe Doninha cansou-se de fazer o jogo, chamando Ogum, tocando nos atabaques o toque do santo, cantando suas cantigas, pedindo para ele vir. Não prometera ele, em meio às risadas alegres, só voltar no dia do batizado? Pois parecia disposto a cumprir sua palavra. Doninha tinha força com os santos, ninguém nos meios do candomblé da Bahia sabia tanto quanto ela, seus poderes eram os maiores já detidos por uma mãe de santo. Embora tão bem-vista pelos orixás, mesmo lançando mão de todos os recursos, apelando para Ossani e usando ervas secretíssimas, oferecendo, por sua própria conta, um bode a Ogum, nem assim conseguiu fazê-lo voltar, trocar com ele uma palavra, ouvir uma explicação sobre como deviam agir. Ogum desaparecera e não só de seu terreiro, do Axé da Meia Porta, mas de todos os terreiros de santo da Bahia, não descia em nenhum, criando o pânico entre suas filhas e seus ogãs pois não respondia a nenhum chamado, não vinha em busca da comida para ele preparada, nem dos animais sacrificados em sua honra.

Batiam os atabaques, corria o sangue dos galos, pombos, patos, carneiros e cabritos, as iaôs dançavam na roda, as cantigas elevavam-se, os colares e búzios eram jogados pelos mais altos babalaôs e pelas ialorixás mais antigas e sábias. Ogum não respondia. Nos quatro cantos da Bahia corria a notícia, levada de boca em boca, segredada de ouvido a ouvido: Ogum decidira ser padrinho do filho de Massu e da falecida Benedita, afastara todos os demais candidatos, e, tendo assim decidido, partira para só voltar no dia do batizado. O batizado seria daí a uma semana, no dia do primeiro aniversário do menino, na igreja do Rosário dos Negros, no Pelourinho, com dona Tibéria de madrinha. Estava ela a preparar o enxoval do menino, uma riqueza de linhos e cambraias, onde predominava o azul-escuro, a cor de Ogum, todas as meninas do castelo querendo colaborar pelo menos com um presente, o batizado começava a assumir proporções grandiosas. E a curiosidade a crescer. Desde a notícia do casamento do cabo Martim com a bela Marialva, hoje estrela de cabaré na ladeira da Praça onde exibe sua pinta negra e seu dengue, dizendo-se cantora, desde então não houvera notícia capaz de tanto excitar a curiosidade.

Abalara inclusive respeitáveis e considerados intelectuais, todos eles importantes estudiosos dos cultos afro-brasileiros, cada um com sua teoria pessoal sobre os diversos aspectos do candomblé. Discordando muito uns dos outros, mas todos unânimes em considerar verdadeiro absurdo essa história de um orixá ser padrinho de batismo de uma criança. Citando autores ingleses, americanos, cubanos, até alemães, provavam não existir a categoria de compadre na hierarquia do candomblé, nem aqui nem na África. Estavam todos eles, eminentes etnógrafos ou simples charlatões, empenhados em saber se compadre de santo situava-se acima de ogã, abaixo de obá, a que reverências tinha direito, se seria saudado antes ou depois da mãe-pequena. Porque, se bem discordassem daquela invocação a romper a pureza do ritual, contra ela não se podiam levantar pois fora obra do próprio orixá. Desejavam, isso sim, estar presentes ao batizado, empenhavam-se junto ao pessoal da seita, garantindo convites.

Com tudo isso impava Massu de vaidade, ninguém pudera com ele nos primeiros dias, tão besta estava, tão cheio de si. Mas foi chamado à amarga realidade por Jesuíno e Martim, por Tibéria e Ipicilone, por Doninha sobretudo. Como iriam sair daquela encrenca?

Para ser padrinho de batizado é preciso ir à igreja, estar presente ao ato, segurar a vela, rezar o Credo. Como poderia Ogum fazê-lo? Massu abanava a cabeçorra de boi, levantava os olhos de um para outro, esperando, de um dos amigos, a ideia salvadora: ele, Massu, não tinha nenhuma, não sabia como sair do embaraço.

Doninha tudo tentara, um dia declarou-se vencida. Não conseguia comunicar-se com Ogum, tinham sido baldados todos os esforços. E só mesmo o encantado poderia dar jeito, Massu devia desculpá-la, nada mais podia fazer.

Mais uma vez brilhou Jesuíno Galo Doido, abriu a boca e deu a solução. Não existiam dois como Galo Doido, vamos deixar de tapeações e proclamar a verdade. Com isso não se desfaz de ninguém, a ninguém se ofende, pois com o correr do tempo todos concordavam em reconhecer a comprovada superioridade de Jesuíno. Se bem naquele então não houvesse Galo Doido se elevado em toda sua altura como aconteceu depois, já lhe rendiam homenagem e não se comparavam a ele. Solução tão simples, a de Jesuíno, no entanto ninguém pensara nela.

Massu voltara do axé onde ouvira desanimadora declaração de Doninha: nada mais a tentar. Resolvera o negro adiar o batizado até Ogum decidir-se a cooperar. O adiamento seria um golpe na negra velha Veveva, tão empenhada em ver o menino batizado, mas Massu não via outro jeito a dar. Assim declarou aos amigos no armazém de Alonso:

— Penso que dei com o xis da questão... — anunciou Jesuíno.

Mas não quis revelar sua ideia sem antes ouvir a opinião de Doninha, pois de seu acordo dependia a execução e o sucesso do plano. Excitadíssimos, resolveram ir imediatamente ao terreiro.

Na presença de Doninha, Jesuíno expôs seu pensamento. Começou perguntando: não tinham eles estranhado a maneira de agir de Ogum no dia da consulta? Estava a responder através do jogo, de repente viera em pessoa, cavalgara uma de suas filhas, não era verdade? E assim, pela boca da feita, tomara para si o encargo de padrinho e declarara só voltar no dia do batizado, não fora? E não estavam todos admirados com a falta de cooperação de Ogum, desaparecido, deixando-os a penar, com tamanho problema para resolver? No entanto, já naquele dia Ogum tudo resolvera, indicara como se devia fazer, dera a solução do problema.

Olharam-se os demais com ar de idiotas. Pé-de-Vento foi porta-voz de todos, ao dizer:

— Pra mim tu tá falando alemão, não tou entendendo nada.

Jesuíno fazia um gesto com as mãos a mostrar como era fácil, bastava puxar um pouco pela cabeça. Mas eles não viam tal facilidade. Só mãe

Doninha, tendo fechado os olhos e se concentrado, adivinhou a solução. Reacomodando o corpo gordo na cadeira de palhinha, reabriu os olhos a sorrir para Galo Doido:

— Tu quer dizer...

— Pois é...

— ...que Ogum vai baixar numa filha, no dia do batizado, e é ela quem vai fazer de padrinho, só que ela não é ela, é ele...

— E então? Não é simples?

Tão simples a ponto de eles ainda não entenderem e Jesuíno ser obrigado a explicar: quem iria à igreja seria uma feita de Ogum, mas atuada pelo santo, ou seja, sendo apenas o cavalo do orixá. Estavam compreendendo?

Iluminavam-se as faces em sorrisos de compreensão satisfeita. Sim, senhor, esse Jesuíno era um danado, dera no sete, encontrara a saída. A feita chegava na igreja com o santo, montada por Ogum, seria o padrinho...

— Só que mulher não pode ser padrinho... — observou Curió.

Padrinho, não, não podia ser... Tinha de ser madrinha...

— Madrinha já tem. É Tibéria — lembrou Massu.

— Nem Ogum havia de gostar de ser madrinha — protestou Doninha. — É santo homem, não há de querer posto de mulher. Madrinha, não pode ser...

De repente pareciam ter voltado ao sem jeito inicial. Mas Jesuíno não se deixou impressionar.

— Mas é só arranjar um filho de santo, um feito de Ogum.

Mas, é claro, tão simples, eles andavam abafados, nem se detinham a pensar, logo consideravam tudo perdido. Não havia dúvidas, o problema estava resolvido.

Apenas, no terreiro de Doninha não tinha no momento nenhum filho de Ogum, feito no santo. Havia gente de santo assentado como Massu mas esses não serviam, não recebiam o santo. Os dois únicos feitos por Doninha haviam-se mudado da Bahia, um vivia em Ilhéus, o outro em Maceió, onde aliás botara casa de santo.

— Fala-se com um de outro terreiro... — propôs Curió.

Proposta aparentemente aceitável mas contra ela Doninha argumentou com uma série de dúvidas. Daria certo? Ogum estaria de acordo em ir-se buscar gente de outra casa? Porque Massu era ogã ali, no candomblé da Meia Porta, e não em outro terreiro. Fora ali, pela boca de

Doninha primeiro, depois manifestado numa filha do axé, que a vontade de Ogum se declarara.

Estavam nessas considerações, novamente perdidos, quando se ouviu do lado de fora da casa de Xangô, onde estavam conversando, o som de palmas e uma voz a perguntar por mãe Doninha.

— Conheço essa voz... — disse a ialorixá. — Quem é?

— É de paz, minha Mãe...

Surgiu na porta o velho Artur da Guima, artesão estabelecido na ladeira do Tabuão, bom amigo deles todos. Foi uma alegria vê-lo e não estivessem tão desanimados seria motivo para grandes abraços e palmadas nas costas.

— Ora, vejam só — disse ele —, eu subindo essas ladeiras para vir beijar a mão de minha mãe Doninha e lhe perguntar a verdade dessa história que está correndo por aí e não se fala noutra coisa, de meu Pai Ogum ter-se escolhido padrinho de batizado, e encontro aqui toda a companhia. Salve, minha Mãe, salve, meus irmãos.

Curvou-se para beijar a mão de Doninha, ela olhou para Jesuíno, Martim sorriu. Martim era íntimo do artesão, seu companheiro de jogo. Artur apostava nos dados, viciadíssimo. E foi Martim a dizer, com a voz trêmula, tão extraordinária lhe parecia a chegada do amigo:

— Artur é feito de Ogum e feito aqui em casa...

Primeiro ficaram boquiabertos, dando-se perfeita conta do sucedido. Logo foram os abraços, os apertos de mão, alegria geral e esfuziante.

Porque Artur da Guima não só era filho de Ogum, com o santo feito, como o fizera ali, naquele axé, apenas não fora Doninha quem pusera a mão em sua cabeça e lhe fizera o santo. Tinha ele mais de quarenta anos de feito, seu barco saíra da camarinha antes de Doninha ser mãe de santo, quando ainda o axé estava em mãos da finada Dodó, de memória sempre lembrada e festejada. Eis a explicação de por que, ao recordar os filhos de Ogum na roda do axé, Doninha não contara Artur da Guima, seu irmão de santo e não seu filho. Artur da Guima, certamente conduzido até ali, naquela hora mesmo, por Ogum, quem iria duvidar? Ninguém duvidava, nem o próprio Artur, quando Jesuíno tudo lhe explicou, sem esquecer detalhe.

Velho no axé, onde tinha posto elevado, Artur só aparecia por ocasião das grandes festas ou nas épocas de indispensáveis obrigações. E nunca, ou quase nunca, era visto na roda, a dançar. Sentava-se, quando comparecia, numa cadeira atrás da mãe de santo e em geral ela lhe pedia para puxar duas ou três cantigas de seu santo. Ele o fazia discretamente, não gostava de se exibir, de mostrar sua importância, impor sua antiguidade. Uma vez na vida, outra na morte, seu Ogum descia e ele dançava na roda. Mas seu Ogum era de muito pouco descer, um Ogum difícil, raramente se manifestava, o mesmo aliás de Massu, apenas o negro o tinha assentado, não era feito no santo.

Olhavam-se Doninha e Jesuíno, a mãe de santo no cúmulo da admiração, apesar de tanta coisa ter visto em sua vida; Jesuíno, um tanto ou quanto vaidoso, por assim dizer ele colaborara com Ogum, participara de seus planos, ajudara sua realização.

— Filho de Ogum e aqui do axé... — repetia Doninha.

— E vai para mais de quarenta anos... — confirmava Artur da Guima com orgulho. — Vai fazer quarenta e um anos da festa do nome... Tem pouca gente daquele tempo...

— Eu era uma moleca de meus treze anos — lembrou Doninha. — Só dois anos depois entrei pra camarinha, pra fazer o santo...

— Santo mais retado é Ogum... — constatou o negro Massu.

Artur da Guima deu seu acordo. Com certa relutância, pois, como já se informou, era homem discreto e tímido, vivia no seu canto, de onde só saía para jogar, incorrigível nos dados, perdendo quase sempre mas incapaz de refrear-se. Seu Ogum vinha poucas vezes, levava meses sem manifestar-se, apenas reclamava uma obrigação de quando em quando, comida para sua cabeça. Mas, em compensação, quando descia era esporreteado de todo, alegre, cheio de conversas, de natural muito amigueiro, a saudar e a abraçar os conhecidos, seus ogãs e as figuras do candomblé, cheio de risadas, de descaídas de corpo, dançando como gente grande, enfim, era um Ogum de primeira, de arromba, não era um santo qualquer, era uma beleza de santo e quando ele descia todo o terreiro o saudava com entusiasmo. Artur da Guima exigia a presença de Doninha na cerimônia: só mesmo ela, com seus poderes, seria capaz de controlar esse Ogum vadio e ruidoso, solto de repente nas ruas da Bahia, pisando as lajes de uma igreja, servindo de padrinho num batizado. Ele, Artur da Guima, não se responsabilizava. Bastava lembrar aquela vez, há vários anos: estava ele à espera de uma marinete para Feira de Santana, na tarde de um domingo, um assunto sério exigia sua presença na cidade vizinha, tão sério a ponto de ele faltar à festa de Ogum naquela noite. Pois Ogum baixou ali mesmo, no ponto da marinete, e ali mesmo o agarrou e quando ele se deu conta estava no terreiro de Dodó, tinha atravessado a cidade com o santo montado em seu cangote. Mas, para começar, Ogum tinha-lhe dado uma surra, para ele aprender a respeitar os dias de sua festa, jogara com ele no chão, batera-lhe a cabeça contra os paralelepípedos. Depois, aos gritos e risadas, tomara o caminho do axé. Lá haviam chegado com uma pequena multidão a acompanhá-los. Artur da Guima soube de tudo depois, contado pelos outros.

Tinha assim experiência, esse seu Ogum era do barulho, fazia-se necessário controlá-lo, senão Artur da Guima não garantia pelo que viesse a acontecer.

Mas ninguém lhe deu muita prosa, estavam todos entusiasmados com a solução para o último problema do batizado, a notícia ia alegrar a negra velha Veveva, a festa seria na data marcada.

6

O AVÔ DO PADRE GOMES FORA ESCRAVO, DOS ÚLTIMOS A FAZER A VIAGEM num navio negreiro, tivera o dorso cortado pela chibata, chamava-se Ojuaruá, era um chefe em sua terra. Fugira de um engenho de açúcar em Pernambuco deixando o capataz esvaído em sangue, tomara parte num quilombo, andara errante pelos matos, na Bahia amigara-se com uma mulata clara e forra, terminara a vida com três filhas e uma quitanda.

Sua filha mais velha, Josefa, casara-se, já após a abolição, com um moço de armazém, lusitano branco e bonito, doido pela mulata de ancas altas e dentes limados. O velho Ojuaruá pegara os dois deitados ao lado do muro, ainda era um touro de forte, apertou o gasganete do maroto, só o soltou quando marcaram o dia do casamento.

Para o rapaz tal casamento parecia significar o fim de suas melhores esperanças, pois seu patrão e compatriota, dono do armazém onde ele trabalhava, português viúvo e sem filhos, o havia destinado a uma prima, tudo quanto lhe restava de família numa aldeia de Trás-os-Montes. O patrão estimava o caixeiro mas sentia-se também obrigado para com a prima distante à qual enviava, de quando em quando, uns patacos. O ideal era casar seu empregado fiel com a parenta, deixar para eles, quando morresse, o próspero armazém. Josefa veio romper tal combinação. Fulo, o português ameaçou mandar buscar a prima, casar-se ele próprio — ainda um lusíada válido nos seus sessenta e quatro anos de rijos músculos —, deixar-lhe tudo.

Josefa, porém, não estava disposta a perder o armazém nem a estima do patrão. Sabia fazer-se simpática, convidou o português para padrinho de casamento, vivia a rondá-lo, a pilheriar com ele, a chamá-lo de sogro, a catar-lhe a cabeça. A verdade é ter o vendeiro esquecido de escrever a ameaçadora carta mandando vir a prima, cujo retrato, mostrado por ele a Josefa, fez a mulatinha espojar-se de tanto rir: o padrinho merecia noiva melhor, aquela era uma coirama feita de pele e ossos. Então o padrinho, bonitão e forte daquele jeito, era lá homem para roer aqueles ossos... O português batia os olhos em Josefa, nas carnes rijas, nos seios firmes, nas ancas de vaivém, e concordava.

Assim Josefa ajudou o marido, bom no trabalho e na cama, lindeza de homem, mas curto de miolo, a fazer-se sócio do patrão e dono único do armazém após a sua morte. Porque, quando Josefa teve o primeiro filho, um menino, o português ficou como doido, enternecido pelo mulatinho, agarrado com ele igual a um pai. Aliás as más-línguas não discutiam: se o velho português não fosse o pai, teria sem dúvida, no entanto, colaborado na feitura e no acabamento do menino. Não era certo ter levado o casal para morar em sua casa ampla de viúvo e lá demorar-se horas a sós com Josefa, enquanto o marido suava no armazém? Josefa dava de ombros quando alguém lhe trazia esses boatos: desdobrara-se numa mulata gorda e pacífica, capaz de dar perfeita conta de dois lusitanos, de vadiar com os dois, deixando-os contentes, a um e a outro, ao jovem indócil como um garanhão estreante, ao velho libidinoso como um bode.

O velho, nos tempos de casado, muito desejara um filho e o desejara a ponto de fazer uma promessa: se nascesse menino ele o poria no seminário e ordenaria padre. Mas sua mulher não lhe dera essa alegria, não segurava criança nos baixios, perdeu uns quatro ou cinco e nesse engravidar e abortar, envelheceu num instante e uma gripe a levou. Cumpria agora o português sua promessa, destinou o mulatinho para o seminário. Quanto a Josefa, era de Omolu, fizera santo ainda menina, seu pai Ojuaruá era obá de Xangô, frequentara o candomblé do Engenho Velho escondido sob a terra, perseguido, nos tempos mais duros. Eis por que o futuro padre, em sua primeira infância, foi muitas vezes levado a festas e obrigações de orixás e, não tivesse partido para o internato do seminário, certamente teria feito ou assentado o santo, por sinal Ogum, conforme fizera constatar Josefa apenas ele nascera.

No seminário, esqueceu o mulatinho a visão colorida das macumbas, das rodas harmoniosas das iaôs, o som dos atabaques no chamado dos santos, a presença dos orixás nas danças rituais, esqueceu o nome de seu avô Ojuaruá, avô para ele era o português dono do armazém, padrinho de casamento de seus pais, seu padrinho de batismo, patrono da família.

Também Josefa deixou de frequentar o terreiro de candomblé, e só muito às escondidas cumpria suas obrigações para Omolu, o velho (atotô, meu pai, dai-nos saúde!). Não ficava bem à mãe de um seminarista ser vista no meio de gente de candomblé, muito menos frequentando terreiros de santo. Ainda antes do molecote transformar-se no franzino padre Gomes, ordenado e de primeira missa celebrada, ela abandonara completamente o velho Omolu, já não lhe dava de comer, não fazia nenhuma das obrigações, deixara de aparecer de vez no Engenho Velho.

Tivera ela, ademais do seminarista, apenas uma filha, Teresa, falecida aos onze anos, de varíola. E de bexiga negra morreu logo depois a própria Josefa. Disseram então as velhas tias ter sido ela castigada por Omolu, orixá da saúde e da enfermidade, senhor da bexiga e da peste, como todos sabem. Não pertenciam ambas a Omolu, a mãe e a filha, e não viera o velho mais de uma vez reclamar seu jovem cavalo, exigir sua ida para a camarinha para raspar a cabeça e receber seu santo? Mas Josefa, no respeito ao filho seminarista, preparando-se para padre, não consentira que a menina fizesse o santo, rebelara-se contra o preceito. Tampouco ela, antes tão cheia de zelo por seu orixá, cuidava dele agora, esquecida por inteiro das obrigações. Deixara de fazer o bori, há anos não dançava na festa de seu encantado. Assim diziam as velhas tias, depositárias dos segredos, íntimas dos orixás e dos eguns.

Faleceram também os dois portugueses, sócios no comércio e na cama, pais do padre recém-ordenado. Gomes vendeu o armazém, adquiriu duas outras casas em Santo Antônio além do Carmo, uma para morar, outra para aluguel. Aliás, estiveram as duas durante anos alugadas, enquanto ele exerceu no interior, em São Gonçalo dos Campos e em Conceição da Feira. Depois, não saíra mais da capital e envelhecia na igreja do Rosário dos Negros, estimado pelos fiéis, ajudado por seu Inocêncio do Espírito Santo. Rezando suas missas, realizando batizados e casamentos, movimentando-se tranquilo em meio àquela multidão variada e ativa de artesãos, portuários, mulheres da vida, vagabundos, empregados no comércio e gente sem profissão ou de profissão inconfessável. Dava-se bem com todos, era um baiano cordial, longe dele qualquer dogmatismo.

Se alguém lhe recordasse ter sido seu avô materno um obá de Xangô e sua mãe feita de Omolu, de um Omolu famoso pelo colorido das vestes de palha e pela violência da dança, ele não acreditaria sequer, tanto haviam se esfumado de sua memória as cenas de uma primeira infância dissolvida no tempo. Guardava de sua mãe a lembrança de uma gorda e simpática senhora, muito devota, não perdendo missa, mãe boníssima. Não gostava de lembrar-se de seus dias derradeiros, inchada na cama, o rosto, os braços e as pernas em chagas, cheirando mal, comida pela bexiga negra, murmurando frases ininteligíveis, palavras estranhas. Escandalizar-se-ia se aparecesse uma velha tia daquele tempo e lhe revelasse ter sido tudo aquilo obra de Omolu irritado, cavalgando seu cavalo na derradeira viagem.

Bem sabia o padre Gomes — e como ignorá-lo? — estar a cidade cheia de candomblés de variada espécie, jejes-nagôs, congos, angolas, candomblés de caboclo em profusão, casas de santo funcionando o ano inteiro, terreiros batendo todas as noites, formigando de crentes. Dos mesmos crentes a encherem sua igreja na missa dominical, os mesmos fervorosos dos santos católicos.

A grande maioria de seus paroquianos assíduos à missa, carregando os andores nas procissões, dirigentes da Confraria, eram também de candomblé, misturavam o santo romano e o orixá africano, confundindo-os numa única divindade. Também nas camarinhas dos candomblés, tinham-lhe dito, as estampas de santos católicos estavam penduradas junto aos fetiches, ao lado das esculturas negras, são Jerônimo na camarinha de Xangô, são Jorge na de Oxóssi, santa Bárbara no peji de Iansã, santo Antônio no de Ogum.

Para seu rebanho de crentes, a igreja era como uma continuidade do terreiro de santo, e ele, padre Gomes, sacerdote dos *orixás de branco*, como designavam os santos católicos. Com tal designação marcavam sua comunidade com os seus orixás africanos, e, ao mesmo tempo, sua diferença. Eram os mesmos, porém na forma como os brancos e os ricos os adoravam. Por isso também estava padre Gomes mais distante deles, de seu respeito e de sua estima, do que as mães e pais de santo, os babalaôs, os velhos e velhas da seita. De tudo isso dava-se conta vagamente padre Gomes, o assunto não o preocupava muito, não sendo ele um sectário. Afinal era uma boa gente aquela do Pelourinho, católicos todos. Mesmo misturando santos e orixás.

Uma vez padre Gomes estranhara encontrar a igreja cheia de gente vestida de branco, assim os homens como as mulheres, até as crianças, todos de branco. Perguntou a Inocêncio se havia um motivo para aquilo ou se era simples coincidência estarem impecáveis em seus trajes alvos. O sacristão lembrou-se ser aquele dia o primeiro domingo do Bonfim, dia de Oxalá, quando, por obrigação para com o encantado, todos devem trajar-se de branco pois essa é a cor do maior dos orixás, pai dos demais santos, Senhor do Bonfim, para ser mais claro.

Com o rabo do olho e certa surpresa, padre Gomes constatou a imaculada alvura do terno de Inocêncio, calça do branco mais lustroso, camisa branca, o paletó brilhando de espermacete. Até seu sacristão, seria possível? Padre Gomes preferiu não aprofundar a questão.

Apesar dessa sua discrição, não pôde deixar de reparar na afluência extraordinária à missa das sete, naquele dia marcado para o batizado do filho de Massu. Isso num dia de semana, não era dia santo nem domingo. A igreja estava cheia, ou melhor, começara a encher-se desde cedo e quando o padre Gomes chegara, às seis e meia, já uma pequena multidão conversava nas escadarias. Recebendo cumprimentos, o reverendo atravessou entre negros, mulatos e brancos, entre conversas e risadas, o ambiente era festivo. Engraçado: a grande maioria de mulheres vestia trajes de baianas, muito coloridos, e alguns dos homens, segundo pudera ver, traziam fitas de um azul-escuro presas ao paletó.

O interior da igreja encontrava-se igualmente repleto e as saias rodadas das baianas arrastavam-se na nave onde um sem-número de iaôs e de feitas deslizavam com seus chinelos, numa leveza de dança. Gordas e antigas ialorixás, magras e ascéticas tias de carapinha branca, sentadas nos bancos, os braços enfeitados de pulseiras e contas, pesados colares nos pescoços. Iluminava-se a igreja mais das cores dessas contas e dessas fazendas floradas do que da luz esmaecida das velas nos altares. Padre Gomes franziu a testa, devia haver alguma novidade.

Interrogado, Inocêncio tranquilizou-o. Nada de mais. Apenas havia um batizado marcado para aquele dia e toda aquela gente viera assisti-lo.

Um simples batizado? Deviam então ser os pais muito ricos, gente da alta. O pai era político? Ou banqueiro? Os filhos dos banqueiros não costumavam batizar-se ali, na igreja do Rosário dos Negros, no Pelourinho. Batizavam-se na Graça ou na Piedade ou em São Francisco, também na Catedral. Podia ser um político, levando o filho por demagogia àquela humilde pia batismal.

Nem político nem banqueiro, nem dono de armazém nem mesmo

estivador do cais. Negro Massu, pai do menino, fazia biscates, em geral carregos e fretes, quando realmente necessitado de dinheiro. Fora disso, gostava de pescar com Pé-de-Vento, de peruar uma boa partida de cartas ou dados, de uma conversinha puxada a cachaça. Quanto à mãe, fora alegre e bonita, boa moça, não ligava para nada, vivera como um passarinho, sem preocupações, morrera tísica num hospital.

E por que tanta gente para assistir ao batizado? — admirou-se o padre, quando colocado a par desses particulares. Que interesse podia trazê-los ali, se Massu era um pobre de Deus e nada lhes podia oferecer, nem posto público nem glória literária, nem sequer emprestar-lhes dinheiro?

Não podia o padre Gomes imaginar como era Massu benquisto, e de certa maneira importante, entre aquela gente. Sem ser político nem banqueiro, já fizera favores a meio mundo. Que espécie de favor? Pois, por exemplo, certa vez um almofadinha, um desses molecotes do Corredor da Vitória, pensando ser dono do mundo por causa do dinheiro de papai, agarrou uma menina de seus dezesseis anos, filha de Cravo na Lapela...

— De quem?

— É o apelido dele... O senhor conhece ele, anda muito pelo Pelourinho, tem sempre uma flor no paletó...

Como ia contando, o tipo encontrou a menina sozinha à noite, à procura do pai, com um recado da mãe, coisa urgente, de doença. A menina andava depressa, o pai estava trabalhando, era... bem, uma espécie de guarda-noturno numa casa de comércio. O almofadinha viu a menina só, foi agarrando, pegando, bem... pegando... Só não desgraçou a pobrezinha porque ela gritou, apareceu gente, ele capou o gato, mas foi reconhecido porque não era a primeira vez a fazer uma daquelas. Tipo sujo, não se contentava com as vacas de sua condição social, vinha bulir com as filhas dos pobres... A menina apareceu toda rasgada e chorosa na roda dos... quer dizer, onde o pai trabalhava, e lá estava negro Massu e ouviu tudo.

Enquanto Cravo na Lapela foi com a filha atender ao chamado da mulher, Massu saiu pelo Terreiro de Jesus e imediações a procurar o jovem esteio da sociedade e futuro benemérito da pátria. Foi encontrá-lo bebendo no Tabaris, um cabaré na praça do Teatro, e não queriam deixar o negro entrar porque estava de chinelos e sem gravata. Massu, porém, empurrou um e outro, o guarda-civil, seu conhecido, recuou e caiu fora, o negro foi entrando e pegou o almofadinha com tanta raiva que um dos músicos se engasgou com uma nota. Que surra, seu padre, que surra mais gloriosa! Nunca um almofadinha apanhou tanto na Bahia e, quando o negro terminou, pode crer, as mulheres-damas aplaudiram, o tal tipo não era popular, costumava usá-las e não pagar depois, e aplaudiram os músicos e os frequentadores. Quando a polícia, tardiamente chamada, apareceu, já Massu tomara uma cerveja e caíra fora, os tiras só puderam recolher o cara e levá-lo para casa onde os pais chamaram médicos e bradaram contra essa cidade sem polícia e cheia de vagabundos, onde um rapaz de boa família e bons costumes, como o filhinho da puta deles (com o perdão da má palavra, seu reverendo), não podia sequer dar uma volta à noite. Por essas e outras era Massu popular e sobravam-lhe amigos. Também popular era a madrinha, pessoa das mais bondosas e prestativas, com larguíssimo círculo de relações, inclusive gente importante, doutores, desembargadores, deputados. Era dona Tibéria, proprietária... quer dizer, casada com um alfaiate batineiro de nome Jesus, dono da Tesoura de Deus, padre Gomes com certeza conhecia. Sim, padre Gomes sabia quem era o alfaiate Jesus, quando jovem gastara suas economias numa batina cortada por ele, a primeira e a última, alfaiataria careira, boa para monsenhores e cônegos, não para um modesto pároco de bairro pobre. Também sabia quem era dona Tibéria, não concorria ela largamente para as festas da igreja? Talvez assim obtivesse perdão para os seus pecados, para seu comércio imoral. Balançou a cabeça Inocêncio, jamais discordava do padre.

E, para mudar de assunto, falou da negra velha Veveva, avó de Massu, respeitada pela idade e pelo saber.

— Que é que pode saber uma negra ignorante? E o padrinho, quem é? Também ele é popular?...

Ora, se era... Inocêncio gaguejava, esse assunto do padrinho não lhe parecia dos mais cômodos. Enfim, tinha de enfrentá-lo. O padre Gomes não conhecia o padrinho, era um estabelecido com banca no Tabuão, capaz de fazer milagres com as mãos, talhava em pedra, em marfim, em madeira.

— No Tabuão, quem sabe, conheço... Como é que se chama?

— O nome dele é... Antônio de Ogum.

— Como? De Ogum? Que é isso, de Ogum? Nome mais esquisito.

— Maneiroso, sujeito mais hábil. A maioria dos dados em uso na cidade... quer dizer... ele trabalhou muito bem...

Mas o padre buscava na memória aquele som distante:

— Ogum... Já ouvi isso...

Assim são esses negros, explicava Inocêncio, usam às vezes nomes mais extraordinários, sons africanos. Padre Gomes não conhecia Isidro do Batualê, um dono de botequim nas Sete Portas?

Não, não conhecia. É mesmo, como havia de conhecer? Pois a gente encontra cada nome mais disparatado. O padrinho, aliás, nem era negro, se fosse mulato era coisa à toa, de longe, já podia passar por branco fino. E tinha esse nome de negro cativo, Antônio de Ogum. Inocêncio conhecia uma Maria de Oxum, vendia mingau na ladeira da Praça.

O padre Gomes chegou na porta a separar a sacristia da nave da igreja, espiou. Crescera a afluência de gente, agora, juntavam-se, às baianas de saia rodada, mulheres da vida de rosto contrito. O padre sentiu pesar-lhe no peito a suspeita de algo indefinido e impreciso. O nome do padrinho recordava-lhe qualquer coisa distante em sua memória, não conseguia localizar. Mas tranquilizou-se ao ver Inocêncio tão descansado e sem receio. Não sabia ele ser aquela tranquilidade do sacristão apenas aparente. Morria, em verdade, de medo: e se o padre Gomes conhecesse Artur da Guima? Haveria de querer saber a causa dessa troca de nomes, por que Artur da Guima virara Antônio de Ogum.

Fora Ipicilone o primeiro a exigir. Andava muito suscetível, não queria ser enganado, requeria a maior correção em todos os detalhes daquele assunto. E, quando expôs suas dúvidas, teve o apoio geral. Segundo ele, se o nome dado como o do padrinho fosse Artur da Guima esse seria para sempre oficialmente o padrinho da criança mesmo não o sendo em verdade, estando apenas ali como cavalo de Ogum. Mas apenas umas quantas pessoas o sabiam e, com o passar do tempo, o fato seria esquecido, o menino cresceria e para ele seu padrinho havia de ser Artur da Guima. Não era mesmo?

O próprio Artur da Guima concordou. Deviam dar o nome de Ogum, isso sim. Mas, como fazê-lo? Mais uma vez Jesuíno Galo Doido solucionou a questão. Ogum não era santo Antônio? Pois então: era só dar o nome completo, Antônio de Ogum. O único senão era o fato de Inocêncio conhecer Artur da Guima. Curió, a quem o sacristão devia a saúde e a ilibada reputação, ficou encarregado de procurá-lo e expor-lhe o assunto.

Vacilou Inocêncio, terminou com acumpliciar-se com eles. Como negar-lhes sua solidariedade se era devedor a Curió? Apenas temia conhecesse o padre a Artur da Guima. Consultado, Artur declarou não ter certeza. Não sabia se o padre reparara nele; ele, sim, conhecia muito bem o reverendo. O jeito era correr o risco. Por via das dúvidas, Inocêncio preparou logo a certidão de batismo. E lá figurava: padrinho — Antônio de Ogum.

Na porta a comunicar a sacristia com a igreja, padre Gomes via a afluência crescer. Chegava gente a cada momento. Entre os presentes pareceu-lhe inclusive reconhecer o dr. Antonino Barreiros Lima, do Instituto Histórico, nome ilustre da Faculdade de Medicina. Teria vindo também para o batismo do filho do negro Massu?

Estava na hora de paramentar-se para a missa, à qual sucediam-se os batizados. No largo, visto através da porta da igreja, aparecia como uma pequena procissão, baianas, homens e mulheres, e ruído de vozes. Devia ser a gente do batizado. Vinham lentamente. O padre deu-se pressa, estava atrasado.

Inocêncio lhe disse, enquanto o ajudava:

— Vai ser uma festa falada...

— Qual? Que festa?

— A desse batizado. É dona Tibéria quem paga as despesas. Ela, Alonso do armazém, Isidro e outros amigos de Massu. Vai ser um caruru de arromba. Eu até queria falar com o senhor: hoje à tarde não vou poder estar aqui, fui convidado para o almoço.

— Tem alguma coisa marcada?

— Nada, não senhor.

— Então pode ir. Eu só queria era saber o que me recorda o nome desse tal padrinho...

Ficou um segundo pensando, antes de tomar do cálice e dirigir-se ao altar. Murmurou baixinho:

— Ogum... Ogum...

Ogum vinha atravessando o largo, num passo de dança, estava na maior vadiação, disposto como nunca, soltou um grito que abalou as janelas dos velhos casarões e fez estremecerem-se todas as baianas concentradas na igreja. O menino sorria nos braços de Tibéria, negra Veveva vinha devagar ao lado de Ogum, Massu, vestido com um terno quentíssimo de casimira azul, resplandecia de vaidade e suor, Ogum arrancou-se das mãos de Doninha, adiantou-se para a escadaria da igreja.

7

NA VÉSPERA DO BATIZADO, TIBÉRIA, MASSU E ARTUR DA GUIMA dormiram no axé. Mãe Doninha avisara, com antecedência, da necessidade dos três — a madrinha, o pai e o cavalo de Ogum — fazerem bori, limpando o corpo e dando de comer à cabeça, ao santo. Chegaram no começo da noite, esvoaçavam as sombras pelo caminho de São Gonçalo, baixando sobre as ladeiras de mistério, esconderijos de Exu. Exu se fazia ver por entre o mato cerrado, ora como um negro adolescente e fascinante, ora como um velho mendigo de bordão. Sua risada matreira e gozadora ressoava nos cipós e nos matos dos arbustos, no vento fino do crepúsculo.

Não chegaram sós, os três convocados, vieram com eles os amigos, todo o rancho desejava assistir à cerimônia. Mãe Doninha convidara algumas feitas da casa, escolhidas a dedo, para ajudarem, e elas distribuíam-se pela roça, preparavam os banhos de folha, acendiam o grande fogão a lenha, amolavam as facas, espalhavam folhas de pitangueira nos pisos dos quartos e salas recém-varridos. Dispunham tudo para a solene obrigação, o bori.

Mas, além dessas escolhidas, várias outras apareceram, trazidas pela curiosidade, e um rumor de conversas e risos enchia o terreiro como se fora véspera de grande festa anual, obrigatória no calendário do axé, festa fundamental, de Xangô ou Oxalá, de Oxóssi ou Iemanjá.

Pouco depois das sete horas da noite mãe Doninha, arrenegando sobre a necessidade de madrugar no dia seguinte, fez soar o adjá, reuniram-se todos em casa de Ogum. Alguns sobraram, ficaram do lado de fora, era gente demais.

A mãe de santo abriu caminho entre os visitantes:

— Ninguém chamou, vieram porque quiseram. Agora que se arranjem...

Artur da Guima e Massu já aguardavam na camarinha propriamente dita, quarto onde eram depositados os fetiches do santo, seus paramentos, suas ferramentas, sua comida, tudo quanto lhe pertencia. O negro e o artesão haviam tomado o banho de folhas, numa primeira limpeza do corpo contra o mau-olhado, a inveja e qualquer outra carregação incômoda. Vestiam roupa limpa e branca: Artur de pijama, Massu de calça e camisa. Estavam sentados nas esteiras colocadas no peji.

Tibéria, também recém-saída do banho de folhas, atravessava atrás da ialorixá. Envolta num robe grande como a cobertura de um circo, reluzente de alvura, cheirava a ervas do mato e a sabão de coco. Ficou numa saleta ao lado da camarinha, onde uma arca antiga e bela guardava as roupas do santo. Sentou-se na esteira, suas banhas espalharam-se soltas de qualquer cinta ou espartilho, era como um monumento, plácida e prazenteira. Jesus, seu esposo, confundindo-se discretamente com os demais espectadores, sorriu na satisfação de vê-la assim tão repousada.

Ressoou o adjá. Mãe Doninha tomou dos lençóis, um a um. Primeiro cobriu os dois homens, os lençóis caindo dos ombros até os pés. Depois, a mulher. Estavam os três sentados na posição ritual, as plantas dos pés voltadas para a mãe de santo, as mãos também. Doninha acomodou-se num tamborete e suspirou, muito trabalho a esperava. Puxou uma cantiga, as filhas de santo respondiam num coro quase em surdina, o canto nagô saudava Ogum.

Ocupou-se então da água. Água pura nas quartinhas de barro. Derramou um pouco no chão, molhou os dedos, tocou os pés, as mãos e a cabeça primeiro dos homens, depois da mulher. Cortou então os obis e orobôs, um obi e dois orobôs por pessoa, e separou certos pedaços para o jogo, outros pedaços deu aos três para mastigar.

Ogum respondeu ao jogo e declarou estar pronto para o dia seguinte. Doninha podia ficar tranquila, tudo ia correr bem, ele a sentia inquieta, queria tranquilizá-la. Recomendou apenas, e o fez enfática e insistentemente, que não deixassem de fazer, bem cedo pela madrugada na hora de o sol raiar, o despacho de Exu, seu padê. Para ele não vir perturbar a festa. Andava Exu solto pelas vizinhanças naquela noite, assustando as gentes dos caminhos, era necessário tomar cuidado com ele. Mas, precavida e experiente, já mãe Doninha separara uma galinha-d'angola para sacrificar a Exu antes do padê, apenas rompesse a aurora do dia do batizado. O próprio Exu havia, dias antes, escolhido o animal. Ogum desejou felicidades a todos, sobretudo a seu compadre Massu, e retirou-se para voltar quando a comida estivesse pronta.

Foram então sacrificadas as galinhas, o sangue dos animais limpou a cabeça dos homens e da mulher. Estavam preparados para o dia seguinte, aliviados de todo o mal.

No intervalo, enquanto filhas de santo cozinhavam a comida do orixá, conversaram de coisas diversas, evitando falar da cerimônia. Finalmente a comida foi servida — xinxim de galinha, abará, acarajé — primeiro para o santo, seus pedaços preferidos, em seguida para Massu, Artur e Tibéria, finalmente, na sala de jantar, para todos os demais. Havia comida à vontade e Jesus trouxera dois engradados com cerveja, refrigerantes e umas garrafas de vinho doce. Demoraram-se ainda algum tempo conversando, porém mãe Doninha recordou-lhes a trabalheira a esperá-la no dia seguinte e muito cedo.

Na camarinha e na saleta, aos pés de Ogum, envoltos nos lençóis, marcados pelo sangue dos animais sacrificados, com penas de galinha presas com sangue nos dedos dos pés, das mãos e na testa, comida do santo metida entre os cabelos no meio da cabeça, tudo amarrado com um pano branco, Massu, Artur e Tibéria estavam deitados. Artur ressonava, Massu roncava, apenas Tibéria ainda se mantinha acordada. Coberta com o lençol, aquele estranho albornoz na cabeça, os colares sobre o peito imenso, um sorriso nos lábios.

Os amigos haviam pleiteado dormir no axé, mas Doninha não consentira. Nada de grande acompanhamento na caminhada para a igreja. Quanto menos gente fosse com Ogum, melhor: não chamaria a atenção. Abriu exceção apenas para Jesuíno: mandou estender para ele uma esteira na sala de jantar. Homem de saber e prudência, podia ser-lhe útil se algo de inesperado acontecesse. Apressada, despedia Martim e Pé-de-Vento, Ipicilone e Curió. Martim ficara encarregado de conduzir, com a ajuda de Otália, a negra velha Veveva e a criança até a igreja. Marcaram o encontro para o dia seguinte, às sete da manhã, no largo do Pelourinho.

Nada adiantaram, no entanto, as determinações da mãe de santo, pois pela madrugada, antes do nascer do sol, já os caminhos do axé estavam sendo palmilhados por filhas de santo, equedes e ogãs, negros, mulatos e brancos, todos querendo participar desde o começo. Não somente os do terreiro da Meia Porta, ali feitos ou levantados. Não somente os do rito jeje-nagô, o do axé. Vinham de todas as casas de santo, das queto e das congo, dos terreiros de angola e dos candomblés de caboclo. Gente da seita, sem distinção, ninguém desejava perder o espetáculo inédito de um orixá entrando na igreja para batizar menino. Nunca se ouvira falar de coisa parecida. Subiam, apressados, as ladeiras de orvalho e sombras, entre as quais vagabundava Exu, menino vadio e sem jeito, à espera de seu padê.

Filhas de santo largavam seus tabuleiros de acarajé e abará, suas latas de mingau de puba e tapioca, suas frigideiras de aratu, desertavam nas esquinas da cidade, faltavam à freguesia. Outras abandonavam, por acender, os fogões das casas ricas onde exerciam a arte suprema da cozinha. Ou esqueciam deveres e compromissos familiares. Tocavam ladeiras acima, vestidas com seus mais coloridos trajes de baianas, as feitas de Ogum particularmente ataviadas. Por vezes com filhos pequenos enganchados na cintura.

Compareceram também personalidades importantes. O babalaô Nezinho, de Maragogipe, tão consultado por mães e pais de santo. Viera especialmente para presenciar o insólito acontecimento. Chegara num táxi em companhia do não menos conhecido pai Ariano da Estrela-Dalva, cujo caboclo não estava gostando muito daquela história. Viera Agripina de Oxumarê, vendedora de mingau na ladeira da Praça, grande e formosa mulher, cor de cobre, perfeita de corpo. Seu santo descia em qualquer terreiro desde o desaparecimento do Candomblé da Baixada, onde seu Oxumarê gritara o nome doze anos antes, sendo ela menina. Era essa formosa Agripina um portento na dança, dava gosto vê-la com o santo, a dançar com o ventre rastejando na terra, serpente sagrada. Uma bailarina de teatro do Rio copiara suas danças e com elas obtivera sucesso e elogios da crítica.

Muito cedo levantara-se Doninha, ainda era noite, e chamara por Stela, sua mãe-pequena. Acordaram depois algumas filhas. Deviam fazer o despacho de Exu. O ronco de Massu, no peji, lembrava o apito de uma caldeira. Doninha, acompanhada de Stela e das filhas, dirigiu-se à casa de Exu. Uma iaô fora buscar o tou-fraco.

Voltou alarmada: a galinha-d'angola fugira. Conseguira, só Deus sabe como, desprender-se do cordão a amarrá-la a uma goiabeira e desaparecera na roça, sumira.

Na mesma hora quando relatava o acontecido a Doninha, uma risada de mofa, longa e cínica, fez-se ouvir no mato. A mãe de santo e Stela trocaram um olhar, as filhas estremeceram. Quem podia estar rindo assim, descaradamente, senão o próprio Exu, o orixá mais discutido, moleque e sem juízo, gozador, gostando de pregar peças? Tantas e quantas já fizera a ponto de ser confundido com o diabo. Enquanto cada um dos orixás era um santo de Deus — Xangô, são Jerônimo; Oxóssi, são Jorge; Iansã, santa Bárbara; Omolu, são Lázaro; Oxalá, Senhor do Bonfim, e assim por diante —, Exu não era santo nenhum, e gente sem grandes conhecimentos na seita acusava-o de ser o demônio. E todos o temiam e para ele era sempre a primeira cerimônia de todas as festas e as primeiras cantigas. Ele pedira um tou-fraco, iria contentar-se com outro animal? Ou ficaria contrariado?

Mãe Doninha mandou buscar três pombas brancas guardadas numa gaiola. Esperava com elas aplacar Exu. Sacrificou-as pedindo-lhe que as aceitasse em lugar da galinha-d'angola. Exu parecia estar de acordo, pois não se ouviu mais sua risada e o ambiente ficou calmo. Feito o padê, Doninha retornou ao peji de Ogum para a última parte do bori, para retirar os lençóis das cabeças, as penas dos pés e das mãos, a comida do santo do meio dos cabelos.

Quando, acompanhada de Massu, Tibéria e Artur da Guima, penetrou Doninha no barracão, ainda nas névoas da antemanhã, deparou com aquele mundo de gente. Parecia data de grande festa, das assinaladas com vermelho no calendário do axé. A mãe de santo fechou a cara, não gostou. Previra levar Ogum acompanhado apenas de quatro a cinco feitas, além dela mesma. E agora encontrava ali aquela multidão ruidosa, excitada. Sem falar na ave fugida pela noite, na risada de Exu. Balançou a cabeça, preocupada. Sabia dos comentários nos meios de macumba: muitos a criticavam por ter assumido responsabilidade em empresa tão discutível. Quem sabe, teriam razão. Mas agora era tarde: ela começara, iria até o fim. Ao demais, apenas obedecia às ordens do orixá. Ogum havia de ajudá-la.

Assim, atravessou o barracão de cabeça erguida, foi direta para a cadeira de braços em cujo espaldar estava amarrado um laço de fita vermelha, a cor de Xangô, cadeira onde só ela podia sentar-se, símbolo de seu posto e sua qualidade. Ali recebeu os cumprimentos de Nezinho e de Ariano, e os convidou a sentarem-se a seu lado. As filhas vieram rojar-se no chão, beijar-lhe a mão.

Os atabaques soaram, a roda se formou. E, como se houvesse uma decisão anterior, um acerto geral, filhas de santo de outros terreiros tomaram lugar na roda ao lado das feitas e das iaôs da casa. Tudo naquele dia era diferente, observou Nezinho impressionado, mas as mudanças no ritual conservavam um ritmo perfeito, como se obedecessem a uma ordem anteriormente estabelecida pela mãe de santo. Apenas Doninha sentia-se inquieta, não haviam obedecido a decisões suas tais mudanças.

Doninha puxou a primeira cantiga, as filhas responderam. No meio da roda, Artur da Guima começou sua dança. Havia uma excitação geral, as feitas cutucavam-se, riam por um nada, e apenas a roda moveu-se e as primeiras cantigas foram tiradas e já descia uma Iansã aos pinotes, atirando a iaô contra as paredes, violenta. Seu grito de guerra acordou os pássaros ainda dormidos, dissipou o resto da noite. As filhas de santo aplaudiam, a dança crescia em rapidez. Havia no ar, e a mãe de santo o sentia, uma excitação incomum, tudo podia suceder.

Mãe Doninha despachou Iansã: ninguém a chamara ali, não era nem festa sua nem obrigação, Iansã desculpasse mas fosse embora. Ela, porém, não queria obedecer, andava de um lado para outro e gritava exaltada. Teimava em ficar e em dançar, pronta para acompanhar Ogum à igreja e até a substituir Tibéria como madrinha, se fosse necessário. Mãe Doninha teve de usar de toda sua sabedoria e de todo seu poder.

Finalmente despediu-se Iansã mas, apenas partira, protestando, e já caíam em transe duas outras filhas: uma de Nanã Burucu, a segunda de Xangô. Para evitar complicações, Doninha concedeu-lhes uma dança, uma só, e as mandou recolher à camarinha. Depressa, pois a Iansã ameaçava retornar. Foi preciso retirar as três do barracão, levá-las para a casa das santas fêmeas, as iabás.

E a animação aumentava, as filhas de santo dançavam num entusiasmo, a orquestra crescia nos toques, Agripina volteava leve e formosa. Mãe Doninha sentia-se um pouco nervosa. Tudo deveria transcorrer calmo e quase em segredo e não naquele desespero de dança, com a casa cheia de gente, tudo ao contrário do acerto feito com Ogum. O santo não desejava espalhafato, nem muita gente, nem rebuliço. E por que tardava ele em descer? Se demorasse mais, começariam os santos a chegar e, quando estivessem seis ou oito no barracão, como iria ela, Doninha, poder controlar tanto orixá, dominá-los, mandá-los de volta? Impossível. Nem mesmo com a ajuda de Nezinho e a de Jesuíno, nem com a colaboração de Saturnina de Iá, a mãe do Bate Martelo, naquele instante atravessando a porta do barracão com três filhas de santo.

No meio da roda, Artur da Guima dançava, a idade já não lhe permitia grandes arrojos, mas sua dança era plena de dignidade. Doninha decidiu-se: abandonou sua cadeira de braços, veio dançar ao lado de Artur.

Todos os presentes puseram-se de pé e com as mãos espalmadas saudavam a mãe do terreiro. Todas as feitas vieram para a roda dançar. Inclusive Saturnina de Iá e suas três filhas.

Doninha segurava as ferramentas de Ogum e com elas atingiu levemente o cangote de Artur. O artesão estremeceu o corpo todo. Tocou-lhe então o meio da cabeça e Artur da Guima vacilou como sacudido pela ventania.

Sempre dançando em torno ao filho de santo, Doninha desamarrou da cintura seu pano da costa, enlaçou Artur e o obrigou a dançar a seu lado, preso a ela, em seu ritmo. Artur tremia, agitava-se como se recebesse descargas elétricas. Dançando, a mãe do axé tocava-lhe a cabeça, o pescoço e o peito com as ferramentas de Ogum. A orquestra desesperava-se no toque do santo.

De repente, Artur da Guima arrancou-se dos braços de mãe Doninha e foi-se aos trancos pelo barracão. O santo chegava finalmente, vinha brabo e terrível, jogava com o seu cavalo de um lado para outro. Artur gemia e gargalhava, batia-se pelas paredes, rolou no chão, jamais se vira Ogum tão tremendo, tão devastador. Mãe Doninha acorreu e o ajudou a levantar-se.

Numa tempestade de risos, o santo atirou longe os sapatos de Artur, foi lá fora saudar o mato, atravessou depois o barracão para saudar a orquestra, no outro extremo. Como um tufão.

E dançou. Dançou bonito como quê. Uma dança festiva, floreada, dança guerreira de Ogum, mas modificada, cheia de picardia e virtuosismo. Artur da Guima estava liberto do peso da idade e das noites insones nas mesas de jogo, era um jovem em plena força, batendo com os pés no chão, volteando rápido e rápido, numa dança de combate e saudação. Veio e abraçou mãe Doninha, apertando-a contra seu peito. Ela desprendeu-se, admirada de tanto entusiasmo da parte de Ogum. Estava ele emocionado com essa história de ser padrinho de menino, via-se logo. Abraçou Massu, dançou diante dele numa alta prova de amizade. Abraçou Nezinho, Ariano da Estrela-Dalva, Saturnina de Iá, Jesuíno Galo Doido, Tibéria. Foi até a roda e ali dançou diante de Agripina, tomou-a consigo e beliscou-lhe o cangote. A moça riu nervosa, Doninha espantou-se: nunca vira daquilo, orixá beliscando feita.

Quando a orquestra silenciou, o encantado andou de um lado para outro, terminou por colocar-se ante a mãe de santo e por exigir suas vestimentas de festa. Queria as roupas mais ricas e formosas, suas ferramentas também.

Vestimentas de festa? Ferramentas? Estava ele, por acaso, maluco? Mãe Doninha punha as mãos nas cadeiras, a perguntar. Então não sabia ser impossível entrar na igreja com roupas de festa, brandindo seus ferros?

O santo batia com o pé no chão, teimoso, entortava a boca, reclamava suas roupas. Com paciência e firmeza, a ialorixá explicava-lhe; ele bem sabia o motivo por que descera naquela manhã, rompendo o calendário. Fora ele próprio, Ogum, a decidir sobre o batizado do filho de Massu, a nomear-se padrinho. Por que começava então com aquela besteira de roupas de festa, de ferramentas? Tinham de ir para a igreja, já era hora e ele tratasse de se comportar para que o padre, o sacristão, o pessoal da missa, ninguém desconfiasse da tramoia, ninguém desmascarasse Artur da Guima. Tinha de entrar bem direitinho, o mais discreto possível, sem fazer barulho, sem deixar transparecer sua presença. Só assim seria possível batizar o menino. Já pensara na cara do padre se desconfiasse da identidade do verdadeiro padrinho? Não haveria batizado nenhum, o menino continuaria pagão, sem padrinho a apresentar.

O orixá pareceu concordar. Na igreja, quando lá chegassem — disse —, seu comportamento seria exemplar, ninguém duvidaria fosse ele e não Artur da Guima a segurar a vela e a tomar da cabeça do afilhado. Mas, ali, no barracão, queria vadiar, divertir-se com seus filhos e filhas, com os amigos presentes, com seu compadre Massu. Queria dançar, Doninha devia ordenar as cantigas, os toques da orquestra. Vamos, depressa.

Mas Doninha nem isso lhe concedeu. Estavam atrasados, deviam partir. Nem mais uma dança, nem sequer uma cantiga. O tempo corria e tinham de vencer um bom pedaço de caminho, metade a pé, metade de bonde. O encantado, porém, batia os pés, andava de um lado para outro, ameaçava.

Doninha zangou-se: que ele fizesse como melhor entendesse, mas depois não culpasse ninguém pelos resultados. Dançasse quantas danças quisesse, vestisse as roupas de festa, deixasse o tempo escoar-se. Apenas não contasse mais com ela. Fosse sozinho para a igreja, se arranjasse.

Diante de tais ameaças, ele concordou de má vontade. Ainda assim foi uma dificuldade convencê-lo a pôr os sapatos. Não queria de jeito nenhum. Orixá calçado de sapatos, onde se viu? Chegaram a um acordo: ele se calçaria ao chegar ao bonde.

No caminho para a parada do bonde, por três vezes foi necessário ir buscá-lo no mato, arrancava-se do grupo e fugia. Cada vez mais inquieta, mãe Doninha fazia promessas ao Senhor do Bonfim para que tudo corresse bem. Nunca ouvira Ogum assim, tão absurdo, tirado a gaiato. Mesmo levando em conta as circunstâncias, o fato de pela primeira vez dirigir-se um orixá a uma igreja católica para batizar um menino, mesmo assim.

8

BONDE TÃO COLORIDO E ALEGRE COMO AQUELE VINDO DOS LADOS do Cabula, por volta das seis e pouco da manhã, jamais correra sobre os trilhos na cidade do Salvador da Bahia de Todos os Santos. Dirigia-se para a baixa do Sapateiro, lotado de filhas de santo com suas saias coloridas, suas anáguas engomadas, seus torsos, colares e pulseiras. Como se fossem para uma festa de candomblé.

No meio delas um sujeito irrequieto, com jeito de bêbado, a querer dançar em cima do banco. Uma tia gorda tentava controlar o impulsivo e divertido boêmio. Passantes reconheciam nela a mãe de santo Doninha.

O motorneiro, negro forte e jovem, perdera o controle do veículo e pouco se preocupava com isso. Ia o bonde ora numa lentidão de lesma, como se não existissem horários a obedecer, como se o tempo lhe pertencesse por inteiro, ora em alta velocidade, comendo os trilhos, rompendo todas as leis do trânsito, numa urgência de chegar. O condutor, mulato zarolho de cabelo espetado, tocava a campainha sem quê nem porquê, em ritmo de música de santo. Pendurado no estribo, recusava-se a cobrar as passagens. Nezinho quisera pagar para todo mundo, o condutor devolvera o dinheiro. "Tudo de graça, por conta da Companhia", dizia a rir, como se houvessem tomado o poder, assumido o controle da Circular, os motoristas e condutores, os operários das oficinas. Como se naquela manhã tivesse sido decretado o estado de alegria geral e de franca cordialidade.

Os acontecimentos, iniciados no axé, precipitavam-se. Uma atmosfera azul cobria a cidade, a madrugada permanecia no ar, a gente ria nas calçadas.

Desceram do bonde na baixa do Sapateiro, encaminharam-se para a ladeira do Pelourinho. Era uma pequena aglomeração em cores vivas, logo aumentada de curiosos e passantes.

O bonde ficou vazio, largado nos trilhos, pois também o condutor e o motorneiro, num mesmo impulso, abandonaram o veículo e aderiram ao cortejo. Com isso iniciou-se o congestionamento de trânsito a criar tanta confusão na cidade, perturbando o comércio e a indústria. Alguns choferes de caminhão largaram, na mesma hora e sem combinação prévia, seus pesados veículos nas Sete Portas, em frente ao Elevador Lacerda, nas Docas, na estação da Calçada, no ponto de bonde de Amaralina, nas Pitangueiras e em Brotas, e dirigiram-se todos para a igreja do Rosário dos Negros. Três marinetes cheias de operários decidiram pelo feriado, em rápida assembleia, e vieram para a festa.

O orixá subiu o Pelourinho em meio à maior agitação. Indócil, tentando arrancar-se das mãos de Doninha, experimentando passos na rua. De quando em quando, soltava sua gargalhada, porreta, ninguém resistia, riam todos com ele. "Onde estavam suas solenes promessas?" — perguntava Doninha, mas ele nem ligava, era o dono da cidade.

No largo encontraram-se os dois cortejos, vindo o de Ogum da baixa do Sapateiro, chegando o de Veveva do Terreiro de Jesus.

O do encantado, com mães e filhas de santo, babalaôs e ogãs, com três obás de Xangô, com o motorneiro, o condutor, choferes diversos, dois guardas-civis e um soldado do exército, Jesuíno Galo Doido, o escultor Mirabeau Sampaio e dona Norma, sua esposa, ele de branco e compenetrado como um bom filho de Oxalá, ela muito animada, abraçando conhecidas — e conhecia todo mundo —, querendo tirar passos em frente do santo. E o povo em geral, sem contar os moleques.

E o cortejo do menino e da negra velha Veveva. Na frente uma carroça com a negra, a criança e Otália. Atrás Martim, Curió, Pé-de-Vento, Ipicilone, os vizinhos todos do negro Massu, o pessoal da capoeira de Valdemar, gente do Mercado Modelo, Didi e Camafeu, Mário Cravo com mestre Traíra, saveiristas e putas, uma orquestra inteira de cavaquinhos e harmônicas, Cuíca de Santo Amaro e a célebre cartomante madame Beatriz, recém-chegada à cidade e recomendada a Curió.

O encontro foi bem em frente à Escola de Capoeira de Angola e mestre Pastinha e Carybé ajudaram a negra velha Veveva a descer da carroça. Tibéria, toda em seda e rendas, quilômetros de renda sergipana, tomou o menino nos braços, era a madrinha. Martim ofereceu a mão a Otália e a moça saltou num pulo elegante, aplaudido por alguns moleques. O orixá ria numa gaitada gozada.

Adiantou-se, veio dançando, ah!, dança retada!, de saudação e amizade. Veio dançando, colocou-se quase em frente da negra velha Veveva como quem fosse abraçá-la, mas ela, ali na rua, atirou-se no chão, bateu com a cabeça nas pedras, homenageando o santo. Ele estendeu a mão e levantou a velha tia, apertou-a contra o peito três vezes. Doninha suspirou, aliviada: era Ogum, sim, tratara a negra velha com respeito e carinho. Ainda bem. Mas, na igreja, como se comportaria? Nunca ela esperara aquilo de Ogum. Fora enganada.

Veio o orixá dançando, rodeou Tibéria, aproximou-se mais, deu um grito rouco, sacou de sob a camisa uma ferramenta escondida — não era ferramenta de Ogum — e com ela tocou a cabeça do menino.

O cortejo avançou para a escadaria da igreja. Novas dúvidas perturbavam Doninha, por que Ogum beliscava Tibéria na bunda, por que essa falta de respeito? Num esforço adiantou-se a mãe de santo disposta a tudo fazer para evitar um escândalo. Jesuíno ia a seu lado e participava de seus pressentimentos.

No alto da escadaria, passando entre a gente de mãos estendidas com as palmas voltadas para a frente, a saudá-lo, o orixá soltou sua risada, tão grotesca e cínica, tão de pouco-caso e molecagem, que não apenas Doninha como também Nezinho, Ariano — cujo caboclo não gostava daquela história e temia por seu sucesso —, Vivaldo, Valdeloir Rego e outros importantes da seita compreenderam. Os peitos encheram-se de temor. Só a criança, nos braços fortes de Tibéria, sorria num enlevo para o irrequieto orixá.

9

QUANDO O ORIXÁ ATRAVESSOU COM SEU CORTEJO A PORTA da igreja do Rosário dos Negros, padre Gomes, na sacristia, terminada a missa, retirava os paramentos, perguntava a Inocêncio se a gente do tal batizado já estava a postos. Desejava terminar quanto antes, tinha uma úlcera e não podia ficar até tarde sem alimentar-se.

Inocêncio, um tanto alarmado com o movimento incomum na igreja, com a barulhenta multidão no largo, saiu para providenciar. Foi nesse momento exato que o órgão deixou escapar um som rouco, apesar de estar trancado e de não se encontrar ninguém no coro.

Intrigado, padre Gomes veio até a porta, olhou para os altos de sua igreja, o coro vazio, o órgão trancado. Aparentemente tudo estava calmo, apenas a igreja, mesmo com a missa finda, continuava cheia, superlotada. Com a idade, pensou padre Gomes, dera para ouvir sons inexistentes. Balançou a cabeça, numa melancólica constatação, mas logo interessou-se pelos fiéis. Baianas com seus trajes festivos, tanta cor a romper a meia-luz do templo; homens vestidos com ternos azuis ou com fitas azuis na botoeira dos paletós, gente muita. Padre Gomes considerou valer mais a boa amizade do que a riqueza e a posição social. Batizava-se o filho de um negro pobre, um vagabundo, e a concorrência era de batizado de filho de banqueiro ou de político governista, maior até, mais sincera com certeza.

Em torno da pia batismal havia-se reunido pequeno grupo composto pelo encantado e Tibéria, Massu, Veveva, Doninha, Otália, Jesuíno Galo Doido, cabo Martim, Pé-de-Vento, Curió, uns poucos mais.

Das imediações, o povaréu espichava os pescoços para ver. No largo, acotovelavam-se os muitos que não conseguiram entrar na igreja e cada vez chegava mais gente, vinham de toda a cidade, traziam instrumentos de música e disposição para brincar. O orixá executava uns passos, ria risinhos de mofa, ameaçava sair dançando pela nave, Doninha tremia de medo. Assim os pais e mães de santo presentes, a saber tudo quanto se passava, eles e Galo Doido. Desde o momento da entrada na igreja sabiam eles a terrível verdade.

Padre Gomes andou para a pia, Inocêncio entregava a vela com enfeites azuis ao padrinho. O sacerdote fez um agrado no rosto da criança sempre a fitar o encantado e a sorrir contemplou o grupo em sua frente.

— Quem é o pai?

Negro Massu compareceu, modesto:

— É aqui o porreta, seu padre...

— E a mãe?

— Deus levou...

— Ah!, sim... Desculpe... A madrinha?

Botou os olhos em Tibéria, de alguma parte a conhecia. De onde? Com aquela fisionomia bondosa, face a refletir alma pura e generosa, só podia conhecê-la da igreja. Sorriu-lhe com aprovação e de repente lembrou-se de quem se tratava. Mas não lhe retirou o sorriso, tão cândida e devota era a face de Tibéria.

— E o padrinho?

O padrinho estava evidentemente bêbado, pensou o padre. Os olhos brilhavam, balançava o corpo de um lado para outro, ria por entre os dentes, risadas curtas e enervantes. Era o tal homem de nome estrambólico, o artesão da ladeira do Tabuão. Muitas vezes o sacerdote o vira em sua porta de trabalho, nunca imaginara possuísse ele nome tão extravagante. Como era mesmo? Um nome de negro escravo. Fitando-o com grave olhar de censura, perguntou-lhe:

— Como é mesmo seu nome?

Outra coisa não parecia estar esperando o sujeito. A gaitada mais solta e cínica, mais zombeteira, ressoou na nave, atravessou a igreja, ecoou no largo, espalhou-se pela cidade inteira da Bahia quebrando vidros, acordando o vento, levantando a poeira, assustando os animais.

O orixá deu três saltos, gritou anunciando:

— Sou Exu, quem vai ser padrinho sou eu. Sou Exu!

Não houve antes nem haverá depois um silêncio parecido. Na igreja, na rua, no Terreiro de Jesus, na ladeira da Montanha, no Rio Vermelho, em Itapagipe, na estrada da Liberdade, no Farol da Barra, na Lapinha, nos Quinze Mistérios, na cidade toda.

Ficaram todos parados ali e em toda parte. Apenas Ogum errava pela igreja, num desespero. E o silêncio e a imobilidade.

Foi quando se viu o mais inesperado e extraordinário. O padre Gomes estremeceu dentro de sua batina, saltou de seus sapatos, vacilou nas bases, rodopiou um pouco, semicerrou os olhos.

Jesuíno Galo Doido prestou atenção. Seria verdade o que seus olhos estavam vendo? Doninha, Saturnina, Nezinho, Ariano, Jesuíno, alguns outros, davam-se conta mas não se amedrontaram, viviam na intimidade dos orixás.

O padre murmurava qualquer coisa, mãe Doninha, respeitosamente, colocou-se a seu lado, e disse uma saudação em nagô.

Atrasara-se Ogum naquela manhã do batizado, tivera demoradas obrigações na Nigéria e uma festa de arromba em Santiago de Cuba. Quando chegara apressado ao barracão do Axé da Meia Porta, encontrara seu cavalo Artur da Guima montado por Exu, seu irmão irresponsável. Exu ria dele e o imitava, queixava-se de não lhe haverem dado o prometido, uma galinha-d'angola. Por isso preparava-se para provocar o escândalo e terminar com o batizado.

Como um louco, Ogum atravessou a cidade da Bahia em busca de um filho seu em quem descer para repor as coisas em seu lugar, expulsar Exu e batizar o menino. Primeiro procurou pelo axé, não havia nenhum. Filhas, sim, muitas estavam por ali, mas ele necessitava de um homem. Foi ao Opô Afonjá em busca de Moacir de Ogum, o rapaz andava para as bandas de Ilhéus. Foi noutros terreiros, não encontrou ninguém. Saiu desesperado pela cidade, enquanto Exu fazia estripulias no bonde. O motorneiro era de Omolu, o condutor era de Oxóssi. O soldado de Oxalá, Mário Cravo também de Omolu, ninguém era de Ogum. Ainda agora, no largo, assistira aos destemperos de Exu. Vira como ele enganara a todos, como aplacara as desconfianças de Doninha, ao levantar Veveva do chão com delicadeza e respeito.

Entrou, na maior das aflições, atrás dele na igreja. Queria falar, desmascarar Exu, tomar seu lugar, mas como fazê-lo se não havia um só cavalo seu, macho, a quem cavalgar?

Rodou pelos quatro cantos do templo enquanto o padre se aproximava e iniciava seu interrogatório. E, de súbito, ao fitar o sacerdote, ele o reconheceu: era seu filho Antônio, nascido de Josefa de Omolu, neto de Ojuaruá, obá de Xangô. Nesse podia descer, estava destinado a ser seu cavalo, não fizera as obrigações no tempo devido mas servia numa emergência como aquela. Sagrado padre, de batina, mas nem por isso menos seu filho. Ao demais, não havia jeito nem escolha: Ogum entrou pela cabeça do padre Gomes.

E, com mão forte e decidida, aplicou duas bofetadas em Exu para ele aprender a comportar-se. O rosto de Artur da Guima ficou vermelho com a marca dos tapas. Exu compreendeu ter chegado seu irmão, estar acabada a brincadeira. Fora divertido, estava vingado da galinha-d'angola prometida e escamoteada. Rapidamente abandonou Artur, numa última gaitada, e foi-se esconder atrás do altar de são Benedito, santo de sua cor.

Quanto a Ogum, tão depressa entrara mais depressa saiu, largou o padre e ocupou seu antigo e conhecido cavalo, no qual devia ter chegado à igreja se Exu não atrapalhasse: Artur da Guima. Foi tudo tão rápido, somente os mais entendidos deram-se conta. O etnógrafo Barreiros, por exemplo, nada percebeu, apenas viu o padre esbofeteando Artur da Guima por pensá-lo bêbado.

— Não vai haver mais batizado. O padre vai botar o padrinho pra fora... — concluiu.

Mas o padre voltava a seu natural. Nada sabia de bofetadas, não se lembrava de coisa alguma, abriu os olhos:

— Tive uma tonteira...

Inocêncio acudiu aflito:

— Um copo de água?

— Não é preciso. Já passou.

E, voltando-se para o padrinho:

— Como é mesmo seu nome?

Não estava esse homem bêbado, há pouco? Pois curara a cachaça, agora firme nas pernas, erguido, parecia um guerreiro, a sorrir.

— Meu nome é Antônio de Ogum.

O padre tomou do sal e dos santos óleos.

Na sacristia, depois, na hora de assinar a certidão, no final da história, o padre cumprimentou o pai, a madrinha, a velha bisavó, a negra Veveva quase centenária, e também o padrinho.

Quando chegou a vez do padrinho, Ogum deu três passos para trás e três para a frente e veio, num requebro de dança, e por três vezes abraçou o padre Gomes, também ele Antônio de Ogum. Não importava que o padre não soubesse, mas era filho de Ogum, de Ogum das minas, do ferro e do aço, das armas embaladas, Ogum guerreiro. O orixá o apertou contra o peito e encostou o rosto no rosto do padre, seu filho dileto, merecedor.

10

ASSIM FOI O BATIZADO DO FILHO DE MASSU. COMPLICADO E DIFÍCIL, atravessado de problemas mas a todos deu-se jeito, primeiro Jesuíno Galo Doido, homem de muita sabedoria, depois mãe Doninha e por fim o próprio Ogum.

A festa foi das maiores, na casa do negro e em toda a parte da Bahia. Onde existia uma filha de Ogum houve dança até de madrugada naquele dia. Só no largo do Pelourinho, quando saíam da igreja, Galo Doido reconheceu para mais de cinquenta Oguns, a dançarem, vitoriosos. Sem falar nos outros orixás. Desceram todos, sem exceção, para festejar o batizado do filho de Massu e Benedita.

Escondido no altar de são Benedito, Exu ainda riu por algum tempo, recordando suas estripulias. Depois adormeceu, e dormindo parecia um menino igual aos outros, quem o visse assim nem desconfiaria ser aquele o Exu dos caminhos, o orixá do movimento, tão moleque e arrenegado a ponto de o confundirem com o diabo.

Eis como Massu ficou sendo compadre de Ogum e isso lhe deu grande prestígio e importância. Mas ele continuou o mesmo negro bom de sempre, agora com sua avó centenária e seu menino.

Muita gente tem convidado, depois disso, diversos orixás para padrinho ou madrinha de seus filhos. Oxalá, Xangô, Oxóssi, Omolu são muito solicitados para padrinho, Iemanjá, Oxum, Iansã, Euá para madrinha, e Oxumaré, que é macho e fêmea, para uma e outra coisa. Mas até agora nenhum orixá aceitou, talvez com receio das molecagens de Exu. Compadre de encantado só existe um: o negro Massu, compadre de Ogum.

A INVASÃO DO MORRO DO MATA GATO

OU

OS AMIGOS DO POVO

1

NÃO OS DIVIDIREMOS EM VILÕES E HERÓIS, QUEM SOMOS NÓS, suspeitos vagabundos da Rampa do Mercado, para decidir sobre assuntos tão transcendentais? A discussão está nas gazetas, governistas e oposicionistas acusam-se, xingam-se, elogiam-se, cada um quer tirar maior proveito da invasão das terras do Mata Gato, além de Amaralina, por detrás da Pituba. Pelo visto houve desde o início, e até mesmo antes de dar-se a invasão, uma completa e total solidariedade para com os invasores, ninguém se colocou contra eles, e alguns, como o deputado Ramos da Cunha, da oposição, e o jornalista Galub, correram perigos sérios para defendê-los.

Não culparemos a nenhum, não somos um tribunal, e ninguém procurou saber se havia um responsável, ou vários, pela morte de Jesuíno Galo Doido, estavam todos muito ocupados com as comemorações. Mas também não iremos tomar parte no coro de elogios ao governador ou aos deputados, os do governo e os da oposição, nem ao espanhol dono dos terrenos, o velho Pepe Oitocentas, como era conhecido o milionário José Perez, dono de uma rede de padarias, de fazendas de gado e de léguas e léguas de terrenos, sem falar nos prédios de aluguel. Sim, porque também ele foi elogiado nos versos de Cuíca, tratado como homem generoso, de coração de pomba-rola, capaz de sacrificar seus interesses pelo bem do povo. Imagine-se... Bolada alta deve ter recebido o poeta, bom sujeito, todo mundo gostava dele, mas sempre pronto a elogiar e a atacar se lhe soltassem um cobrezinho. Também, coitado, com família enorme e precisando ganhar a vida, a vida cara pela hora da morte, e Cuíca vivendo exclusivamente de seu intelecto. Escrevia suas histórias em versos, algumas bem bonitas, e ele mesmo as compunha e imprimia, desenhava a capa e saía a vendê-las pelo Mercado e pelo cais, junto ao Elevador ou em Água de Meninos, gritando-lhes os títulos e os méritos.

Elogiou o espanhol Pepe Oitocentas, esqueceu de dizer a razão do apelido — os quilos de oitocentas gramas por ele usados em seus armazéns e padarias, base de sua fortuna —, elogiou o governador, o vice, deputados e vereadores em geral, a imprensa toda e, em particular, Jacó Galub, o repórter intimorato:

Herói do Mata Gato
o jornalista Jacó
ameaçado de assalto

de ser jogado no pó
foi o amigo do povo
destemido campeão
para lhe dar casa e pão
Galub o amigo do povo.

Elogiou todos, ou quase todos, arrancando cem de um, duzentos de outro, tomara que tenha tirado muito mais do espanhol das Oitocentas, mas foi o único em todo o enorme noticiário a citar Jesuíno Galo Doido e a recordar-lhe a figura. Os jornais e rádios o ignoraram. Fartos elogios ao governador ou ao deputado Ramos da Cunha, aos policiais tão corajosos, ao chefe de polícia cuja prudência aliada à disposição de não ceder, et coetera, et coetera... De Jesuíno, nem uma palavra. Só Cuíca, em seu folheto, *A invasão dos terrenos do Mata Gato onde o povo levantou um bairro em 48 horas*, teve um verso singelo a recordá-lo. Porque Cuíca, mesmo torcendo a verdade, sabia dos acontecidos como se deram, sem babados nem enfeites posteriores. Coitado, precisava de dinheiro, vendia a verdade das coisas.

Não seremos nós a criticá-lo, por que haveríamos de fazê-lo? Era um poeta popular do Mercado, com seus versos de pé-quebrado, de rima pobre, paupérrima às vezes, com suas invenções de verdadeira poesia de quando em quando para compensar. Mudava de conceito e de preconceito nos seus versos, conforme o lado de onde lhe vinha um dinheirinho. Mas não agem assim, por aqui e pelas estranjas, os grandes poetas, de nome nos jornais e estátua nos jardins? Não se adaptam aos interesses dos donos do poder, por aí afora, e são assim ou assado, conforme lhes pedem, mandam ou ordenam? Conforme lhes paguem, conforme melhor lhes paguem: essa é a verdade e agora fica dita com todas as letras. Não mudam eles de escola, de tendência, de rótulo, de opinião, pelo mesmo dinheirinho a mudar os conceitos de Cuíca? Dinheiro ou poder ou luxo ou importância, prêmios, nome nos jornais e discursos de elogio, que diferença faz?

Não culparemos ninguém, não é para isso que estamos aqui e, sim, para contar a história da invasão do morro do Mata Gato, pois ela tem seu lado engraçado e seu lado tristonho como toda história digna de contar-se. Não vamos puxar a sardinha para a brasa de ninguém, apenas ali estávamos e sabemos de tudo.

Deu-se naquela ocasião o xodó — seria mesmo xodó? — do cabo

Martim com Otália e a lacrimosa paixão de Curió por madame Beatriz, a célebre faquir hindu (nascida em Niterói), e pretendíamos contar desses amores. Iremos assim dando um jeito para misturar os fatos, os românticos e os heroicos, os relativos às paixões do cabo e do camelô, com os da invasão dos terrenos antes da propriedade do comendador José Perez, ilustre baluarte da colônia espanhola, benemérito da igreja, influente nos diversos setores da vida baiana, conspícuo cidadão. Perdoem-se aqui aparecem misturados o governador e Tibéria, dona de pensão barata de raparigas, os deputados e os vagabundos, os políticos solenes e os alegres moleques, os capitães da areia, o deputado Ramos da Cunha e Pé-de-Vento, o jornalista Galub e o cabo Martim, naquela ocasião, aliás, promovido a sargento Porciúncula. Não posso fazer de outro jeito, misturados eles estiveram, os pobres e os ricos, os livres e os solenes, o povo e aqueles descritos nos jornais como os amigos do povo. Mas, repito, não culparemos ninguém.

Não culparemos ninguém mesmo porque ninguém se interessou em saber se havia um responsável a castigar pela morte de Jesuíno Galo Doido, estavam todos muito ocupados nas comemorações. Dizem ter o governador, alma sensível às manifestações, chorado comovido ao abraçar o deputado Ramos da Cunha, seu adversário político, autor do projeto de desapropriação. Mas sorria quando apareceu na sacada para agradecer os aplausos da multidão reunida na praça.

2

EXAGEROU CUÍCA QUANDO, NO COMPRIDO TÍTULO DE SEU FOLHETO, falou de um bairro construído pelo povo em quarenta e oito horas. Demorou exatamente uma semana para ter aspecto de bairro aquela invasão, a primeira levada a efeito na Bahia. Hoje o Mata Gato é um verdadeiro bairro e lá já se levanta até a fachada decorada de uma das Padarias Madrid, da rede de Pepe Oitocentas, bem em frente à casa do negro Massu. Outras invasões realizaram-se depois com sucesso, cresceram bairros inteiros para o lado da Liberdade, no nordeste de Amaralina, houve a invasão de Chimbo no Rio Vermelho, e os Alagados com sua cidade sobre as águas. Os pobres têm de viver, têm de morar em algum lugar, ninguém pode permanecer todo o tempo ao relento, precisa-se de um teto e quem tem dinheiro para pagar aluguel? Mesmo nós, notívagos sem jeito, precisamos de quando em quando repousar a cabeça, ir para casa. Viver sem casa é impossível, e o próprio Pé-de-Vento, homem sem horário e sem emprego fixo, caçando seus sapos e ratos, suas serpentes, calangos verdes e outros bichos para os laboratórios de análises e pesquisas, habituado ao vento e à chuva, amando dormir nas areias da praia e ali derrubar mulatas pois é doido por elas, mesmo Pé-de-Vento, cuja natureza se adapta a tudo, igual a seus animais, sentiu necessidade de ter um buraco onde meter-se. Foi ele o precursor da invasão, por assim dizer.

Naqueles terrenos do Mata Gato ele construiu com palhas de coqueiros dali mesmo, com pedaços de ripas, tábuas de caixão e outros materiais gratuitos, uma espécie de choupana onde vivia. Movimentava-se nas imediações em busca dos bichos. Não faltavam sapos e jias no córrego próximo, era só andar um pouco para a Boca do Rio. Ratos de todos os tipos e tamanhos sobravam nas proximidades, sobretudo numas chácaras ali perto, nos caminhos de Brotas. Nos matos das colinas em redor tinha de um tudo: calangos, serpentes venenosas e não venenosas, lagartos, teiús, por vezes uma lebre e uma raposa. E os peixes do rio e do mar para alimentar-se. Além dos caranguejos e siris.

Levantou sua choupana e a habitou longo tempo sem ser perturbado. Distante do centro da cidade, ali quase não aparecia ninguém para visitá-lo, só mesmo quando ele arrastava um amigo para uma peixada, uma cabrocha para ver a lua. Nunca se preocupara Pé-de-Vento em saber se aqueles terrenos tão vastos e tão abandonados tinham dono, se estava ele cometendo um ato ilegal ou não, ao levantar ali sua mísera choupana.

Assim mesmo o disse a Massu quando o negro por ali apareceu certo dia, a seu convite, para comer uma peixada. Pé-de-Vento cozinhava bem, era batuta numa moqueca de peixe, robalos, vermelhos, carapebas e garoupas, pescados por ele mesmo. Quantas vezes não levava de presente para Tibéria ou para mestre Manuel peixes grandes de quatro e cinco quilos ou enfiadas de sardinhas, polvos, arraias? E ia cozinhar a moqueca, movimentando-se no saveiro de Manuel, sorrindo para Maria Clara, ou cercado pelas raparigas na grande cozinha do castelo de Tibéria. Peixada feita por Pé-de-Vento era de lamber-se os beiços.

Uma vez na vida outra na morte, ele cozinhava em sua choupana, no Mata Gato, e convidava um amigo. Sua comida diária era um pedaço de carne-seca, um pouco de farinha e rapadura, Pé-de-Vento com pouco se contentava, e houve um tempo em sua vida quando nem carne-seca havia, era só rapadura e farinha. Nesses tempos ele andava pelo interior e exercia a devota profissão de ajudar moribundos a morrer.

Sabem como é: esses moribundos obstinados, prontinhos para desencarnar e renitentes na partida, sem querer largar o aparelho, demorando dias e dias a morrer, atrapalhando a vida dos parentes e amigos. Talvez devido a terem ainda pecados a pagar na terra, estarem precisando de orações. Ora, Pé-de-Vento especializara-se em ajudar tais difíceis a atravessarem a porta do outro mundo deixando a família em paz, com as lágrimas protocolares e os preparativos do funeral, com os comes e bebes da sentinela. Cada sentinela mais porreta, com cachaça sobrando e comilança de festa.

Quem tinha desenganado ranzinza, difícil na queda, agarrado ao fifó da vida, sem querer largar, já sabia: mandava buscar Pé-de-Vento, acertava as condições de pagamento, ele não era careiro, encarregava-se do enfermo. Sentado ao lado da cama, iniciava as orações, animava o parente:

— Vamos que Deus está esperando. Deus e toda a corte celeste.

Com sua voz profunda cantava:

Ora pro nobis...

Havia outros rezadores e rezadeiras pelas vizinhanças. Mas nenhum tão rápido e seguro como Pé-de-Vento. Com meia hora, no máximo uma hora, o moribundo apagava a vela, ia gozar as delícias do paraíso prometido por Pé-de-Vento. Uma única exigência ele fazia à família próxima a enlutar-se: deixá-lo sozinho com o camarada, não ficar atrapalhando com a presença. Saíam todos, de fora ouvia-se a voz de Pé-de-Vento nas rezas e conselhos:

— Morre em paz, irmão, com Jesus e com Maria...

Uma vez, um parente mais curioso abriu de súbito a porta e constatou a seriedade da ajuda de Pé-de-Vento. Ia muito além das orações. Ajudava ele também ao falecente com o cotovelo, enfiando-o na barriga do cujo, cortando-lhe o pouco ainda a restar-lhe de respiração.

O parente botou a boca no mundo e foi o fim da carreira de Pé-de-Vento como rezador de moribundos. Ameaças de vingança fizeram-no vir para a capital. Construíra então seu barraco no Mata Gato e conhecera Jesuíno Galo Doido quando oferecia seus préstimos de rezador na casa de uma comadre do velho vagabundo, cujo marido não queria abandonar o envoltório terrestre. Por esse então, Pé-de-Vento não se dedicara ainda à ciência, como importante colaborador dos laboratórios de pesquisas.

Mas todo esse curioso e rico passado de Pé-de-Vento pouco interessa à história da invasão do Mata Gato. Falamos dele apenas para constatar a presença de um morador pelo menos naquelas terras, bastante tempo antes da vinda de Massu.

Negro Massu, estendido na areia, sorvendo uma cachacinha, o olfato na fumaça apetitosa da moqueca, olhou a paisagem, o mar azul, a praia alva, os coqueiros, a brisa, e perguntou a si mesmo por que já não estava morando ali há mais tempo. Era a morada ideal, não podia haver melhor.

Atravessava o negro Massu uma crise séria naquela ocasião. O dono do barraco onde se alojava há anos, em companhia de sua avó centenária e de seu filho novinho, cansara-se finalmente de cobrar o aluguel, o atraso de Massu ia a quatro anos e sete meses, o tempo exato em que ali morava. Não pagara jamais um tostão. Não porque fosse de natural caloteiro. Ao contrário, poucas pessoas tão sérias e cumpridoras quanto ele. Não pagava por lhe faltar sempre no fim do mês o dinheiro do aluguel. Por vezes, Massu fazia um esforço, juntava uns cobres ganhos aqui e ali, num frete ou no jogo do bicho, pensando no aluguel, no compromisso assumido. Mas sempre acontecia algo inesperado, uma comemoração importante, uma festa imprescindível e lá se iam as reservas, as economias precárias.

Uma vez o dono do barraco, proprietário de um açougue nas redondezas, foi pessoalmente cobrar. Só encontrou a negra velha Veveva, ficou sem coragem de botá-la para fora, deixou um recado para Massu. De outra vez, encontrou Massu arrumando o telhado cheio de goteiras, o negro estava brabo, porcaria de telhado, um barracão de merda, não servia para nada, aluguel caríssimo e o açougueiro a gritar pelo dinheiro, a querer o aluguel assim de repente. Bufou o negro, desceu do telhado, os músculos brilhavam ao sol, gritou mais alto. O proprietário foi embora sem mais conversa e ainda prometeu mandar consertar os buracos.

Mas ultimamente uma companhia comprara terreno e barraco, o açougueiro vendera relativamente barato porque não via possibilidade de renda, nem de Massu mudar-se tão cedo.

A companhia ia construir uma fábrica, comprara um mundo de terra, estava derrubando casas e barracos, dava um prazo curto, um mês para caírem fora. E oferecia emprego primeiro na construção, depois na fábrica. Negro Massu compreendeu não ter outro jeito senão procurar casa nova.

E ali, refestelado na areia, comendo o peixe excelente, perguntou a Pé-de-Vento:

— De quem é esse terreno por aqui?

Pé-de-Vento considerou a questão, pensativo:

— Sei não... Tem dono não...

— Tu já viu terra não ter dono? Tudo tem dono no mundo...

— Penso que é do governo...

— Bem, se é do governo é da gente...

— E é mesmo?

— Pois tu não sabe que o governo é o povo?

— Tu acredita que é? O governo é da polícia, isso sim.

— Tu não entende. Eu sei, já ouvi dizer até num comício. Tu não frequenta comício, é por isso que não sabe...

— Pra que saber? Que adianta?

Negro Massu deixava o azeite escorrer pelos cantos da boca, peixada mais gostosa! Lugar melhor pra morar não havia.

— Tu sabe, Pé-de-Vento, vou ser teu vizinho... Vou levantar aqui um barraco pra mim. Pra botar a velhinha e o menino...

Pé-de-Vento fez um gesto largo com a mão:

— Lugar é que não falta, seu mano. Nem folha de coqueiro...

Foi assim que alguns dias depois negro Massu voltou em companhia de Martim, de Ipicilone, de Cravo na Lapela, de Jesuíno Galo Doido. Numa carroça trazia certos materiais, um serrote, martelo e pregos. Pé-de-Vento colaborava, oferecendo nova peixada. Só não viera Curió, andava ocupado com madame Beatriz.

Massu levantou sua casinhola, ficou até bonita. Cravo na Lapela, a quem haviam ensinado na juventude a profissão de pintor de paredes, escolheu as cores para as portas e janelas, azul e cor-de-rosa, tomou da brocha. Só o fazia como amador, para servir a amigos. No fundo, tinha horror daquele trabalho.

Sentado, Ipicilone, a pança cheia de peixe, via Cravo na Lapela a pintar janelas e portas, enquanto Massu, Martim e Jesuíno levantavam as paredes de barro batido. Suspirou:

— Fico tão cansado de ver vocês trabalharem...

Era assim Ipicilone: muito solidário com os amigos, onde quer que fossem, estava com eles. Pronto a colaborar com conselhos e palpites, entendido em muita coisa, um intelectual, até lia revistas. Mas, físico delicado, cansava-se facilmente.

Enquanto construíam, gozavam das delícias do lugar. À noite, Jesuíno fez o elogio do Mata Gato para Tibéria, jantando no castelo.

Massu mudou-se, Tibéria veio visitá-lo para ver o afilhado, ela e Jesus ficaram apaixonados pela paisagem.

Em tantos anos de árduo trabalho, ela a governar o castelo, ele a cortar e a coser batinas de padre, não haviam conseguido juntar o suficiente para comprar uma casa onde envelhecerem. Por que não a levantariam ali, pouco a pouco, comprando o tijolo e a cal, uns metros de pedra, umas telhas para cobrir?

Com essas duas casas, a de Massu, de barro batido e tábuas, a de Tibéria e de Jesus, de tijolo, iniciou-se a invasão.

Como a notícia chegou a tanta gente, não se sabe. Mas uma semana depois de haver Jesus começado sua casa, já cerca de trinta barracos elevavam-se no Mata Gato numa extraordinária variedade de materiais e numa profusão de crianças de todas as cores e idades. E a cada dia chegavam novas carroças trazendo gente e tábuas, caixões, latas, folhas velhas de flandre, tudo quanto servisse para construir.

Falta dizer que Pé-de-Vento mudara-se, foi para bem mais longe, largou seu barraco de palha, logo ocupado por dona Filó, negociante muito perseguida pela polícia, especialmente pelo juizado de menores. Comerciava ela com crianças, aliás com seus próprios filhos. Tinha sete, o mais velho com nove anos, o mais novinho com cinco meses, e os alugava por dia a mendigas conhecidas para ajudá-las na coleta de esmolas. Com criança pequena era muito mais fácil comover os transeuntes. Filó tinha um filho por ano, era deitar com homem e engravidar, não havia maneira de impedir. Cada filho tinha um pai, ela não incomodava nenhum. Com as próprias crianças ganhava sua vida, sendo que o mais velho já estava bem encaminhado nos capitães da areia, até já fora preso assaltando uma confeitaria.

Assim começou a invasão do Mata Gato.

3

FOI UMA ANIMAÇÃO, TODO MUNDO A CONSTRUIR BARRACOS nos terrenos do Mata Gato, colina bonita, de onde se tinha vista magnífica do mar, e a brisa constante, jamais se sentia calor. Só o cabo Martim não se abalou. Os seus amigos afobavam-se, cada qual escolhendo o lugar onde levantar as paredes e telhados, ele a ajudá-los quanto podia mas não passava disso. Desde o seu fracassado casamento com a formosa Marialva não mais pensara em arrumar casa quanto mais em construir. Ficara farto para sempre da vida de família, contentava-se com um quartinho mixuruca num sobradão do Pelourinho.

Se bem estivesse apaixonado como nunca. Uma paixão a roê-lo por dentro, a deixá-lo abobalhado, como um parvo, parecido com Curió quando enamorado, aquele Curió enlouquecido, do caso com Marialva, recordam-se? Pois assim andava o cabo Martim, com toda sua picardia, sua comentada prosopopeia. O objeto da paixão já todos perceberam, com certeza: era Otália, aquela rapariga chegada da cidade do Bonfim para fazer a vida na Bahia.

Martim não a tirava da cabeça desde o dia do aniversário de Tibéria quando ela enfrentara Marialva, dançando com ele. Passara tempos sem vê-la, mas guardara sua lembrança na memória, certo de encontrá-la um dia e com ela resolver a parada. Quando Marialva se decidiu finalmente a desocupar a praça e cair fora da casinha da Vila América, Martim, passados uns dias, arrumou-se, meteu seu melhor terno, lustrou os sapatos de verniz, gastou brilhantina na cabeleira e saiu em busca de Otália.

Essa Otália dava um romance, mocinha mais atrapalhada, mais cheia de nove-horas. Fazia a vida no castelo de Tibéria, tinha sua freguesia segura, agradava muito aos senhores de idade pois era delicada e gentil, com jeito de menina mimada, e Tibéria a queria como a uma filha. Fora da obrigação, não se ligara a ninguém, não se amarrara a nenhum dos amigos da casa, gente como Martim a biscatear com as meninas, a enxodozar-se com elas, em paixões por vezes terríveis e dramáticas. Não puxara Terêncio um punhal no castelo, e com ele não terminara com Mimi, a de cara de gato? Por ciúmes bestas.

Não se ligara Otália a nenhum, se não estava cansada dormia contente com quem lhe aparecesse em busca de favor, e, se fosse a uma festa, saía no braço de quem melhor lhe aprouvesse. Era doce no amor, deixava-se envolver e possuir, uma necessitada menina. Não como Marialva, de pura representação. Era mesmo uma criança, talvez nem houvesse completado os dezesseis anos.

Cabo Martim não teve dificuldades em abordá-la. Otália parecia esperá-lo e quando ele chegou, com a fachada melancólica, para impressioná-la, a representar o marido abandonado pela esposa, coração dilacerado à espera de consolação, ela o acolheu sem surpresa como se fosse fatal sua vinda e o encontro. Martim chegou a achar fácil demais e aquilo o incomodou um pouco.

Evidentemente não desejava levar semanas a namorá-la, a arrastar-lhe a asa, dizendo-lhe coisas, não sabia fazê-lo, não era Curió. Mas tampouco lhe agradava deitar com ela apenas lhe estendera a mão e lhe dissera não se importar com a defecção de Marialva, pois, desde aquele dia da dança, só tinha pensamentos para ela, não via outra mulher em sua frente. Fora ele próprio a despachar Marialva, ela sabia da história? Para ficar livre e vir em busca de Otália.

Otália sorriu, disse que sim, sabia de tudo. Sabia da paixão de Curió — e quem a ignorava na cidade? —, do desespero, dos planos de vingança de Marialva, da entrevista dos dois amigos, sabia de tudo e adivinhava o resto. Vira Marialva chegar ao castelo, a cara comprida de cavalo na chuva, sem falar a ninguém. Trancara-se com Tibéria na sala, em conferência. Fora ocupar depois um quarto dos fundos, vazio com a viagem de Mercedes para Recife. Ficara então Otália a esperar Martim, tinha certeza de sua vinda, também ela o estava aguardando há muito tempo. Mesmo antes de conhecê-lo, quando apenas ouvira falar nele, comentar seu casamento no Recôncavo. No dia mesmo de sua chegada à Bahia, sem saber nada da capital, fugindo das perseguições do juiz em Bonfim, por causa do filho. O moço se metera com ela, a mãe dera o teco, o pai também. E, apenas desembarcara na Bahia, lhe haviam roubado a bagagem... Bem... Depois se viu tratar-se de uma pilhéria de Cravo na Lapela, como lhe explicara Jesuíno. Pois naquele dia não se falara noutra pessoa senão em Martim, nem de outra coisa além de seu casamento com Marialva. A dita-cuja, aliás, não podia ver a cara de Otália, ainda ao entrar no castelo a olhara atravessado. Mas ela, Otália, não tinha raiva, não guardava rancor. O que é do homem, o bicho não come, ela sabia, de ciência certa, de um saber sem dúvidas, que Martim largaria aquele manequim de costureira e viria buscá-la. Por que sabia, não perguntasse, uma dessas coisas sem explicação. Tem tantas na vida, não é?

Estendia-lhe as mãos e os lábios, sorria seu sorriso de menina. Fácil demais, pensou Martim, assim enjoava.

Mas foi aí que o cabo, tão experiente em matéria de mulher, se enganou. Otália tomou do braço dele e propôs irem passear. Adorava passear. O cabo preferiu assim, a cama ficava para depois, quando ela terminasse o trabalho. Ele viria para o castelo pela meia-noite, comeria uma comidinha com Jesus, emborcaria uma cerveja, uma bramota, conversaria disso e daquilo. E quando Otália despachasse o último freguês, tomasse um banho e pusesse um vestido de casa, retomasse sua face de mocinha, então iriam para sua primeira noite de amor. Ainda um pouco depressa, em geral o namoro durava três ou quatro dias. Mas pior seria se ela o convidasse para o leito naquela mesma tarde, quando Martim apenas começara a lhe falar. E, por Deus, ele pensou que tal se daria, tão fácil em aceitá-lo esteve ela, não se fez difícil nem rogada, não bancou a tola, disse-lhe logo gostar do cabo e de há muito, e estar à sua espera.

Passearam pela Barra, andaram na praia, cataram conchas, o vento jogava com os cabelos finos de Otália, ela corria na areia, ele a perseguia, tomava-a nos braços, esmagava seus lábios.

Voltaram no fim da tarde, Tibéria era estrita nos horários. Otália não trabalhara naquela tarde, não podia falhar à noite. Martim combinou encontrar-se com ela, no próprio castelo, depois da meia-noite.

Foi em busca de parceiros para um joguinho, assim passaria fácil o tempo e ganharia algum dinheiro para as primeiras despesas com Otália, para um presente.

Naquela ocasião um novo chefe de polícia, sujeito de maus bofes, metido a sistemático, decidiu acabar com a jogatina na Bahia. Perseguiu o jogo do bicho, meteu uma quantidade de bicheiros na cadeia, invadiu com os tiras os locais onde se jogava baralho ou dados, pintou o diabo. Só não se meteu com o jogo de gente rica, até roleta e bacará bancavam em quartos de hotéis, em casas elegantes da Graça e da Barra. Para esses antros ele fechava os olhos, só considerava jogatina as batotas dos pobres.

Teve assim Martim alguma dificuldade em arranjar parceiro naquela noite. Mas finalmente conseguiu uma roda de dados e ganhou uns patacos. O maior perdedor foi Artur da Guima, não tinha mesmo sorte no jogo e o seu santo já lhe ordenara por mais de uma vez abandonar os dados mas ele não conseguia, era viciado demais.

Já passava da meia-noite quando Martim voltou ao castelo. Otália o esperava na sala, com Tibéria e Jesus, em torno da mesa. Martim comprara um saco de bombons, ofereceu aos presentes. Jesus encheu-lhe o copo de cerveja, brindaram. Logo depois Jesus retirou-se para dormir, Tibéria foi ver o fim do movimento.

— Vamos nós também, beleza? — propôs Martim.

— Vamos, sim… Dar um passeio, a lua está bonita.

Não se referia a passeio a proposta de Martim. Para ele era hora de recolherem-se ao leito, não de sair para a rua. Mas não disse nada, toda mulher tem direito a seus caprichos, ele dispôs-se a satisfazê-la. E lá se foram rua afora, admirando a lua, trocando juras de amor, protestos de fidelidade eterna. Como namorados, numa terna conversa. Mulher assim, tão doce e simples, o cabo não encontrara ainda. Martim foi-se enleando na doçura daquele andar sem destino, sob o luar, parando sob os portais, roubando beijos.

Voltaram finalmente para o castelo, na porta Otália estendeu a mão se despedindo:

— Até amanhã, meu negro.

— O quê? — Martim não compreendia.

Não tomou conhecimento da despedida, foi entrando, porta adentro. Ela, porém, manteve-se inflexível. Dormir com ele, ainda não. Quem sabe, um dia, depois... Naquela noite estava cansada, queria repousar, ficar sozinha, recordar as horas passadas com ele, um dia cheio e feliz. Estendeu-lhe os lábios num beijo, agarrou-se nele, corpo contra corpo. Saiu correndo para o quarto, fechou-se, Martim ficou abobalhado, o gosto dos lábios de Otália, o calor de seu corpo e sua ausência.

De dentro chegou a voz autoritária de Tibéria:

— Quem está aí?

Foi-se embora, de repente furioso. Disposto a não voltar a ver essa maluca, com sua cara de menina e a intenção de rir-se dele. Saiu arrenegando.

Em contradição com seus sentimentos anteriores, como logo se percebe. Antes ele se incomodara por pensar ser fácil demais meter-se com ela na cama, tão fácil a ponto de perder a poesia. E agora, quando via não ser tão ligeiro assim, ter suas demoras, desejar a moça um tempo de namoro, irritava-se, virava uma fúria, a chutar as pedras da rua, truculento.

Arrenegando, foi em busca dos amigos mas só encontrou a Jesuíno Galo Doido num botequim de São Miguel, em conversa com um pai de santo. Sentou-se à mesa, reclamou bebida. Mas nem a cachaça tinha sabor naquela noite. Trazia o gosto de Otália na ponta da língua, nos dedos, nas narinas seu cheiro. Nada mais tinha sabor ou sentido.

Jesuíno, desconhecendo a evolução dos acontecimentos desde a hora da partida de Marialva do barraco da Vila América, onde deixara Martim e Curió em torno a uma jaca mole, espantou-se: aquela história de Marialva afetara o cabo a ponto de tirar-lhe o bom humor e o gosto da bebida? Martim afirmou-lhe, porém, estar pouco se incomodando com Marialva, chatura de fêmea enjoada, queria vê-la estourar-se nos infernos. Quanto a Curió, era seu irmão, se tivessem nascido da mesma mãe, na mesma barrigada, não seriam tão unidos e amigos. Estava aporrinhado era por outras coisas. Não insistiu Jesuíno, não forçava confidências, se lhe confiavam amarguras e planos, dificuldades e sonhos, ele as escutava e procurava ajudar. Mas não forçava ninguém por mais curioso estivesse. Ao demais, a conversa com o pai de santo era de muito interesse e muita instrução: mistérios de eguns, aquele velho da Amoreira sabia tudo sobre o assunto.

Martim decidira não voltar a procurar Otália mas sua resolução dissolveu-se no sono, no fim da tarde lá estava ele, no castelo. Tibéria riu-se ao vê-lo:

— Tu tá enrabichado? Pela menina, não é?

Sentia-se a aprovação em sua voz. Ela amava apadrinhar os casos de Martim, proteger seus xodós. E gostava de Otália, tratava-a como a uma filha. Era diferente do casamento com Marialva, feito à sua revelia, o cabo botando casa, afastando-se dos amigos.

Otália o recebeu com o mesmo terno sorriso, a mesma confiança, embevecida, feliz de ser amada e de amar.

— Por que tu não veio antes? Onde a gente vai hoje?

Ele chegara disposto a liquidar rapidamente o assunto, levá-la para a cama fosse como fosse. Mas, diante dela, de sua candura, perdia toda a coragem, nada lhe dizia, desarmado, e com ela saía a passear. Naquele segundo dia foram a uma festa de largo, com quermesse e música de coreto. Quando voltaram ao castelo, Otália novamente se despediu com um beijo ardente.

Martim estava abismado: quanto tempo iria durar aquilo? Mais tempo, sem dúvida, do que imaginara. Os dias passavam, encompridavam-se os passeios, iam de lugar em lugar na cidade, frequentavam festas, candomblés, peixadas, bailes, de mãos dadas, olhos nos olhos, namorados. No castelo despediam-se. Não dormia com o cabo, mas também, é claro, nunca mais aceitara dormir com um xodó, realizava seu trabalho e acabou-se, não havia homem em sua vida, além de Martim.

Nem com moça donzela tivera o cabo namoro mais decente. Não era de espantar? Namorando com rapariga de castelo, com mulher da vida, corpo aberto para qualquer, bastava pagar.

Namoro cada dia mais decente. Com as outras, mesmo as cabaçudas, as carícias iam num crescendo até o derradeiro fim, até ele lhes fazer o benefício. Com Otália era ao contrário. Quando mais a tivera, fora no primeiro dia, de carícias ousadas, sentindo-lhe o peso do seio, a curva da bunda, o calor das coxas. Ela continuava a entregar-lhe a boca com avidez e apertar-se contra ele na hora da despedida, mas era tudo.

Quanto mais passava o tempo, porém, mais retraída ficava ela em referência aos assuntos de cama. Crescia a confiança entre eles, o doce amor, uma intimidade de sentimentos, mas não progredia a marcha para o leito de Otália, para seu corpo desejado. Quando muito Martim, durante os longos passeios ou na alegria das festas, nos bailes da Gafieira do Barão, conseguia roubar-lhe um beijo, cheirar seu cangote, tocar-lhe de leve o seio, brincar com seus lisos cabelos.

E isso durava há mais de um mês, a escandalizar os amigos. Quanto a Otália, confidenciava sua felicidade a Tibéria, seu amor por Martim, sua infinita ternura. Dizia-se sua noiva.

Noivo ou não, não se interessou o cabo em levantar casa no Mata Gato. De casa ficara farto de uma vez para sempre. Sozinho ou em companhia de Otália aparecia para ajudar os amigos. Tibéria estava construindo, era de longe a melhor casa do lugar, de tijolo, com telhas de verdade e caiação. Também Curió levantava seu barraco, preparando-se para o futuro, sem falar em Massu, já ali de muda, com sua bagagem, sua avó e seu menino. Por vezes Martim trazia o violão e sentava-se numa roda a cantar.

Cresciam os casebres, filhos da precisão mais agoniada. Não tinham como pagar aluguel de casa ou quarto, nem mesmo nos mais imundos pardieiros, nem nos fedorentos cortiços da cidade velha onde se amontoavam famílias e famílias em pequenos e escuros cubículos. Ali, pelo menos, tinham o mar e as areias, a paisagem de coqueiros. Era uma gente necessitada, eram os mais pobres de todos os pobres, um povo sem eira nem beira, vivendo de biscates e de trabalho pesado, mas nem por isso deixavam-se vencer pela pobreza, colocavam-se acima da miséria, não se entregavam ao desespero, não eram tristes e sem esperança. Ao contrário, superavam sua mísera condição e sabiam rir e divertir-se. Subiam as paredes das casas de sopapo, das de palha, de tábuas, de pedaços de lata, minúsculos casebres, ínfimas choupanas. A vida animava-se intensa e apaixonada. O batuque do samba gemia nas noites de tambores. Os atabaques chamavam para a festa dos orixás, os berimbaus para a brincadeira de Angola, a capoeira.

Só no fim da primeira semana, quando já uns vinte casebres ali se erguiam, num sábado, Pepe Oitocentas, proprietário de toda aquela orla do mar, nos limites das terras da Marinha, inclusive da colina do

Mata Gato, soube, por um preposto seu, da invasão daquela pequena parcela de suas terras, das construções de lata e tábua.

Pepe comprara aqueles terrenos por uma ninharia, há muitos anos. Não só a colina do Mata Gato mas grandes extensões, por vezes não se recordava deles durante meses mas tinha um plano para loteá-los, construindo um bairro residencial, quando a cidade avançasse para o lado do oceano. Um plano vago, a longo prazo, não seria para realizar-se tão cedo, a gente rica ainda tinha muito terreno baldio na Barra, no Morro do Ipiranga, na Graça, na Barra Avenida, antes de buscar os caminhos do aeroporto, não viria tão rápida a valorização daquela área.

De qualquer maneira, não podia tolerar construções em seus terrenos nem a presença de estranhos, sobretudo de uma corja de vagabundos. Mandaria arrasar os casebres, aquela imundície a sujar a beleza da praia.

Um dia erguer-se-iam ali construções, sim. Mas não aquelas miseráveis choupanas. Seriam casas amplas, de grandes varandas, edifícios de apartamentos, projetados por arquitetos famosos, com todos os requintes do bom gosto e o material mais caro. Casas e apartamentos de gente rica, capazes de pagar os terrenos de Oitocentas e de construir com beleza e conforto. Quanto à colina do Mata Gato ele pensara reservá-la para os netos, o rapaz e a moça, Afonso e Kátia, ele primeiranista de direito, ela estudando para o vestibular de filosofia. Uns amores de meninos, metidos a esquerdistas, como mandava a idade e o tempo, metidos também a independentes, com seus automóveis e suas lanchas no Yatch.

Jardins cresceriam ali, mulheres de beleza perfeita atravessariam por entre as flores, despidas em seus maiôs, na praia e no mar queimariam os corpos, tornando-os mais desejáveis e mais ágeis para as noites de amor.

4

BELA, COM SEU CORPO FLEXÍVEL, ERA DAGMAR, MULATA CUJO aparecimento aos sábados na Gafieira do Barão causava sempre renovado entusiasmo. Vivia ultimamente com Lindo Cabelo, mestre de capoeira e pedreiro nas horas vagas. Ocupara empregos de classe antes do amor e do amancebamento: copeira em casa da Graça, ama-seca de filhos de gente lorde. Mas Lindo Cabelo, quando assumira a responsabilidade por aquela apoteose de mulher, não admitiu estrompasse ela a linha e a elegância a tirar pó dos móveis da casa de nenhum salafrário ou a suportar os abusos de guris mal-educados, choramingas, insuportáveis. Não queria ver sua cabrocha com os nervos em pandarecos.

Por amor a Dagmar, tomou da colher de pedreiro e levantou um barraco de barro batido no Mata Gato. E, tendo construído o seu, ajudou na construção de outros, ganhando um dinheiro parco de quem podia lhe pagar, ajudando de graça os demais, era hábil no ofício e gostava de estender a mão a um amigo necessitado. Ainda agora, naquela manhã de domingo, enquanto Dagmar, cansada de esperá-lo, dirigia-se à praia, Lindo Cabelo colaborava no levantamento rápido da casinhola de Edgard Chevrolet, ex-chofer de praça, aposentado devido a um desastre onde perdera o braço direito e o olho esquerdo.

Para a praia andava também dona Filó com cinco de seus sete filhos. Nos domingos não alugava nenhum, por mais dinheiro lhe oferecessem. Domingo era seu dia maternal, ficava o tempo todo com os meninos, dava-lhes banho, penteava-os, catava-lhes piolhos, punha-os limpos de dar gosto, almoçava com eles, uma comida melhorada, preparada por ela mesma, contava-lhes histórias. Pagava-se da semana inteira distante deles: durante o dia os meninos estavam ajudando mendigos, nas portas de igrejas ou pelas ruas, entrando nos restaurantes e nos bares, sujos e rotos, com ar de fome. Os dois mais velhos andavam pelo morro, jogando futebol num campo improvisado por detrás dos barracos. O segundo em idade tinha jeito para golquíper, não deixava passar bola, se Deus ajudasse podia vir um dia a ser profissional, ganhar um dinheirão.

Era uma plácida manhã de sol, não muito quente, a brisa nos coqueiros, o mar calmo, farrapos de nuvens brancas no céu. Automóveis cortavam o asfalto no caminho do aeroporto, dona Filó cruzou a estrada com seus cinco filhos. Uns jovens, num carro veloz, voltaram-se todos para admirar o negro corpo de Dagmar. Dos lados de Amaralina ouviu-se a sirene dos carros da polícia. No morro e na praia ninguém deu importância. Iriam, sem dúvida, para Itapoã.

Tanto Jesuíno como Martim e Ipicilone tinham vindo, de manhã, passar o dia com Massu. Só faltava Curió, sua casa ainda não estava inteiramente pronta, ele andava ocupado com os assuntos de madame Beatriz, preparava-se a cartomante para apresentar-se ao público da Bahia enterrada viva, um mês num esquife, sem alimentação, sem bebida, sensacional. Martim dedilhava o violão, sentado num caixão de querosene, a cabeça de Otália recostada em seus joelhos, a moça acomodara-se no chão. Além da casa de Edgard Chevrolet, três ou quatro outras estavam em vias de construção mas só Edgard trabalhava naquele domingo. Os demais habitantes descansavam, estendidos pelo chão ou no interior dos barracos.

As três grandes camionetas da polícia, conduzindo para mais de trinta policiais, entre guardas e tiras, não seguiram para Itapoã. Em frente ao Mata Gato abandonaram o asfalto, entraram pelo barro batido, pararam no sopé da colina. Uns caminhos tinham sido abertos entre os matos pelos novos moradores.

Foi tudo inesperado e rápido. Os policiais subiram armados de machados e picaretas, alguns levavam latas de gasolina. Um deles, o chefe da turma, trilava um apito. Esse tal iria tornar-se falado devido à história da invasão do Mata Gato. Seu nome era Chico Pinoia e era mesmo uma pinoia de gente, como se verá.

Avançaram para os barracos, sem pedir licença a ninguém. Aliás, sem pedir licença é exagero, pois uma turma, armada de metralhadoras portáteis, colocou-se em frente aos barracos e Chico Pinoia avisou:

— Se alguém se mexer pra impedir o trabalho leva bala na barriga... Quem quiser viver que se comporte...

Outros marcharam para os casebres e tome machado e tome picareta, derrubando tudo, destruindo não só as casas como os móveis, se aqueles caixões, mesas e cadeiras de pé quebrado, velhos colchões e velhíssimos estrados, podiam decentemente intitular-se móveis. Mas eram tudo quanto eles possuíam.

Uma terceira turma vinha com as latas de querosene, derramava a gasolina sobre as tábuas, a palha, os panos, riscava um fósforo. As chamas elevavam-se, numa sucessão de fogueiras. Os moradores saíam correndo, sem nada entender, mas dispostos a defender seus bens, desistiam ante as metralhadoras, juntavam-se num grupo de ódio e protesto.

Só mesmo o negro Massu ficou tão cego de raiva a ponto de não enxergar as metralhadoras, ver apenas Chico Pinoia com seu apito. Atirou-se contra ele, foi agarrado por cinco tiras, ainda assim deu e apanhou. Apanhou um bocado. "Deem uma surra nesse negro abusado", ordenou Chico Pinoia.

Da praia chegavam correndo Dagmar, dona Filó e seus cinco filhos. Nada mais puderam fazer, os policiais haviam cumprido sua tarefa gloriosa, dos vinte e tantos barracos com sua variada mobília restavam apenas uns punhados de cinza dispersados pela brisa constante na colina. Filó ainda pôde gritar:

— Miseráveis! Cães do inferno!

Chico Pinoia ordenou:

— Embarca ela também...

Dois tiras a arrastaram para a mesma camioneta onde outros mantinham Massu dominado. Apenas, quando quiseram partir, foi impossível: todos os pneus estavam furados, todos, sem faltar nenhum. Colaboração dos capitães da areia, gratuita. Do alto da colina em chamas, os moradores espoliados viram os policiais em fúria, em suas inúteis camionetas, Chico Pinoia parado na estrada a pedir carona. Ameaçados de irem para a cidade a pé, os tiras terminaram por requisitar um caminhão vazio, de volta do aeroporto. Com tanta atrapalhação, soltaram Massu e dona Filó, não faltaria ocasião para prendê-los de novo. Apertaram-se no caminhão, guardas e tiras, ficaram apenas uns poucos cuidando das camionetas e esperando os pneumáticos novos.

No alto da colina, os moradores olhavam-se sem saber como agir. O fogo, após destruir os barracos, andara marombando pelo mato ralo, queimara uns arbustos, se acabara. Um silêncio pesado, de raiva impotente, cortado pelo soluçar de uma mulher. Pela primeira vez a desgraçada tivera uma casa e só durante dois dias.

Foi quando Jesuíno Galo Doido saiu de seu canto, deu uns passos para o meio do terreno estorricado e disse:

— Minha gente, nada de desanimar. Eles derrubaram as casas, a gente faz de novo...

O silêncio tornou-se atento. A mulher parou de chorar.

— E se eles derrubar de novo, nóis faz de novo. Vamos ver quem é mais teimoso...

Negro Massu, ainda sangrando, urrou:

— Tu tem razão, paizinho, tu tem sempre razão. Vou fazer minha casa de novo e agora vou ficar prevenido: quero ver um desinfeliz da polícia vir derrubar. Faço uma desgraça...

Marchou para onde estava a negra Veveva, segurando o menino. Uma decisão estampada no rosto, era um só mas parecia um exército.

Daí a pouco todos estavam outra vez levantando seus barracos, na maior animação. Era por precisão, não tinham onde morar. Trabalhavam todos, inclusive a bela Dagmar, Otália, dona Filó e seus filhos, os moleques todos. Até Ipicilone, cansado de nascença, naquele domingo trabalhou. Martim ao violão, a gente trabalhando e cantando. Uma festa, de noite virou baile.

Do sopé da colina, ao lado das camionetas paradas, os guardas espiavam a faina lá em cima. Visto de baixo, era curioso espetáculo. Despertou a curiosidade do jornalista Jacó Galub, chefe de reportagem do diário de oposição. Voltava ele do aeroporto onde fora embarcar um amigo, aquela fumaceira e aquele povo indo de um lado para outro chamaram sua atenção. Parou o automóvel, foi de um lado para outro saber o que se passava. Em nome dos moradores conversou com ele Jesuíno Galo Doido, contando os feitos da polícia.

5

NA TERÇA-FEIRA, A REPORTAGEM DO ANO EXPLODIA EM MANCHETE de oito colunas nas páginas sensacionalistas da *Gazeta de Salvador*, diário da oposição, no momento bem necessitado de dinheiro e de público. Amargava os ônus da derrota eleitoral. O diretor do jornal, Airton Melo, fora candidato a deputado federal, enterrara na campanha muito dinheiro, dos outros principalmente mas também as reservas do jornal. Não fora eleito, sobrara numa distante quarta suplência, e ainda não podia decentemente aderir ao governo. Olhando as fotografias feitas no morro do Mata Gato (onde, com o fotógrafo, voltara Jacó na segunda-feira) e fazendo uma careta de repulsa ante a visão de dona Filó de boca desdentada aberta para a câmera num sorriso imenso, filhos dependurados pelos braços e pelas ancas, Airton Melo, o probo jornalista, o "guarda-noturno dos dinheiros públicos" (como seu próprio jornal o chamara durante a campanha), explicou a Jacó:

— Um pouco de pau no lombo da colônia espanhola não traz prejuízo nenhum. Esses galegos estão cada vez mais avarentos, não soltam um vintém para a gente. Aperte um pouco esse gatuno do Perez e generalize essa história do quilo de oitocentas gramas, com isso o jornal não estará caluniando grande número deles. Fale das honrosas exceções, é claro. Você vai ver que logo eles afrouxarão, e estamos precisando. As coisas andam duras, seu Jacó...

— E o governo?

Airton Melo sorriu, considerava-se um político de alto gabarito, sutilíssimo, herdeiro de todas as manhas dos velhos bonzos baianos:

— Pau no governo, meu caro. Rijo e forte, de criar calo. Mas — baixou a voz numa confidência — poupe o governador. Para ele, apelos à sua consciência de homem público, ao seu coração. Certamente, ele desconhece o que se está passando, etc., você sabe a ladainha. Agora, porrada no chefe de polícia. Ele é o homem da campanha contra o jogo, disse que vai acabar com o jogo do bicho. O jornal não pode, infelizmente, sair defendendo o jogo nem os bicheiros... Mas, com essa história da invasão do morro, a gente pode marretar o Albuquerque (o chefe de polícia chamava-se Nestor Albuquerque) e até derrubá-lo. E teremos financiamento para a campanha... O pessoal do bicho...

Acendeu o charuto, puxou a fumaça. Olhou Jacó carinhosamente:

— Se a coisa der certo, meu caro, não vou lhe esquecer. Você sabe que não sou ingrato...

Sentia-se generoso ao enxergar a possibilidade de dinheiro grosso. Seu trem de vida era caro, duas famílias, casa civil e casa militar, e aquela emulação entre sua esposa Rita e sua amante Rosa para ver quem gastava mais. A dupla RR, os ratos roedores, como ele próprio dizia com certo cinismo e certa graça, roía-lhe as finanças.

Jacó Galub considerou o seu diretor, derreado na poltrona. À sua maneira, um grande homem. Mas se ele, Galub, fosse confiar em suas promessas e esperar de sua generosidade, morreria de fome. E Jacó Galub não pensava morrer de fome. Era ambicioso, tinha planos, fazia suas jogadas por conta própria, e, se não reclamava o salário de miséria pago por Airton Melo, usava as colunas do jornal para suas cavações pessoais. Era ativo e inteligente, bom jornalista, conhecia tudo de uma redação, repórter dos melhores da cidade, e era despido de qualquer preconceito, também de qualquer sentimentalismo. Frio, apesar de aparentemente apaixonado, seu desejo era fazer um nome, ir para o Rio, vencer na grande imprensa de lá, ganhar dinheiro, arranjar um daqueles empregos fabulosos... Haveria de consegui-lo, tinha certeza. Sorriu ele também para o "probo jornalista":

— Pode ficar tranquilo, vamos ter uma campanha formidável. O prestígio do jornal vai crescer demais. A circulação também. Vou liderar essa invasão.

— Bote emoção nas reportagens, coração, faça todo mundo chorar com pena dessa gente pobre, sem nada, sem casa onde morar... Coração!

— Deixe comigo...

Apenas ele saíra, Airton Melo tomou do telefone e esperou o sinal para ligar, impaciente. Quando por fim o obteve, discou um número, atenderam-no, perguntou:

— O Otávio está? É o doutor Airton Melo.

E, quando Otávio Lima, senhor do jogo do bicho na capital e nas cidades próximas, atendeu, comunicou-lhe:

— É você, Otávio? Precisamos nos encontrar, meu caro. Tenho finalmente os trunfos para derrubar o Albuquerque...

Uma pausa para ouvir:

— Dessa vez tenho... Uma campanha sensacional. Só pessoalmente para explicar...

Sorriu à proposta feita pelo outro:

— Em seu escritório? Está doido? Se me veem aí dizem logo que você está comprando meu jornal... Em minha casa...

Outra pausa, o rei do jogo do bicho perguntava algo.

— Em qual das duas? — repetiu o jornalista e pensou: — Na casa da Rosa, lá estaremos mais à vontade...

Assim, naquela terça-feira, com uma reportagem a ocupar toda a oitava página, com manchete de chamada na primeira — onde brilhava sem dentes e com tantos filhos a exaltada dona Filó cujas declarações eram de cortar o coração —, todo o material assinado por Jacó Galub, iniciou a *Gazeta de Salvador* a campanha "em defesa do povo pobre sem moradia, obrigado a ocupar os terrenos baldios", campanha que fez época na imprensa baiana.

Durante aquela primeira semana, Jacó Galub desenvolveu uma atividade enorme. Passou grande parte de seu tempo no Mata Gato, ouvindo gente, animando o pessoal, afirmando que, com o apoio da *Gazeta de Salvador*, eles estavam garantidos, podiam construir quantos barracos quisessem. E, em verdade, as reportagens foram um verdadeiro chamariz. A primeira invasão da colina fora quase uma ação entre amigos, praticada por Massu, Jesus, Curió, Lindo Cabelo, tudo gente conhecida, compadres, parentes, companheiros de cachaça e conversas. Mas depois das fogueiras da polícia e do início das reportagens da *Gazeta*, começou a aparecer gente de todo lado, transportando tábuas, caixões, tudo quanto servisse para construir. E dez dias depois as casas subiam a mais de cinquenta, com tendências a crescer muito mais.

As reportagens de Jacó obedeciam fielmente às instruções de Airton Melo. Pau no governo: chefe de polícia violento e incompetente, a soldo dos magnatas da colônia espanhola. Na primeira reportagem, Jacó descrevia, à base das informações de Jesuíno e de outros moradores, como tudo começara: o povo sem moradia buscando aqueles terrenos abandonados para ali plantar suas casas. Depois, a queixa de Pepe Oitocentas à polícia — "o milionário José Perez, há alguns anos conhecido pelo pitoresco apelido de Pepe Oitocentas Gramas" — e a ação violenta comandada por Chico Pinoia — o habitual torturador de presos —, sob as ordens de Albuquerque, "o tenebroso chefe de polícia, o intolerante bacharel de poucas letras e muita empáfia". A surra aplicada em Massu era descrita em detalhes: o negro defendendo sua morada, a vida de sua avó e de seu filho pequenino, os policiais a sujeitarem-no para pôr fogo à casa. Em verdade tinha sido isso, apenas Jacó fizera Massu apanhar antes da hora e surrupiou a agressão do negro. Massu não gostou. Na reportagem ele aparecia como um pobre-diabo batido pela polícia, sem ter reagido. Foi um custo para Jacó explicar-lhe e aplacar seu ressentimento.

O jornalista, ao atacar o governo e sobretudo o chefe de polícia, não fez carga contra o governador. Soltou uns elogios ao seu bom coração e para ele apelou. Para seu patriotismo também. Era tempo do governo levar em conta estarmos num país independente — escrevia Jacó — e não numa "colônia espanhola". Havia uma poderosa colônia espanhola na Bahia, composta em sua maioria por homens honestos e trabalhadores, a quem o progresso do estado muito devia, mas em cujo meio existiam também alguns cafajestes de marca, de fortuna ilícita como a *Gazeta de Salvador* se propunha a provar numa outra série de reportagens. Mas existia uma diferença entre possuir a Bahia uma colônia espanhola e ser "colônia da colônia espanhola". No entanto, o sr. chefe de polícia, dr. Albuquerque, o rei dos animais, assim chamado por tanto perseguir os bicheiros (com que segundas intenções?), obedecia correndo a um pedido de Pepe Oitocentas Gramas para expulsar de terras devolutas, abandonadas, inúteis, a cidadãos brasileiros, honrados e trabalhadores, cujo único crime era a pobreza. Para o chefe de polícia não podia existir crime pior, afirmava Jacó, era ele um apaniguado dos afortunados, e sobretudo, como estava provado, dos galegos que viviam a furtar no peso.

Há muito tempo não se via na imprensa baiana reportagem tão sensacional e violenta, atingindo gente tão importante. A edição do jornal esgotou-se e nos dias subsequentes a tiragem cresceu.

Alguns dos moradores, cujas fotos foram estampadas pelo jornal, deram declarações, ajeitadas por Jacó; Dagmar, a bela, apareceu de maiô em poses de estrela de cinema, o que lhe valeu uns tabefes aplicados por Lindo Cabelo. Mulher sua não era para estar mostrando as coxas e os peitos nas páginas dos jornais. Surrada, Dagmar acusou o fotógrafo de falseta, batera as fotografias sem ela se dar conta, discutível afirmação para não dizer mentira descarada. Mas isso são assuntos de família, não vamos neles nos envolver. Apenas, constatemos, para somar à nossa experiência das mulheres e da vida em geral, ter ficado Dagmar não só mais discreta após os bofetes como também muito mais carinhosa.

Brilhou muito dona Filó. Descarnada e despenteada, com seu negro vestido rasgado, um filho em cada anca, um em cada peito e os outros em torno, era a imagem da pobreza. Até revistas do Rio, no desenrolar dos acontecimentos, compraram fotos suas para publicar. Compraram ao fotógrafo, é claro. Filó não viu um tostão dos direitos. Mas, em compensação, ficou orgulhosíssima ao ver seu retrato nos jornais. Passou a cobrar mais caro pelo aluguel dos meninos, tinham agora um cartaz e um nome. Jacó atribuíra-lhe a frase de Jesuíno: "Eles derrubam, nós construímos outra vez". Mas, com o correr do tempo, a frase passou a ser dada como do próprio Galub, pois muitas vezes o jornalista a repetiu em suas reportagens, como afirmação e como ameaça, sem lembrar-lhe a autoria, convencido por fim ser mesmo dele a frase célebre. Paternidade ligeiramente disputada pelo deputado Ramos da Cunha, líder da oposição na Assembleia Constituinte, fogoso tribuno. Num de seus discursos, o político lascou uma peroração dramática:

— Pode a prepotência do senhor chefe de polícia, pode a arrogância do milionário Perez, pode o descaso do governo, podem as autoridades e seus espoletas incendiar as casas do povo. Nós, o povo, as levantaremos novamente. Sobre as cinzas dos incêndios criminosos, nós, o povo, construiremos nossas casas. Dez, vinte, mil vezes, se necessário.

Era o líder uma figura envolvente, advogado, filho de coronel do interior. Herdeiro de latifúndios imensos, não possuía no entanto terrenos na capital e queria marretar o governo. Formara-se recentemente, o pai o elegera deputado. Desde que não se tratasse de reforma agrária, o jovem líder Ramos da Cunha, de verbo fácil e sonoro, era até bastante progressista e com frequência esse adjetivo era usado pela imprensa para qualificá-lo. Devido à campanha relacionada com a invasão do morro do Mata Gato, chegou a ser acusado de ideias comunistas. Embora fossem evidentemente suspeitas falsas, calúnias de inimigos políticos, davam-lhe certa aura popular.

Ainda voltando a dona Filó, talvez tenha sido ela a maior beneficiária das reportagens de Jacó Galub. Moralmente falando. Era apresentada como mãe amantíssima, matando-se de trabalho para sustentar aqueles sete filhos. Vagas referências a um pai desaparecido serviam-lhe de cobertura moral, transformando-a em esposa abandonada, vítima da organização social e do marido. Não vamos negar as virtudes de dona Filó, muito merecedora ela é, mulher trabalhadeira como poucas se encontram. Mas isso de fazê-la vítima de marido calhorda, não está direito. Nunca teve ela marido, nem quis ligar homem à sua sina. Homem, em sua opinião, só servia na hora de fazer menino. Depois, só dava trabalho e confusão.

Daquela gente do morro, Jacó só não conseguiu retrato de Jesuíno Galo Doido. Via Jesuíno rondando por ali, sentia ser ele quem orientava os demais, o conselheiro a quem se dirigiam nas horas difíceis, mas quando aparecia com o fotógrafo o desconfiado vagabundo sumia...

Galo Doido não era menos vaidoso ou mais modesto, diferente dos outros. Apenas era um velho sabido, possuía maior experiência, não queria retrato seu estampado em gazeta. Uma vez, há tempos passados, tinha aparecido uma fotografia sua, deitado na Rampa do Mercado, ao sol, um resto de charuto na boca, um sorriso feliz, ilustrando uma reportagem, escrita com ternura e poesia, reportagem de um falado Odorico Tavares. Pois bem: durante meses a polícia perseguiu Jesuíno, a qualquer pretexto ia buscá-lo e o metia no xadrez. Os tiras traziam nos bolsos recortes de jornal com o clichê de Jesuíno. Não adiantava o poeta Odorico denominá-lo "último homem livre da cidade", sua liberdade era o xilindró. De fotografias em jornais, bastara-lhe com aquela.

6

COMO JÁ FOI DITO E REPETIDO, CURIÓ DIVIDIA-SE, NAQUELAS semanas, quando tiveram início os acontecimentos do Mata Gato, entre a construção de seu barraco, todo cheio de nove-horas, e o desesperado amor (todos os amores de Curió eram mais ou menos desesperados) por madame Beatriz, cartomante e faquir. O barraco estava atrasado, consequência do amor. Sobrava pouco tempo ao camelô, ocupado com a propaganda do grandioso número da faquir: ia ela ser enterrada viva, em homenagem ao povo baiano, durante um mês trancada num caixão de defunto, t'esconjuro!, sem comer nem beber. Um assombro, espetáculo impressionante, sui generis, e apenas por cinco mil-réis a entrada.

Madame Beatriz aportara à Bahia, com seus poderes mediúnicos e sua cabeleira loira de prata, "depois de percorrer diversas capitais do estrangeiro", como afirmava um volante largamente distribuído nas ruas de Salvador. Capitais como Aracaju, Maceió, Recife, não propriamente do estrangeiro, mas a gente não pode ter tudo quanto quer. Penedo, Estância, Propriá, Garanhuns, Caruaru, eis outras importantes cidades honradas com a visita da faquir, cujo nascimento era disputado pela distante Índia ("o único faquir fêmea do mundo, a única mulher a enterrar-se viva, a vidente Beatriz, nascida na misteriosa Índia, atualmente percorrendo o mundo em missão budista", segundo um outro manifesto dedicado a anunciar o número sensacional) e pela simpática cidade de Niterói. Chegava de rápida e melancólica passagem por Amargosa, Cruz das Almas, Alagoinhas, cidades onde era grande a confiança nas cartomantes e pequenas as possibilidades de recompensá-las à altura, não correspondendo as disponibilidades financeiras dos clientes ao ardor de sua fé. Desembarcara com as mãos abanando e, menos de uma semana depois, ante a constatação da debacle econômica, foi ela abandonada por seu lânguido secretário Dudu Peixoto, também conhecido como Dudu Malimolência, malandrim pernambucano, habituado a ser sustentado por mulheres com dinheiro. Quando deparara com madame Beatriz estava ela no auge, tivera sucesso em Caruaru, ele aceitara o título de secretário e seus lábios pintados. Na viagem reclamou muito: estava acostumado a melhor tratamento, seu estômago era delicado, aliás todo ele, Dudu, era delicado. Engulhava ao ver percevejos nas camas, e refugava a qualidade do arroz servido na mesa. Madame Beatriz, apaixonada pelos olhos melosos e pela cabeleira negra de Malimolência, não lhe via defeitos, rogava-lhe perdão por sujeitá-lo a tais humilhações, prometia-lhe mundos e fundos quando chegassem a centros maiores, mais adiantados, mais capazes de entender sua arte e sua ciência.

Infelizmente, os cidadãos de Salvador da Bahia não demonstraram a esperada estima pelas qualidades ("critério, ciência, competência, inteiramente familiar", dizia o volante) da famosa cartomante.

Entrara ela em contato com Curió por intermédio da dona de uma pensão barata onde se hospedara em Brotas, conhecida antiga do camelô. Queria encarregá-lo da distribuição do volante, no qual empregara suas últimas reservas. Garantia a Dudu uma enxurrada de clientes apenas a literatura do boletim fosse conhecida das massas e das famílias.

Curió, mal botocou o olho na cabeleira de prata de madame Beatriz, sentiu-se morto de amor. Nunca vira coisa tão bonita, cabelo assim prateado, só em artista de cinema. Fitou Dudu Peixoto com desprezo e inveja. Como, um tipo daqueles, todo efeminado, um chibungo evidente, de olhos revirados e traseira arrebitada, conseguia enganar uma mulher do porte de madame Beatriz? Ela devia estar cega para não enxergar os arreganhos do donzel, suas caídas de corpo. Lastimável.

Nem por isso Curió descuidou-se da distribuição do volante, do qual se encarregara contra a promessa de pagamento de seu trabalho assim começassem a afluir os clientes, como devia fatalmente suceder. Beatriz tinha absoluta confiança nos efeitos da leitura do volante, Dudu Malimolência era bem mais cético. Para efeitos de um bom julgamento, o melhor é mesmo ler todo o volante, assim cada qual pode decidir por si. Dizia ele:

MADAME BEATRIZ

— INTERESSA A TODOS —

AVISO AO POVO BAIANO

Depois de percorrer diversas capitais do
estrangeiro, acha-se nesta maravilhosa cidade,
prometendo pela sua ciência satisfazer o público e a
todos aqueles que a ela recorrerem, tanto para fins
científicos, materiais e adivinhatórios, sobre a vida,
sorte ou assunto particular da vida de cada um. Uma
só consulta será bastante para que tenha convicção
daquilo que se quer obter. Seus trabalhos são
maravilhosos, quase assombrosos mesmo, tanto no
terreno comercial, particular, amoroso, interesse de
viagens, dificuldades de vencer na vida,
perturbações de amizade, doenças físicas, morais e
todo e qualquer assunto que destrua sua vida ou
seu futuro.

SEUS TRABALHOS SÃO HONESTOS, RÁPIDOS E EFICAZES

Possui o maravilhoso Pó da Índia, para obter sorte
nos amores e nos negócios. Procure logo esta
famosa cientista que se acha estabelecida em seu

gabinete familiar, não comparando com estes pseudos e adventícios que fazem desta nobre ciência que é o ocultismo reles ganha-pão.

CRITÉRIO, CIÊNCIA, COMPETÊNCIA, inteiramente Familiar. Procure urgente, não se preocupe de ir consultá-los, consulta ao alcance de todos. FAMILIAR E PARTICULAR.

ATENDE TODOS OS DIAS, TAMBÉM DOMINGOS E FERIADOS.
Das 8 da manhã até às 21 horas
a célebre cartomante acha-se residindo na
RUA DR. GIOVANNI GUIMARÃES, 96
BOA VISTA DE BROTAS.

MADAME BEATRIZ, PODE PROCURÁ-LA.

Só mesmo um tipo exigente poderia desejar literatura mais clara e explicada. Se os fregueses mancaram, a culpa não foi do volante, foi da triste condição do mundo atual.

Uma onda de ceticismo, de generalizada descrença, de falta de confiança, varre as grandes cidades nos dias de hoje. Um materialismo grosseiro afasta os homens e até as mulheres dos conselhos das cartomantes, de seus "trabalhos honestos, rápidos e eficazes", dos remédios por elas oferecidos para os males da vida. Vivemos um tempo de pouca fé na ciência ocultista, mas não era madame Beatriz culpada dessa falta de espiritualismo e, sim, sua vítima. Quando Dudu, sem dinheiro para os cigarros, a acusava, cometia uma evidente injustiça.

Distribuídos os volantes, e bem distribuídos, de casa em casa, com consciência profissional e o desejo de servir mulher tão bela, veio Curió, dois dias depois, conforme combinado, receber a paga de seu trabalho. Desembarcou do bonde no momento culminante da tragédia: quando o lânguido Dudu — na mão esquerda a maleta com o terno sobressalente e as camisas de seda, a mão direita a abanar um adeusinho irônico — saía porta afora, abandonando a pensão desconfortável e os confortáveis e apaixonados braços de madame Beatriz. A cartomante, em pranto, não parecia aquela decidida e impávida ocultista, a realizar "trabalhos maravilhosos quase assombrosos mesmo, tanto no terreno comercial, particular, amoroso". Entre a cólera e o despeito, a dor de cotovelo transbordava num palavreado não muito condizente com pessoa tão familiar e tão cheia de espiritualidade. Sua boca era uma fábrica de nomes imundos, gritados da porta para o profissional da cama, o delicado e inatingível Malimolência:

— Vigarista! Cafetão! Gigolô de merda! Chibungo! Chibungo é o que você é, seu escroto!

Desembarcou Curió do bonde, Dudu subiu apressado no mesmo veículo sem se preocupar com a direção para onde ia, sorrindo a Curió, e recomendando-lhe:

— Se lhe agrada, tome conta dela. Eu estou farto...

De bom grado, Curió lhe teria aplicado um pontapé ou um tapa mas já estava o cafajeste no bonde, repinicando, a olhar o condutor com seus olhos melosos. Chibungo, não podia haver dúvidas.

Recolheu então Curió as lágrimas e os lamentos de madame Beatriz. A dona da pensão, mulata gorda e descansada, deixou-os a sós na sala de visitas. A chegada de Curió fora providencial, a mulata tinha de tratar do almoço, não podia perder tempo com as lamúrias de amantes abandonadas.

Não recebeu Curió pagamento nenhum, é claro. Mesmo se possuísse madame Beatriz o dinheiro — e não era o caso —, como falar de assunto tão material a uma pobre tão fundamente ferida, o coração a sangrar? Não só não recebeu como ainda deixou algum, pouco, porque mais não tinha. Se tivesse, deixaria, mulher com aquela cabeleira merecia todo e qualquer sacrifício. No auge do desespero, abandonada pelo amante e pelos clientes, madame Beatriz resolveu recorrer ao "enterrada viva", o número sensacional. Engajou Curió de secretário.

Curió, contra aluguel barato e a ser pago depois, arranjou uma loja na Baixa do Sapateiro, desocupada após um incêndio. Anteriormente nas prateleiras e nos balcões estendiam-se os cortes de fazenda, os chitões coloridos, os algodões, os cetins e as sedas, tudo de bom e barato para a freguesia da loja Nova Beirut de Abdala Cury. Abdala esse unanimemente apontado pelos peritos, pelos jurados e pelo juiz como responsável único pelo grandioso incêndio a consumir a loja Nova Beirut, tendo sido ele com suas próprias mãos quem derramara a gasolina, estendera o fio elétrico e provocara magnífico curto-circuito. Puseram Abdala na cadeia e o dono do prédio lutava para receber o seguro, a companhia seguradora relutava em pagar, cobrava de Abdala prisioneiro. Fora condenado a uns meses, rapidamente passariam, abriria nova loja. Curió obteve a sala por um mês, ele mesmo pintou uma faixa anunciando o grande número, novos volantes foram impressos (falando dos poderes de madame, de seu nascimento na Índia, de sua fé budista). Curió desdobrava-se.

Encantada, madame Beatriz não se cansava de repetir palavras de gratidão. Revirava os olhos para Curió, por vezes entregava-lhe a mão num gesto de confiança, chegara mesmo a reclinar a cabeça — a prateada cabeleira — em seu ombro. Mas não passava disso. Curió tentara avançar, um dia agarrou-a nos escuros da loja ainda toda suja do incêndio, sapecou-lhe um chupão nos lábios grossos de batom vermelho. Ela não protestou, deixou-se beijar, depois fechou os olhos por um momento como quem se concentra; quando novamente os abriu, baixou a cabeça, disse a Curió com uma voz do outro mundo:

— Nunca mais faça isso... Nunca mais...

Nunca mais? Para quem queria repetir o gesto no mesmo momento, o pedido da madame foi como uma punhalada.

— E por quê? — perguntou sem esconder certa irritação. Ela sentiu o despeito na voz de Curió.

— Quer dizer... Agora não... Devido à minha concentração...

E explicou-lhe: estava se preparando para aquele trabalho formidável, aquele número sensacional, um mês num caixão de defunto, com tampa de vidro, sem comer, sem beber. Só com uma total concentração, uma limpeza espiritual completa, poderia sair com vida de tal experiência. Uma vez, quando tentara o mesmo número, em Buenos Aires, apenas porque, numa conversa, deixara escapar uma palavra feia, uns dias antes de entrar no caixão, não resistiu mais de quinze dias, não estava tão pura quanto necessário. Não podia sequer pensar em coisas "corporais" — pronunciava corporais com certo asco — antes de sair do caixão, de atravessar aquele mês de completa privação. Depois, quando estivesse convalescendo, então, quem sabe...

Tudo isso foi dito com suspiros, reviradas de olhos, e palavras solenes como ocultismo, magnetismo, espiritualidade e outras do mesmo diapasão. Curió ouviu reverente, acreditou. Mas quis uma afirmação:

— Você gosta de mim? De verdade?

Madame Beatriz não respondeu com palavras: apertou a mão de Curió fortemente, fitou-o nos olhos, devoradora, suspirou fundo, nenhuma palavra seria mais afirmativa. Curió rodopiou de alegria, mas — estúpido materialismo ao qual nos referimos antes — quis precisar:

— Quer dizer que depois do enterro... Nós dois... — completou com um gesto preciso.

Mulher de tanta espiritualidade, acostumada à moral budista, o gesto chulo feriu madame Beatriz, baixou os olhos, reclamou:

— Que coisa feia...

— Mas, depois... não é?

Apertou-lhe mais uma vez a mão, mais uma vez suspirou e no meio do suspiro Curió percebeu um "sim" tímido e discreto. Bastante audível, no entanto, para deixá-lo feliz e por completo dedicado a madame Beatriz, entregue aos preparativos para o início do número. Havia muito a fazer. Limpar a sala, arranjá-la de acordo com as necessidades de sua nova função teatral, ir aos jornais pedir notícias — ele falaria, madame apenas sorriria —, convidar uma comissão de comerciantes e pessoas gradas para vedar o caixão no dia do início do espetáculo, e conseguir o caixão e uma tampa de vidro.

Não era fácil arranjar nem caixão de defunto nem vidro para cobri-lo. Mas Curió deu jeito: colocou como patrocinadores do espetáculo, com direito ao nome nos anúncios, uma pequena agência funerária estabelecida no Tabuão e um negociante de vidros e louças do Pelourinho. A agência funerária emprestou-lhe um velho caixão meio rebentado e sem tampa. O negociante forneceu-lhe, também como empréstimo, uma folha de vidro para cobrir o caixão. Não era bem uma tampa mas Artur da Guima deu um jeito, a pedido de Curió: habilidoso como era, pregou umas tábuas sobre as beiradas do caixão e o vidro foi fixado ali, o caixão ficava hermeticamente fechado, como rezava o volante distribuído pela rua. Uns furos foram feitos na cabeça e nos pés do caixão, uns buracos redondos, para possibilitar a entrada de ar.

Com tanta coisa a fazer, Curió abandonara quase por completo a construção de seu barraco e seguia distraidamente a evolução dos acontecimentos no morro do Mata Gato. Aparecia por lá quando lhe sobrava tempo, batia um papo, reclamava da polícia, dava uma retocada no barraco, ia-se embora. Madame Beatriz, concentrada, esperava-o para jantar. Jantava o mais fartamente possível, necessitava de superalimentação para suportar o prolongado jejum, como explicava a Curió. Tudo somado e tirada a prova dos nove, estava ele feliz com sua última paixão, tinha de esperar apenas um mês e já poderia tomar da cabeleira prateada e do resto.

Menos feliz andava cabo Martim. No amor e nos negócios, se de negócios pode-se chamar sua roda de jogo, seus baralhos, seus dados. O chefe de polícia, embora com a atenção voltada para a invasão dos terrenos de Pepe Oitocentas, não se descuidava de sua campanha tenaz e cotidiana contra o jogo. Uma relação de batoteiros havia sido estabelecida na polícia e nela o nome do cabo Martim — Martim José da Fonseca — figurava entre os primeiros. Diariamente novos locais — antros ou covis, como escreviam os jornais governistas — eram varejados e alguns excelentes profissionais engavetados. Martim ia escapando, sabia defender-se quando necessário, não se fazia visível nos lugares habituais, não aparecia pelo Mercado, pelas Sete Portas, por Água de Meninos. Mas, como ganhar decentemente a vida se a polícia, se o governo não permitiam?

O pobre Cravo na Lapela fora trancafiado, tinham-lhe metido um processo. Em cima dele e de mais oito, presos todos em casa de Germano, em torno de uma roleta discutível. Saiu da cadeia magro e sujo, tinha passado oito dias num porão úmido sem direito a banho.

Martim arranjava-se devido a seus extensos conhecimentos do meio. Conhecia todos os lugares onde se batia uma ronda, onde rolavam os dados. Biscateava aqui e ali, contentando-se com pouco.

Otália não lhe dava despesas. Quando muito um sorvete, um refresco, não queria aceitar presentes, ameaçava romper se ele teimasse em trazer-lhe cortes de fazendas, sapatos, balangandãs. Por outro lado, Martim avançava tanto ou menos do que Curió na concretização de seus projetos de cama: Curió tinha promessas concretas para depois da concentração das forças espirituais, quando a faquir, liberta da prova do enterramento vivo, pudesse abrir mão da abstinência total. Mas Otália nenhuma promessa fazia. Martim ia com ela para cima e para baixo, em infindáveis passeios, longas conversas, ternuras de palavras. E não passava disso. Chegara a pensar ter ela um macho qualquer, muito às escondidas. Por mais de uma noite ficou nas proximidades do castelo, após ter-se a rapariga recolhido, para ver se aparecia alguém, um sujeito a rondar por ali. Perdeu seu tempo nessa vigilância, como nas pesquisas e interrogatórios, ninguém sabia de outro homem na vida de Otália, além de Martim. Existiam os fregueses, é claro, mas esses não contavam. Deitavam-se com ela, pagavam, iam-se embora, acabou-se.

Martim quebrava a cabeça, não entendia a moça, sua atitude. Se gostava dele, por que não se entregava? Não era nenhuma donzela em busca de casamento. Por vezes tinha vontade de largá-la na rua, sumir de sua frente, não aparecer nunca mais. Mas no outro dia desejava vê-la, ouvir sua voz, olhar seu rosto de menina, tocar seu fino cabelo, sentir, na hora da despedida, o calor de seu corpo no beijo de até amanhã. Nunca lhe sucedera nada assim, era de desesperar.

Contente ele não estava, ameaçado de cadeia pelos tiras, servindo de palhaço nas mãos daquela Otália sonsa e sem jeito. Martim estirava-se no morro do Mata Gato, ao sol, gostaria de entender aquela criatura. Andava parecendo Curió, seu irmão de santo, sempre a chorar um amor impossível. Mas ele não estava disposto a suportar tal situação, repetia Martim, resolvido a terminar com aquilo, a exigir uma definição de Otália. Ia adiando, no entanto, para o dia seguinte.

Enquanto esperava cessasse a perseguição ao jogo e os disparates de Otália tivessem fim, ia ajudando os amigos no morro do Mata Gato. Colaborava não apenas servindo de ajudante de pedreiro ou de marceneiro mas também alegrando-os com seu violão ou participando das discussões entre os moradores mais ativos, reunidos para decidir como enfrentar as ameaças acumuladas nos últimos dias. Pesadas ameaças: o chefe de polícia declarara à imprensa que a onda de anarquia e subversão da ordem pública, iniciada com a invasão do morro do Mata Gato, seria liquidada por bem ou por mal. A ilegalidade não campearia na Bahia, ele não permitiria. O direito de propriedade era garantido pela Constituição, ele faria respeitar a Constituição mesmo à custa de sangue, se fosse preciso. Era um guardião da lei, não iria permitir a uma cambada de vagabundos subverter a legalidade, estabelecer o reino do comunismo. Assim dizia ele, o "reino do comunismo". Era tirado a literato o dr. Albuquerque, escrevia sonetos líricos, gostava de uma tertúlia sobre temas poéticos. No momento, porém, estava armado em guerra. Guerra contra o morro do Mata Gato e seus habitantes. Contra os oitenta e três casebres ali levantados, cerca de quatrocentas pessoas, um pequeno mundo onde até já nascera uma criança. Do ventre de Isabel Dedo Grosso, amásia de Jerônimo Ventura, ferreiro de profissão. Dona Filó trabalhara de parteira, tantos filhos parira, aprendera, como se diz, em carne própria. Jesuíno Galo Doido ajudou. Na hora das dores, Jerônimo Ventura saíra desesperado em busca de Jesuíno como se o velho debochado fosse médico diplomado. Aliás, no Mata Gato, Jesuíno era um pouco de tudo: resolvia casos, consertava paredes, dava conselhos, escrevia carta, fazia contas, decidia como agirem na hora necessária.

Agora, à noite, o morro do Mata Gato aparecia iluminado. Sob as ordens de Jesuíno, um fio fora puxado das instalações de um clube da praia, por Florêncio, eletricista desempregado, morador do morro. Postes provisórios assentados, luz distribuída pelos barracos. Pela manhã vinha um carro da Companhia Circular, o fio era cortado. Pela tarde, Florêncio, com a cooperação de outros habitantes, ligava o fio, a luz elétrica brilhava sobre as areias e os barracos do Mata Gato.

7

A INSTALAÇÃO DA ELETRICIDADE NO MORRO DO MATA GATO FOI saudada com entusiasmo por Jacó Galub: "Os trabalhadores que levantaram suas casas nos terrenos devolutos do milionário José Perez, o Pepe das Oitocentas Gramas, perseguidos pela polícia e abandonados pela Prefeitura, continuam a beneficiar o novo bairro da cidade. Dotaram-no agora de eletricidade, mesmo contra a vontade da Circular. Portadores do progresso, são os bravos do Mata Gato cidadãos dignos de todo o apreço".

Como se vê, não tivesse a invasão outros créditos a reclamar, e bastaria para seu elogio citar-se a quantidade de literatura dela nascida: as reportagens de Jacó — com as quais ele obteve o Prêmio de Jornalismo daquele ano —, os discursos de Ramos da Cunha — reunidos em folheto às expensas da Assembleia Estadual —, as crônicas tão sentimentais de Marocas, a apreciada colunista do *Jornal do Estado*, o poema heroico--social-concreto de Pedro Job, vacilando entre Pablo Neruda e os mais avançados concretistas, cujo título era "Das alturas fundamentais do Mata Gato o poeta contempla o futuro do mundo".

Para dizer a verdade, Pedro Job não podia contemplar o futuro do mundo das alturas do Mata Gato pois lá nunca esteve. Para escrever seu canto não necessitou sair do botequim onde discutiam uma literatura e um cinema danados ele e outros jovens gênios artísticos da terra. No entanto, lá ia ele elevado nos ares pela mão da "irmã Filó, mãe fundamental, ventre da terra parida, fecundada por heróis", e assim por diante, Filó numa evidência porreta. Lá ia ele, o poeta Job, "poeta do povo, criado na luta e no uísque", morro acima, a ver o mundo futuro nascendo nas mãos daquela gente reunida no Mata Gato para construí-lo. Forte, o poema, não há dúvida, por vezes arrevesado mas panfletário, ilustrado com uma gravura de Léo Filho onde se via um Hércules mais ou menos parecido com Massu, de punho fechado e erguido.

No morro, não alcançou o poema o sucesso merecido. Os que o leram não o entenderam, nem mesmo Filó, tão prestigiada e enobrecida, "oh!, Madona do aço e da eletrônica, teu morro é nave sideral e teus opíparos filhos arquitetos do coletivo", nem mesmo ela sentiu sua beleza.

Vale a pena, no entanto, levar-se em conta ter sido o poema de Pedro Job e a ilustração de Léo Filho as únicas provas de solidariedade realmente gratuitas, entre todas as oferecidas à gente do morro. Tudo o mais, reportagens, discursos, manifestos, ações na justiça, pareceres, foi obra de segunda intenção, com determinado fito, visando um benefício qualquer para seus autores. Pedro Job não pretendia nada, nem emprego público, nem prêmios, nem votos, nem mesmo a gratidão da gente cantada em seu poema. Queria só escrevê-lo e publicá-lo, vê-lo em letra de fôrma. Não receberam sequer, nem ele nem o ilustrador, tostão do jornal. Airton Melo não pagava colaboração literária. Considerava estar fazendo um grande favor ao poeta e ao gravador publicando-lhes os versos e a ilustração, abria-lhes as portas da glória, não lhes bastava com isso? Reportagens tinha de pagar, não podia escapar, pagava mal e demorado mas pagava. Literatura, não, seria insuportável abuso.

Apesar da generosa gratuidade com que foi composto e publicado o poema (e a ilustração), ainda assim, com o passar do tempo, dele beneficiou-se Job, pois ficou seu canto como um clássico da nova poesia social, citado em artigos, reproduzido em antologias, consagrado por muitos, discutido e negado por aqueles outros, aqueles que só consideram poesia social a composta em redondilha menor, em versos de sete sílabas e rimas em *ão*. Mas a verdade era estar o poeta Job despido mesmo de tais e de quaisquer outras intenções ao tomar da pena e traçar seu poema. Comovido com uma reportagem de Galub, o coração radical cheio de piedade por aquela gente pobre e perseguida e de ódio contra a polícia, Job compôs seu canto. Sem segundas intenções. Assim também o ilustrou Léo Filho.

Os outros tinham primeiras, segundas e, por vezes, terceiras intenções. Até mesmo o chefe de polícia, cuja campanha contra o jogo, especialmente contra o jogo do bicho, desgostara e incomodara muita gente poderosa. Esperava ele, defendendo com ardor e inquebrantável ânimo a propriedade privada, refazer seu prestígio, robustecer sua posição.

Aquela história da perseguição ao jogo merece ser contada. Em verdade, nunca fora parte do programa administrativo do dr. Albuquerque a perseguição ao bicho.

Ao contrário, quando seu nome começou a ser cogitado para chefe de polícia do novo governo, de tudo quanto comportava de tentador o cargo, o mais sugestivo era o domínio sobre o jogo do bicho, as ligações com os grandes banqueiros e, antes de todos, com Otávio Lima, o rei do jogo no estado. Chegara finalmente sua oportunidade, pensava dr. Albuquerque, olhando em torno à mesa de jantar a família numerosa, mulher, sogra, oito filhos e ainda dois irmãos seus, menores, estudantes, tudo nas suas costas. A política até então havia sido para ele fonte sobretudo de desgostos e aborrecimentos, gramara aqueles anos todos na oposição, era um sujeito obstinado e, à sua maneira, inflexível e coerente com seus princípios.

Seus princípios determinavam-lhe, nas proveitosas relações a serem estabelecidas com os donos do bicho, uma imediata elevação da taxa até então paga por aqueles poderosos industriais à polícia. Na administração anterior o jogo fora oficiosamente legalizado: uma porcentagem diária era destinada às instituições de caridade, os poderes públicos não participavam das rendas, assim pelo menos se dizia e parecia. Havia um delegado encarregado da fiscalização do jogo, constava receber ele grossa compensação.

Albuquerque, apenas nomeado, tomou contato com Lima, expôs-lhe suas ideias sobre o assunto. Queriam prosseguir naquela doce impunidade, protegidos pela polícia, de bibocas abertas em toda parte? Pois, além da porcentagem destinada às instituições, uma outra, não menor, deveria reverter à polícia. Lima esperneou: era muito, não havia banqueiro capaz de aguentar-se. Então o dr. Albuquerque acreditava mesmo naquela história de porcentagem exclusivamente para instituições beneficentes? Isso era conversa para boi dormir, cisco para tapar os olhos do governador, homem honesto que saíra do palácio certo de ter terminado com a corrupção do jogo do bicho. Mas, às escondidas, comiam delegados e comissários, deputados, secretários de estado, tiras, detetives, metade da população. Aumento da taxa? Não havia uma taxa para a polícia, assim explícita, doutor. Taxa conhecida só para instituições, obras de freiras e frades, corporações de cegos, surdos-mudos, etc., como falar-se de taxa, de porcentagem para a polícia? Se o doutor desejava referir-se à gorjeta — e Otávio Lima frisava o termo gorjeta como a esfregá-lo na cara desse bacharel pernóstico, com fama de honestidade — dada mensalmente ao chefe de polícia, essa seria naturalmente mantida e era uma bolada respeitável.

Albuquerque sentia um calor de vergonha nas faces. *Gorjeta.* Aquele tipo mal-educado, acostumado a dar ordens a serviçais seus, alguns altamente colocados na esfera política, mamando seu charuto, aquele sórdido Otávio Lima usava o termo de propósito e o frisava com a voz. Dar-lhe-ia uma lição. Era um dos principais responsáveis pela vitória do novo governador, teria mão forte na chefia de polícia. Considerou por um instante o "industrial" Lima em sua poltrona, esparramado, tranquilo da vida. Gorjeta... Dar-lhe-ia uma lição.

Pois muito bem, seu Lima, se a porcentagem destinada à polícia não fosse elevada atingindo a mesma quantia daquela destinada às instituições de caridade, então a situação do bicho seria revista. Ele, Albuquerque, não desejava saber se delegados, tiras, comissários, detetives recebiam propinas. Queria uma taxa para as obras da polícia, para seus serviços mais secretos, os de combate à subversão, taxa não declarada publicamente, é claro, paga diretamente ao chefe, com discrição e pontualidade. Quanto à gorjeta a que Lima se referia, se servia para comprar a consciência de anteriores mandatários da polícia, ele, Albuquerque, a desprezava, não a queria receber.

Otávio Lima era homem de bom humor, enriquecera com o jogo, no entanto começara de baixo, batoteiro na beira do cais, junto com o cabo Martim com quem aliás servira no exército, apenas jamais passara de soldado. Antes de ser um profissional competente — muitos graus abaixo de Martim, não tinha a sua agilidade nem seu golpe de vista, nem, muito menos, sua suprema picardia —, era um organizador nato. Montou uma "ratoeira" primeiro com roleta viciada, depois organizou o bicho em Itapagipe ao morrer o velho Bacurau, durante vinte anos dono tradicional da banca do bairro, a arrastar-se, velho e doente, e a contentar-se com ninharia.

De Itapagipe partiu Otávio Lima para a conquista da cidade e a conquistou. Dominou os demais banqueiros, colocou-se à sua frente, audaciosamente deu nova forma à organização, ligando os diversos grupos, numa estrutura de grande empresa, tornando-a economicamente poderosa. Possuía fábricas, casas, edifícios de apartamentos, era sócio de banco, de hotéis. Para ele, no entanto, o mais importante, a base de tudo era o bicho, jogo popular, vivendo do tostão do pobre. Quando os cassinos foram fechados por decreto governamental, sua posição não se abalou enquanto ruíam, em falência súbita, outros reis do jogo pelo país afora. O bicho era imbatível, ninguém conseguia proibi-lo, terminar com ele. Vitorioso, Lima gostava da boa vida, das mulheres — mantinha uma meia dúzia de amantes, tinha filhos com todas elas e a todas sustentava mesmo quando deixava de frequentá-las —, de beber e comer, e de sentar-se, vez por outra, numa verdadeira mesa de jogo com gente de seu calibre e disputar um pôquer: com cabras da qualidade de Martim. Cada vez o fazia menos, cada vez mais distante daquele passado e daqueles amigos. A maioria, aliás, trabalhava para ele. Eram sub-banqueiros, ganhavam seu dinheirinho. Só mesmo o cabo, por independente e orgulhoso, e Cravo na Lapela, por preguiça, mantinham-se fora de sua organização, não dependiam dele, vagabundos sem eira nem beira.

Jogando dinheiro fora, indiferente a despesas, sabendo ser explorado por jornalistas e políticos, desprezando toda aquela caterva de mascarados, homens públicos, intelectuais, senhoras da sociedade prontas para rebolar-se com ele em troca de um bom presente, Otávio Lima sentia-se muito mais forte do que o dr. Albuquerque. Não apoiara o atual governador em sua campanha, é bem verdade, soltara dinheiro para seu opositor, mas isso pouco importava. Havia muita gente para defendê-lo, mesmo em palácio, para defender o status quo do jogo do bicho. Eram muitas as gorjetas distribuídas.

Assim, foi com certa displicência e marcada superioridade que o industrial se despediu do novo e impetuoso chefe de polícia, prometendo-lhe reunir, nas próximas vinte e quatro horas, os demais banqueiros e transmitir-lhes a proposta. De sua parte era contra, e defenderia seu ponto de vista. Os outros, porém, podiam talvez aceitar e, se o fizessem, a Otávio Lima só cabia acatar a decisão da maioria. Era um democrata.

O dr. Albuquerque era, no fundo, um ingênuo, mas não a ponto de acreditar na reunião e na possibilidade de Otávio Lima curvar-se à maneira de pensar de seus subordinados ou sócios menores no negócio do bicho. Saiu furioso da entrevista.

Lima telefonara para um amigo seu, ligado ao governo, queria saber da situação real do chefe de polícia. Era realmente homem prestigiado? Se era tão forte como o amigo vinha de lhe dizer, fizera mal em tratá-lo de cima, atirar-lhe com a gorjeta na cara, estender-lhe as pontas dos dedos. Evidentemente não iria dar-lhe a participação pedida, mas podia aumentar-lhe a bolada, conciliar a questão. Ao mesmo tempo deu ordens a Airton Melo para desancar o novo chefe de polícia em seu jornal. Com que pretexto? Qualquer um, Lima não tinha preferências...

Eis por que no dia seguinte um lugar-tenente de Otávio Lima procurou o delegado Ângelo Cuiabá, íntimo do rei do bicho e, segundo lhe haviam dito, amigo de Albuquerque. Foi levar uma contraproposta, pedindo a Ângelo a transmitisse a seu chefe. Um erro fatal.

Primeiro, não existia amizade entre o delegado e o novo chefe de polícia, apenas se conheciam, relações corteses porém sem maior intimidade. Segundo, Albuquerque era extremamente cioso de sua fama de homem honesto. Sentia ser esse seu capital, não queria vê-lo desgastado nem mesmo aos olhos de um delegado de polícia. Terceiro, porque nesse meio-tempo surgiram rumores em torno do encontro tão secreto e sigiloso do chefe de polícia com o rei do jogo do bicho. A coisa transpirou e até em palácio se soube. O governador — interessado ele também nessa história de porcentagem — foi informado e interpelou Albuquerque com certa rispidez:

— Falam que você esteve com o Lima, o do bicho...

Sentiu Albuquerque faltar-lhe a terra sob os pés. Avermelhou-se seu rosto, como se o houvessem esbofeteado. Voltou-se para o governador:

— Fui lhe avisar que, enquanto eu for chefe de polícia, o jogo do bicho não existirá na Bahia...

Jogava fora a bolama de dinheiro, mas conservava o cargo, prestigioso. Não sabia estar decidindo sua demissão naquele momento. O governador engoliu em seco, não deixou transparecer a cruel decepção: lá se iam os contecos do bicho, tão úteis e fáceis. Resultado dessa sua mania de cercar-se de sujeitos metidos a íntegros. Precisava livrar-se quanto antes dessa besta do Albuquerque, com suas fanfarronadas, seus roncos de incorruptibilidade... Não podia demiti-lo imediatamente, é certo, mas o faria na primeira oportunidade.

— Fez muito bem, meu caro. Essa é também a minha opinião. Você tem carta branca.

Aliás, assessores dignos de confiança afirmavam a sua excelência o governador não ser de todo má essa técnica: iniciar o governo baixando o pau nos bicheiros. Atitude a dar um brilho de honestidade ao novo poder, a tornar os banqueiros do bicho mais compreensivos no momento de afrouxar os cordões da bolsa, de negociar um acordo. O Albuquerque era uma besta, sem dúvida, mas ia ser útil, era o homem indicado para a campanha contra o jogo, homem de uma só peça, cabeça-dura, nem um jumento se lhe igualava em obstinação. Quanto não iriam pagar os bicheiros para vê-lo fora da polícia? Ao demais, Otávio Lima estava a merecer uma lição: financiara o candidato derrotado.

Assim, dois dias após, o governador cobrou a Albuquerque sua campanha:

— Meu caro, e a campanha contra o jogo? O bicho continua a campear.

— Pra isso vim a palácio, governador. Para lhe dizer que ordenei hoje o fechamento de todos os antros de jogatina. Os postos do bicho e também aqueles onde os viciados jogam dados, roleta, baralho.

Não contara ter sido procurado pelo delegado Ângelo Cuiabá, com a contraproposta dos bicheiros. Sentia-se numa posição perigosa, ameaçado em sua fama de decência tão habilmente construída, e, ainda pior, no seu primeiro alto posto público, início de sua carreira e de sua fortuna... Ouviu a proposta, indigna. Vinte por cento da quantia sugerida a Otávio Lima no primeiro encontro. Empinou o peito, afivelou sua máscara de incorruptível feita de olhos duros de censura, rosto fechado, lábio inferior estirado num gesto de desprezo, voz sibilante:

— Admira-me, senhor delegado... Esse delinquente que atende por Otávio Lima engana-se comigo. Se o procurei foi para comunicar-lhe ter terminado, no momento de minha posse, a legalidade do jogo no estado, do jogo do bicho e de qualquer outro jogo. Nada lhe propus e recuso-me a ouvir qualquer proposta sua. Comigo aqui, nesta cadeira, o jogo do bicho não terá vez.

Ângelo Cuiabá imediatamente se transformou: Otávio fizera-lhe uma sacanagem, metera-o numa encrenca. Albuquerque terminava:

— Se falei com ele foi levando em conta a situação anterior. Não queria ser acusado de ter agido de surpresa, beneficiando-me da impunidade em que bicho e bicheiros se encontravam.

Ângelo nada mais pôde fazer senão o elogio de seu novo chefe. Quanto a ele, se ali viera de parte dos bicheiros foi apenas por ter tido uma informação, jamais porém...

— Esqueçamos o incidente, delegado. Sei que o senhor é um homem honrado.

Assim começou a campanha para "extinguir de uma vez com o jogo do bicho". Causou transtornos sérios tanto para a gente mais altamente colocada, como o governador, a quem amigos e correligionários pressionavam no sentido de relaxar ordens tão drásticas, como a pequenos e míseros tiras de polícia, cujo orçamento perdia de repente a avantajada gorjeta dos bicheiros. Além de tudo, ao varejar ratoeiras de roleta, bacará, de dados e pôquer, o delegado Cuiabá, encarregado dessa parte da campanha, invadira as casas ricas de algumas figuras eminentes da sociedade, onde se jogava a dinheiro. O delegado ria-se com o escândalo, ajudava assim a enterrar o bobalhão do Albuquerque. Também o governador já estava farto daquele carnaval do bicho e apenas esperava um pretexto para mudar de chefe de polícia. Faria então seu acerto com os banqueiros. Apenas, não podia decentemente demitir Albuquerque só porque ele perseguia o jogo. O chefe de polícia tinha o apoio do clero, de certas organizações sociais, e estava montado em sua fama de incorruptível, era, no dizer de todos, o homem a dar seriedade ao governo.

Albuquerque sentia, porém, seu prestígio abalado. Diariamente o governador transmitia-lhe queixas, falava na flexibilidade exigida pela política, virara uma fera quando o delegado Cuiabá invadira os salões da sra. Batistini onde gente ilustre ia descansar da labuta da vida, do tempo consagrado ao progresso do país e do povo, perdendo um dinheirinho na roleta e piscando o olho para as mulheres bonitas. Não ficava o governador impressionado com o fato de Albuquerque — repetindo Cuiabá — classificar a suntuosa mansão da sra. Batistini, na Graça, de "castelo de luxo" e sua proprietária de "sórdida caftina". O governador sabia, isso sim, quais os frequentadores da animada mansão e quem protegia a jovial senhora, vinda da Itália, cujos hábitos civilizados transportava para a Bahia. Sua casa era modelar, de alta qualidade, honrava a cidade... Uma senhora útil, além de tudo. Quem arranjara uma mocinha de quinze a dezessete anos, no máximo, e completamente tarada, para o nosso ilustre ministro, quando ele visitara a Bahia e pedira alguém com tais características de idade e moral para ajudá-lo no estudo dos graves problemas do país, à noite, em seu apartamento? Se não fossem os préstimos da prezada sra. Batistini quem iria atender ao ministro, e logo o das Finanças, o estado tão precisado de dinheiro...

Estavam as coisas nesse pé, Albuquerque sentindo-se em instável equilíbrio, cercado de ameaças por todos os lados, quando aconteceu a invasão do Mata Gato. Era a sua possibilidade de recuperar-se, de ganhar o terreno perdido, de lançar-se a outra campanha a dar-lhe base política, a transformá-lo num verdadeiro líder das classes conservadoras, seu candidato talvez ao governo nas eleições ainda distantes mas já discutidas. O apelo do rico proprietário, do baluarte da colônia espanhola, do comendador José Perez, chegou no momento exato. Toda a energia seria empregada no combate aos subvertedores da ordem pública, aos inimigos da Constituição da República. Os jornais governistas não lhe regatearam elogios quando ele, agindo com firmeza porém com moderação, como afirmou, mandou tocar fogo nos barracos.

Novos barracos foram, porém, levantados e o número de casebres aumentou, o de moradores multiplicou-se. A *Gazeta de Salvador* iniciou aquela série de reportagens do moleque Galub, um foliculário de péssimos antecedentes, certamente pago pelos bicheiros, a incitar a subversão e a exigir a sua demissão, dele Albuquerque, acusado pelo famigerado repórter de carrasco de mulheres e crianças, de incendiário, de Nero dos subúrbios...

Toda a imprensa passara a ocupar-se do caso, os jornais da oposição na mesma linha demagógica da *Gazeta de Salvador*, os governistas a apoiar a ação de Albuquerque mas, a seu ver, um tanto timidamente, sendo de notar ter o diário mais próximo ao governador insinuado a possibilidade de uma solução capaz de contentar a todos. Albuquerque, no entanto, sentia-se agora mais forte. A Associação Comercial, pressionada por Perez, votara-lhe solidariedade e o chamara de "abnegado defensor da ordem".

Apoiavam-no mas exigiam-lhe ação, terminar de uma vez com o escabroso exemplo do Mata Gato. Se não fosse posto rapidamente termo àquele escândalo, outros terrenos seriam também invadidos, e depois? Quem teria mais forças para pôr cobro à desordem, à anarquia?

Reunido com seus subordinados, dr. Albuquerque estudou a situação. Fazia-se preciso nova investida contra os barracos do morro. Destruí-los como antes, não deixar pedra sobre pedra, e não permitir novas construções. Ou seja, derrotar o inimigo, pô-lo em debandada, arrasar seus bens, e ocupar o terreno, não permitir sua volta. Consultado, José Perez apoiou o plano. Engenheiros e arquitetos, por ordem sua, estudavam o loteamento dos terrenos. A invasão amedrontara Oitocentas. O melhor era mesmo lotear toda aquela porção de terra, livrar-se dela. Ninguém podia sentir-se garantido nesses tempos em que vivemos, de greves, passeatas, comícios, estudantes esquerdistas, até seus netos, imagine-se tamanho absurdo...

Albuquerque reuniu seu estado-maior, deu as ordens necessárias. Ao mesmo tempo, mandou intensificar a campanha contra o jogo, algo descuidada devido aos acontecimentos. Atacaria nas duas frentes, sentia-se um general, um comandante de tropas, um glorioso capitão. Apenas nada daquilo lhe dera ainda a desejada riqueza, o dinheiro para sustentar tantas bocas em casa... Mas, estava sendo projetado, começava a ser um nome, encontrava-se no caminho certo...

8

NÃO OCUPARAM AS POSIÇÕES INIMIGAS, NÃO DESALOJARAM NINGUÉM, não tocaram fogo em coisíssima alguma, não conseguiram sequer atingir o alto do morro. Foram fragorosamente derrotados, de nada adiantaram a tática e a estratégia do chefe de polícia. Os tiras e guardas retiraram-se em desordem, abandonando os carros. Jacó Galub saudou, na manhã seguinte, em seu jornal, a bravura dos moradores do Mata Gato, os intimoratos vencedores da batalha da véspera.

Em verdade, o pessoal do morro não foi pegado de surpresa. As notícias da preparação de uma nova expedição punitiva, destinada a destruir os casebres e a ocupar o morro, filtraram-se da polícia e atingiram inclusive os jornais. Chegaram ao Mata Gato por diversas vias e uma delas foi o próprio negro Massu. Apareceu ele certa tarde feito uma fúria. Um conhecido seu, parente de um investigador, deixara-o alarmado: dentro de poucos dias a polícia ocuparia o morro do Mata Gato, desta vez para valer. Dava-lhe detalhes dos preparativos. O negro sentou-se ao lado de Jesuíno e lhe afirmou, a grande cabeça balançando, riscando a terra com um graveto:

— Paizinho, vou lhe dizer uma coisa... Na minha casa eles não vão tocar fogo... É preciso me matar primeiro, mas antes levo um comigo. Vai suceder uma desgraça, paizinho, se eles vier...

Galo Doido sabia estar o negro disposto a matar e morrer. Ouviu outros moradores e sentiu-os decididos a defenderem seus bens, apenas não sabiam como fazê-lo. A maioria só enxergava um caminho: irem à *Gazeta de Salvador*, falar com Galub, apelar para ele. Lindo Cabelo ampliava a proposta: por que não ir à Câmara, ver aquele deputado que protestara quando do ataque anterior da polícia? Podiam formar uma comissão. Se obtivessem o apoio dos jornalistas, dos deputados, dos vereadores, a polícia recuaria. Fora disso, não sabiam como agir. Jesuíno, porém, tinha outras ideias. Formassem a comissão, ele não era contra, procurassem o jornalista e o deputado, talvez conseguissem impedir a ação policial. Ele duvidava, porém. Não podiam ficar na dependência dos outros, da proteção de políticos e repórteres. Ou se defendiam eles próprios ou terminariam por perder suas casas. O que deviam fazer? Já lhes mostraria, naquela hora mesmo. Sorria Jesuíno, a rebelde cabeleira branca caindo sobre os olhos, nunca se divertira tanto em sua vida. Retornava aos jogos inesquecíveis de sua meninice: comandar tropas, defender posições perigosas, derrotar inimigos. Ainda tinha no couro cabeludo a marca de um corte feito pela pedrada de um inimigo. Foi em busca de Miro, o filho mais velho de Filó, com posto de chefia nos capitães da areia.

A comissão, na qual dona Filó com sua penca de filhos era a estrela maior, andou nas redações dos jornais, na Assembleia Estadual onde o deputado Ramos da Cunha os recebeu e ouviu, na Câmara de Vereadores onde foram saudados por Lício Santos, eleito na legenda de pequeno partido com os votos do jogo do bicho. Acompanhados do deputado e do vereador a comissão foi à presença do chefe de polícia. Numericamente desfalcada, pois, à voz de se dirigirem à central de polícia, vários moradores, entre os quais o cabo Martim, demitiram-se da comissão, a honra passava a ser arriscada. Ficaram sobretudo mulheres, dona Filó com seus meninos, e ficou também Lindo Cabelo. O dr. Albuquerque os recebeu em seu gabinete, de pé. Apertou a mão do deputado e do vereador, fez com a cabeça um seco cumprimento aos demais. Na frente de todos, filhos escanchados nas ancas, dona Filó ria sem dentes.

O deputado Ramos da Cunha, em tom enfático, vacilando entre a conversa e o discurso, disse da preocupação dos moradores do morro ante a notícia de uma ação policial contra suas casas. Ele, deputado Ramos da Cunha, não desejava discutir naquele momento da situação jurídica dos moradores, não queria saber quem estava com a razão, se eles, se o comendador Perez. Não era isso que o trazia à presença do nobre chefe de polícia, acompanhado pelo vereador Lício Santos. Trazia-o um dever de humanidade, a lição de Cristo: ajudai-vos uns aos outros. Vinha à frente daquela comissão de moradores do morro apelar ao chefe de polícia, para deixar os pobres em paz, atendendo ele também à lição do mestre Nazareno. Ao terminar, perorava, o dedo erguido, a voz trêmula como se estivesse na tribuna da Câmara. Dona Filó aplaudiu, as outras mulheres acompanharam. Um tira ameaçou:

— Silêncio... Se não se comportarem vão todas pra fora...

Dr. Albuquerque estufava o peito, compunha a voz, respondia não menos oratório. Não possuía porém a voz redonda do deputado, facilmente gritava, quando excitado.

"Se acedi em receber uma comissão representativa dos desordeiros que ocuparam ilegalmente os terrenos alheios foi, nobre senhor deputado, em atenção à sua pessoa e à sua condição de líder da oposição. Não fora isso e tais elementos aqui só entrariam presos." Assim começou ele a estender-se depois em longa dissertação jurídica para provar o crime cometido pelos invasores do Mata Gato. Não desejava o deputado discutir esse aspecto da questão, o único realmente fundamental? Ele, Albuquerque, compreendia por quê. Jurista emérito, seu colega sabia não haver possibilidade de discussão. Tratava-se de criminosos, invasores da propriedade alheia, e quase todos eles eram velhos cadastrados na polícia, marginais da sociedade, elementos perigosos. Metê-los na cadeia era um benefício à coletividade, arrancá-los do Mata Gato uma obrigação de quem ocupava a chefia de polícia.

Como, no entanto, o deputado fizera um apelo aos seus sentimentos de homem religioso, de cristão, estava disposto a conceder um prazo de quarenta e oito horas aos invasores. Durante esse prazo deviam eles abandonar de moto próprio o morro. Podiam, nesse caso, levar seus pertences e não seriam presos nem processados. Presos e sujeitos a processo, só aqueles encontrados no morro pelos agentes, quando infalivelmente após as quarenta e oito horas, subiriam e poriam fogo aos casebres.

Teatral, apontou, com o dedo estendido, o grande relógio na parede: quinze horas e quarenta e três minutos, exatamente. Tinham quarenta e oito horas a partir daquele exato instante. Estavam numa quarta-feira. Na sexta, precisamente às quinze horas e quarenta e três minutos, nem um minuto a menos, nem um minuto a mais, a polícia subiria o morro. Quem fosse encontrado ali seria encanado e responderia a processo. Ultrapassava ele, sr. deputado, os limites da generosidade permitida pelo dever a cumprir mas o fazia em homenagem ao nobre líder da oposição. E para provar seus sentimentos cristãos de tolerância e amor ao próximo.

Com o que, de sua parte, estava a entrevista terminada, os jornalistas o esperavam para uma declaração sobre o assunto. Mas o vereador Lício Santos, esquecido talvez propositadamente pelo chefe de polícia em sua arenga, não se conformou com tal obscura posição, tomou da palavra por sua conta e risco, o jeito foi escutá-lo. Esse Lício Santos possuía uma fama alarmante de falta de escrúpulos, andara envolvido em diversas pequenas sujeiras, eleito por Otávio Lima com o dinheiro do bicho. Era, no dizer de Jacó Galub, "um sujeito muito simpático e agradável, boa companhia, desde que não se deixasse perto dele nem a carteira nem sequer uma nota de cinco mil-réis". Sua oratória barroca não obedecia a nenhuma lógica e não exigia sentido completo para cada frase. Palavra puxava palavra, uma cachoeira:

"Senhor chefe de polícia, aqui estou porque minha presença é necessária, o povo foi me buscar, me encontrou e eu vim com ele. Tenho de ser ouvido. Por bem ou por mal."

Foi ouvido por bem mas com evidente má vontade. Dr. Albuquerque, o incorruptível, não escondia sua repugnância por aquele rebento dos mais baixos escalões da vida política. Era o seu oposto, representavam escolas diferentes e irreconciliáveis, vinham de pontos de partida extremos. Atrás do dr. Albuquerque havia gerações de homens públicos, até nobres do Império, havia a respeitabilidade, aquela fachada de honradez; por detrás de Lício Santos, nada disso, ninguém sabia de sua família, surgia de repente das cloacas da cidade e se elegia com o dinheiro do bicho. Numa única coisa se pareciam e estavam de acordo: em enriquecer com a política, em meter fundo a mão nos dinheiros públicos. Enquanto, porém, o chefe de polícia planejava fazê-lo conservando e ampliando sua fama de austeridade, de cidadão íntegro e probo, Lício Santos tinha pressa e não procurava sequer esconder sua avidez, lançava-se a qualquer negócio, pequeno ou grande, ia sacando daqui, dali e de acolá açodadamente. Eram duas escolas políticas diferentes, dois tipos realmente opostos de homens públicos, de beneméritos da pátria: a forma como pretendiam bem servir-se do poder os separava um do outro, fazia com que o dr. Albuquerque olhasse o "rato Lício" (como era conhecido dos íntimos) com o nariz torcido. Mas não vamos nós, simples cidadãos sem cargo público, tomar partido entre essas duas categorias de ladrões. Está provado roubarem conscienciosamente uns e outros, os nobres Albuquerques, os pelegos Lícios, não vamos nós querer criticar as maneiras de um, elogiar as do outro, permanecemos neutros nessa disputa entre os grandes da pátria.

O rato Lício guinchou em frases sem sentido, exigindo um prazo maior, citando Rui Barbosa, em verdade não estava ele muito a par do assunto, fora pegado de surpresa pela comissão e a acompanhara um pouco para ver se não havia naquela embrulhada algo a ganhar e porque, como homem de Otávio Lima, estava contra o chefe de polícia.

Os demais vereadores evitaram contato com os moradores do Mata Gato: o prefeito, ligado à colônia espanhola, amigo do comendador Perez, apoiava inteiramente a ação do chefe de polícia, a maioria da Câmara também. Os vereadores da oposição temiam igualmente desagradar os poderosos senhores do comércio, os proprietários urbanos, não queriam meter-se naquela briga. Lício Santos, porém, nada tinha a perder. Ao contrário, sua estreita ligação com Otávio Lima colocava-o naturalmente do lado dos invasores. Assim, acompanhou a comissão, mas não conhecia os detalhes do assunto. Ali, no gabinete do chefe de polícia, ouvindo o deputado e Albuquerque, dava-se conta de sua importância e percebia, com a vivacidade e o faro a caracterizarem-no, as enormes possibilidades oferecidas.

Sim, sentia o desprezo evidente de Albuquerque, a falta de entusiasmo do deputado Ramos da Cunha em tê-lo por companheiro à frente da comissão — era o deputado da mesma família de homens públicos que o chefe de polícia —, mas ria-se deles, podia sozinho colocá-los no bolso, podia fazê-los vir comer em sua mão se assim desejasse.

Seu discurso cresceu em emoção e em violência. Exigia um prazo maior, pelo menos uma semana, se não quinze dias: para buscarem os homens responsáveis, durante esse tempo, uma solução justa, capaz de atender aos justos interesses dos proprietários e os não menos justos daquela população necessitada. Sabia o sr. chefe de polícia, por acaso, o que era a fome? "A fome, senhor chefe de polícia, é de amargar", proclamou.

Aproveitou-se o dr. Albuquerque da pausa dramática para interromper o vereador. Reafirmou seu prazo estrito: quarenta e oito horas, nem um minuto a mais. Quanto aos interesses dos desordeiros e os interesses da lei, ficasse o sr. vereador sabendo serem eles irreconciliáveis.

— Não pode haver acordo entre a lei e o crime, a propriedade e o roubo, a ordem e a anarquia... Senhor vereador, ou pomos um freio à subversão ou seremos implacavelmente tragados pela voragem...

Assim, com essa tétrica previsão, terminou a entrevista. Na hora de sair, dona Filó, que não era gente, enquadrou-se como se fora um soldado, juntou os calcanhares num ruído de sapatos velhos, bateu continência ao chefe de polícia. Até os tiras riram. Dr. Albuquerque ficou apoplético: desrespeito à autoridade!

Filó só escapou de ficar em cana devido aos dois filhos pequenos encangados nas ancas. O chefe de polícia estava bufando. Não fossem as crianças e não haveria pedido ou intervenção capaz de dar jeito.

A notícia do prazo de quarenta e oito horas concedido aos invasores do Mata Gato para abandonarem o morro provocou várias ações.

Ramos da Cunha, saindo da polícia, foi procurar Jacó Galub. Aquele caso estava trazendo para o deputado um certo prestígio na capital onde não tinha até então um só eleitor. Era necessário acertar com o jornalista uma intensificação da campanha contra a polícia, a favor dos moradores. Não daria resultado prático, é claro, terminariam os pobres por serem expulsos, mas ele e Jacó teriam ganho, enquanto isso, prestígio popular. Útil para ele, podia fundar uns comitês na capital, estabelecer ali umas bases, importantes para seu futuro político. Quanto ao jornalista, suas reportagens obtinham o maior sucesso, repercutiam fora da Bahia e uma revista do Rio já lhe pedira uma boa matéria sobre o caso, com fotos. E poderia até, nas próximas eleições, candidatar-se a vereador.

Lício Santos saiu da polícia pensativo. Foi direto conversar com Otávio Lima. Um plano audacioso começava a tomar forma em sua cabeça. Sorria mansinho, recordava a face desgostosa do dr. Albuquerque. Aquele canalha a posar de bom-moço, de homem de bem, honesto. Lício sabia do valor de sua proclamada honestidade, estava a par da entrevista do chefe de polícia com o rei do bicho, Otávio lhe contara em detalhes. E tinha aquele crápula a arrogância de cortar-lhe a palavra, de olhá-lo de cima. Lício sorria mansinho: havia muito a ganhar nessa história da invasão do morro, era só saber levá-la a seu porto de destino. E, de passagem, faria o fístula do Albuquerque voar da chefia da polícia, com sua honradez de mentira, sua arrogância de merda.

Também Jesuíno Galo Doido, entregue a seus trabalhos no morro, soube do prazo e o considerou suficiente. As obras de defesa estavam adiantadas, Miro obtivera o apoio de todos os capitães da areia. Com eles iniciara Galo Doido suas obras de defesa, contara depois com as mulheres, por fim com os homens. Seu entusiasmo era contagioso, divertiam-se enormemente ele e as crianças, os demais passaram também a divertir-se. E quando se cumpre uma tarefa com alegria, ela é sempre benfeita.

Precisamente às quinze horas e quarenta e três minutos da sexta-feira, sob uma chuva persistente e aborrecida, os tiras desembarcaram dos automóveis. Dessa vez, para evitar surpresas, eles os deixaram longe, na pista ao lado da praia, vieram a pé.

Apesar da chuva, pesada e intensa durante toda a noite anterior e a manhã, a transformar tudo aquilo num lamaçal, alguns jornalistas estavam presentes e Jacó Galub, num assomo de valentia, subira o morro, fora colocar-se ao lado dos moradores, para ser preso com eles. Uma estação de rádio estabelecera um posto para transmitir os acontecimentos e os locutores anunciavam, exaltados, cada movimento dos tiras. Antes haviam transmitido a palavra de dona Filó, magnífica de firmeza e bravura, disposta, como disse, a morrer ali com seus sete filhos defendendo seu barraco. Também o cabo Martim, levado pela vaidade, ocupou o microfone, fez ameaças, montado em suas dragonas de cabo do exército. Como lhe disse Jesuíno, cometeu ele um erro cujas consequências comentaremos mais adiante, quando chegar o momento. Nada de afobações, vamos com vagar, temos tempo diante de nós e os alambiques estão trabalhando, fabricando cada vez mais cachaça...

Também Chico Pinoia, vestido com uma capa de borracha, deu entrevista na rádio. Ia, à frente dos seus homens, cumprir as ordens do chefe de polícia: arrasar os barracos do morro, aquela imunda favela, e ocupar o terreno para evitar de futuro nova invasão. A polícia tinha sido complacente demais, dera tempo para os marginais caírem fora. Não o fizeram porque não quiseram. Agora, na praia, três carros para a condução de presos esperavam sua carga. E na delegacia competente já fora iniciado o processo. Se prenderia o jornalista Galub? Prenderia até o diabo se ele estivesse no morro.

Duas picadas levavam ao alto da colina, escarpados caminhos, quase a pique. Naquele dia, com a chuva, estavam particularmente escorregadias. Ambas as picadas ficavam no lado voltado para a praia, a parte de trás do morro limitava com um mangue brabo, plantado de arbustos, lama podre, malcheirosa. Só mesmo as crianças mais atrevidas conseguiam atravessá-lo. Assim, os tiras carregados com as latas de gasolina só podiam contar com as íngremes subidas lavadas pela chuva. Iniciaram a escalada, devagar.

Deram, porém, poucos passos. De buracos cavados no morro, primitivas trincheiras abertas por Galo Doido com o auxílio dos capitães da areia, partiram saraivadas de pedras. Os moleques possuíam uma admirável pontaria. Um tira, dos primeiros a tentar a subida, recebeu uma pedrada no meio da testa, perdeu o equilíbrio, rolou morro abaixo pela lama, aterrissou imundo. Os demais pararam, um sangrava no queixo. Chico Pinoia puxou do revólver, assumiu o comando efetivo, começou a subir, enquanto gritava:

— É assim, bandidos? Vocês vão ver, canalha...

Empunhando o revólver, seguido por três ou quatro tiras, escorregando na lama, avançava lentamente. Os locutores anunciaram em seus microfones: "O comissário Francisco Lopes vai ele próprio tentar a subida do morro. Temerário, o revólver em punho, pronto para qualquer emergência, o comissário Pinoia, desculpem, o comissário Lopes vai em frente".

E logo depois: "Atenção, ouvintes! O comissário já não vai em frente. O comissário corre de volta, ameaçado por uma pedra imensa, um rochedo que vacila e rola...".

Realmente: uma pedra colossal, em instável equilíbrio em meio ao morro, impelida por Massu e Lindo Cabelo, rolava em direção a Chico Pinoia. Foi uma correria. Não correu apenas o comissário, largando vergonhosamente o revólver, correram tiras e espectadores, jornalistas e locutores com seus microfones. O bloco de pedra esborrachou-se ao sopé do morro, levantando lama e poeira.

O locutor da Rádio Dois de Julho era considerado o melhor locutor esportivo da cidade, um craque na irradiação dos jogos de futebol. "Goooool!" — anunciou ele como se estivesse irradiando uma importante peleja futebolística. — "Dois a zero para os bandidos do morro."

Três vezes tentaram os tiras a escalada e o assalto, três vezes fracassaram. Os locutores vibravam de entusiasmo: "Os investigadores descarregam seus revólveres sem sucesso. Em compensação as pedras atingem quase sempre o alvo. Inclusive nosso companheiro de equipe Romualdo Matos, que, para melhor cobrir os acontecimentos, se aproximara do local, recebeu uma pedrada no ombro, tendo ficado com escoriações e com a roupa rasgada. Mas é assim que trabalha a sua PR28, Rádio Dois de Julho, irradiando do próprio local da batalha. Construa sua casa no morro ou na praia, em terreno comprado ou invadido, mas adquira os móveis na Movelaria Suprema, na avenida Sete, número...".

Às dezoito horas e quinze, mais de duas horas depois de iniciado o ataque ao morro, sem ter conseguido nenhum tira atingir os casebres, chegou ao local um carro oficial. Nele vinham um delegado de polícia, um oficial de gabinete do governador e um jornalista acreditado em palácio. O delegado dirigiu-se a Chico Pinoia, seguido do oficial de gabinete, enquanto o jornalista espalhava boatos entre a turma das rádios.

Chico Pinoia, lama por fora, nas roupas, nas mãos, na cara, ódio por dentro, um ódio a exigir sangue, surras, caras quebradas, queria reforços, polícia militar, ordens de atirar para matar:

— Com essa canalha só a bala...

Mas as ordens, e ordens diretas do governador, eram para cessar a ação iniciada. A polícia devia retirar-se.

Segundo o jornalista palaciano, estavam reunidos no Aclamação, em conferência secreta com o governador, o líder do governo, dois ou três deputados mais, o advogado da Associação Comercial, e o vereador Lício Santos. Trancados há mais de duas horas. O chefe de polícia fora convocado em meio à reunião, quando a deixara não parecia muito satisfeito. E havia sido o próprio governador quem dera a ordem. Muita novidade no ar...

Os tiras embarcaram de volta, sujos e derrotados. Quando os carros roncaram seus motores no arranque da partida, os assovios da vaia monumental chegaram do alto do morro. Logo a ela aderiram os locutores e jornalistas, os espectadores. No alto do morro, Jesuíno a ordenava, no final de seu comando, rindo-se contente: general dos esfarrapados, capitão dos capitães da areia, como se fosse um deles, criança abandonada nas ruas da Bahia, com um chapéu de bico feito de lata e papelão, meio destruído pela chuva, a brincar de bandido e polícia. Nunca se divertira tanto. Nem ele nem Miro, seu lugar-tenente, os ossos a furarem a pele, uma ponta de cigarro na boca, um canivete na cintura.

Mas, quem desceu vitorioso, à frente dos moradores em comemoração, foi Jacó Galub, a partir daquele dia o "herói do morro do Mata Gato", como o classificou o deputado Ramos da Cunha em memorável discurso na assembleia, sobre os acontecimentos. "O povo não estava só, senhor presidente, lá estávamos com ele, na pessoa do impávido jornalista Jacó Galub, herói do morro do Mata Gato." O próprio Jacó, aliás, deixava antever, em sensacional reportagem, a decisiva importância de sua atuação para a vitória. A começar pelo título: VI E PARTICIPEI DA BATALHA DO MATA GATO. Nessa reportagem o policial Chico Pinoia era arrastado na rua da amargura, descrito como o mais ridículo e idiota entre todos os cretinos. Daí a ameaça de agressão a dar ainda maior evidência e repercussão à posição de Galub.

Naquela noite, ainda houve outra emocionante cena no morro. Os moradores comemoravam, quando por ali apareceu, galgando o caminho difícil, o vereador Lício Santos, acompanhado de cabos eleitorais e de um fotógrafo do *Jornal do Estado*. Trazia um aparelho de rádio, presente do grande industrial Otávio Lima para a "boa gente do Mata Gato", e a incondicional solidariedade de Lício Santos, vereador do povo. Estava ao lado deles, decididamente com eles, para o que desse e viesse, disposto a ficar ali se necessário e a morrer com eles, defendendo seus sacrossantos lares ameaçados...

Quanto a Jesuíno Galo Doido, não assistiu à entrega do rádio, recebido por dona Filó em nome dos moradores. Jesuíno não ficara no morro, após a vitória. Preferira sumir durante uns dias, vir beber uma cervejinha com Jesus, no castelo de Tibéria. Podia aparecer no morro, escoteiro, um tira de polícia, informado de sua atuação, e levá-lo. Trouxe consigo o cabo Martim, cuja exaltação ao microfone de uma rádio parecera-lhe pouco prudente, e o moleque Miro, filho mais velho de dona Filó.

Ria, contando a Otália e Tibéria, às outras meninas e a Jesus, o pânico a dominar o jornalista Jacó quando os tiras começaram a disparar os revólveres para o ar. Meteu-se pela casa de Lindo Cabelo adentro, buscava um canto resguardado e garantido.

Não ouvira assim, Jesuíno, a declaração de solidariedade de Lício Santos, a prova de simpatia de Otávio Lima, o apoio de tanta gente grada, citada no discurso do vereador. Apontando Miro, sua carapinha imunda, seus olhos buliçosos, a cara de rato, Galo Doido afirmou:

— Tá aqui quem não deixou os tiras subir... Esse corneta aqui. Ele e os outros moleques. Quando os homens queriam dar tudo por perdido, eles mandavam pedra, sem medo... Se as casas tão de pé, a gente deve a eles.

Jesus queria fazer justiça a todos:

— Mas, o jornalista, com medo ou não, tem ajudado. O deputado também.

Jesuíno encolhia os ombros, virava seu copo de cerveja. Era um cético o velho vagabundo, não acreditava na solidariedade de ninguém.

— Nós tá sozinho no mundo, compadre Jesus, comadre Tibéria. Mas pobre é que nem erva ruim, quanto mais apanha mais cria raiz, quanto mais arrancam mais nasce.

Miro ouvia, ria ele também. Jesuíno botou a mão um pouco trêmula — da muita cachaça bebida naquele dia, completada agora com a cerveja — no ombro do capitão da areia:

— Menino bom tá aqui... Porreta!

Mas o menino sabia ter sido tudo aquilo obra do velho Jesuíno Galo Doido. Ele o sabia e o povo do morro, se bem não ligassem grande importância. Todos eles conheciam Jesuíno há muito tempo, estavam a par de sua capacidade, de sua sabedoria, dava jeito em tudo, nada o atrapalhava. Cachaceiro sem rival, ninguém como ele para provar e diagnosticar das qualidades de uma caninha. Mulherengo sem-vergonha, ainda hoje, com sua cabeleira branca, as rugas e a velhice, as mulheres o preferiam aos mais jovens como se ele tivesse um gosto especial. Era pura sabedoria do velho e o povo sabia de tudo aquilo, por isso mesmo não lhe dava demasiada importância. Jesuíno tampouco, queria era se divertir.

O povo do morro estava agora reunido em torno do aparelho de rádio. Foi feita a ligação e a música de um samba rolou pela colina, animando o pessoal. Largando seus meninos menores, Filó saiu dançando, outros a acompanharam.

9

APÓS A FRACASSADA AÇÃO POLICIAL, O ASSUNTO DO MORRO do Mata Gato teve duas fases imediatas distintas. Primeiro entrou em ebulição.

Artigos e reportagens, editoriais e tópicos, crônicas, a favor ou contra os moradores ou a polícia, conforme a posição política dos jornais. Louvavam todos eles, no entanto, a prudência do governador, seu gesto humanitário mandando suspender o assalto, evitando derramamento de sangue e perda de vidas. Na Assembleia Estadual, o apaixonado discurso do líder da minoria, deputado Ramos da Cunha, responsabilizava o governo. A resposta do líder da maioria, deputado Reis Sobrinho, responsabilizava a oposição, e pessoalmente seu líder, pela agitação e pela desordem. A oposição estimulava os desordeiros, os piores elementos, a ralé social, para criar dificuldades à administração, colocar o governo em posição incômoda. Por sabê-los vítimas do canto de sereia oposicionista e por querer evitar-lhes maiores sofrimentos, o governador dera ordens para suspender o assalto e adiara a expulsão dos invasores... Mas adiara apenas, o governo agiria em defesa da lei, não confundissem generosidade com fraqueza.

Na Câmara dos Vereadores, Lício Santos, agora o mais entusiasta campeão do morro, a igualar-se pelo menos com Jacó Galub, fez um verdadeiro carnaval. Obteve o imediato apoio de dois ou três edis, loucos por publicidade e votos. Era uma vergonha, bradava da tribuna o vereador, era um crime contra o povo a atuação do chefe de polícia, esse algoz de bicheiros, esse Robespierre de fancaria. Por que perseguia ele o jogo do bicho? Porque não lhe havia sido concedida a gorjeta desejada, uma bolada sem tamanho... Não falava em vão, podia prová-lo. O tal dr. Albuquerque, essa vestal deflorada, não contente com as torturas infligidas aos contraventores presos, queria assassinar os trabalhadores cujos lares se erguiam no Mata Gato. E o lar de um brasileiro — ouça e aprenda, sr. chefe de polícia! —, o lar de um brasileiro é sagrado, indevassável, garantido pela Constituição... Lício Santos estava feroz. Queria ganhar o tempo perdido, afirmar-se como o mais eficiente campeão do Mata Gato, via naquela invasão preciosa mina, bastava saber cavar...

Primeiro foi toda essa agitação, o mundo parecia vir abaixo. Depois uma calmaria total. Se, como os boatos afirmavam, estava havendo conferências, propostas, conversações, era em surdina, não transpirava nada. Os jornais disseram estar o dr. Albuquerque demissionário, desgostoso com a atuação conciliatória do governador, mas tal notícia foi energicamente desmentida pelo próprio chefe de polícia. O governador, declarou ele aos jornalistas, agira depois de consultá-lo e de acordo com ele. Não havia entre os dois nenhuma divergência. Quanto às novas medidas a serem tomadas para desalojar os invasores, estavam em estudos e seriam em breve postas em execução.

Os tiras andavam enraivecidos, rondavam de longe o morro do Mata Gato, não se animavam a subir. Por sua vez, certos moradores mais visados, como o negro Massu, evitavam descer, estavam mais garantidos lá em cima. Os tiras não perdoavam a desfeita sofrida, os escorregos pelas picadas abruptas e lamacentas, as pedradas, a vaia final.

Jesuíno provara mais uma vez sua prudência e bom conselho quando sumira por uns dias, hóspede de Tibéria, repousando no terno agasalho do calor de Laura Boa Bunda, cujas nádegas eram famosas pelo tamanho e pela rijeza, e quando tentara afastar o cabo Martim das ruas movimentadas.

O mal do cabo era gostar de evidência. No dia do assalto, falara ao microfone, só para mostrar-se. É difícil resistir a um microfone de rádio, há um atrativo especial naquela máquina, o sujeito vai logo falando. É como máquina fotográfica. Aparece o repórter com o flash e o camarada imediatamente faz pose, escancara a dentadura. No entanto Jesuíno nem se deixou fotografar nem saiu arrotando em microfone nenhum, não era besta. Martim, ao contrário: sem pensar nas consequências, com tantos motivos para não viver se exibindo, largou o verbo, marretou a polícia, contou (e isso foi o pior de tudo) a surra bem aplicada em Chico Pinoia por uns frequentadores da Gafieira do Barão em dia de baile comemorativo.

Não ligou muito tampouco aos conselhos de Jesuíno para levar sumiço. Assim quase foi encanado perto da igreja do Rosário dos Negros, no Pelourinho, onde se dera o batizado do filho de Massu, quando saía do botequim de Alonso. Fora encontrar-se com Otália, encontro dramático e decisivo.

Perseguido e sem dinheiro — não havia onde jogar, desaparecidos os parceiros ante a persistente campanha contra o jogo —, jamais estivera tão necessitado de uma prova realmente concreta do amor de Otália. Assim lhe disse, jururu, encostado ao balcão do armazém, ante o copo vazio. Esperara com paciência infinita até aquele dia. Era chegada a hora, não podiam continuar naquele chove não molha. Afinal, ela, Otália, não era nenhuma donzela pudica, e ele, cabo Martim, não nascera para bancar o otário...

Otália apertou os lábios e os olhos, parecia prestes a chorar, Martim por pouco não se arrepende da secura de suas palavras. Mas as lágrimas não vieram, ela apenas reafirmava sua decisão de não ir para a cama com ele. Pelo menos, não tão cedo. O cabo perdeu a cabeça e a tomou nos braços, à força. Não havia nenhum freguês naquela hora no armazém e Alonso estava lá dentro. Otália resistiu, conseguiu libertar-se, perguntou-lhe num tom de queixa:

— Tu não entende?

Não entendia nada, apenas a desejava e ela se divertia às suas custas.

— Se não for hoje, então se acabou tudo...

Ela voltou-lhe as costas e partiu. Martim chegou na porta a tempo de vê-la dobrar a esquina, no caminho do castelo. Ainda bebeu uma cachaça, antes de sair, descontente com tudo, com a falta de dinheiro, a perseguição da polícia, com Otália e consigo mesmo.

Saiu e mal dera alguns passos o tira o viu, aproximou-se, deu-lhe voz de prisão. O cabo olhou para um lado e para outro, não enxergou investigadores nem guardas nas imediações, sapecou um rabo de arraia no atrevido, abriu no mundo. Quando o tira se levantou e começou a gritar por ajuda, já Martim sumira ladeira abaixo.

À noite, roendo uma dor de corno desmedida, contendo-se para não ir atrás de Otália, Martim, abandonando toda e qualquer cautela, apareceu em casa de Carlos Fede a Mula, cuja banca de jogo era das raras ainda não atingidas pela ação policial. No entanto, se houvesse batota merecedora de correção, era aquela armadilha de Fede a Mula, cujo nome devia-se ao cheiro peculiar e poderoso a desprender-se de seus sovacos suados. Fede a Mula trabalhava sem finura, um grosseiro. Baralhos que não enganavam nem a um cego, dados viciadíssimos. Martim sabia, em detalhe, dessas particularidades, o próprio Artur da Guima, habilíssimo artesão, lhe contara ter fabricado uns dados especialmente para Fede a Mula, dados viciados, é claro. Artur lhe mostrara como os fazia, trabalho perfeito.

Conhecedor da crônica de Fede a Mula, não ia o cabo Martim à sua ratoeira arriscar os negros níqueis emprestados por Alonso. Ia matar o tempo, dar uma prosinha, assistir às demonstrações do proprietário, talvez assim não pensasse em Otália, tirasse a cabeça daquela obstinação, afinal um homem deve ter palavra. Não queria mais vê-la, não era palhaço, para ele tudo terminara. E, quem sabe, talvez aparecessem alguns interessados numa batida de ronda, com baralho seu, é claro.

Escondia-se a banca de Carlos Fede a Mula nos fundos de uma oficina mecânica. A entrada, à noite, era guardada por um vigilante. Cravo na Lapela já exercera, há tempos, aquelas funções. Martim foi, como sempre, bem recebido, o dono da casa o estimava.

Uns poucos viciados em torno a uma mesa de dados. Fede a Mula bancava, contra aqueles dados quem podia ganhar? Qual não foi o assombro de Martim ao enxergar entre os jogadores, apostando contra o banqueiro, o próprio Artur da Guima, o artesão cujas mãos haviam concebido e trabalhado os dados viciados. Estava louco ou, a soldo do dono da casa, servia como chamariz? Respondendo ao amável boa noite de Fede a Mula e recusando o convite para arriscar uma coisinha, Martim apontou com o beiço Artur da Guima, como a perguntar a significação daquele absurdo. Fede a Mula encolheu os ombros e pouco depois deu o jogo por findo, despediu os parceiros, declarando dever sair com o cabo. Artur da Guima retirava-se sorumbático, murmurando frases ininteligíveis.

— Está se xingando... Dizendo que é imbecil e não sei mais o quê.

Fede a Mula ria, explicando a Martim não lhe caber nenhuma culpa daquela doideira. Já se viu? O homem faz os dados, quem bem sabe é ele, e ainda vem botar dinheiro nos cujos? Como podia impedir? Tentara fazê-lo, Artur endoidou, quis brigar. O cara era tão viciado a esse ponto. Não encontrando mais onde jogar, se batia para ali, sentava-se a apostar. Se fosse ele só, Fede a Mula podia perder. Mas ali estavam os outros parceiros e afinal Artur vinha jogar porque queria. Não era menino, era de maior... Depois saía pela rua, a bater a cabeça nos postes, a classificar-se de idiota...

Martim aceitou um gole de cachaça, lastimaram os dois os tempos difíceis. Fede a Mula pediu-lhe para esperar um pouco. Quem sabe poderia enganchá-lo numa rodinha de pôquer combinada para daí a pouco. Uns trouxas de um escritório de exportação de fumo. Eram três, e só um enxergava um pouquinho. Os dois outros mal conheciam o valor dos jogos. Não dava para enriquecer ninguém, não podiam forçar nem espantar os distintos, mas era melhor que nada. Martim esfregou as mãos. Qualquer coisa servia, andava a nenhum.

Realmente, uma meia hora mais tarde chegaram os três pacóvios. Martim foi apresentado como um militar em férias, puseram-se em torno à mesa. Mal tinham, porém, começado a jogar e a polícia invadiu a espelunca. O vigia, na porta da oficina, nem tivera tempo de gritar, foi levado por dois tiras para o tintureiro. No entanto, Fede a Mula, de ouvido sempre atento, percebera um ruído suspeito, e quando os tiras surgiram, ele ainda teve tempo de gritar para Martim:

— Por aqui, irmão.

Uma portinhola meio escondida atrás de um armário. Dava para uns terrenos vagos, no fundo. Por ali embarafustaram, enquanto os tiras embarcavam os três funcionários do tabaco em meio a empurrões e bofetadas.

Martim foi se bater em casa de Zebedeu, seu compadre, estivador bem situado na vida, com residência no Barbalho. O compadre lhe emprestou um dinheiro e lhe pediu para cair fora. A polícia andava atrás de Martim, ainda naquela tarde o santeiro Alfredo, do Cabeça, recebera a desagradável visita dos tiras. Procuravam o cabo. Procuravam-no por toda a parte e um investigador de nome Miguel Charuto, seu inimigo jurado, estava agora trabalhando com Chico Pinoia, encarregado especialmente de agarrar Martim e metê-lo no xadrez.

Só então acreditou na seriedade da situação. Com a ajuda de Zebedeu e de mestre Manuel, transportou-se para a ilha de Itaparica. Só mandou dizer onde estava a Jesuíno. Em Itaparica atendia por sargento Porciúncula, mas não esclarecia se suas dragonas eram do exército ou da polícia militar. Deu-se bem na ilha. Ali o jogo não estava perseguido e, embora não fosse época de veraneio e o movimento estivesse fraco, dava para equilibrar o orçamento. E logo lhe aparecera Altiva Conceição do Espírito Santo, pedaço de mulata, para ajudá-lo a esquecer Otália e sua absurda loucura. Por vezes ainda a recordava e desejava, ainda rangia os dentes. Mas saltava sobre Altiva, nas areias da praia, e a cavalgava pelas ondas do mar, nunca vira ninguém tão parecida a uma sereia, e lhe dizia, quando o vento brincava nos coqueiros, e ele tocava-lhe o ventre cor de cobre:

— Tu parece Iemanjá...

— E tu já dormiu com Iemanjá, negro debochado?

Na Bahia, a polícia continuava fazendo misérias. Pé-de-Vento fora em cana, apesar de haver deixado o morro do Mata Gato antes mesmo da primeira invasão da polícia. Aplicaram-lhe uns bolos de palmatória, só foi solto devido à intervenção de um cliente seu, dr. Menandro, o qual, necessitando urgente de uns sapos encomendados a Pé-de-Vento, saíra à sua procura e foi deparar com o pobre na cadeia, a dormir a sono solto.

Outro a levar bolos de palmatória: Ipicilone. Mas também foi solto, pois um tal dr. Abiláfia, advogado de porta de xadrez, por ordem do vereador Lício Santos, requereu um habeas corpus para os diversos presos sem culpa formada. Foram todos eles, imediatamente após a libertação, registrar-se eleitores e entregaram os títulos ao vereador.

Excetuando essa excitada atividade policial, a única novidade a consignar-se naqueles dias a respeito da invasão do Mata Gato foi a entrada na justiça de uma ação, requerida por um dos grandes causídicos da cidade, em nome do comendador José Perez, para ser reintegrado na posse efetiva de terrenos seus invadidos por terceiros. Pedia o advogado à justiça ordens para a polícia agir, de uma vez e definitivamente, contra os violadores das leis e da Constituição.

10

QUEM SE MANTINHA DISTANTE E INDIFERENTE A TODA essa agonia era Curió. Os acontecimentos ligados à campanha contra o jogo deixá-lo-iam insensível, não afetassem amigos seus como Martim. Sabemos do conceito do camelô a propósito da amizade e Martim era seu irmão de santo. Por isso preocupava-se Curió, a quem o jogo jamais interessara.

— Meu vício é só mulher... — dizia ele quando lhe ofereciam cigarro ou o convidavam para completar uma mesinha de pôquer. Esquecia de citar a cachaça, talvez por não considerá-la um vício e, sim, uma necessidade, uma espécie de milagroso remédio para diversos males, inclusive para os males do amor.

Sem Martim a noite da Bahia não era a mesma. Se bem a verdade mande dizer-se terem acontecido mudanças antes mesmo da partida apressada de Martim, agora para todos os efeitos transformado em sargento Porciúncula, em lua de mel com Altiva da Conceição do Espírito Santo, nas praias de Itaparica. Com a invasão do Mata Gato já não se reuniam os amigos indefectíveis todos os dias na hora do crepúsculo para juntos decidirem da noite, o calendário das festas estava abandonado, uma anarquia total.

243

Ainda assim, nem mesmo os acontecimentos decorrentes da invasão chegavam a abalar Curió. Como se não fosse ele morador do morro, onde começara a construir um barraco, por sinal o mais caprichado de todos. Lá estava seu chalé, pela metade, e, não fora a vigilância de Jesuíno e Massu, há muito teria sido ocupado por oportunistas em cata de galinhas-mortas. Curió não ligava para outra coisa além de madame Beatriz, a portentosa faquir naquele exato momento estendida num caixão para defuntos, coberta com um vidro, jejuando a cinco mil-réis a entrada, na Baixa do Sapateiro.

Jesuíno estava habituado a suportar a movimentada crônica dos amores em geral frustrados de Curió, já não se impressionava com seu meloso romantismo, com suas ilusões e decepções. Mas nem o próprio Jesuíno, tão compreensivo, admitiu tamanha ingenuidade: Curió acreditava, mas acreditava mesmo, nessa história de jejum, jurava pela alma de sua mãe, punha a mão no fogo por madame Beatriz. Jejum completo, nem de-comer nem de-beber, durante um mês. Jesuíno balançava a cabeça. Curió tivesse paciência e desculpasse, nessa ele não acreditava. Uma pessoa atravessar um mês sem comer era difícil, mesmo impossível. Mas, sem beber, a pessoa não aguentaria nem uma semana... Deixasse de bobagem e vomitasse logo o truque, porque afinal não tinha ele, Curió, nenhum interesse em enganar seus amigos. Não iam contar nada a ninguém, bico calado. Não era mesmo, Pé-de-Vento?

Pé-de-Vento, competente em matéria de jejum, concordou: ninguém aguentava um mês. Cobra jiboia podia levar um mês sem comer, mas após engolir um garrote, ficava digerindo durante longo tempo o bezerro ou a novilha. Gente, não podia. Muito menos sem beber. Sem comida, sem bebida e sem mulher, não era possível viver. É certo existirem homens capazes de passar um mês sem mulher, já tinha ouvido falar. Ele, Pé-de-Vento, porém, com quatro ou cinco dias já ficava abespinhado e macambúzio, capaz de assaltar qualquer fêmea, fosse qual fosse. Por falar nisso, a tal zinha ia ficar também um mês sem macho, ou Curió, pelo meio da noite, entrava no caixão e dava sua martelada no cadáver?

Sem comer, sem beber e sem homem... Não podia ter relações de cama não só durante o mês de jejum — bastava ver o caixão hermeticamente fechado — mas há três semanas, enquanto se preparava espiritualmente para enfrentar a longa penitência, só possível a ela, aluna predileta dos bonzos budistas...

— Que diabo é isso?...

— Uma religião dos hindus, uns sujeitos que vivem a vida toda sem comer, bebendo uma gota de água de seis em seis meses, vestidos com uma tanga...

— Isso é mentira... — Pé-de-Vento era definitivo.

— Não sei... Já li um troço falando disso. É num tal de Tibet, no lugar mais longe do mundo — interveio Ipicilone.

— É mentira... — reafirmou Pé-de-Vento. — Quem veste tanga são os índios e comem pra burro...

Mas Curió mantinha-se irredutível. Como iria ela comer ou beber se ele não lhe dava comida ou água e era o único a aproximar-se dela, seu exclusivo secretário? Não ficava ele na antiga loja de Abdala o dia inteiro, cobrando as entradas, levantando a cortina para que o público, aliás mínimo e pouco entusiasta, pudesse vê-la tão bela estendida em seu caixão?

O problema era realmente curioso e interessou a Jesuíno:

— E quando tu sai, quando tu vem aqui beber um trago, quem fica em teu lugar?

Bem, todos os dias, durante umas duas horas, após o jantar, ele saía para comer alguma coisa — ao meio-dia contentava-se com um sanduíche e umas bananas — e para ver os amigos. Era substituído na porta pela mulata dona da pensão, a Emília Casco Verde, eles conheciam, ela fazia o favor de dar uma ajuda. Tinham ficado íntimas amigas, ela e a vidente.

— Emília Casco Verde? Uma que mora na rua Giovanni Guimarães e que teve barraca de comida no Mercado, antes de se meter com um turco e botar pensão?

— Essa mesmo...

— Então nem precisa quebrar a cabeça... Tá aí quem leva comida e bebida para a cuja...

Curió ainda protestou e discutiu mas o espinho da dúvida acabava de ser cravado em seu peito. Seria certo? Madame Beatriz, por quem ele jurava, seria capaz de uma falsidade dessa ordem? De confiar de preferência em Emília duvidando dele? Se assim fosse, como dar crédito às suas promessas de felicidade após o mês de jejum?

Com tais preocupações, e apaixonado, não se envolvia Curió nos acontecimentos agitados da última temporada. Só uma vez subiu ao Mata Gato, naquele dia. Para fazer uma visita a Massu e à negra velha Veveva e ver o menino.

No entanto, não faltavam excitantes novidades. Enquanto a ação proposta por Pepe Oitocentas, vitoriosa em primeira instância, esperava novo julgamento no Tribunal de Justiça, o deputado Ramos da Cunha, com o apoio de seus pares da oposição, apresentara projeto de lei mandando o governo desapropriar os terrenos do morro do Mata Gato, tornando-os próprios do estado, nos quais poderia o povo levantar suas casas. A repercussão do projeto foi considerável e com ele a oposição marcou um tento. Um grande comício foi convocado para a praça da Sé; onde falariam vários oradores, entre os quais o autor do projeto, o jornalista Jacó Galub, o vereador Lício Santos e moradores do morro.

Não se pode dizer, como o fez um jornal governista, "ter fracassado a exploração demagógica da oposição em torno da invasão do morro do Mata Gato pois o tão anunciado comício reuniu apenas meia dúzia de gatos-pingados", nem tampouco apoiar o excitado noticiário da *Gazeta de Salvador*, a falar em dez mil pessoas "para ouvir a palavra ardente de Airton Melo, Ramos da Cunha, Lício Santos, Jacó Galub e a sofrida palavra dos moradores do morro". Nem tanto nem tão pouco. Um bocado de gente, suas mil e quinhentas pessoas, entre ouvintes e passantes, gente à espera de bonde e ônibus, escutou e aplaudiu os oradores. Sobretudo Lício Santos arrancou palmas com suas tiradas às vezes sem sentido mas sempre contundentes. Suas frases soavam bem no ambiente barroco da praça, moldura própria para aquele verbo sonoro e astuto. Gente do morro propriamente não houve. Os moradores não se dispunham a vir com medo de alguma falseta da polícia. Apenas Filó, a quem Galub foi buscar, apareceu no palanque e foi mostrada à massa, rodeada dos filhos, sem falar nos dois escanchados nas ancas. Provocou delírio. Em nome dos moradores do morro falou mesmo Dante Veronezi, alfaiate residente em Itapagipe, sujeito com ambições políticas, sempre às voltas com Lício Santos, seu cabo eleitoral. Seu discurso foi uma peça de alta eloquência, digna do lugar onde o padre Vieira largara o verbo contra os holandeses. Descreveu a miséria dos moradores, era um deles. Sem lar, sem ter onde descansar a cabeça, condenados à chuva e ao desabrigo, com suas mulheres e filhos. Um quadro digno do inferno de Dante, daquele outro Dante, o italiano. Mas ele, cidadão brasileiro, sentia ao vivo, na carne de seus filhos menores, o peso de tamanha miséria. Finalmente haviam erguido seus barracos naqueles terrenos abandonados pelo espanhol milionário que explorava o pão dos pobres. Mas, vinha a polícia... Descrevia as cenas de violência e o sofrimento do povo. Felizmente ainda existiam homens como os jornalistas Airton Melo, digníssimo diretor da *Gazeta de Salvador*, como Jacó Galub, "o herói do morro", como o deputado Ramos da Cunha, com seu projeto libertador dos novos escravos, como o vereador Lício Santos, esse pai dos pobres, esse benemérito dos esfomeados, esse valoroso cidadão só comparável aos grandes homens do passado, Alexandre, Aníbal, Napoleão, José Bonifácio...

Fosse um dos invasores a falar e não falaria melhor, com mais convicção. A própria dona Filó, mulher no entanto acostumada às agruras da vida e pouco afeita a lágrimas, sentiu um baque no peito e um ardor nos olhos quando Dante Veronezi a apontou com o dedo, ela, sua vizinha do morro, mãe de uma dúzia de filhos, matando-se dia e noite na tábua de lavar e na tábua de engomar para sustentar a família. Durante anos e anos andara ao deus-dará com seus maltratados órfãos, era viúva e honrada, não saía por aí como outras... Até que enfim, com suas próprias mãos, ajudada pelas crianças, as pobrezinhas, levantara sua modesta casinhola, no morro do Mata Gato. Não era um crime despejar essa mãe amantíssima, essa verdadeira santa?

Filó compungida, tantos aplausos a saudá-la. Um sucesso.

O projeto de Ramos da Cunha, apoiado no comício, repercutiu em vários meios. O governador, tendo gozado seu momento de popularidade, não queria ceder sua posição a nenhum demagogo oposicionista. Por outro lado, o Tribunal de Justiça, pressionado pelo advogado de Pepe, o consagrado professor Pinheiro Sales, da Faculdade de Direito, pelos comerciantes e proprietários, marcara data para julgar a ação do espanhol. Um juiz lhe havia dado ganho de causa, numa sentença de quatro linhas, ordenando à polícia despejar os moradores. Diziam à boca pequena ter custado a sentença cinquenta contos de réis, naquele tempo um bocado de dinheiro, não era como hoje quando cinquenta contos não dão para se comprar nem meia testemunha quanto mais um juiz inteiro e íntegro. Mas o advogado Abiláfia, de posse de procuração de uns quantos moradores do morro, recorrera da sentença para o tribunal e impedira assim sua execução. Os desembargadores receberam aquela batata quente, foram maneirando, adiando a decisão. Sabiam ser o assunto objeto de vasta especulação política, desejavam ver para onde soprava o vento. Mas, diante do projeto de Ramos da Cunha e do comício, o advogado do comendador Perez, apoiado no comércio e nas classes conservadoras, pressionou forte o tribunal, obtendo a data para o julgamento. Saiu da entrevista com o presidente do tribunal na maior euforia, considerava a ação praticamente vitoriosa. Todo o problema era evitar as manhas políticas do tribunal, muito sensível aos interesses dos partidos e dos homens públicos, e isso ele o conseguira ao marcar a data do julgamento.

Por isso mesmo grande foi sua surpresa quando, ao dar a notícia ao comendador Perez, não encontrou seu opulento cliente no mesmo clima de entusiasmo. Ao contrário, Pepe Oitocentas achava interessante, e mesmo útil, aquela tendência dos desembargadores a demorar a decisão, na expectativa do desenrolar dos acontecimentos, não estava mais apressado, dera uma guinada de cento e oitenta graus. O projeto Ramos da Cunha alarmara o professor Sales e o fizera correr para apertar o crânio do presidente do tribunal, exigindo data e julgamento. Enquanto isso parecia ter mudado a opinião do comendador a respeito de todo o assunto, pois nem sequer deblaterava, em seu português de forte acento, contra os invasores. O advogado engoliu uns palavrões, não entendia mais nada.

Não sabia ter recebido o espanhol naquele mesmo dia, poucas horas antes, das mãos do engenheiro-chefe de uma grande empresa de loteamento e construções, as plantas finais dos terrenos do Mata Gato e de toda a faixa entre o mar e Brotas. Trabalho apurado, feito com competência, tratava-se de uma empresa merecedora de toda a confiança. Pois bem: tendo completado as plantas, os desenhos, os estudos, declaravam-se os técnicos totalmente pessimistas em relação ao êxito do empreendimento. Segundo eles, era necessário esperar ainda muito tempo, talvez dezenas de anos, antes de pensar em valorização para aqueles lotes, em vendê-los por preço compensador. Se o comendador teimasse em loteá-los agora, teria de entregá-los a preço ínfimo. E possivelmente nem assim encontraria compradores...

As plantas e estudos ficaram em cima da mesa de Pepe Oitocentas. Ao lado do *Diário da Assembleia* onde estava publicado o projeto de Ramos da Cunha. Não havia um jeito do advogado obter uma volta atrás do tribunal? Não fazia mal esperar alguns dias até se ver onde parariam essas modas tão embrulhadas. Afinal de contas, ele, José Perez, não estava disposto a passar por algoz, por inimigo do povo, quando, montados nas suas costas, todos os demais estavam preparando os pratos onde comer. Pois se até seus netos, crianças impossíveis e encantadoras, o estavam tachando de reacionário e de explorador das classes trabalhadoras.

Ele, Pepe Perez, que não fizera na vida outra coisa senão trabalhar e trabalhar duro, como um cavalo ou um boi cativo, para dar a filhos e netos uma vida decente. Inimigo dos trabalhadores, logo ele o trabalhador por excelência. Ainda hoje, já velho e cansado, acordava às quatro da manhã e começava a trabalhar às cinco quando os chamados trabalhadores ainda dormiam a sono solto. Trabalhador era ele e explorado por uma caterva de inúteis, de parlapatões como esse advogado, caríssimos e incompetentes, todos ávidos de roubar seu dinheiro.

11

TALVEZ A PARTIR DESSE MOMENTO CRUCIAL NA TRIUNFANTE carreira do professor Pinheiro Sales, quando, tendo metido a vaidade no rabo e o rabo entre as pernas, voltou à presença do meritíssimo presidente do Tribunal de Justiça para dizer-lhe — com que cara? — haver mudado de opinião, não ter seu cliente mais nenhuma pressa, talvez a partir desse humilhante e ingrato momento tudo quanto se referia à invasão do morro do Mata Gato passara a tomar um aspecto de farsa.

Aliás o presidente do tribunal, velho manhoso, experiente dessas manobras políticas, dessas sujeiras de gabinetes governamentais, sentira logo no ar, como disse a seu genro, futuroso procurador de um instituto, "cheiro de podre e urubus na carniça". Realmente o professor Pinheiro Sales, metido em seu traje negro, usando ainda colarinho de ponta virada e camisa de peito duro, lembrava um urubu e, naquela segunda visita em menos de vinte e quatro horas, um urubu triste, de crista murcha. Mas onde estava a carniça a feder? O meritíssimo presidente não alcançava colocar o dedo em cima da ferida mas sentia haver, naquela embrulhada da invasão do morro, uma comilança qualquer, uma boa boca, uma fedentina. Por que diabo o professor Sales, todo metido a emproado, autossuficiente como ele só, voltava de cabeça baixa a seu gabinete para lhe pedir desmarcasse o julgamento, quando, na véspera, roncava exigências de data precisa e próxima? De repente a pressa acabava, ali havia coisa.

Montado em sua dignidade, do alto de seu posto, querendo também tomar sua pequena vingança do advogado, negou-se o presidente a atendê-lo: a data fora designada de acordo com o advogado, até a seu pedido, agora era tarde. Não ia deixar o tribunal à mercê dos vaivéns dos advogados e litigantes. Nem, muito menos, correr o perigo de vê-lo cúmplice de alguma patifaria. Manteve a data do julgamento.

Julgamento a ganhar caráter sensacionalista, tamanho espaço lhe concederam os jornais. Ao julgamento e à "concentração monstro", manifestação popular sem precedentes, convocada pelo vereador Lício Santos e por outros "dirigentes populares" (como anunciava o manifesto largamente espalhado na cidade), entre os quais o nosso já conhecido e simpático Dante Veronezi, definitivamente transformado em representante dos moradores do morro, seu porta-voz oficial. Concentração a reunir, em frente ao Palácio da Justiça, os moradores do morro e todo o povo da cidade com eles solidário, para "exigir do egrégio tribunal um julgamento que dê ao povo a plenitude de seus direitos". A linguagem era de Lício Santos.

Quem jamais iria se esquecer do julgamento e da concentração, não tanto pelas pranchadas recebidas no lombo mas pelos imprevistos sucessos posteriores e íntimos, seria Curió.

Aproximavam-se ele e madame Beatriz do fim do prazo de duração do jejum, dos trinta dias improrrogáveis do nunca visto espetáculo da "enterrada viva". Em realidade haviam apenas chegado ao décimo primeiro dia, mas já a tabuleta na porta da rua, a anunciar o fenômeno, diria estar a faquir jejuando há vinte e seis dias. Nessa tabuleta, a cada manhã era mudado o algarismo a indicar o número de dias já transcorridos desde a solene entrada de madame Beatriz no seu caixão de defunto. Mas, quando chegaram ao quinto dia, tendo tido na véspera apenas seis desanimados contribuintes, a mísera quantia de trinta mil-réis, Curió, em vez de escrever com giz o algarismo 5, escreveu 15, e com isso ganharam dez dias: madame Beatriz, dez dias a menos de jejum, Curió também, mas seu jejum era outro, tinha fome e sede, sim, mas não de comida: sua fome era da própria enterrada viva, tinha sede de seus lábios. Lá para o oitavo dia ganhou mais três, pois a curiosidade popular descera a dois míseros garotos e a um soldado, esse gratuito pois militares não pagavam.

Não quisera Curió tirar a limpo a delicada questão suscitada por Jesuíno. As dúvidas a assaltarem-no a propósito da honestidade profissional de madame Beatriz, ele as enterrou no fundo de sua inabalável confiança na injustiçada hindu. Olhando-a através do vidro, para calcular-lhe a magreza e a palidez das faces, reconhecia-a gorda e regalada, boas cores, não muito condizentes com uma semana de jejum, mas ela sorria-

-lhe e revirava os olhos numa promessa e ele já de nada duvidava, desistia da indigna espionagem insinuada pelos amigos.

Quando a deixava a sós com Emília Casco Verde, uma ponta de dúvida ainda o assaltava. E se voltasse inesperadamente? Jesuíno, ao vê-lo, perguntava:

— Desmascarou a vigarista?

Jesuíno era um cético, não acreditava em ninguém, duvidava de tudo. Mesmo de gente tão importante como o vereador Lício Santos, o deputado Ramos da Cunha ou o distinto Dante Veronezi, tão gentil a ponto de pagar uns tragos para Curió e brindar com ele, ao convidá-lo para a concentração monstro:

— O dileto amigo, como morador do morro, não pode faltar.

Assistido por Filó (a quem um sírio da Baixa do Sapateiro presenteara com um vestido de saldo), Dante tomava as medidas necessárias para o sucesso da concentração. Pois bem, Jesuíno Galo Doido em vez de entusiasmar-se, de tomar a frente como fizera antes, se encolhia, não demonstrava o mínimo interesse.

— Tu vai ir? — perguntou a Curió. — Eu não vou não. Em negócio de gente grande, pequeno não deve se meter. Senão quem paga os pratos quebrados é a gente... Lá no morro é uma coisa, aqui embaixo é outra...

Mas Curió, honrado com o convite feito pessoalmente pelo líder Veronezi, compareceu. Quem não compareceu mesmo foi o povo em geral. Apenas alguns estudantes de direito, casualmente por ali, resolveram aderir e um deles lascou discurso empolgante. Do morro vieram alguns poucos. A maioria ficou mesmo por lá, à espera da sentença.

Certamente a concentração obteria o êxito esperado, como declarou Lício Santos à *Gazeta de Salvador*, se o presidente do tribunal, informado da aglomeração a iniciar-se ante a porta do augusto templo da justiça, e tendo ele próprio visto um estudante pendurado nas grades a incitar aqueles gatos-pingados, não tivesse reclamado a urgente intervenção da polícia para manter a ordem e garantir o decoro do tribunal e a independência de seu julgamento.

Tiras em profusão e uma patrulha da polícia militar, a cavalo. Entraram, uns e outros, na brutalidade. Sem pedir licença, sem explicações. Os cavalarianos baixaram o pau, botando todo mundo a correr, espalhando em cinco minutos o começo da concentração. Curió recebeu umas chanfradas violentas, quase é levado em cana. Escapou por milagre.

O vereador Lício Santos embarafustou pelo prédio do tribunal, foi parar na sala de julgamento, quis protestar contra a polícia, o presidente negou-lhe a palavra e ainda o ameaçou de expulsão sem ligar à sua condição de vereador e às suas imunidades. Quanto ao lídimo porta-voz do morro, nosso caro Dante Veronezi, foi em cana. Não lhe adiantou gritar:

— Sou o secretário do vereador doutor Lício Santos...

Um tira avisava o outro:

— Esse é um tal que é chefe da invasão. Embarca ele.

Embarcaram. Levaram também uns dois estudantes, os outros continuaram durante algum tempo, nas esquinas, vaiando os soldados. Mas cansaram-se cedo, foram-se embora. O pessoal do morro meteu o pé de volta, quem tinha razão era Jesuíno.

Curió, com as costas em fogo, tocou-se para a Baixa do Sapateiro, voltava para perto de madame Beatriz. Pedira a Emília Casco Verde para substituí-lo naquela tarde, enquanto ele ia cumprir seu dever cívico. Num passo de marcha forçada, dirigiu-se à loja transformada em teatro.

A inesperada entrada de Curió provocou o pânico. Ele encontrara a porta fechada, a tabuleta virada de costas. Com um empurrão escancarou a porta. Estava com raiva e anteviu a verdade. Mais uma vez o velho Jesuíno tinha razão, Galo Doido não se enganava.

Sentada confortável no caixão, a tampa de vidro desaparafusada, posta ao lado, madame Beatriz, servida por Emília, empanzinava-se comodamente, um prato de flandre assim de feijão, farinha e carne. Uma penca de bananas da prata esperava a vez. Emília conduzia prato e marmita, bananas e garfos, numa espécie de bolsa de couro, tudo coberto com lã para tricotar e umas revistas velhas para ler. Não esquecia sequer um pequeno espanador para limpar as migalhas, numa prova de perfeita organização. Sem falar na garrafa de cerveja e nos dois copos. Curió bufou de ódio.

Emília saiu porta afora, numa ligeireza aparentemente impossível à pessoa de seu corpo. Madame Beatriz largou o prato, cobriu o rosto com as mãos, prorrompeu em soluços e juras:

— Juro que foi a primeira vez...

Explicava: jamais quisera enganar o público, muito menos a Curió, sua intenção era mesmo jejuar o mês inteiro. Mas, por culpa de Curió...

Curió estava com raiva, as costas ardiam-lhe, levara umas chanfradas violentas, via agora as faces rosadas de madame Beatriz, as bochechas gordas: engordara pelo menos dois quilos naqueles dias. Curió não estava em disposição de ouvir desculpas, mas parou quando ela, arfando, o chamou de culpado. Queria ver até onde ia o cinismo...

Sim, por culpa de Curió... Fraca, sem forças, trancada naquele caixão, como um cadáver, ela via, através do vidro, Curió a mover-se na sala, a sorrir-lhe e, mesmo sem querer, tinha maus pensamentos, imaginava-se deitada ao lado dele, e esses míseros desejos pecaminosos consumiam sua alta concentração espiritual e ela perdia sua capacidade de suportar o jejum...

Noutra ocasião essa lengalenga teria emocionado Curió, enchido seus olhos de piedade e ternura, estremecido seu coração. Mas estava com raiva, havia apanhado da polícia, fora se meter em barulho dos outros apesar dos conselhos de Jesuíno, achou um abuso aquela fulana a zombar dele com essa história de pensamentos safados a dar-lhe fome, já se viu... Fome passara ele ou quase isso, reduzindo suas refeições, para entregar quase íntegra a magra féria diária a Emília, encarregada por madame Beatriz de gerir-lhe as finanças e de encher-lhe o bucho. Até cerveja ela consumia, não se privava de nada. E agora vinha com essa conversa para boi dormir. Curió, em sua vida de tantas e dilacerantes paixões, havia tratado com muita mulher descarada, mas, como essa, nenhuma.

Com um pontapé fechou novamente a porta da rua. Doíam-lhe as costas, tinha escoriações no braço, o ombro quase desmontado. Levantou a mão e a estalou na cara de madame. Ressoou alegre a seus ouvidos a bofetada, aplicou uma segunda. A espiritual hindu soltou um grito, segurou-lhe o braço, pedia-lhe perdão. Mas ele agora a tomava pelos cabelos, suspendia-lhe a cabeça, ela agarrou-se a seu pescoço e, ao receber o terceiro tabefe, tomou-lhe da boca e o beijou enlouquecida. Curió quando parou de bater foi para sentir-se enleado por ela, num beijo infinito. Finalmente uma mulher, e que mulher!, apaixonava-se por ele, se entregava rendida, derreada de amor. Soltando-lhe os cabelos, apressado e brutal, rasgou-lhe o vestido de filó vermelho, imitando roupa estrangeira, saris hindus, e ali mesmo no caixão de defunto cobrou-se do prolongado jejum, fartou-se finalmente Curió. Com ganas e desespero, fome antiga e dores nas costas. Tirou a forra de tudo, não resistiu o caixão, feito para mortos, ao peso de tanta vida a estuar, desfez-se em velhas tábuas. Rolaram os dois amantes no chão da loja incendiada de Abdala, partiu-se o vidro em mil pedaços, eles não ouviam nem enxergavam. Sobre as cinzas, a madeira, o vidro, mataram sua fome, beberam sequiosos, riram de tanto engano tolo e voltaram a queimar-se um no outro, duas fogueiras acendidas.

Decidiram, após um aplicado balanço no fracasso do emocionante espetáculo da "enterrada viva", fechar o teatro naquela mesma tarde, entregando a chave ao balconista da loja vizinha. Nem mais caixão restava onde jejuar. Curió ia terminar seu barraco no morro, lá madame Beatriz repousaria, refazendo-se do número estafante. Para Curió nunca faltava trabalho, e ela poderia ler as mãos ou botar as cartas, haviam de aparecer fregueses pelo morro, já se instalara ali um botequim e uma espécie de armazém.

Enquanto Curió chegava ao amor por tão árduos e complicados caminhos, o Tribunal de Justiça, livre de pressões, reunia-se para julgar da ação do comendador José Perez contra os invasores do Mata Gato. O parecer do relator, se bem lamentasse a brevidade da sentença do juiz, de extrema economia em suas razões, dava-lhe provimento. Dois desembargadores votaram e ambos a favor. O terceiro, no entanto, pediu vista dos autos, a decisão ficou adiada por uma semana. O professor Pinheiro Sales respirou: obtivera aquele pedido de vista no último momento, quando já considerava tudo perdido, ou seja, por mais absurdo que pareça, quando já estava sua causa praticamente ganha. Assim começavam a embrulhar-se os fios do novelo daquela história da invasão do morro do Mata Gato. Tão bem foram embrulhados, a ponto de depois já ninguém poder afirmar coisa com coisa, distinguir o bom e o ruim, a razão e o absurdo, o a favor e o contra.

Do julgamento saíram Jacó Galub e Lício Santos exaltados, falando na necessidade de providências urgentes pois a tendência do tribunal estava já demonstrada, daí a uma semana os habitantes seriam condenados a perder seus barracos. Lício sobretudo tinha pressa, era tempo de começar a colher os frutos por ele plantados nos dias anteriores. Na Assembleia Estadual, naquele momento, um deputado governista atacava o projeto de Ramos da Cunha, tachando-o de demagógico e inconstitucional. Dava ciência à casa da decisão da maioria governista de derrubá-lo se ele chegasse a plenário.

Quanto ao professor Pinheiro Sales não sabia se devia considerar-se vitorioso ou derrotado. Quem sabe, duplamente vitorioso. Mas seu cliente, galego de poucas luzes e fácil grosseria, lhe disse ao ouvir seu relatório:

— Pois ainda bem que foi adiada a decisão. Uma semana talvez baste. E o senhor pode largar esse caso de mão, doutor. Deixe comigo, eu mesmo cuido e resolvo.

Em cima da mesa do comendador José Perez estava o cartão de Lício Santos pedindo um encontro. O vereador era seu inquilino, morava em casa de aluguel, por vezes atrasava cinco e seis meses. Era um finório, armava umas encrencas mas em geral saía-se bem. Estava metido nesse embrulho dos terrenos, talvez fosse tão útil como outro qualquer, como o Ramos da Cunha ou o Airton Melo. Mais barato, certamente... Chamou um empregado, mandou um recado para Lício Santos.

12

AQUELA SEMANA ENTRE AS DUAS SESSÕES DO TRIBUNAL de Justiça, nas quais foi julgada a ação do comendador das Oitocentas contra a gente do morro do Mata Gato, caracterizou-se pela radicalização das posições pró ou contra a invasão, num esbanjamento de palavras, faladas ou escritas, na imprensa e nas tribunas. Tinha-se a impressão de uma guerra iminente, crescendo ameaçadoramente os dois partidos, voltando o dr. Albuquerque, de súbito, a uma evidência de estrela de cinema, e tomando o vice-governador posição definida.

Tudo aquilo impressionou grandemente o público e houve quem previsse acontecimentos graves e talvez trágicos, quem temesse até pela sorte do estado e pela segurança do regime. No entanto, bastava ao observador saber ler nas entrelinhas dos jornais, escutar os cochichos nos plenários das câmaras em vez de ouvir os discursos nas tribunas, para não deixar-se tomar pelo pessimismo. Não fora em nenhum momento tão grande o barulho em torno da invasão do Mata Gato, as acusações e ameaças aos invasores, a brilhante campanha de solidariedade aos moradores, levantada por jornalistas, deputados, líderes populares, agora partidos inteiros, envolvendo estudantes e sindicatos. Mas, todo esse barulho, essa intensa controvérsia, essas ameaças de conflito, com sangue a correr, não teriam como objetivo esconder os passos dos negociadores, abafar suas vozes? Não seremos nós, afastados de conversações e entendimentos por nos faltar categoria política ou importância social, a denunciar essa trama de paz e sossego, afinal do gosto de todos, sem exceção. Exceção única, talvez, o poeta Pedro Job, a protestar bêbado contra essa "comilança geral" às custas da gente do Mata Gato. Mas bem sabemos do valor dessas ásperas denúncias dos poetas e, ao demais, de poetas bêbados. Não teria concorrido para a irritada acusação do poeta o fato de ter-se ele indisposto com o jornalista Galub por causa de uma rapariga do castelo de Dorinha, na ladeira da Montanha? Para a fulana, uma tal de Maricena, escrevera Job inspirada composição lírica, genial, na opinião de seus amigos íntimos e de bar: "Maricena virgem prostibular grávida do poeta e da oração". Enquanto Job trabalhava seu poema, "de ressonâncias líricas verdadeiramente revolucionárias", como escreveu o crítico Nero Milton, o jornalista chamou a si a rapariga, deixando para o poeta apenas a glória e a dor de corno.

Para marcar a violência do debate travado em torno da invasão do Mata Gato, naquela semana a preceder os acontecimentos finais, vale a pena fazer referência a três ou quatro sucessos de ampla repercussão na opinião pública. O primeiro prende-se à tomada de posição do vice-governador do estado, velho e poderoso industrial, lídimo representante das classes conservadoras. Comecemos por ele em homenagem à sua posição. Há quem não ligue muita importância ao cargo de vice-governador, considerando-o mais ou menos honorífico e nada mais. Mas, de repente, o governador falta com o corpo, transforma-se em puro espírito a elevar-se na glória de Deus, e quem assume o lugar, quem vai mandar e desmandar, manejar a seu bel-prazer os empregos e as verbinhas do tesouro?

Eleito pela oposição, mantinha o vice uma discreta atitude em relação aos negócios públicos e aos problemas graves para não criar atritos com o governador. Por outro lado sua estreita ligação com os homens do dinheiro, sendo ele um dos seus mais categorizados líderes, levava a crer estivesse de acordo com a posição oficial do governo de combate aos invasores do morro, de "negar-lhes água e pão", como disse o dr. Albuquerque, chefe de polícia, em sua entrevista da qual falaremos mais adiante. Qual não foi assim a surpresa geral quando o gabinete de sua excelência, o vice-governador, deu à publicidade uma nota de solidariedade à gente do Mata Gato. A nota, evidentemente, não fazia o elogio da invasão nem a apoiava. Ao contrário, criticava o método errado através do qual o povo queria resolver o doloroso e crucial problema da falta de moradia. Mas o problema existia, negá-lo era impossível, e a invasão dos terrenos do comendador Perez era uma consequência e como tal devia ser visto e tratado. Após analisar a questão, o vice-governador propunha medidas concretas. Ao povo do Mata Gato, sua solidariedade e compreensão. Não deviam os invasores ser tratados como criminosos, não o eram. Mereciam a consideração devida aos revoltados, cujos atos não obedecem à lógica e ao bom senso. No entanto, não era a invasão o grande problema (e talvez por isso mesmo para a invasão propriamente dita do morro do Mata Gato o vice não apresentava nenhuma saída) e, sim, a falta de moradia. Para esse gravíssimo problema social, a ameaçar a vida da cidade, apontava ele a justa solução. Cabia ao governo estudar a imediata construção de casas para trabalhadores na periferia da cidade. Construções baratas e confortáveis, não faltavam terreno devoluto nem técnicos capazes. A mão de obra podia ser fornecida pelos próprios futuros moradores. O documento detalhava o projeto, mereceu gerais elogios, sentia-se ali o pulso do estadista, do administrador. Não faltou quem dissesse, convencido: "Fosse ele o governador e não o vice e estaria tudo resolvido". Apareceram também os eternos descontentes, os más-línguas profissionais, a insinuarem uma negociata sem tamanho embrulhada na solução do vice: de quem a grande empresa construtora, especializada em fábricas e vilas operárias? Sem dúvida possuía o vice o controle de tal empresa, mas é mesquinhez política atribuir-lhe tais sórdidas intenções quando ele visava o bem público. Terminava seu documento protestando mais uma vez solidariedade aos invasores do morro, seu coração pulsava ao ritmo do sofrimento daquela boa gente.

Enquanto isso, na Assembleia Estadual, os deputados governistas lavavam a égua em cima de Ramos da Cunha e de seu projeto de desapropriação. Arrastavam-no na rua da amargura, jamais se vira projeto tão demagógico, como podia o estado sair a desapropriar terrenos invadidos pelo povo? Já se imaginou? Criassem os deputados um precedente, um único, e não fariam outra coisa durante a legislatura senão aprovar projetos de desapropriação pois os desocupados e os vigaristas não quereriam outra vida senão construir casas em terrenos ainda não loteados. Não tardaria e os barracos se levantariam junto ao Farol da Barra e ao Cristo, na Barra Avenida. Absurdo. Querendo aparecer como amigo devotado do povo, o líder da oposição perdera o controle, apresentara um projeto cujo único fim era popularizar o nome de sua excelência, conhecido talvez em Buriti da Serra, familiar dos eleitores do sertão distante, mas ainda sem ressonância na capital. Essa ressonância e mais nada, eis o objetivo final do projeto.

Voltava Ramos da Cunha à tribuna e defendia seu projeto. Demagógico? Por que não apresentava o governo um projeto não demagógico a resolver o problema? Ele o apoiaria. Podiam cobri-lo de insultos, podia a bancada do governo tentar levá-lo ao ridículo, tentar indispô-lo com o povo baiano, nada ia conseguir. Os trabalhadores, os honrados cidadãos levados por aflitiva situação de miséria a levantarem suas casas no morro do Mata Gato, sabiam com quem podiam contar, sabiam quais os seus amigos e quais os seus inimigos. Ele, Ramos da Cunha, era um amigo do povo. Quantos, entre os seus adversários políticos, podiam afirmar a mesma coisa? Não, certamente, aqueles críticos tão extremados de seu projeto. Não estariam eles por acaso querendo obter o apoio eleitoral dos grandes proprietários de terreno, não estariam querendo agradar a certas colônias estrangeiras? Se ele, Ramos da Cunha, estava, como diziam seus adversários, querendo conquistar as boas graças do povo, eles, os da maioria, buscavam agradar aos magnatas nacionais e estrangeiros...

Trabalhadores, aquela corja de vagabundos instalada no morro? — vinha à tribuna outro deputado e desancava Ramos da Cunha e também a gente do Mata Gato, reduzidos a um espúrio aglomerado de ladrões, batoteiros profissionais, mendigos, prostitutas, vagabundos de todo tipo, lixo da cidade.

Sem dúvida, encontrava-se entre os invasores gente pouco amiga do trabalho, mas negar assim tão por completo a existência de trabalhadores no morro do Mata Gato era exagero. Pedreiros, ferreiros, carpinas, condutores de bonde, carroceiros, eletricistas, mestres de ofícios diversos levantaram ali os seus barracos. E com que direito pode um sr. deputado chamar de lixo a essa gente do morro? Seja quem for, exerça o ofício que exercer, um homem é sempre digno de respeito, uma mulher digna de consideração. Por acaso não trabalha duro uma prostituta? Pode não ser belo seu trabalho, mas por acaso ela o cumpre porque o escolheu, por livre vontade, ou ali chegou levada pela correnteza da vida? E quanto ao trabalho de um virtuoso como Martim é não só duro e difícil como belo, digno de ver-se e admirar-se. Quantos, entre os srs. deputados, mesmo entre aqueles de mais apurado faro e de mão mais leve, seriam capazes de manejar um baralho ou um copo e os dados com a maestria, a delicadeza, a classe de Martim? Não vamos tomar partido, já dissemos no início, não estamos aqui para acusar ninguém e, sim, somente para contar a história da invasão, moldura daqueles amores (que são realmente nosso tema) de Martim e Otália, de Curió e madame Beatriz, a ocultista famosa. Mas convenhamos não ser fácil mantermo-nos silenciosos quando um deputado qualquer, autor sem dúvida de rendosas negociatas, mamando os dinheiros públicos, vivendo às nossas custas, classifica honrados cidadãos e amáveis concidadãs, dignos de estima e consideração, por todos os títulos, de "lixo da cidade". Esses tipos não se enxergam...

Ia, assim, na assembleia, num crescendo de discursos, a discussão do caso do morro do Mata Gato. O projeto de Ramos da Cunha parecia em definitivo liquidado. A tensão entre os deputados cresceu a ponto de chegarem às ameaças de agressão.

E, por falar em ameaça de agressão, o jornalista Jacó Galub denunciou, nas páginas da *Gazeta de Salvador*, estar ameaçado pela polícia, correr perigo sua vida. Os tiras e o comissário Chico Pinoia arrotavam bazófias pelas esquinas, não escondiam sua decisão de "aplicar um ensinamento" ao jornalista. Jacó, com o apoio do Sindicato dos Jornalistas, responsabilizava o chefe de polícia, o dr. Albuquerque, pelo que lhe viesse a suceder. "Tenho esposa e três filhos", escreveu. "Se for agredido por Chico Pinoia ou outro alcaguete qualquer da polícia, reagirei como homem. E se ficar estendido no campo da luta, sacrificado pelos inimigos do povo, o dr. Albuquerque, chefe de polícia do estado, será o responsável pela orfandade de meus filhos, por uma esposa sem marido."

O chefe de polícia convocou os jornalistas. Podia Jacó Galub transitar em paz pela cidade, não tivesse receio. Pela polícia não seria agredido. Nunca houvera de parte de nenhum elemento da polícia a intenção de ameaçar o jornalista. Ele devia guardar-se, isso sim, daquela récua de marginais com a qual se metera, os invasores do morro do Mata Gato, capazes de agredi-lo e de jogar a culpa na polícia. A esses, ele, dr. Albuquerque, e seus subordinados da polícia negavam "pão e água", e para expulsá-los definitivamente do Mata Gato esperavam apenas a decisão do meritíssimo Tribunal de Justiça. Assim ninguém poderia falar em violência, em exorbitância. Aquela baderna, aquela subversão da lei e dos valores morais, estava em vésperas de terminar. Ele, dr. Albuquerque, cuja passagem pela chefia de polícia já se notabilizara por ter posto fim à jogatina na cidade, por ter liquidado o jogo do bicho, prestaria mais um relevante serviço à cidade, pondo termo a essa tão perigosa tentativa de perturbação da ordem, de origens ignoradas e suspeitas, cujos objetivos eram a desintegração da sociedade. Tolerar-se essa invasão era criar condições para o caos, para a sublevação, para a revolução... A revolução (afirmação dramática, com tremores na voz e tétricos olhares), eis o objetivo final dos que estavam por detrás do pano, a inventar invasões, comícios, concentrações...

Para os deputados governistas, a gente do morro do Mata Gato era o lixo da cidade. Para o dr. Albuquerque, bacharel apavorado, sem ter ainda conseguido desfrutar das vantagens tão celebradas do cargo, tendo se atrapalhado desde o começo, metido os pés pelas mãos ao tratar com os bicheiros, tentando agora arranjar-se com essa história da invasão e querendo aparecer como o campeão dos proprietários urbanos, para o dr. Albuquerque, um tanto ingênuo e bobalhão, os moradores da colina eram revolucionários temíveis. Não deixavam de ser bandidos por isso, é bem verdade. Bandidos, marginais, récua de crápulas. Revolucionários, porém, cobrindo com essa capa romântica e política sua condição real. Tanto falou nisso o dr. Albuquerque a ponto de convencer-se. No final da história, ele via a revolução social em cada esquina e, em cada beco esconso, um bolchevique de faca nos dentes pronto a pôr--lhe as tripas à mostra. Ainda hoje, passado tanto tempo, quando tantas outras invasões se sucederam, quando sobre as águas do mangue se elevou a cidade das palafitas, a grande invasão dos alagados, quando os sucessos do Mata Gato já foram de todo esquecidos e apenas nós aqui os recordamos bebericando nossa cachaça, ainda hoje o dr. Albuquerque continua apavorado com a revolução, e cada vez mais, a anunciá-la para breve se não tiverem os governantes o bom senso de chamá-lo outra vez para a chefia de polícia. Ah!, se ali chegar novamente, dessa vez não cairá na besteira de perseguir o bicho...

Não nos referiremos ao vereador Lício Santos nem ao diretor da *Gazeta de Salvador*, dr. Airton Melo, nem a outros menos conhecidos e citados, por estarem todos eles numa tal atividade, de um lado para outro, do escritório de José Perez para o palácio, do palácio para a assembleia, da assembleia para a casa do vice-governador — uísque excelente! —, da casa do vice para a de Otávio Lima — não só uísque excelente mas também conhaque francês e fernet italiano. (O rei do bicho tratava--se, e sabia receber as visitas.) Deixemo-los entregues às suas discretas negociações, nem por não estarem eles nesse momento nas colunas dos jornais ou na tribuna da Câmara iremos duvidar de sua decidida posição ao lado da gente do morro, de serem eles verdadeiros amigos do povo.

Inclusive o comendador José Perez? E por que não? Se nos aprofundarmos na biografia desse ilustre baluarte da propriedade privada, encontraremos diversos benefícios prestados à comunidade, devidamente consignados pela imprensa da época, e alguns deles eram relevantes serviços... Não foi ele quem contribuiu com elevada quantia para a construção da igreja de São Gabriel, no bairro popular da Liberdade? Casario novo, ruas abertas recentemente, densamente povoada de operários, de artesãos, de comerciários, gente pobre em geral, não possuía ainda a estrada da Liberdade a sua indispensável igreja. Em matéria de religião, antes da generosa dádiva do comendador, só existiam no populoso bairro duas tendas espíritas e três candomblés. Foi Pepe Oitocentas — atualmente com cinco padarias florescentes na Liberdade e suas adjacências — quem meteu a mão no bolso, sacou o dinheiro e possibilitou a fé daqueles desamparados gentios. Outros serviços relevantes? Não basta com a construção da igreja? Pois lá vai: não concorreu ele, em mais de uma ocasião, para as obras dos missionários espanhóis na China, para a catequese dos negros de perdidas tribos do interior da África? Ou não temos o sentimento da solidariedade humana, só consideramos povo ao nosso povo, somos insensíveis ao sofrimento dos pagãos dos outros continentes?

13

E A GENTE DO MORRO DO MATA GATO, OS CELEBRADOS INVASORES, que faziam eles, como agiam e reagiam ante todo esse rumoroso movimento, eles, o centro de tudo? Não os estaremos por acaso esquecendo, dando demasiada importância a comendadores, deputados, jornalistas, homens da política e da economia? Arrastados insensivelmente pela vaidade de acotovelarmo-nos com essa gente conhecida cujos nomes figuram nas colunas sociais? Afinal, quais os personagens cujas aventuras devemos relatar? Não são, por acaso, os invasores dos terrenos do comendador, o negro Massu e Lindo Cabelo, dona Filó e Dagmar, Miro e o velho Jesuíno Galo Doido, todos os demais, os verdadeiros heróis da história? Por que relegá-los ao esquecimento, tanta palavra gasta com o deputado Ramos da Cunha, com o vereador Lício Santos, com outros calhordas da política e do jornalismo de cavação, e esse prolongado silêncio em torno da gente do morro? Querem saber a verdade?

Não estamos falando deles por não haver o que contar, acontecimento ou casos de maior interesse. O pessoal do morro, em toda essa história da invasão, era quem menos falava e comentava. Lá estavam eles, em seus barracos, vivendo. Vivendo, eis a verdade. Sem maiores ambições, sem agitações, sem atos arrojados, vivendo apenas. No meio de todo aquele barulho — expulsa, não expulsa, arrasa, não arrasa —

com tanta gente se movimentando em redor, xingados ou elogiados — bandidos da pior espécie, subversivos, gente digna de toda a consideração, boa gente do morro, humildes e explorados —, conforme o jornal e o comentarista, eles iam conseguindo o maior dos eventos: conseguiam viver quando tudo se unia para tornar impossível tal empresa. Como dizia Jesuíno, pobre já fazia demais com viver, viver resistindo a tanta miséria, às dificuldades sem fim, àquela extrema pobreza, às enfermidades, à falta de toda assistência, viver quando já não existiam condições senão para morrer. No entanto, viviam, era uma gente obstinada, não se deixavam liquidar facilmente. Sua capacidade de resistência à miséria, à fome, às doenças, vinha de longe, nascera nos navios negreiros, afirmara-se na escravidão. Tinham o corpo curado, eram duros na queda.

E não contentes com viver, ainda por cima viviam alegremente. Quanto mais difíceis as coisas, mais riam eles, e os sons dos violões e das harmônicas, a música e as palavras das canções nasciam e se elevavam no morro do Mata Gato, e na estrada da Liberdade, no Retiro, em todos os bairros pobres da Bahia. Enfrentavam a miséria com alegria, gargalhavam ante a pobreza, iam para diante. Os meninos, quando não viravam logo anjinhos no céu, escolhidos por Deus e pela verminose, a fome, a falta de cuidados, educavam-se naquela dura e alegre escola da vida, herdavam dos pais a resistência e a capacidade de rir e de viver. Não se entregavam, não estavam dobrados ao destino, humilhados e vencidos. Nada disso. Resistiam a tudo, enfrentavam a vida e não a viviam nua e fria. Vestiam-na de risos e música, de calor humano, de gentileza, daquela civilização do povo baiano.

Assim é essa gentinha ordinária, dura de roer, assim somos nós, o povo, alegres e obstinados. Os de cima é que são uns molengas, chegados à farmácia e aos barbitúricos, roídos de angústias e de psicanálise, circundados de complexos, de Édipo a Electra, querendo dormir com a mãe, fornicar com o pai, achando lindo ser chibungo e outras calhordagens semelhantes.

A gente do morro, porém, toda aquela barulheira não lhe tirava o sono, não a impedia de viver. Quando a polícia apareceu pela primeira vez e queimou os barracos já construídos, alguns tinham pensado em ir embora, buscar outro lugar onde morar. Mas Jesuíno Galo Doido, homem respeitado pelo saber e pelos cabelos grisalhos, um obá, dissera: "A gente levanta os barracos outra vez", e eles assim o fizeram. Estava dentro de sua fórmula de resistir e viver. Seguiram o conselho e deixaram a Jesuíno as grandes decisões. O velho era um porreta, merecia confiança.

Outros vieram e novos barracos se ergueram. A polícia voltou, Jesuíno e os moleques haviam cavado trincheiras de brinquedo, afofado a terra em torno dos calhaus, acumulado pedras, desprendendo rochedos. A polícia fugira, uma diversão, tinham rido e comemorado.

Por fim todo mundo se metia naquele assunto, uma discussão danada, os tiras perseguindo, metendo inocentes na cadeia, dando bolos de palmatória, os jornais clamando, projeto na Câmara, ação no tribunal, o diabo. Eles, vivendo. Se a polícia tentasse voltar, resistiriam. Jesuíno estava outra vez no comando dos meninos, abriam um caminho escondido pelo mangue, preparavam-se para mais uma vez enfrentar os tiras. Os tiras e os desembargadores do tribunal.

Tinham construído seus barracos, eram obstinados, neles permaneciam apesar de todas as ameaças. Iam vivendo. Matar ninguém se matava, a não ser a negra Genoveva que encharcou os vestidos com querosene e botou fogo mas é explicável: foi paixão, o mulato Ciríaco, tocador de cavaquinho, a abandonara por outra. O importante era ir vivendo, não se deixar abater nem entregar-se à tristeza. Riam e cantavam, num dos barracos estava funcionando uma gafieira, a Gafieira da Invasão, com animados bailes aos sábados e aos domingos, jogavam capoeira pelas tardes, saudavam seus orixás nas noites de festa, cumpriam suas obrigações de santo. Viviam e amavam, Lindo Cabelo ameaçara abrir a garganta de Lídio, um metido a galã de cinema, se ele tivesse a ousadia de voltar a piscar o olho para a formosa Dagmar.

Também aquele Jacinto, moço pretensioso, de quem conversamos — se lembram? —, fez seu barraco no Mata Gato e ali estabeleceu-se com Maria José, uma sarará de cabelo na venta. Deu logo alteração, pois ela, a propósito de ajudar a velha Veveva nos cuidados com o menino, acabou servindo de colchão para Massu. O negro tinha seus passos limitados à superfície do morro, os tiras lá embaixo o esperavam, impacientes. Sem poder locomover-se à sua vontade, visitar seus amigos dos botequins e dos armazéns, ir às docas conversar, Massu parecia uma fera enjaulada. Por isso mesmo, Maria José foi-lhe de grande consolação. Nota discordante, nesse cordial entendimento, o antipático Jacinto. Em vez de sentir-se vaidoso com o sucesso de sua amiga, capaz de derramar o bálsamo da alegria no coração de Massu, homem importante, compadre de Ogum, deu para brabo, bebeu umas cachaças, armou-se com uma faca e veio tomar satisfações. Negro Massu, apesar de confortado por Maria José, ainda assim não estava para brincadeiras, seu humor não lhe permitia tolerar gritarias. Afinal esse Jacinto revelava-se um grosseiro, andara maltratando a sarará e agora vinha gritar nomes em frente ao barraco do negro, escandalizando a vizinhança. Massu o levou de rastros até a picada mais larga, o melhor caminho para descer no morro, empurrou-o com o pé. E o aconselhou a não regressar mais, deixando o barraco para a ex-consorte na divisão de bens do casal. Para Jacinto, restavam os chifres, de bom tamanho.

Voltou, porém, dias depois no rastro de Otália. Por Otália tinha o tal de Jacinto uma velha paixão, desde a chegada da moça à Bahia. Ele a conhecera na mesma noite, quando Cravo na Lapela fez a pilhéria de esconder-lhe a bagagem. Jamais conseguira meter-se com ela na cama, não houvera oportunidade, pensava ele. Acompanhou de longe os roteiros percorridos por ela e Martim naquele amor tão comentado no cais e nas gafieiras. Para Jacinto, homem pouco dado à imaginação e à poesia, aquela história de idílio romântico, namoro platônico, era motivo de riso. Ia lá acreditar em tais balelas, conhecia o cabo Martim e, no íntimo, seu desejo era imitá-lo, parecer-se com ele, agir como ele agia com as mulheres: superior, de cima, deixando-se amar, não lhes dando muita ousadia. A esse conto, repetido por uns e outros, do cabo morrendo de amores, passeando de dedinho agarrado, sem conseguir nada, Jacinto não lhe dava um vintém de crédito. Considerou Otália perdida para sempre, a não ser no caso de Martim cansar-se dela e cair fora.

E foi isso a suceder, inesperadamente. Não por cansaço mas para fugir à perseguição da polícia mudou-se o cabo, sumiu sem deixar endereço para a correspondência. Pelo menos Jacinto não conseguira saber do destino do viajante, apesar de pesquisar pelos conhecidos. Não queria atirar-se para os lados de Otália estando o cabo nas proximidades, Martim não era de aceitar calado um sócio inesperado. Mas, quando Otália, por decisão de Tibéria, veio ocupar o barraco no morro do Mata Gato para recuperar-se, Jacinto começou novamente a aparecer ali por cima, todo maneiroso e engravatado.

O barraco levantado por Tibéria e Jesus no alto do Mata Gato destinava-se a receber o casal quando a velhice já não lhes permitisse trabalhar. Enquanto isso, usavam-no para descansar e para ali mandavam alguma das pensionistas do castelo quando necessitada de repouso ou de esconder-se de um impulsivo qualquer, cansativo xodó ou insuportável pretendente. Pelo menos para isso o reservava Tibéria, se bem, após o caso de Otália, tivesse ela tomado tal desgosto a ponto de desejar vender o barraco a qualquer preço.

Apenas Martim tomara seu chá de sumiço — coubera a Jesuíno avisar aos amigos e conhecidos, a Tibéria e a Otália, da forçada desaparição do cabo, acrescentando não saber de seu destino —, começara Otália a enfraquecer. Coisa mais sem jeito e sem explicação: uma fraqueza nas pernas e no corpo, um desmaio no olhar, só queria estar deitada, não tinha vontade para nada, recusava todo e qualquer freguês, mesmo aqueles mais generosos e certos, como seu Agnaldo, da Farmácia Milagrosa, no Terreiro de Jesus, infalível toda quarta-feira, ao fim da tarde. Não só pagava bem mas lhe trazia sempre um presente: uma caixa de pastilhas contra tosse, um vidro de xarope, um sabonete. Despachava seu Agnaldo, o velho Militão do cartório, um filantropo endinheirado, o dr. Misael Neves, cirurgião-dentista com consultório na praça da Sé, e os eventuais, não recebia ninguém. Não queria sequer sair do quarto, indo à sala de jantar à custa de muito empenho, provando apenas a comida. Nunca mais pôs os pés fora de casa. Na cama, com sua boneca ao lado, os olhos perdidos no teto, magra e sem sangue nas faces.

Tibéria andava alarmada. Suas pensionistas chamavam-na de Mãezinha, os amigos também e ela merecia o apelido, cuidava das meninas como se fossem suas filhas. A nenhuma, porém, se apegara tanto, tanto se afeiçoara como a essa pequena Otália, tão menina de idade e de pensar, tão cedo atirada ao ofício de meretriz.

Porque o velho Batista, seu pai, com um roçado pertinho de Bonfim, não era de pilhérias e quando soube do acontecido, ter o filho do coronel Barbosa tirado os três-vinténs da bichinha, ainda verdinhos que nem araçá azedo, virou o cão, agarrou um cajado e deu na pobre de criar bicho. Depois botou-a porta afora, não queria mulher-dama em sua casa. Lugar de mulher-dama é em rua de canto, lugar de perdida é em rua de perdição. Fosse ficar com a irmã, meretriz fazia já dois anos, mas aquela não tinha saído direta da casa do pai para a zona, primeiro tinha se casado, o marido largara, fora pro sul e ela teve de maneirar para viver. Enquanto Otália saiu de casa mesmo, expulsa pelo velho, cheio de raiva de ver a filha de quinze anos, bonita como uma estampa de santa, já sem os três, sem outra serventia senão para puta.

Muitos desses particulares, o cabo Martim só veio a saber depois de tudo passado, pela boca de Tibéria, pessoa da maior discrição, a melhor dona de casa de rapariga aparecida na Bahia. Não o dizemos por amizade, não louvamos sua conduta por compadrismo. Quem não conhece Tibéria e não admira seus predicados? Ninguém mais conhecida e estimada, em seu castelo é tudo uma família só, não é cada um por si e Deus por todos, Mãezinha jamais o permitiria. Uma família unida e Otália a caçula da casa, mimada, cheia de dengues.

Martim ficou sabendo como a coisa se dera: quando o filho do coronel Barbosa, moço estudante bem-apessoado, tirou os tampos de Otália, ela não tinha completado quinze anos mas já botara corpo e peito de mulher. Mulher só na vista, menina por dentro, mesmo no castelo queria era brincar de boneca e namorar como as moças donzelas, namorar com Martim pra depois noivar, com aliança e tudo. Assim era ela. Cosia vestido para a boneca, arrumava-lhe a cama.

Lá numa rua de canto, em Bonfim, onde vivia com o pai, o velho Batista, o estudante a viu e por ali apareceu algumas vezes. Deu-lhe uns bombons açucarados e um dia lhe disse: "Você já está boa para casar, menina. Quer casar comigo?". Ela preferia noivar antes, achava bonito. Mas assim mesmo aceitou, num contentamento, e pediu somente véu e grinalda. Não pensou a coitada estar o moço falando língua de doutor e, casar, na língua dele, elevada, era comer-lhe os três na beira do rio. Otália ficou esperando até hoje o véu e a grinalda. Em vez, ganhou foi porrada do velho Batista e o olho da rua. Que jeito se não ir pra onde já estava a irmã, de nome Teresa e assanhada como ela só?

No castelo, atendendo a freguesia com competência, nas horas vagas era uma criança, inocente de toda maldade, queria só namorar com o cabo, passear com ele, mão na mão, até chegar o dia do noivado.

O cabo sumiu, perseguido, também já estava enjoado daquele xodó sem jeito, sem cama, não sabia dos antecedentes, aquela Otália não era certa da cabeça, onde já se viu puta namorando, esperando aliança, bênção de casamento para deitar com seu homem e se amarem os dois? Pois, perseguido e enjoado, Martim levantou acampamento e, para melhor se garantir, mudou de nome e promoveu-se a sargento. Otália nunca mais foi a mesma, arriou-se na cama, cada dia mais desfalecente. Tibéria achou melhor tirá-la do castelo, propôs-lhe ir passar uns dias no barraco do morro, onde estavam amigos seus, o negro Massu, Curió agora amigado com uma vidente oxigenada, sem falar em Jesuíno, sem casa ali nem em nenhuma parte mas comandante em chefe do morro, encarregado da defesa e do ataque, divertindo-se cada vez mais.

O tal de Jacinto, apenas soube Otália no morro, ali fez-se presente na esperança de deslumbrá-la com sua presunção de bonito. Mas a rapariga, se o viu, nem reparou no pernóstico, em nada reparava, com sua boneca e a lembrança do cabo Martim, seu namorado com quem devia noivar e, um dia, casar-se. Ficava no barraco, estendida no catre, distante de tudo, e apenas quando o menino de Massu vinha brincar a seu lado ela o acarinhava e sorria. Bastava-lhe casar mas, se chegasse a ter um filho, então seria já um exagero de felicidade.

Outras coisas a contar da gente do morro? Pois iam vivendo e já não é pouco viver quando se é pobre e a polícia ameaça tocar fogo no barraco da gente. Vivendo como era possível, sem dar maior importância à barulheira dos políticos e jornalistas, gente graúda, eles lá se entendem.

Novidades mesmo no morro, talvez apenas uma, digna de nota. Tratava-se do seguinte: há já algum tempo, talvez devido mesmo a essas complicações, a população parara de crescer e novos barracos não tinham sido construídos. Mesmo porque o poço perfurado pelos moradores não dava sequer para o gasto dos atuais, tampouco a ligação elétrica, uma luzinha rastaquera boa só para namorados. No entanto, nos últimos dias, naquela nervosa semana entre as duas reuniões do tribunal, apareceram no Mata Gato pedreiros e carpinas, com suas colheres, seus prumos, seus serrotes, e tome a construir barracos. Uns caminhões do serviço público largavam no sopé do morro sacos de cimento, tijolos e telhas. Duas ruas inteiras, uns barracos jeitosos, iguaizinhos uns aos outros, foram rapidamente levantados. Caiados por fora e por dentro, com portas e janelas azuis, catitas. Ninguém sabia dos donos, o mestre da obra, um caladão, se tinha a solução da charada não a quis fornecer. De alguém tinha de ser. Olhando os caminhões Pé-de-Vento sugeriu pertencerem ao estado, talvez para famílias de funcionários. Ou para estabelecer ali um criatório de mulatas. Pé-de-Vento ainda estava esperando suas mulatas encomendadas na França, fazia tempos. Desconfiava ter o navio naufragado ou bem haviam-lhe afanado as cabrochas pelo caminho. Num total de mais de quatrocentas.

Pé-de-Vento sugeriu a tese estatal para ver se terminava com a curiosidade de Jesuíno, doido para saber a quem pertenciam as novas construções. O velho sem-vergonha, com Miro e os outros moleques, tomava providências para enfrentar a polícia quando saísse a sentença do tribunal. Olhava com desconfiança as paredes daqueles barracos com jeito de casa de verdade, balançava a cabeça, mas, por via das dúvidas e pelo desejo de divertir-se, continuava seus preparativos para fazer face a qualquer agressão. "O morro do Mata Gato se defenderá. Até o último homem", escrevera Jacó Galub, e responsabilizara o governo. "Ainda é tempo do governador afastar o chefe de polícia e atender às reivindicações do povo." Balançava a cabeça Jesuíno, coberto com um extraordinário chapéu. Os brancos lá embaixo, brancos de rico e não de cor, eram capazes de terminar por se entenderem e lá se ia sua diversão. Eram graúdos, os graúdos sempre se entendem, briga entre eles não prospera.

Pé-de-Vento concordava. Tinha levado uns bolos na polícia, gostaria de ajudar Jesuíno a botar os tiras pra correr. Galo Doido havia arranjado, só Deus sabe onde, um desses chapéus de metal, como um casco de engenheiro, com ele cobria a cabeça, mas a cabeleira grisalha e despenteada escapava por todos os lados. Não lhe permitia o desejado aspecto marcial, dir-se-ia mais um poeta. A brisa soprava no morro, balançava as folhas dos coqueiros, os moradores iam vivendo, obstinados, rindo, cantando, trabalhando, comendo, fazendo filhos. Com as novas casas, o Mata Gato tomara mesmo jeito de bairro.

— Gente mais danada... — comentou Pé-de-Vento. — Outro dia isso aqui era um brejo, um agreste de espinhos, agora tá que nem uma cidade. Eta povo mais filho da puta de arretado...

Jesuíno riu seu riso enrouquecido pelo catarro e pelo fumo. Gostara daquela história de invasão. Sabia de uns terrenos mais adiante da Liberdade, andava pensando em levar uns amigos para levantar umas casas por lá. Pé-de-Vento por que não vinha com eles?

— Tem mulata por lá? Das verdadeiras?

Se tivesse, ele podia ir para ajudar. Para viver mesmo, não. Pé-de-Vento preferia viver sozinho, em paz no seu canto.

14

COINCIDIRA COM O AMANCEBAMENTO DE CURIÓ E MADAME BEATRIZ, a cartomante para quem o futuro era livro aberto e decorado, a primeira sessão do Tribunal de Justiça convocada para o julgamento da ação do comendador José Perez — o Pepe das Oitocentas Gramas, antigo gatuno a roubar no peso em balanças vagabundas, atual baluarte da sociedade e da moral, agora roubando em balanças eletrônicas — contra os invasores de seus terrenos na colina do Mata Gato; a segunda sessão, quando a sentença condenatória foi pronunciada, haveria de coincidir com o casamento de Otália com o cabo Martim.

Otália morreu à noitinha, já a sentença estava ditada, faltando embora ser passada a limpo e transmitida ao chefe de polícia, ansioso para executá-la, com as ordens estudadas e os homens escolhidos. Tibéria chegara ao barraco, no Mata Gato, na véspera, cedo, e também Jesus veio à noite e ficou. As meninas apareceram depois, quando o médico disse não haver mais esperanças. À noite, aproveitando a presença de Jesus e o agitado sono de Otália, Tibéria foi em busca de Jesuíno. O velho debochado descera para a cidade, saíra a beber sua cachaça. No dia seguinte, com a tal de sentença, já não iria poder deixar o morro. Tibéria o encontrou sem dificuldades maiores, familiar de seus roteiros. Queria o endereço de Martim para mandar-lhe um recado.

Primeiro Jesuíno negou saber, fez boca de siri, mas quando Tibéria lhe explicou o porquê, deu o serviço: cabo Martim atuava em Itaparica, aliás nem cabo nem Martim. Tratava-se do sargento Porciúncula, aos trancos, segundo os constas, com a soberba Altiva Conceição do Espírito Santo, portento de negra. Encarregou-se de enviar o recado com toda a urgência, despachou um mestre de saveiro ainda pela madrugada com ordens de trazer Martim. E, após tê-lo enviado, tomou Jesuíno o caminho do morro, e nem se lembrava da reunião do tribunal marcada para a tarde, tão aflito ia, pesado o coração. Otália era sua predileta: na noite de sua chegada de Bonfim lhe pedira a bênção e se pusera a seus pés. Por que logo ela, com tanta gente velha e ruim, se morressem não fariam falta a ninguém, nem uma lágrima seria derramada? Por que logo ela, tão alegre e terna, com sua graça, sua boneca, seu sorriso, sua dança, seu dengue, seu amor? Por que logo ela, se apenas começara a viver? Com tanto cão danado merecendo morrer. Era uma injustiça e o velho Jesuíno Galo Doido tinha horror às injustiças.

O recado alcançou o sargento Porciúncula no meio da tarde. Logo naquele dia excursionava ele em Mar Grande onde uma espécie de clube fora fundado por caieiros e pescadores. Não possuía sede nem patrimônio social mas haviam conseguido uns baralhos. Informado, o sargento apressou-se em levar sua adesão àqueles esforçados esportistas, sua experiente ajuda.

No saveiro, de pé ao lado do leme, sem um gesto, a boca trancada, o rosto coberto de ânsia, parecia de pedra e só tinha um desejo: chegar, correr para o morro, tomar de suas mãos, pedir-lhe para viver. Uma vez, ela lhe perguntara: "Tu não entende?".

Não, não entendia naquela ocasião. Quando ela o fitara nos olhos e lhe fizera a pergunta, ele estava cheio de pressa e de raiva. Fora-se embora, para fugir da polícia mas também para fugir de Otália, para não buscá-la outra vez, para esquecê-la. No corpo de fogo de Altiva Conceição do Espírito Santo, nas altas labaredas de seus seios e na brasa ardente de seu ventre, queimara a lembrança de Otália, o gosto ingênuo de seus lábios, sua imagem de menina e namorada. Enchera, apressado, sua ausência com os dias de jogatina desenfreada, com as noites de amor na fímbria do mar, iluminado de estrelas. Mas agora ele entende, seus olhos se abriram e sente seu coração pequeno no fundo do peito, todo ele é medo, unicamente medo, medo de perdê-la. Onde estão os ventos do mar que não vêm jogar esse saveiro contra o cais da Bahia?

Quando ele finalmente chegou, com o crepúsculo, no morro do Mata Gato, Otália já não tinha forças para falar e o procurava apenas com os olhos. Tibéria explicou ao cabo o pedido feito no começo da agonia, no limiar da morte. Otália queria ser enterrada vestida de noiva, com véu e grinalda. O noivo, Tibéria sabia quem era: o cabo Martim, estavam tratados para casar, ia ser muito em breve, nas festas de junho.

Era um pedido mais doido, onde já se viu meretriz enterrada com o vestido de noiva, mas era pedido da hora da morte, não tinham remédio senão satisfazer.

Ao ver Martim, Otália recuperou a fala, era um fio de voz, um cochicho distante, e reclamou seu vestido. Não havia ainda vestido nenhum, muito menos de noiva. Martim não sabia como arranjar, era compra custosa e ainda por cima de noite, com o comércio fechado. Pois não é que arranjaram? Na cama, morrendo, Otália esperava. O mulherio todo, o do castelo de Tibéria, as vizinhas do morro, conhecidas de outras pensões, cambada de bruacas, récua de putas cansadas da vida, não era que estavam todas elas virando costureiras, cosendo o vestido e o véu e a grinalda? Num instante juntaram dinheiro para um ramo de flores, arranjaram pano, rendas e crivos, arranjaram sapato, meia de seda, luva, até luva branca! Uma cosia um pedaço, outra pregava uma fita.

Nem madame Beatriz vira jamais vestido de noiva igual àquele, assim luxuoso e elegante, nem véu e grinalda tão mimosos, e era a cartomante não só viajada como entendida nesses enxovais. Antes de sair mundo afora consolando os aflitos tivera atelier de modista em Niterói.

Depois vestiram a noiva, a cauda do vestido saía da cama, arrastava bonito no chão. O quarto estava cheio com as meninas e os amigos, Tibéria veio com o buquê e o pôs nas mãos de Otália. Haviam suspendido o travesseiro, levantado a cabeça da doente. Noiva tão linda nunca houvera, tão serena e doce, tão feliz na hora do casamento.

Agora, na beira da cama, sentou-se o cabo Martim, era o noivo, tomou da mão de sua noiva. Clarice, uma que fora casada, tirou chorando a aliança do dedo, entregou a Martim. Ele a colocou devagarinho no dedo de Otália, e olhou seu rosto. Otália estava sorrindo, nem parecia na hora da morte de tão satisfeita e contente. Quando Martim desviou os olhos foi para ver Tibéria em sua frente, voltada para ele e Otália, Tibéria virada em padre, envergando aquelas vestes de abençoar casamento, com coroa e tudo, um padre gordo, com jeito de santo. Tibéria levantou a mão e deitou a bênção nos noivos. Martim baixou a cabeça e beijou os lábios de Otália, sentiu seu hálito final, vindo de longe, distante.

Então Otália pediu a todos para saírem, sorria com a boca e com os olhos, com o rosto todo, noiva mais feliz não existiu até hoje. Saíram todos, nas pontas dos pés, menos Martim, ela o tinha preso pela mão. Num esforço, moveu-se um quase nada na cama, fazendo lugar para ele. O cabo estendeu-se, incapaz de falar, como ia ser sem Otália, vida mais sem jeito, morte mais sem jeito. Otália suspendeu a cabeça, devagar a repousou no peito largo do cabo, fechou os olhos, sorrindo.

Na porta, Tibéria gemeu num soluço, Otália sorria.

15

NO FIM DA TARDE A SEGUIR-SE À SENTENÇA DO TRIBUNAL, quando os carros da polícia — num desparrame de forças de quem vai enfrentar um exército e conquistar posições quase inexpugnáveis — aproximavam-se do morro do Mata Gato, descia suas escarpadas encostas o enterro de Otália. Os tiras e guardas, sob o comando de Chico Pinoia e de Miguel Charuto, iam armados de metralhadoras, fuzis, bombas de gás lacrimogêneo, e de sede de vingança. Não voltariam correndo, não pretendiam deixar pedra sobre pedra, os tintureiros vazios deviam retornar cheios.

Do alto da colina, Jesuíno Galo Doido observava o enterro desaparecendo na distância, as forças da polícia chegando. Trazia na mão o espantoso chapéu de engenheiro transformado em casco militar, colocou-o na cabeça. Ao lado, Miro, seu lugar-tenente, aguardava ordens. Montanhas de pedras haviam sido levantadas na noite de sentinela, os meninos se moviam entre elas. Parte deles morava no morro, nos casebres erguidos com a invasão. A maioria, porém, viera enfrentar a polícia, solidária. Estava toda a vasta e invencível organização dos capitães da areia, sem regulamento escrito, sem diretoria eleita, poderosa e temida. Os meninos de focinho de rato, vestidos de andrajos, chegados dos cantos de ruas mais distantes. As crianças abandonadas da Bahia, universitários da vida obstinada, aprendendo a viver e a rir sobre a miséria e o desespero. Ali estavam, esses inimigos da cidade, como tantas vezes tinham sido tratados por jornalistas, juízes e estudiosos de sociologia.

O enterro, acompanhado por Tibéria e pelas raparigas, deslocava-se um tanto apressado, aquelas cansadas mulheres haviam perdido a noite anterior na sentinela, não podiam faltar ao trabalho duas noites seguidas. O crepúsculo caía sobre o mar, Otália fazia seu derradeiro passeio, vestida de véu e grinalda, toda de branco em seu caixão de defunto. Levavam-na o cabo Martim e Jesus, Pé-de-Vento e Curió, Ipicilone e Cravo na Lapela.

Era o primeiro enterro a sair da invasão do Mato Gato mas já quatro crianças tinham ali nascido, três meninas e um menino. Quanto aos acontecimentos e à sentença, o jornalista Jacó Galub estivera na véspera, à noite, em companhia daquele simpático Dante Veronezi, e lhes dissera para não se impressionarem com os "roncos do chefe de polícia" pois o assunto seria resolvido a contento, ninguém seria expulso do morro, nenhum barraco posto abaixo. Por que então, na tarde do enterro de Otália, aquele deslocamento de forças policiais? Galo Doido e os meninos, por via das dúvidas, assumiram suas responsabilidades de comando. Um moleque foi mandado avisar a Jacó.

A partir da sentença do tribunal, foi tudo muito rápido. Onde estavam aquelas posições radicais, violentas, irreconciliáveis? No amor ao povo, na defesa intransigente de seus interesses e reivindicações, aplainaram-se todas as dificuldades, superaram-se as divergências, encontraram-se as forças adversárias e deu-se o congraçamento. Dele falaremos, dessa festa de autêntico patriotismo a unir homens da oposição e do governo, dirigentes das classes conservadoras e líderes populares, seus corações pulsando uníssonos ao ritmo do amor ao povo. Perdoem-nos repetir tanto as palavras "amor ao povo" mas, se ele era realmente grande, se desse amor estavam todos prenhes e se nutriam, não vemos como não repetir a expressão, mesmo sacrificando o estilo. Afinal não somos clássicos nem temos responsabilidades maiores para com a pureza e elegância da língua. Apenas desejamos contar a história e louvar quem mereça ser louvado. Aliás, para não esquecer ninguém, o melhor é louvar a uns e outros, a todos sem exceção.

O congraçamento de tantos homens ilustres, separados por divergências políticas, foi o tema grandioso e fundamental da totalidade dos muitos discursos, artigos, tópicos, editoriais, escritos na fase final do problema do Mata Gato.

"Vitoriosa nossa campanha! Triunfo do povo e da *Gazeta de Salvador*", anunciava a manchete orgulhosa do jornal, confirmada pelo som de sua sirene a cortar os ares, convocando a multidão. A sirene da *Gazeta de Salvador* soava apenas em ocasiões gravíssimas, para notícias suprassensacionais.

A tumultuosa questão do morro do Mata Gato fora resolvida a contento de todos, escrevia o jornal. Menos de quarenta e oito horas depois da sentença do tribunal, dentro de um prazo a quebrar vários recordes burocráticos e parlamentares. O amor ao povo constrói milagres. Notável exemplo de patriotismo, a ser seguido pelas novas gerações, tão imbuídas de ideias extremistas. Vitória do jornalismo honesto, a serviço do povo.

O presidente do Tribunal de Justiça era um velhinho pícaro e arguto, estava informado das negociações em curso, envolvendo os diversos interessados: o benemérito comendador José Perez, o árdego deputado e líder da oposição Ramos da Cunha, o governador, o vice, o prefeito, vereadores, o incansável Lício Santos, o dr. Airton Melo, grande homem da imprensa, e também o jornalista Jacó Galub, o atrevido repórter, cuja ação destemida merecia, além de elogio, justa compensação. Sem falar no popular homem de negócios — realmente talvez a única pessoa a gozar de popularidade geral — Otávio Lima, cuja presença nas conversações talvez exigisse uma explicação. A verdade, porém, é que ninguém exigia tal explicação. Por que iremos nós então buscá-la e transcrevê-la? Por que seríamos mais exigentes do que tantos homens ilustres, envolvidos nesse assunto? A presença de Otávio Lima era recebida com absoluta naturalidade, pode-se mesmo afirmar ter ele desempenhado papel decisivo no sucesso das conversações. Na solução daquele intrincado problema, o governador buscou ouvir as mais diversas opiniões, demonstrando seu espírito democrático e sua visão de governo.

Só não foram ouvidos os moradores do morro mas tampouco se fazia necessário. Não eram, por acaso, para a salvaguarda de seus interesses todos esses encontros e reuniões? Não estavam presentes e ativos tantos e tão sinceros patriotas, amigos devotados do povo? Sem falar da presença modesta porém simpática de Dante Veronezi, cuja posição de homem do morro, de chefe indiscutido e respeitado da invasão, já ninguém podia colocar em dúvida: duas alamedas de casas, construídas a toque de caixa, lhe pertenciam e já estavam sendo alugadas a bom preço. Dante ia e vinha, das reuniões ao morro, e convencera Jesuíno e os moradores da inutilidade de seus preparativos de luta. "Os homens estão resolvendo tudo." Em vez de barricadas, de trincheiras, de pedras e latas d'água fervendo, bandeirolas de papel, cartazes de saudação, foguetes e rojões. Para festejar, para comemorar em praça pública. A polícia havia cercado o morro, mas Dante Veronezi atravessara entre os carros e as metralhadoras, impávido. Um cartaz estava sendo confeccionado, às custas e sob a orientação do jovem líder, anunciava:

VIVA DANTE VERONEZI,
NOSSO CANDIDATO

Assim um pouco vago, sem designar o cargo ao qual o indicavam e apoiavam. Dante, ante o rumo vitorioso dos acontecimentos, começava a pensar seriamente em suas possibilidades para deputado estadual. Vereador, eram favas contadas. Mas, quem sabe, teria condições para a deputança... De qualquer maneira, candidato. Dona Filó, de quem Dante ia batizar o filho mais moço, dirigia sua propaganda no morro.

O presidente do Tribunal de Justiça estava a par de tudo isso. "Tudo isso", é claro, não inclui o parentesco afetivo e moral de Dante e Filó. Referimo-nos às conversações, às negociações em curso. O presidente não era nenhum bocó, não se chamava Albuquerque como a intimorata besta a ocupar a chefia de polícia. Sabia ele também qual a obrigação do tribunal, sua responsabilidade, seu dever a cumprir: fazer respeitar as leis, sobretudo garantir o artigo constitucional a tornar inviolável a propriedade privada. Realizassem os políticos o melhor arranjo, a mais hábil maroteira, para isso existiam e politicavam. Ao tribunal cabia reafirmar o direito constitucional à propriedade da terra e condenar o crime constituído pelo desrespeito a esse sagrado direito, crime cometido pelos invasores do Mata Gato. A sentença do tribunal foi obra-prima de jurisdição e malícia. "A justiça é cega", repetia ela, acrescentando, no entanto, ao velho lugar-

-comum, algumas palavras sentidas por não poder o tribunal sequer enxergar a comovente imagem de dona Filó, mãe sofrida e amantíssima de tantos filhos a clamar por teto. Cega a justiça, obrigados os juízes a serem surdos a tais clamores. Cabia aos membros do poder Legislativo e do Executivo a busca de solução política para o problema, respeitando o direito de propriedade, garantido pela Constituição, e atendendo, ao mesmo tempo, aos interesses daquele povaréu desprotegido da sorte. O tribunal confiava em que Deus, suprema fonte de sabedoria, esclarecesse os governantes e os deputados, e encomendava — outra coisa não podendo fazer — à força e à prudência da polícia a execução da sentença condenatória dos invasores do morro, os quais deviam ser desalojados e os terrenos entregues a seu verdadeiro proprietário.

Sentença brilhante, com a qual reafirmava-se o tribunal guardião da propriedade privada e, ao mesmo tempo, aparecia a insinuar, a sugerir uma solução política. Assim, qualquer acordo que tornasse caduca a sentença condenatória pareceria resultar da própria sentença, da sabedoria do tribunal. Não estavam o governador e os deputados tramando por detrás do tribunal e da polícia? O chefe de polícia era uma vaca presunçosa, mas ele, presidente do tribunal, não se deixava enrolar. Às suas custas sem-vergonha nenhum ia tirar diploma de bom-moço. Com a sentença cerrada de razões e de astúcia, aparecia o tribunal como o verdadeiro mandante de qualquer solução de compromisso. Deu ordens aos funcionários para não enviarem a sentença à polícia antes de expressa determinação sua.

Só mesmo dr. Albuquerque, montado em sua genealogia e em sua ambição, em sua suficiência, não percebia a intensa movimentação a desenvolver-se na sombra da polêmica sobre o morro do Mata Gato. Nunca sua posição parecera-lhe mais sólida e brilhante. Ainda na véspera, buscando tirar a limpo certos rumores filtrados na imprensa, ouvira do governador a reafirmação de sua total confiança. Acrescentara sua excelência escapar inteiramente de suas atribuições de governador o problema do Mata Gato. Cabia à justiça decidir e à polícia cumprir o mandado do tribunal. Dr. Albuquerque saíra fortíssimo do palácio. Na porta cruzara com Lício Santos, respondeu secamente ao rasgado cumprimento do vereador. Não estivesse o crápula coberto com as imunidades do mandato e o faria meter no xilindró.

Os jornais da oposição, apresentando o chefe de polícia como intransigente, pintando-lhe um retrato sinistro, prestavam-lhe, sem dar-se

conta, um excelente serviço. Credenciavam-no junto às classes conservadoras como um líder firme e decidido. Enquanto outros vacilavam, baju-
lando a populaça em busca de votos, ele aparecia como o indômito campeão dos proprietários. Quando soasse a hora, quem o líder natural de
quantos temessem a onda da subversão, os rumores alarmantes do socia-
lismo, a soarem — em sua opinião abalizada — suas trombetas anuncia-
doras no alto do morro do Mata Gato? Na hora da onça beber água,
quem mais indicado para governar o estado com mão de ferro? Em seu
gabinete, esperando ser-lhe oficialmente enviada a sentença do tribunal,
o dr. Albuquerque via-se no Palácio da Aclamação, tendo em sua frente,
humilhado e macio, o rei do bicho, aquele tal de Otávio Lima...

Exagero afirmar ter sido o dr. Albuquerque o único surpreendido
com os acontecimentos. Também alguns deputados de segundo time,
um ou outro secretário de estado, não sabiam de nada, vagavam nas nuvens, mal tiveram tempo de correr a aplaudir. Aliás, as coisas precipitaram-se de tal maneira a ponto de ficar o deputado Polidoro Castro — o
Castrinho das francesas, ex-macrô da rua Carlos Gomes quando a rua
Carlos Gomes era zona de mulheres — em posição ridícula. Esse Castro
de antiga crônica estudantil registrada na delegacia de costumes, batera
asas para o interior, casara com filha de fazendeiro e transformara-se em
bacharel de altas virtudes morais. Voltou à capital, meio careca, com um
diploma de primeiro suplente de deputado estadual por um partido governamental, para assumir o mandato enquanto o dono do lugar ia dar
sua voltinha na Europa por conta da assembleia, contentando-se assim a
todos. Doido para brilhar na tribuna, sua oportunidade foi o projeto de
Ramos da Cunha. Fez-se seu crítico mais minudente e feroz, desmon-
tou-o parágrafo por parágrafo e, com uma irritante erudição de advogado do interior e uma lógica cartesiana de amante de velhas putas francesas, reduziu mais ou menos a frangalhos aquele "amontoado de tolices
demagógicas, de nosso fogoso Mirabeau sertanejo...". Tudo isso vinha
se processando em três discursos longos e irrespondíveis.

Estava a pronunciar o terceiro — com evidente prazer, na maior admiração pela força de seus argumentos, de suas citações, algumas lati-
nas, de seu timbre de voz — na tarde seguinte à sentença, referindo-se a
ela exatamente, à coincidência entre a argumentação jurídica de seus
discursos e a da "luminosa lição do tribunal", quando o líder da maioria
entrou apressado no recinto, vindo do palácio. Espiou o orador na tribuna com o rabo do olho, cochichou com alguns deputados da maioria,

dirigiu-se a Ramos da Cunha ocupado em apartear Polidoro, sentaram--se os dois num canto a segredar. Polidoro Castro, envolvido em sua própria voz, não prestou grande atenção ao líder. Nem viu quando ele se dirigiu à mesa e falou ao ouvido do presidente da casa. Só voltou de seu embevecimento, encantado com a sua alta inteligência, quando vibrou a sineta e o presidente avisou-lhe:

— O tempo do nobre deputado está esgotado...

Não era possível: tinha direito a duas horas, não esgotara sequer a primeira, o presidente enganava-se. Não, não se enganava a mesa e, sim, o nobre deputado, seu tempo estava realmente terminado. Ao voltar-se para o presidente, disposto a discutir aquele absurdo, Polidoro bateu os olhos no líder e compreendeu. Certamente alguma importante comunicação política a ser feita à casa. O líder desejava a tribuna. Não fazia mal, Polidoro pronunciaria um quarto discurso.

— Vou terminar, senhor presidente...

Arrematou suas considerações, prometendo continuá-las numa última oração, arrasante. Por que diabo Ramos da Cunha sorria ante tão séria ameaça? Não só sorria como sentou-se a seu lado na primeira fila, para dali ouvir o líder da maioria já na tribuna a pigarrear para o plenário atento. Ramos da Cunha, com seu projeto destroçado, olhava o teto, a sensibilidade moral embotada — pensava Polidoro.

O líder do governo pediu a atenção de seus pares, vinha do palácio e falava em nome do governador. O silêncio das grandes ocasiões deu maior peso às palavras do líder. Vinha do palácio, repetiu, e sentia-se ser-lhe agradável essa intimidade com salas e corredores do palácio, onde ele, líder do governo, ia e vinha sem necessidade de marcar previamente audiência. Lá, em companhia do sr. governador, do vice, do prefeito da capital, do secretário de Viação e Obras Públicas, de outras autoridades, participara de exaustiva reunião onde o problema agudo da invasão do morro do Mata Gato fora estudado sob seus diversos e complexos ângulos.

Fez uma pausa, elevou o braço direito para reforçar as palavras. O ilustre governador do estado — disse —, a cuja humaníssima intervenção anterior devia-se não ter corrido sangue dos populares levados pela necessidade à invasão e ocupação do morro do Mata Gato; sua excelência, sempre atento e voltado para as causas do povo, agora de mãos atadas, não podendo mais impedir a ação da polícia colocada sob as ordens do tribunal para executar-lhe a sentença; sua excelência, o benemérito governador — repetia de boca cheia, o cuspo da bajulação explodindo em perdigotos —, apoiando-se nas próprias razões da sentença a aconselhar ao Executivo e ao Legislativo a busca de uma solução política capaz de evitar a ação da polícia; sua excelência, esse exemplo de homem público voltado para as necessidades do povo, esse humanista, resolvera dar mais uma prova de sua grandeza de sentimentos, de sua isenção política e de seu amor ao povo. Na Assembleia Estadual, ali naquela casa da lei e do povo, encontrava-se em discussão um projeto de lei mandando desapropriar os terrenos do morro do Mata Gato, projeto de autoria do nobre líder da oposição, dr. Ramos da Cunha, cujo talento e cuja cultura não pertenciam exclusivamente à minoria e, sim, a toda a assembleia, ao estado da Bahia, ao Brasil (palmas, muito bem, apoiados gerais e a voz de Ramos da Cunha: "Vossa excelência é muito generosa, nobre colega"). Pois bem: em nome e por decisão do sr. governador, vinha ele comunicar à assembleia o apoio unânime da bancada governista, ou seja da maioria dos deputados, ao patriótico projeto do sr. líder da oposição. Diante do povo, não havia governo e oposição e, sim, deputados a serviço de seus interesses. Assim dissera o sr. governador, o líder repetia-lhe as palavras admiráveis. Assim, ele, líder da maioria, passava requerimento às mãos do sr. presidente assinado por ele e pelo líder da minoria, pedindo urgência para a votação da matéria. Para terminar, desejava dizer quanto orgulhoso se sentia de servir a figura tão exponencial como o chefe do governo. Seu gesto magnífico e magnânimo só encontrava similar, na história do Brasil, com o da princesa Isabel, a Redentora, ao assinar o decreto da abolição da escravatura. O sr. governador era a nova princesa Isabel, o novo Redentor. Desceu em meio a aplausos estrondosos.

Apenas serenaram as palmas, ainda abraçavam o orador e já o expedito Polidoro Castro voltava à tribuna, causando certa sensação de embaraço e certa excitação, pois houve quem pensasse num despautério do principal crítico do projeto, capaz até de romper com o governo, ficando sozinho, equidistante da maioria e da minoria.

— Vai sair fumaça... — gozou o jornalista Mauro Filho, na bancada de imprensa.

Na tribuna, os braços abertos, Polidoro Castro trovejou:

— Senhor presidente, quero ser o primeiro a felicitar o ilustre senhor governador do estado pela decisão histórica, direi imortal, que o nobre líder da maioria, com sua palavra eloquente, vem de comunicar à casa. Tive ocasião de analisar o projeto do ilustre colega Ramos da Cunha, cujo talento fulgura como estrela diamantina no céu da pátria, e, se o discuti nesta tribuna, jamais tentei desmerecer-lhe os altos méritos. Senhor presidente, quero dizer que me coloco inteiramente ao lado do projeto, que lhe dou meu inteiro apoio. E aproveito a ocasião para transmitir ao senhor governador minha incondicional solidariedade...

O jornalista Mauro Filho voltou a sentar-se:

— Com esse Polidoro ninguém pode... forte demais... Não era por acaso que ele conseguia tomar dinheiro das francesas... O homem tem cara dura...

A toque de caixa o projeto iniciou o processo da primeira votação. Nas redações ferviam as notícias, os jornalistas gozavam a tirada do líder da maioria apresentando o governador em travesti de princesa. Assombravam-se alguns com o excitado apoio do Polidoro Castro. Mas com que direito queriam impedir-lhe o ardor patriótico?

As últimas notícias informavam encontrarem-se técnicos e peritos da Secretaria de Viação e Obras Públicas em conferência com o comendador José Perez, seus advogados e engenheiros. Não chegavam a acordo em relação ao valor dos terrenos, calculados por metro quadrado. Os peritos argumentavam com a distância para a cidade, a falta de condução e de benfeitorias, a nenhuma procura de terrenos naquela zona. O comendador José Perez, apoiado em plantas, projetos, relatórios, considerava ridículo o preço arbitrado. Queriam bancar os bons-moços? Queriam palmas e votos? Queriam elogios dos jornais? Ele estava de acordo, nada tinha a objetar, desde que não fosse às suas custas, não fosse ele o único a pagar o pato. Como ousavam falar em preço tão ínfimo, quando todos os estudos, cálculos e planos estavam prontos e o início das vendas dos lotes já marcado? Quando estava ele com uma sentença do tribunal a seu favor? Sabiam o preço a ser cobrado por metro quadrado, no loteamento? E o preço da sentença?

Lício Santos ia de um lado para outro, ia do comendador aos peritos, onde houvesse dinheiro lá ele estava e em cada gorjeta dada ou arrancada, e em cada tostão a mudar de bolso nessa história da invasão do morro do Mato Gato, ele teve sua porcentagem. Ia do governador ao vice, do prefeito ao presidente da assembleia, de Airton Melo a Jacó Galub. Levava os recados de Otávio Lima, de mistura com os terrenos do morro solucionava-se o problema do jogo do bicho. Ao mesmo tempo uma frente única política, reunindo os diversos partidos no apoio ao governo, estava em formação. Falava-se em Ramos da Cunha para uma secretaria, em Airton Melo para outra. Nomes eram citados para substituir o dr. Albuquerque na chefia de polícia.

No fim da tarde, a primeira votação do projeto chegava ao fim. Um requerimento, assinado pelos dois líderes, pedia a convocação extraordinária das comissões de justiça e finanças para aquela mesma noite, assim o projeto poderia ser votado em última discussão no dia seguinte e imediatamente promulgado.

Na polícia, nervoso e apressado, dr. Albuquerque esperava receber a sentença. Não compreendia aquele atraso, há vinte e quatro horas fora ela ditada pelo tribunal, como não chegara ainda às suas mãos? Burocracia incompetente, se não houvesse ali coisa pior. As notícias da assembleia e do palácio preocupavam-no. Tentara comunicar-se com o governador, sua excelência não estava, ninguém sabia onde encontrá-lo. Dr. Albuquerque resolveu precipitar os acontecimentos.

Ordenou o cerco do morro. A polícia, bem municiada e utilizando vários carros, devia ocupar toda a área em torno do morro. Acampar ali. Não deixassem mais ninguém descer. Quem descesse, deveria ser detido, jogado num dos diversos tintureiros destinados a trazer os presos. Apenas a sentença chegasse à polícia com o ofício do tribunal, seriam transmitidas as ordens para a ocupação do morro e a destruição dos barracos. No máximo, na manhã do dia seguinte. Chico Pinoia, encarregado de chefiar a importante diligência, perguntou se realmente estava autorizado a agir com firmeza.

— Com a maior firmeza. Se tentarem reagir, use a força. Revide com violência qualquer tentativa de agredir ou de desmoralizar a polícia. Não quero ver outra vez a polícia ridicularizada por desordeiros...

— Desta vez não vai acontecer, o doutor pode ficar tranquilo.

Quase ao chegar ao morro, cruzaram os tiras com o enterro. Chico Pinoia escancarou os lábios num riso de dentes podres. Comentou com Miguel Charuto, a seu lado no carro:

— Se se fizerem de besta, vai haver um montão de enterros...

Miguel Charuto queria era meter o cabo Martim na cadeia. Se pudesse, de passagem, quebrar-lhe a cara, melhor ainda.

Não sabia ele ter o cabo Martim deixado de existir na saída do cemitério. Estendera a mão aos amigos, beijara o rosto gordo e de repente envelhecido de Tibéria. A grande barcaça de Militão, de três mastros, a *Flor das Ondas*, o aguardava, pronta para levantar velas. Dirigia-se a Penedo, em Alagoas, e recebia Martim de passageiro a pedido de mestre Manuel. Mas Martim já não era Martim, seu duro rosto de pedra não recordava a face pícara, alegre, risonha do antigo cabo do exército. Seus olhos queimados, sem lágrimas, não eram os olhos vivos e cheios de calor de Martim. Despira-se para sempre do grau e do nome. Cabo Martim já não existia, como viver sem Otália? No mar noturno, estava vazio, não era ninguém, sentia o peso da cabeça da morta em cima do peito, seus finos cabelos e o véu de noiva.

Depois, quando chegasse à cidade desconhecida, seria outro, iria recomeçar. Com a mesma ligeireza de mãos ao trabalhar um baralho, o mesmo golpe de vista ao atirar os dados, mas sem aquela picardia, aquele viver a todo instante, aquela graça, aquele charme, não mais irresistível. O sargento Porciúncula, os ombros um pouco curvados, como se levasse um peso nas costas. Carregava seu defunto, jamais o quis arriar no chão, descansar do carrego pesado. Nunca abriu sua boca para contar a história, nunca a dividiu com ninguém. Em suas costas, Otália, vergando seus ombros, toda vestida de noiva.

16

DANTE VERONEZI SUBIU O MORRO SEM DIFICULDADE, ATRAVESSOU entre os policiais armados, entre as metralhadoras assestadas. Não tentaram impedir seus passos, nada lhe disseram. As ordens recebidas eram no sentido de não deixar ninguém sair do morro cercado. Assim, quando Veronezi, acompanhado do mestre de obras responsável pela construção das duas alamedas de casas, quis retornar à cidade, foi impedido, preso, metido num tintureiro, em companhia do mestre de obras. Ali passariam a noite se Miguel Charuto não o conhecesse e não tivesse soprado qualquer coisa ao ouvido de Chico Pinoia. Dante fazia um escarcéu tremendo no tintureiro. Chico Pinoia resolveu mandá-los num carro para a polícia. O chefe decidiria.

A prisão do líder Veronezi foi acompanhada, do alto do morro, pelos moradores. Jesuíno retornou às suas disposições bélicas, enviou um garoto à cidade para avisar Jacó Galub do acontecido. O capitão da areia partiu pela picada recém-aberta na encosta voltada para o mangue, ia escondido entre os arbustos, não havia polícia capaz de caçá-lo na lama fedorenta do mangue. Pouco depois corria para a cidade, pongava num caminhão, ia levar o recado de Jesuíno.

Mesmo antes do menino chegar de volta — demorara-se na redação da *Gazeta de Salvador*, sendo fotografado e ouvido pelos repórteres —, subiu ao morro o vereador Lício Santos, trazendo a notícia da libertação de Dante e do mestre, providenciada por ele próprio, ordenada pelo governador diretamente. Anunciou também a votação unânime do projeto em trânsito na assembleia, primeira votação. Estava nas comissões, reunidas nessa noite. No dia seguinte ultimariam a votação, a segunda, e o governador assinaria a lei de desapropriação, eles seriam os donos de seus barracos e Lício Santos sentia-se feliz e orgulhoso de haver concorrido, com sua palavra e sua ação, para essa vitória do povo. Amigo do povo, ele era, na Câmara dos Vereadores, seu mais lídimo representante.

Tudo isso ele comunicou num discurso excitado, da porta de uma das casinholas construídas por Dante, porta encimada por uma tabuleta onde se lia:

POSTO ELEITORAL
DO VEREADOR LÍCIO SANTOS
E DE DANTE VERONEZI

Os moradores reuniam-se para ouvi-lo. Lício, em meio aos seus tropos condoreiros ("o poeta dos escravos já afirmou que a praça é do povo como o céu é do condor"), tinha saídas engraçadas ("e eu digo que o morro é do povo como o osso é do cachorro"), fazia a gente rir. Metia o pau no chefe de polícia, anunciava sua inevitável demissão. Era possível nem estar mais no cargo o tal Albuquerque, já ter recebido um pontapé na bunda.

Ainda estava. A ordem do governador mandando pôr em liberdade Dante Veronezi chegou acompanhada de uma recomendação: muita prudência ao agir contra os moradores do morro. Dr. Albuquerque sentiu-se, pela primeira vez, pouco seguro em suas posições. Mandou relaxar a prisão de Veronezi (Lício Santos esperava noutra sala, o chefe de polícia recusara-se a recebê-lo) e saiu para palácio. Necessitava ver o governador, ter um entendimento com ele. Mas o palácio estava quase inteiramente às escuras, sua excelência, após o dia estafante, saíra sozinho num passeio informal, não dissera onde ia nem quando voltava. O chefe de polícia ainda demorou um pouco. Resolveu, por fim, voltar à chefatura deixando um recado: passaria a noite em seu gabinete, em vigília cívica, ali aguardava as ordens do governador. Mas, como até as duas da madrugada não recebesse nenhuma comunicação e o sono o aflIgisse, foi mesmo para casa, de cara macambúzia e coração aflito. Ao sair, viu, numa esquina, o delegado Ângelo Cuiabá a conversar e a rir numa roda de tiras. Ainda ouviu um resto de frase, cortado pelo cumprimento com que o saudavam:

— ...Estão falando no deputado Morais Neto, qualquer um é melhor que essa besta...

Entrou no carro com ar de quem ouvira seu elogio fúnebre. Nem dinheiro do bicho, nem a liderança das classes conservadoras. Mas caía com dignidade. "Caio de pé" — disse à esposa a esperá-lo acordada, nervosa ela também com os boatos ouvidos das vizinhas. Restava-lhe a fama de honesto, de incorruptível. A esposa, um pouco cansada dessa altissonância, dessa empáfia pouco rendosa, recordou-lhe ser difícil cair de pé e, quanto à incorruptibilidade, era uma palavra bonita mas não dava comida a ninguém. Dr. Albuquerque sentou-se então na beira da cama, cobriu o rosto com as mãos:

— Que queres que eu faça?

— Pelo menos deves te adiantar e pedir tua demissão.

— Tu crês? E se as coisas ainda mudarem, se o governador, apesar de tudo, me conservar no cargo? Por que precipitar...

A esposa encolheu os ombros. Estava cansada e queria dormir.

— Se não pedires demissão, não ficas nem com a dignidade... Não vai sobrar nada...

— Vou pensar... Amanhã decidirei...

No outro dia, pela manhã, foi despertado com um recado de palácio: o governador pedia sua presença urgente. A mulher levantara-se para atender ao portador, ele a olhou na entrada do quarto, ela sentiu pena, esse pobre marido, tão cheio de si e tão incapaz. Só ela e mais ninguém podia medir com precisão sua inutilidade, sua fatuidade. Mas estava ele com um ar tão miserável, ela veio e colocou-se a seu lado. Baixou o dr. Albuquerque a cabeça, era a catástrofe.

— O governador quer te ver...

— A essa hora só pode significar...

— Não te importes... De qualquer maneira viveremos... Cumpriste teu dever.

Mas ele sabia qual o verdadeiro julgamento, o conceito da esposa sobre ele. Não adiantava roncar de honesto, fazer pose de estátua, não a enganava nem a convencia.

— Vencido por essa corja de cafajestes...

Ela nunca soube se ele se referia ao governador e aos políticos ou se nomeava a gente do morro. Ajudou-o a vestir-se, dr. Albuquerque ainda usava colarinho duro.

No palácio, o governador reafirmou-lhe sua consideração, sua estima, os seus agradecimentos e o desejo de continuar a tê-lo em seu governo, ele lhe dava brilho e respeitabilidade. Noutro cargo, porém. A estudarem cuidadosamente depois. A chefia de polícia naquele momento de acordo político, de concessões mútuas, necessitava de um titular sem a inflexibilidade do dr. Albuquerque. Aquela inflexibilidade era um capital precioso não só do atual governo como de toda a vida pública baiana. Dr. Albuquerque era um modelo para as gerações vindouras. A política, porém, tem suas exigências, suas manchas de sombra, requer meneios, concessões, acordos, mesmo certas barganhas. Não era seu ilustre amigo homem de barganhas.

Dr. Albuquerque baixou a cabeça: que lhe importavam os elogios? Saía da polícia de mãos limpas, como entrara. E, no entanto, entrara com tantas e tão fundadas esperanças... Honesto, inflexível, incorruptível, uma besta, uma vaca. Olhava o governador, risonho em sua frente, a pronunciar todas aquelas palavras amáveis, a rasgar a seda dos elogios. Mãos limpas, exemplo de honestidade, sair pobre do cargo tão delicado: seu desejo era levantar-se, mandar o governador e mais a honestidade, a inflexibilidade, a incorruptibilidade à puta que os pariu.

Levantou-se, abotoou o paletó, curvou-se ante o governador:

— Dentro de meia hora vossa excelência receberá meu pedido de demissão.

O governador levantou-se também, envolveu-o num abraço caloroso, reafirmou-lhe, quase sinceramente, seu afeto:

— Obrigado, caríssimo...

O pedido de demissão não se referia nem ao jogo do bicho — e o delegado Ângelo Cuiabá fizera questão de comunicar ao chefe de polícia, apenas o viu chegar tão matinal, a notícia da próxima liberação do jogo, acordo tomado na véspera à noite, quando o governador visitara a casa de Otávio Lima, a casa da verdadeira esposa, diga-se de passagem — nem aos sucessos do morro do Mata Gato. Saúde abalada, necessidade de descanso, prescrição médica, eis os motivos do pedido de exoneração na carta caprichada: "Por mais de uma vez solicitei exoneração do espinhoso cargo a mim confiado. Não a obtive e, sacrificando minha saúde, atendi aos apelos de vossa excelência para continuar. Desta vez, porém...".

O governador aceitou o pedido, respondeu imediatamente com uma carta, concedendo a exoneração. Em sua carta fez o elogio do demissionário, mestre do direito e exemplo de integridade. Um jornalista, nomeado por Albuquerque para um bico na polícia, redigia um noticiário para um programa de rádio. Pagou sua dívida de gratidão divulgando uma versão simpática ao ex-chefe de polícia: Albuquerque demitira-se por não querer compactuar com o novo escândalo do jogo do bicho. Com a sua saída, o governo chafurdava definitivamente na lama da jogatina.

No morro, a notícia de demissão do chefe de polícia chegou quase ao meio-dia e foi saudada pelos moradores. Um dos moleques, utilizado como elemento de ligação entre os sitiados moradores do Mata Gato e a cidade, trouxe um recado de Lício Santos. Demitido o chefe de polícia, aprovado o projeto nas comissões em nova e rápida discussão, ia ser votado em plenário numa sessão extraordinária, e seria promulgado certamente ainda naquele dia. Os moradores deviam preparar-se para a grande manifestação de regozijo para a qual estava sendo convocada a população, através jornais e rádios, manifestação de aplauso ao governo, grande concentração popular em frente ao Palácio dos Despachos.

Realmente os jornais daquela manhã convidavam o povo a prestigiar, com sua presença na praça Municipal, o ato benemérito do governador. Na *Gazeta de Salvador*, além da reportagem entusiástica de Jacó Galub, descrevendo os "horrores do último cerco do morro do Mata Gato pela polícia assassina de Albuquerque, urubu metido a abutre", contando e dramatizando a prisão de Dante Veronezi, reproduzindo as pitorescas declarações de Pica-pau, o capitão da areia que viera trazer-lhe o recado, e reproduzindo-lhe também o focinho agressivo e simpático, o cabelo caindo na cara, uma bagana de cigarro nos lábios — além dessa reportagem anunciando o fim de tanta perseguição injusta, havia o editorial assinado por Airton Melo, o diretor. Só de quando em quando assinava ele um artigo. Fazia-o naquela manhã para saudar o gesto do sr. governador. Seu adversário político, sabia, no entanto, reconhecer a grandeza onde quer que ela estivesse. Sua excelência conquistara a admiração de todo o estado. Eis por que ele próprio, Airton Melo, aceitara ser um dos oradores da manifestação prevista para a tarde.

O pessoal do morro preparava-se. Uns cartazes, umas bandeiras, uma faixa saudando o governador. Os moleques desciam pelo mangue, iam em busca de notícias. A polícia cercara também aquele lado do morro, assestara ali suas metralhadoras. Mas os capitães da areia atravessavam as arbustos, escondidos, com os pés-de-gato, e quando os tiras se davam conta já estavam distantes, pedindo carona aos caminhões.

A única dificuldade a contornar era o problema do preço dos terrenos. O comendador José Perez dera seu preço, não abria mão, plantado nos projetos, nos cálculos, nos estudos de loteamento. Houve intervenção de amigos, e, por fim, um encontro do governador com o baluarte da digna colônia espanhola. Chegaram a um acordo. O comendador José Perez, para facilitar a solução e querendo concorrer para beneficiar o povo, a gente pobre do morro, fizera um pequeno abatimento ou um grande sacrifício, como cada um preferir classificar o gesto, segundo sua conveniência e gosto. Os peritos modificaram a perícia inicial. Aliás, um deles recusou-se a assinar o novo documento, considerava a negociata escandalosa demais. Vários comeram nessa panela, fala-se em muitos nomes, ao certo mesmo só podemos garantir por Lício Santos, eufórico e infatigável.

No sopé do morro do Mata Gato, a polícia, esquecida nessa confusão de chefe demissionário e novo chefe por nomear, continuava a cercar a colina e a prender, jogando nos tintureiros quem se aventurasse a descer. Três moradores estavam presos, mas Jacó e Lício prometiam libertá-los apenas tivessem tempo. Estavam muito ocupados, tratando da manifestação. Mandariam dizer a hora, apenas a soubessem. Deveria ser no fim da tarde, certamente.

Jesuíno, perdido seu brinquedo de guerra, dirigia os preparativos da participação do morro nas comemorações. Era também divertido e rendia uns cobres. Sem falar na promessa de Lício Santos: cachaça e cerveja à vontade para comemorar a vitória. Galo Doido, de quem jamais se conhecera profissão, considerado inimigo irreconciliável de todo e qualquer trabalho, estava disposto a tornar-se invasor profissional de terrenos, segundo informava rindo a Miro, enquanto pregavam cartazes de papelão em longas ripas de madeira. Não sabia de nada mais divertido. Já planejara nova invasão: uns terrenos adiante da Liberdade, num lugar com o sugestivo nome de Rego da Turca.

Às duas horas da tarde, em meio a grande entusiasmo cívico dos deputados, foi votada a redação final do projeto Ramos da Cunha. O presidente ia designar uma comissão para levá-lo ao governador. Mas, por proposta de Polidoro Castro, ficou decidido irem todos os deputados incorporados a palácio. A assinatura foi marcada para as seis horas da tarde, assim haveria tempo de ser preparada a grande manifestação.

Todas as estações de rádio passaram a transmitir de cinco em cinco minutos um comunicado convidando autoridades e povo a comparecerem à praça Municipal, em frente ao palácio, às dezoito horas, para serem testemunhas do ato histórico, da promulgação pelo governador da lei votada pela assembleia desapropriando os terrenos do morro do Mata Gato. Falariam, entre outros, os líderes do governo e da oposição na Assembleia Legislativa, o jornalista Airton Melo, o vereador Lício Santos, o próprio governador. Caminhões do estado e da prefeitura, ônibus e bondes foram postos à disposição para transportar gente, mobilizaram-se todos os recursos para o maior sucesso da espontânea manifestação popular.

17

TANTA COISA A FAZER, TANTA PROVIDÊNCIA A TOMAR, sucedendo-se os acontecimentos — reuniões em palácio, conversas, conferências, discussões para a escolha do novo chefe de polícia e para a remodelação do secretariado —, esqueceram-se dos tiras a cercarem o morro, naquele pé de guerra medonho, com metralhadoras e tudo, e esqueceram-se dos moradores do morro. Já estava a praça cheia de gente, ônibus e caminhões despejando manifestantes com cartazes e faixas; chegavam incorporados os membros da Assembleia Legislativa, num mesmo carro os líderes do governo e da oposição; políticos desembarcavam dos automóveis em frente ao Palácio dos Despachos; o sr. prefeito descia as escadarias da municipalidade para atravessar a praça e juntar-se ao governador, quando Jacó Galub, num dos salões do palácio, lembrou-se da gente do morro. A seu lado estava Lício Santos.

— E o pessoal do morro?

— Ih! É preciso mandar buscar.

Recordou-se Jacó do molecote a esperar na redação qualquer recado urgente. "Deus queira que o telefone funcione." Conseguiu a ligação, minutos depois o capitão da areia, num táxi, partia levando a atrasada convocação de Jacó. Um caminhão estava sendo providenciado para trazer os moradores do morro. Fossem descendo para esperar.

Com isso, recordaram-se também do cerco policial. Foram em busca do novo chefe de polícia, nomeado e empossado meia hora antes, um deputado primo da esposa do governador e amigo de Otávio Lima, assim o assunto do bicho ficava em família. O homem assustou-se: morro cercado? Sim, lera nos jornais. Em verdade não estava muito a par de nada daquilo, nem se encontrava na capital, descansava em Cruz das Almas, em sua fazenda, quando o governador o convocara às pressas. Ia tomar as providências necessárias, ficassem tranquilos. Aliás, que providências? Não sabia. Muito simples, informaram os dois compadres. Era mandar um delegado ou um comissário com ordens para os policiais recolherem-se à chefatura. Estavam cercando o morro há mais de vinte e quatro horas, comendo sanduíches e bebendo água quente, ordens daquele imbecil do Albuquerque, havia um clima de revolta entre os tiras.

Revolta não é a expressão justa, revoltados não estavam, mas profundamente chateados, com raiva, mal alimentados, sem dormir, cobertos de picadas de mosquitos, havia milhões de mosquitos no mangue. Eram eles os únicos a não tomarem conhecimento da festa magnífica, da manifestação espetacular. Metidos ali, cercando a porcaria daquele morro. Nem ao menos descia um dos miseráveis para ser preso, levar umas bolachas. Na véspera haviam prendido três, estavam no tintureiro, passando fome e sede, cozinhados pelo calor. Chico Pinoia andava de um lado para outro, bufando de ódio. Miguel Charuto só desejava pegar o tal de cabo Martim para dar-lhe uma lição.

Foi quando no alto do morro apareceu a multidão. Chico Pinoia a viu ameaçadora, armada de paus e pedras. Na frente, empunhando um bastão de combate, Jesuíno Galo Doido. Em verdade, eram moradores saindo ao encontro do caminhão que devia transportá-los à praça Municipal. Jesuíno conduzia uma faixa, enrolada em duas frágeis ripas de madeira.

O capitão da areia abandonara o táxi bem longe do morro, atravessara o mangue, subira às escondidas, transmitira o recado de Jacó e Lício. Jesuíno reuniu os moradores, estavam mais ou menos preparados, tomaram das faixas e dos cartazes e seguiram Galo Doido a ostentar aquele seu espantoso chapéu de comandante.

Embaixo, Miguel Charuto apontou, recuando:

— Tão vindo atacar a gente...

Chico Pinoia empunhou o revólver, gritou para os tiras as ordens de Albuquerque. Sorriu. Ia se vingar da derrota anterior e da noite de mosquitos, da espera sob o sol, da falta de comida digna desse nome, da água suja e quente. Sentia-se compensado de tudo.

Na dobra do caminho os moradores desapareciam. Logo seriam bem visíveis. Chico Pinoia ria, satisfeito. Miguel Charuto tomou posição, queria pegar aquele cão de nome Martim.

A figura de Jesuíno Galo Doido projetou-se contra o horizonte vermelho do crepúsculo. "Fogo!", comandou Chico Pinoia, e a metralhadora varreu os arbustos, levantou a terra, comeu o peito de Jesuíno. Estava ele no alto de um penedo, vacilou, tentou segurar o chapéu, dobrou o corpo, veio rolando aos trancos, foi cair no mangue, a lama o encobriu. Os outros moradores recuavam para o alto do morro. O cartaz conduzido por Jesuíno ficou um pouco abaixo do penedo, nele estava escrito:

SALVE OS AMIGOS DO POVO

Logo depois chegaram, quase ao mesmo tempo, um automóvel com o delegado Ângelo Cuiabá e o caminhão para transportar os moradores. O delegado trazia ordens para cessar o cerco, soltar os presos, se presos existissem, recolherem-se policiais e carros à chefatura. Se alguém quisesse ir à manifestação, podia fazê-lo.

Quis saber se tudo correra bem. Chico Pinoia informou: tudo bem, tinham prendido três sujeitos quando tentavam retirar-se do morro, ia soltá-los. Fora disso, houvera, minutos antes, uma tentativa de ataque de parte dos moradores. Ele ordenara uma rajada de metralhadora, só para assustar, os tipos tinham desistido.

— Ninguém foi ferido...? Nem morto?

— Ninguém...

Retirou-se a polícia, alguns poucos moradores retomaram faixas e cartazes, à frente dona Filó com seus filhos. Não todos: os dois mais velhos não foram. Miro descera para o mangue.

Na praça, a manifestação atingia o auge. O discurso do líder do governo causou sensação pois ele repetiu aquela imagem de tanto efeito: sua excelência, o governador, era a princesa Isabel dos novos tempos, redimindo os escravos sociais. Airton Melo e Ramos da Cunha não fizeram por menos. E o governador, ao assinar na sacada do palácio, ante os aplausos da massa ali reunida, a lei de desapropriação dos terrenos do Mata Gato não pôde evitar lágrimas de emoção. Com essas lágrimas a escorrer-lhe dos olhos iniciou seu memorável discurso. Da janela ao lado, o industrial Otávio Lima, mamando um charuto perfumado, sorria contente com o entusiasmo da multidão, grande parte constituída por conhecidos seus, seus subordinados, funcionários de sua organização, bicheiros novamente livres. Gente correta, nenhum deles faltara.

Cena de indescritível emoção, a exigir um Camões para cantá-la e em seu canto a imortalizar: o abraço do governador em dona Filó quando ela, toda cravejada de filhos, atingiu a sacada do palácio e ele, o chefe do estado, o pai do povo, a acolheu nos braços.

A festa prolongou-se noite afora, Otávio Lima mandara distribuir cerveja e cachaça, dançou-se num palanque armado na Sé.

Era uma noite sem lua, carregada de nuvens, quase sem estrelas, ar de mormaço, pesado, anunciando tempestade. No mangue podre, Miro e os capitães da areia, usando as longas ripas de madeira, procuravam o corpo de Jesuíno Galo Doido. Pé-de-Vento e Curió haviam se incorporado à busca, também Ipicilone e Cravo na Lapela, alguns outros. Atravessaram a noite, inutilmente. Os fifós queimavam uma luz vermelha na podridão do mangue. Jesuíno sumira lama adentro, não houve jeito de encontrá-lo. Encontraram, sim, o chapéu extraordinário, desses de engenheiro, casco de soldado ou comandante. Mas não conseguia Galo Doido parecer um militar, a grisalha cabeleira esvoaçando, antes um poeta parecia.

18

COM A MANIFESTAÇÃO PROLONGANDO-SE EM FESTA ANIMADA, de dança e bebida, terminou a história da invasão do morro do Mata Gato. Teve fim feliz ou, como diria um jovem dos nossos dias, um *happy end*. Todos saíram contentes, cada um teve a compensação merecida.

O governador ganhara aquela manifestação tão espontânea (que o diga Otávio Lima) e sincera, sentira o calor do afeto do povo. Sem falar no apoio político obtido, a oposição a comer em sua mão, de rédea curta. Ramos da Cunha ganhou a Secretaria de Agricultura, Airton Melo a da Justiça. Reforçou-se o governo, estabeleceu-se uma trégua política.

O comendador José Perez vendeu seus terrenos a peso de ouro. Deu um automóvel novo aos seus netos, a moça e o rapaz, ambos tremendos revolucionários, uns teóricos porretas. Lício Santos sabemos já do dinheirinho recolhido por ele aqui e ali, onde quer que houvesse circulado dinheiro nesse assunto. Sua eleição para deputado estadual parece garantida, é hoje homem popular. Também a eleição de Dante Veronezi para vereador. É candidato das invasões, pois as invasões, embora não mais esteja presente Jesuíno Galo Doido para comandá-las, continuaram e se multiplicaram. Em cada uma delas, Dante tem ruas de casas. Jacó Galub, o herói do morro do Mata Gato, foi nomeado redator de debates da Assembleia Legislativa e foi laureado, como já se anunciou, com o Prêmio de Jornalismo por suas reportagens sobre a invasão.

Quanto à gente do morro, no morro continuou. Ficaram em seus barracos, vivendo, obstinadamente. Dona Filó dedica-se à política, cabo eleitoral de Dante. Não fora analfabeta e poderia chegar à Câmara.

O dr. Albuquerque? Teria sido o mestre do direito, o incorruptível bacharel, o único a sair perdendo? Podemos dar a boa notícia: não saiu perdendo pois também ele recebeu sua recompensa. Surgiu uma vaga no Tribunal de Contas do Estado, e apesar dos numerosos candidatos, o governador recordou-se de seu ex-chefe de polícia e o nomeou. Se na história da invasão do morro, entre tantos amigos do povo, ele aparece como o bandido, o mau, nem por isso seria justo esquecê-lo na hora da divisão. No seu alto cargo de conselheiro do Tribunal de Contas, ele espera ser convocado um dia. Candidato das classes conservadoras ao governo do estado, ou mesmo simples secretário de estado ou ainda a volta à chefia de polícia. Gostaria de voltar, aquela história do jogo do bicho não lhe atravessou ainda na garganta. Dizem por aí estar o governador (e toda a família) a se encher de dinheiro, gorjeta do bicho. Uns canalhas, pensa o dr. Albuquerque ainda de colarinho duro.

E quem mais? O corpo de Jesuíno nunca foi encontrado. Houve mesmo quem duvidasse de sua morte, dissesse ter ele partido e mudado de nome, como sucedeu com o cabo Martim que virou sargento Porciúncula. Tais boatos circularam durante alguns meses até quando, numa grande festa no candomblé Aldeia de Angola — onde o pai de santo Jeremoabo recebe o caboclo Maré Alta e distribui passes e saúde —, baixou na moça Antônia da Anunciação, iaô ainda sem santo definido, um pedaço de mulata sem exemplo, nela baixou um novo caboclo antes desconhecido.

Pela primeira vez descia num terreiro e declarou chamar-se Caboclo Galo Doido. Sua dança era espetacular, criava passos novos, não se cansava, podia atravessar a noite sem descansar, exigindo cantigas. Curava doenças, todas as doenças; resolvia problemas, todos os problemas, e era absoluto em coisas de amor. Gostava de um trago e falava bonito.

Não podia ser outro senão Jesuíno pois jamais se soube houvesse o Caboclo Galo Doido baixado em feita velha, em arruinado aparelho, em cavalo magro. Só descia nas mais belas filhas e não se importava se eram feitas de outros caboclos, sendo bonita lhe servia, nela varava a noite a dançar. Jesuíno Galo Doido, agora encantado, orixá de candomblé de caboclo, pequeno deus do povo da Bahia.

Salvador-Rio, janeiro a março de 1964

posfácio

Ele amou tanto quanto merece ser amado

Zuenir Ventura

> *Para Glauber Rocha, que um dia me levou à casa do Rio Vermelho, em Salvador, para conhecer Jorge Amado*

Antes de falar de *Os pastores da noite*, gostaria de dar um rápido depoimento sobre a importância de Jorge Amado para uma geração que foi criada aprendendo a ler a vida e o Brasil em sua obra — assim como eu, que nasci em 1931, junto com seu primeiro romance, *O país do Carnaval*. Nos seus livros nos encharcamos das cores, odores e sabores brasileiros. Ali lemos os primeiros palavrões, descobrimos a força da sensualidade e do erotismo, aprendemos que era bom fazer sexo com raparigas, que eram lindas e generosas as mulheres da vida (foi ele quem me ensinou na adolescência o que passei a repetir: não se deve amar sem ler Amado). Descobrimos também que havia injustiça social e que se devia derrubar os preconceitos de toda natureza. Repleta de excluídos quando nem se usava o termo, era a nossa maior obra literária de inclusão.

Quando se negava o Brasil sem saber o que ele era, Jorge Amado nos ajudou a descobri-lo. Ele nos fez entender o país e trouxe o povo para a cena, não por meio de lições ou conceitos, mas pela emoção e pelo afeto, por seus personagens e suas histórias. O seu grande ensinamento foi transmitido pela via do imaginário. Ele foi um dos primeiros entre os grandes escritores brasileiros a fazer a opção preferencial pelo leitor, não pela crítica; pelo povo, não pela elite. Nunca chegou a ser totalmente perdoado por isso. Sempre houve quem torcesse o nariz para certo cheiro que emanava de seus livros: de mistura de raças e de credos, de miscigenação e sincretismo.

Em um autor de mais de trinta romances e quinhentos personagens, escolheu-se muitas vezes enfatizar os pontos fracos a exaltar os pontos culminantes. Muitos dos clichês e lugares-comuns que se julga encontrar na obra de Jorge Amado só o foram depois de usados por ele. Curiosamente, boa parte da crítica que lhe nega o seu aval só o faz por meio de seus próprios estereótipos, acusando-o de populista, conformista, folclórico, repetitivo, não experimental, conservador.

Diga-se o que quiser, mas a obra de Jorge Amado foi em vários aspectos revolucionária. Numa época em que o Brasil não aceitava pacificamente a ideia de que é mestiço (até os anos 30, sob a influência das teorias raciais de Sílvio Romero, Nina Rodrigues e Tobias Barreto, entre outros, temia-se que o sangue mestiço proliferasse no país, formando no futuro uma nação de raças mistas), foi o criador de teresas, gabrielas e tietas que contagiou a nossa alma coletiva com as sedutoras imagens de mistura étnica, mesmo que possa ter havido no processo alguma idealização romântica. Se foi Gilberto Freyre o primeiro a nos dizer que racialmente éramos o que somos, foi Jorge Amado quem nos *mostrou*, nos fez sentir na carne que isso era bom.

Foi essa constatação que levou João Moreira Salles a realizar no começo dos anos 90 o documentário *Jorge Amado*. Segundo o cineasta, "o segredo do filme foi tentar entender o Jorge como o sujeito que pegou o mito das raças e da convivência entre elas no Brasil e transformou isso em literatura popular". Para ele, nunca houve dúvida de que "Jorge Amado não seria Jorge Amado se, antes, não tivesse existido *Casa-grande & senzala*".

Em busca da "tal da identidade brasileira", João acabou oferecendo a Jorge a oportunidade de fazer inconfidências de natureza pessoal — "Meus amores na juventude não foram com donzelas, foram com raparigas, com mulheres-damas" — e magoados desabafos contra os que depreciaram sua obra — "Uma vez um crítico querendo diminuir minha literatura disse que eu não passava de um romancista de putas e vagabundos. Nunca ninguém me fez um elogio maior. Eu sou um romancista de putas e vagabundos".

O ex-comunista de carteirinha fez também uma corajosa autocrítica ideológica, assumindo os estragos que a militância e o engajamento político produziram na sua obra. "A minha novelística nos seus inícios é extremamente marcada por uma condição limitada. Os ricos são ruins, os pobres são bons. A vida não é assim. A vida é bem mais complexa." Praticamente, ele renega o que foi obrigado a fazer por imposição do Partido Comunista.

> Toda a primeira parte de minha obra traz um discurso político que é uma excrescência. Nós éramos stalinistas, terrivelmente stalinistas. Para mim, Stálin era meu pai, era meu pai e minha mãe. Para Zélia, a mesma coisa. Num momento, o que o partido fez, sem querer, provavelmente, foi acabar com o Jorge Amado escritor para ter o militante Jorge Amado.

Ele termina sua fala com uma espécie de epígrafe: "A ideologia, você quer saber o que é? É uma merda".

Talvez não precisássemos de Jorge Amado para aprender essa verdade óbvia de para-choque de caminhão, mas vindo dele, com toda a sua vivência política, a afirmação ganhou um significado especial e força exemplar.

Quando Jorge Amado terminava *Os pastores da noite*, em março de 1964, um golpe militar inaugurava no país um período extremamente autoritário que iria durar duas décadas. Alternando cinco ditadores, sem contar uma junta com outras três altas patentes, o Brasil dos generais colocou sob suspeição o autor do livro, comunista histórico, e tipos étnica e socialmente miscigenados como os que povoam este seu romance: brancos, mestiços, mulatos (sobretudo mulatas), prostitutas, malandros, vagabundos, baianas de tabuleiro, frequentadores dos terreiros de candomblé, um universo, enfim, em que predominam os explorados e marginais. (Antes, durante a outra ditadura, a de Vargas, ele já fora preso e tivera livros apreendidos e até queimados em praça pública, como aconteceu em Salvador em 1937.) A opção por esse universo de marginalizados, o louvor engajado ao sincretismo religioso e à miscigenação racial, além do olhar romântico, generoso e solidário, atraíram para ele a hostilidade do poder político recém-instalado, por um lado, e a má vontade dos que sentiam nele um gosto por demais popular.

Movimentando-se pelas ruas, ladeiras, terreiros, becos e bares de Salvador — Pelourinho, feira de Água de Meninos, Sete Portas, Quinze Mistérios, o cais —, esses personagens compõem uma rica fauna humana como só Jorge Amado sabe criar. *Os pastores da noite* já foi definido como o romance em que o negro luta por seu lugar na sociedade e, principalmente, pelo direito a uma religião própria. Mas talvez seja mais que isso. Trata-se também de um retrato de época, de um tempo pré-moderno, de um país menos complexo e mais esquemático, um mundo sem grande malícia em comparação com o atual, de pequenos delitos, pecados veniais, ingênuas transgressões, simpáticas trapaças, crimes cheios de atenuantes.

É verdade que mais para o final do livro, com a invasão do morro do Mata Gato e suas consequências, a história vai incorporando elementos que já antecipam os novos tempos e são uma constante nos romances sociais de Jorge Amado: a corrupção dos poderosos (ainda em escala regional), a demagogia, a imprensa vendida, os políticos sem escrúpulo, o povo unido pela luta de classes, a exploração do homem pelo homem, os explorados se rebelando, o bem contra o mal.

De qualquer maneira, não há como esquecer Pé-de-Vento com sua fantástica utopia erótica de importar da França quatrocentas mulatas; o cabo Martim, que tinha a proteção de Oxalá por toda a vida; o negro Massu, compadre de Oxum; a cafetina Tibéria; o padre Gomes, neto de um obá de Xangô; Curió, "coração sempre disposto ao amor"; Jesuíno Galo Doido, que se torna caboclo num terreiro de angola, entre tantos e tantos outros. Para o escritor amazonense Dalcídio Jurandir, os tipos desse romance são "os mais bem recortados, os mais genuínos" da obra amadiana. Não se pode deixar de ressaltar também o papel da noite e seus arcanos, quando tudo pode acontecer sem causar espanto, pois é a hora em que Exu está solto pelos caminhos.

Sim, porque a noite não é apenas pano de fundo, um cenário sobre o qual se desenrola a ação. Não, ela é quase protagonista, sente e age. Através de um curioso processo de animismo, o autor lhe dá vida, faz dela gente:

> Tomávamos da noite pela mão e lhe trazíamos presentes. Pente para seus cabelos pentear, colar para seus ombros enfeitar, pulseiras e balangandãs para ornamentar seus braços, e cada gargalhada, cada ai gemido, cada soluço, cada grito, cada praga, cada suspiro de amor.

E quanto às histórias? Pode haver controvérsias em torno do Jorge Amado romancista. Há quem não goste da sua espontaneidade, de uma intencional despreocupação com o vernáculo, do uso da linguagem como veículo, não como fim em si mesmo. Ele próprio era o primeiro a admitir que o zelo formal, o estilo eram secundários: "Na minha obra a questão ficcional sempre predominou em relação à linguagem". Não era um perfeccionista obcecado pelo acabamento, ao contrário de Guimarães Rosa, o pesquisador e reinventor de palavras, o cultor da língua. Numa entrevista aos *Cadernos de Literatura Brasileira*, de que participaram vários intelectuais como entrevistadores, o escritor baiano declarou com uma sinceridade e uma modéstia admiráveis: "O Guimarães pertencia àquele grupo de autores que zela a vida toda por sua obra porque sabe que ela tem uma grandeza. Eu, não. [...] O Rosa é o mais importante, aquele que a gente olha, preza e se sente pequeno".

A crueza do ficcionista chocou muitas vezes os ouvidos menos acostumados ao vocabulário daquela gente que habita os seus romances em geral, e este em particular. Como, por exemplo, neste trecho: "Contava de um sertanejo a perseguir [...] o ousado que comera os tampos de sua filha, de resto já meio arrombada por noivos anteriores". Ou então na descrição de práticas a que os leitores situados nas camadas superiores da sociedade não estavam habituados: "[...] envoltos nos lençóis, marcados pelo sangue dos animais sacrificados, com penas de galinha presas com sangue nos dedos dos pés, das mãos e na testa, comida do santo metida entre os cabelos no meio da cabeça [...]".

As restrições e reparos são discutíveis. Mas não há como não concordar com o fato de que ninguém é capaz de narrar como ele, que costumava dizer: "Eu sou um contador de histórias, não sou outra coisa". Evidente exagero de quem genialmente criou tipos como Gabriela, dona Flor, Pedro Archanjo, Quincas Berro Dágua, Tereza Batista. Será preciso dar mais exemplos para relativizar sua afirmação de que só sabe contar? Entende-se, porém, que com isso ele quisesse enfatizar o que considera o seu forte: o relato e o enredo.

Fértil, exuberante, hiperbólico, metafórico, caudaloso, às vezes excessivo, ele é, como fabulador, uma força da natureza. Não por acaso sua narrativa lembra fenômenos naturais. Parece uma torrente, um jorro, uma correnteza, uma avalanche, algo que flui, que vai derrubando barreiras, inclusive hesitações e resistências críticas, transformando-as em adesão, voluntária ou não. As reflexões vão saindo de dentro da trama e no calor da hora. O narrador não interrompe o que está fazendo para meditar ou refletir. As ideias e sentimentos dos personagens são revelados na ação. Uma vez lhe perguntaram como ele conduzia a narrativa. Ele explicou: "Os personagens vão surgindo e assumindo o comando da trama". E é essa a impressão que o leitor tem: aquela multidão de pessoas brotando em meio à trama e às subtramas.

Os pastores da noite é um dos romances amadianos em que mais se nota o fluxo narrativo quase ininterrupto, o ritmo de uma espécie de cordel em prosa, ou de folhetim. As histórias vão se entrelaçando, personagens entram e saem, casos atrás de casos, na mais pura tradição oral. E tome imaginação. A exemplo do que diz o narrador, "[...] a gente começa a contar um caso, e, se não toma tento, vai se embrulhando noutras histórias, entrando por atalhos, e quando dá por si está falando do que não quer e não deseja [...]". Uma certa literatura pós-moderna, que não gosta de histórias com princípio, meio e fim, pelo menos nessa ordem, teria muito a lucrar lendo essas páginas.

A impressão é que cada caso que surge, cada personagem introduzido — e ele não cessa de fazer isso — poderia ser por si só outra história, até outro romance, do ponto de vista da estrutura. Por isso o livro, em sua sinopse, pode ser apresentado como se fosse três, ou melhor, um único, mas com três narrativas interligadas e também autônomas (é bom lembrar que a ideia original de Jorge Amado, quando escreveu a novela *A morte e a morte de Quincas Berro Dágua*, era incluí-la em *Os pastores da noite*, junto com o conto "De como o mulato Porciúncula descarregou seu defunto").

Outro elemento fundamental na ficção de Amado é o humor, principalmente o de situação, aquele que opera pequenas e risíveis transgressões nos usos e costumes. Embora achasse que a técnica faz parte da maturidade de um escritor — "o jovem autor quase sempre não consegue atingir o humor com naturalidade" —, o riso está presente em seus livros em geral, inclusive neste, tão bem-humorado. Um dos recursos que o romancista usa para provocar o riso é a hipérbole desmedida, que cria uma espécie de estética do disparate.

Uma das cenas mais hilárias de *Os pastores da noite* é o batizado do filho de Massu na igreja do Rosário dos Negros, oficiada pelo padre Gomes. Não sei se já existia na literatura romanesca um exemplo tão radical de sincretismo religioso apresentado de maneira tão engraçada. O sacerdote, ele próprio neto de um escravo obá de Xangô, e filho de uma feita de Omolu, já estava acostumado: "A grande maioria de seus paroquianos assíduos à missa, carregando os andores nas procissões, dirigentes da Confraria, eram também de candomblé, misturavam o santo romano e o orixá africano, confundindo-os numa única divindade".

O batizado, cuja festa vinha sendo organizada havia dias, atraiu uma multidão oriunda das mais variadas casas de santo, como terreiros de angola e candomblés de caboclo.

> [...] ninguém desejava perder o espetáculo inédito de um orixá entrando na igreja para batizar menino. Nunca se ouvira falar de coisa parecida. [...]
> Filhas de santo largavam seus tabuleiros de acarajé e abará, suas latas de mingau de puba e tapioca, suas frigideiras de aratu, desertavam nas esquinas da cidade, faltavam à freguesia.

Padre Gomes não estava preparado para o que ia acontecer no auge da cerimônia de batismo, quando, depois de perguntar o nome do pai, da mãe e da madrinha, quis saber quem era o padrinho. Nesse momento, ouviu-se uma gargalhada que é assim descrita pelo divertido exagero do narrador: "A gaitada mais solta e cínica, mais zombeteira, ressoou na nave, atravessou a igreja, ecoou no largo, espalhou-se pela cidade inteira da Bahia quebrando vidros, acordando o vento, levantando a poeira, assustando os animais".

Aconteceu o que as mães e pais de santo tanto temiam. Depois da descomunal gargalhada seguida de três saltos, ouviu-se o grito anunciador: "Sou Exu, quem vai ser padrinho sou eu. Sou Exu!".

O susto do padre e da plateia, todos de branco — mulheres, homens, crianças —, é contado por meio de outras desmedidas hipérboles: "Não houve antes nem haverá depois um silêncio parecido. Na igreja, na rua, no Terreiro de Jesus, na ladeira da Montanha, no Rio Vermelho, em Itapagipe, na estrada da Liberdade, no Farol da Barra, na Lapinha, nos Quinze Mistérios, na cidade toda".

Nesses 45 anos que nos separam do lançamento de *Os pastores da noite*, Jorge Amado se consagrou como um dos personagens brasileiros mais conhecidos no exterior. Recebeu importantes prêmios literários, chegando a ser indicado para o Nobel, e foi traduzido para dezenas de idiomas. Aqui, transformou-se num dos mais populares patrimônios da cultura nacional. Livros seus viraram peças, filmes, telenovelas de sucesso e até mesmo tema de escola de samba. Nada mais justo, pois ele amou este país tanto quanto está sendo por ele amado.

Zuenir Ventura é jornalista e escritor, colunista do jornal *O Globo*.

cronologia

A única pista sobre o período em que se passa *Os pastores da noite* é um detalhe "biográfico" de Zico Cravo na Lapela: logo no início, descobre-se que o personagem está desempregado há quatro anos, desde que os cassinos foram fechados. As casas de jogo foram proibidas no Brasil em 20 de abril de 1946, em decreto assinado pelo então presidente Eurico Gaspar Dutra.

1912-1919

Jorge Amado nasce em 10 de agosto de 1912, em Itabuna, Bahia. Em 1914, seus pais transferem-se para Ilhéus, onde ele estuda as primeiras letras. Entre 1914 e 1918, trava-se na Europa a Primeira Guerra Mundial. Em 1917, eclode na Rússia a revolução que levaria os comunistas, liderados por Lênin, ao poder.

1920-1925

A Semana de Arte Moderna, em 1922, reúne em São Paulo artistas como Heitor Villa-Lobos, Tarsila do Amaral, Mário e Oswald de Andrade. No mesmo ano, Benito Mussolini é chamado a formar governo na Itália. Na Bahia, em 1923, Jorge Amado escreve uma redação escolar intitulada "O mar"; impressionado, seu professor, o padre Luiz Gonzaga Cabral, passa a lhe emprestar livros de autores portugueses e também de Jonathan Swift, Charles Dickens e Walter Scott. Em 1925, Jorge Amado foge do colégio interno Antônio Vieira, em Salvador, e percorre o sertão baiano rumo à casa do avô paterno, em Sergipe, onde passa "dois meses de maravilhosa vagabundagem".

1926-1930

Em 1926, o Congresso Regionalista, encabeçado por Gilberto Freyre, condena o modernismo paulista por "imitar inovações estrangeiras". Em 1927, ainda aluno do Ginásio Ipiranga, em Salvador, Jorge Amado começa a trabalhar como repórter policial para o *Diário da Bahia* e *O Imparcial* e publica em *A Luva*, revista de Salvador, o texto "Poema ou prosa". Em 1928, José Américo de Almeida lança *A bagaceira*, marco da ficção regionalista do Nordeste, um livro no qual, segundo Jorge Amado, se "falava da realidade rural como ninguém fizera antes". Jorge Amado integra a Academia dos Rebeldes, grupo a favor de "uma arte moderna sem ser modernista". A quebra da bolsa de valores de Nova York, em 1929, catalisa o declínio do ciclo do café no Brasil. Ainda em 1929, Jorge Amado, sob o pseudônimo Y. Karl, publica em *O Jornal* a novela *Lenita*, escrita em parceria com Edson Carneiro e Dias da Costa. O Brasil vê chegar ao fim a política do café com leite, que alternava na presidência da República políticos de São Paulo e Minas Gerais: a Revolução de 1930 destitui Washington Luís e nomeia Getúlio Vargas presidente.

1931-1935

Em 1932, desata-se em São Paulo a Revolução Constitucionalista. Em 1933, Adolf Hitler assume o poder na Alemanha, e Franklin Delano Roosevelt torna-se presidente dos Estados Unidos da América, cargo para o qual seria reeleito em 1936, 1940 e 1944. Ainda em 1933, Jorge Amado se casa com Matilde Garcia Rosa. Em 1934, Getúlio Vargas é eleito por voto indireto presidente da República. De 1931 a 1935, Jorge Amado frequenta a Faculdade Nacional de Direito, no Rio de Janeiro; formado, nunca exercerá a advocacia. Amado identifica-se com o Movimento de 30, do qual faziam parte José Américo de Almeida, Rachel de Queiroz e Graciliano Ramos, entre outros escritores preocupados com questões sociais e com a valorização de particularidades regionais. Em 1933, Gilberto Freyre publica *Casa-grande & senzala*, que marca profundamente a visão de mundo de Jorge Amado. O romancista baiano publica seus primeiros livros: *O país do Carnaval* (1931), *Cacau* (1933) e *Suor* (1934). Em 1935 nasce sua filha Eulália Dalila.

1936-1940

Em 1936, militares rebelam-se contra o governo republicano espanhol e dão início, sob o comando de Francisco Franco, a uma guerra civil que se alongará até 1939. Jorge Amado enfrenta problemas por sua filiação ao Partido Comunista Brasileiro. São dessa época seus livros *Jubiabá* (1935),

Mar morto (1936) e *Capitães da Areia* (1937). É preso em 1936, acusado de ter participado, um ano antes, da Intentona Comunista, e novamente em 1937, após a instalação do Estado Novo. Em Salvador, seus livros são queimados em praça pública. Em setembro de 1939, as tropas alemãs invadem a Polônia e tem início a Segunda Guerra Mundial. Em 1940, Paris é ocupada pelo exército alemão. No mesmo ano, Winston Churchill torna-se primeiro-ministro da Grã-Bretanha.

1941-1945

Em 1941, em pleno Estado Novo, Jorge Amado viaja à Argentina e ao Uruguai, onde pesquisa a vida de Luís Carlos Prestes, para escrever a biografia publicada em Buenos Aires, em 1942, sob o título *A vida de Luís Carlos Prestes*, rebatizada mais tarde *O cavaleiro da esperança*. De volta ao Brasil, é preso pela terceira vez e enviado a Salvador, sob vigilância. Em junho de 1941, os alemães invadem a União Soviética. Em dezembro, os japoneses bombardeiam a base norte-americana de Pearl Harbor, e os Estados Unidos declaram guerra aos países do Eixo. Em 1942, o Brasil entra na Segunda Guerra Mundial, ao lado dos aliados. Jorge Amado colabora na *Folha da Manhã*, de São Paulo, torna-se chefe de redação do diário *Hoje*, do PCB, e secretário do Instituto Cultural Brasil-União Soviética. No final desse mesmo ano, volta a colaborar em *O Imparcial*, assinando a coluna

"Hora da Guerra", e em 1943 publica, após seis anos de proibição de suas obras, *Terras do sem-fim*. Em 1944, Jorge Amado lança *São Jorge dos Ilhéus*. Separa-se de Matilde Garcia Rosa. Chegam ao fim, em 1945, a Segunda Guerra Mundial e o Estado Novo, com a deposição de Getúlio Vargas. Nesse mesmo ano, Jorge Amado casa-se com a paulistana Zélia Gattai, é eleito deputado federal pelo PCB e publica o guia *Bahia de Todos os Santos*. *Terras do sem-fim* é publicado pela editora de Alfred A. Knopf, em Nova York, selando o início de uma amizade com a família Knopf que projetaria sua obra no mundo todo.

1946-1950

Em 1946, Jorge Amado publica *Seara vermelha*. Como deputado, propõe leis que asseguram a liberdade de culto religioso e fortalecem os direitos autorais. Em 1947, seu mandato de deputado é cassado, pouco depois de o PCB ser posto fora da lei. No mesmo ano, nasce no Rio de Janeiro João Jorge, o primeiro filho com Zélia Gattai. Em 1948, devido à perseguição política, Jorge Amado exila-se, sozinho, voluntariamente em Paris. Sua casa no Rio de Janeiro é invadida pela polícia, que apreende livros, fotos e documentos. Zélia e João Jorge partem para a Europa, a fim de se juntar ao escritor. Em 1950, morre no Rio de Janeiro a filha mais velha de Jorge Amado, Eulália Dalila. No mesmo ano, Amado e sua família são expulsos da França por causa de sua militância política e passam a residir no castelo da União dos Escritores, na Tchecoslováquia. Viajam pela União Soviética e pela Europa Central, estreitando laços com os regimes socialistas.

1951-1955

Em 1951, Getúlio Vargas volta à presidência, desta vez por eleições diretas. No mesmo ano, Jorge Amado recebe o prêmio Stálin, em Moscou. Nasce sua filha Paloma, em Praga. Em 1952, Jorge Amado volta ao Brasil, fixando-se no Rio de Janeiro. O escritor e seus livros são proibidos de entrar nos Estados Unidos durante o período do macarthismo. Em 1954, Getúlio Vargas se suicida. No mesmo ano, Jorge Amado é eleito presidente da Associação Brasileira de Escritores e publica *Os subterrâneos da liberdade*. Afasta-se da militância comunista.

1956-1960

Em 1956, Juscelino Kubitschek assume a presidência da República. Em fevereiro, Nikita Khruchióv denuncia Stálin no 20º Congresso do Partido Comunista da União Soviética. Jorge Amado se desliga do PCB. Em 1957, a União Soviética lança ao espaço o primeiro satélite artificial, o *Sputnik*. Surge, na música popular, a Bossa Nova, com João Gilberto, Nara Leão, Antonio Carlos Jobim e Vinicius de Moraes. A publicação de *Gabriela, cravo e canela*, em 1958, rende vários prêmios ao escritor. O romance inaugura uma nova fase na obra de Jorge Amado, pautada pela discussão da mestiçagem e do sincretismo. Em 1959, começa a Guerra do Vietnã. Jorge Amado recebe o título de obá Arolu no Axé Opô Afonjá. Embora fosse um "materialista convicto", admirava o candomblé, que considerava uma religião "alegre e sem pecado". Em 1960, inaugura-se a nova capital federal, Brasília.

1961-1965

Em 1961, Jânio Quadros assume a presidência do Brasil, mas renuncia em agosto, sendo sucedido por João Goulart. Yuri Gagarin realiza na nave espacial *Vostok* o primeiro voo orbital tripulado em torno da Terra. Jorge Amado vende os direitos de filmagem de *Gabriela, cravo e canela* para a Metro-Goldwyn-Mayer, o que lhe permite construir a casa do Rio Vermelho, em Salvador, onde residirá com a família de 1963 até sua morte. Ainda em 1961, é eleito para a cadeira 23 da Academia Brasileira de Letras. No mesmo ano, publica *Os velhos marinheiros*, composto pela novela *A morte e a morte de Quincas Berro Dágua* e pelo romance *O capitão-de-longo-curso*. Em 1963, o presidente dos Estados Unidos, John Kennedy, é assassinado. O Cinema Novo retrata a realidade nordestina em filmes como *Vidas secas* (1963), de Nelson Pereira dos Santos, e *Deus e o diabo na terra do sol* (1964), de Glauber Rocha. Em 1964, João Goulart é destituído por um golpe e Humberto Castelo Branco assume

a presidência da República, dando início a uma ditadura militar que irá durar duas décadas. No mesmo ano, Jorge Amado publica *Os pastores da noite*.

1966-1970

Em 1968, o Ato Institucional nº 5 restringe as liberdades civis e a vida política. Em Paris, estudantes e jovens operários levantam-se nas ruas sob o lema "É proibido proibir!". Na Bahia, floresce, na música popular, o tropicalismo, encabeçado por Caetano Veloso, Gilberto Gil, Torquato Neto e Tom Zé. Em 1966, Jorge Amado publica *Dona Flor e seus dois maridos* e, em 1969, *Tenda dos Milagres*. Nesse último ano, o astronauta norte-americano Neil Armstrong torna-se o primeiro homem a pisar na Lua.

1971-1975

Em 1971, Jorge Amado é convidado a acompanhar um curso sobre sua obra na Universidade da Pensilvânia, nos Estados Unidos. Em 1972, publica *Tereza Batista cansada de guerra* e é homenageado pela Escola de Samba Lins Imperial, de São Paulo, que desfila com o tema "Bahia de Jorge Amado". Em 1973, a rápida subida do preço do petróleo abala a economia mundial. Em 1975, *Gabriela, cravo e canela* inspira novela da TV Globo, com Sônia Braga no papel principal, e estreia o filme *Os pastores da noite*, dirigido por Marcel Camus.

1976-1980

Em 1977, Jorge Amado recebe o título de sócio benemérito do Afoxé Filhos de Gandhy, em Salvador. Nesse mesmo ano, estreia o filme de Nelson Pereira dos Santos inspirado em *Tenda dos Milagres*. Em 1978, o presidente Ernesto Geisel anula o AI-5 e reinstaura o *habeas corpus*. Em 1979, o presidente João Baptista Figueiredo anistia os presos e exilados políticos e restabelece o pluripartidarismo. Ainda em 1979, estreia o longa-metragem *Dona Flor e seus dois maridos*, dirigido por Bruno Barreto. São dessa época os livros *Tieta do Agreste* (1977), *Farda, fardão, camisola de dormir* (1979) e *O gato malhado e a andorinha Sinhá* (1976), escrito em 1948, em Paris, como um presente para o filho.

1981-1985

A partir de 1983, Jorge Amado e Zélia Gattai passam a morar uma parte do ano em Paris e outra no Brasil — o outono parisiense é a estação do ano preferida por Jorge Amado, e, na Bahia, ele não consegue mais encontrar a tranquilidade de que necessita para escrever. Cresce no Brasil o movimento das Diretas Já. Em 1984, Jorge Amado publica *Tocaia Grande*. Em 1985, Tancredo Neves é eleito presidente do Brasil, por votação indireta, mas morre antes de tomar posse. Assume a presidência José Sarney.

1986-1990

Em 1987, é inaugurada em Salvador a Fundação Casa de Jorge Amado, marcando o início de uma grande reforma do Pelourinho. Em 1988, a Escola de Samba Vai-Vai é campeã do Carnaval, em São Paulo, com o enredo "Amado Jorge: A história de uma raça brasileira". No mesmo ano, é promulgada nova Constituição brasileira. Jorge Amado publica *O sumiço da santa*. Em 1989, cai o Muro de Berlim.

1991-1995

Em 1992, Fernando Collor de Mello, o primeiro presidente eleito por voto direto depois de 1964, renuncia ao cargo durante um processo de *impeachment*. Itamar Franco assume a presidência. No mesmo ano, dissolve-se a União Soviética. Jorge Amado preside o 14º Festival Cultural de Asylah, no Marrocos, intitulado "Mestiçagem, o exemplo do Brasil", e participa do Fórum Mundial das Artes, em Veneza. Em 1992, lança dois livros: *Navegação de cabotagem* e *A descoberta da América pelos turcos*. Em 1994, depois de vencer as Copas de 1958, 1962 e 1970, o Brasil é tetracampeão de futebol. Em 1995, Fernando Henrique Cardoso assume a presidência da República, para a qual seria reeleito em 1998. No mesmo ano, Jorge Amado recebe o prêmio Camões.

1996-2000

Em 1996, alguns anos depois de um enfarte e da perda da visão central, Jorge

Amado sofre um edema pulmonar em Paris. Em 1998, é o convidado de honra do 18º Salão do Livro de Paris, cujo tema é o Brasil, e recebe o título de doutor *honoris causa* da Sorbonne Nouvelle e da Universidade Moderna de Lisboa. Em Salvador, termina a fase principal de restauração do Pelourinho, cujas praças e largos recebem nomes de personagens de Jorge Amado.

2001

Após sucessivas internações, Jorge Amado morre em 6 de agosto de 2001.

Exu, de mestre Manu, na casa do Rio Vermelho, Salvador

194

cavalo seu, macho, a quem cavalgar?

Rodou pelos quatro cantos do templo enquanto o padre se aproximava e iniciava seu interrogatório. E, de súbito, ao fitar o sacerdote êle o reconheceu: era seu filho Antônio, nascido de Josefa de Omolú, neto de Ojuaruá, obá de Xangô. Nesse podia descer, estava destinado a ser seu cavalo, não fizera as obrigações no tempo devido mas servia numa emergência como aquela. Sagrado padre, de batina, mas nem por isso menos seu filho. Ao demais, não havia jeito nem escolha: Ogún entrou pela cabeça do padre Gomes.

E, com mão forte e decidida, aplicou duas bofetadas em Exú para êle aprender a comportar-se. O rosto de Artur da Guima ficou vermelho com a marca dos tapas. Exú compreendeu ter chegado seu irmão, estar acabada a brincadeira. Fôra divertido, estava vingado da galinha-d'angola prometida e escamoteada. Rapidamente abandonou Artur, numa última gaitada, e foi-se esconder atrás do altar de São Benedito, santo de sua côr.

Quanto a Ogún, tão depressa entrara mais depressa saiu, abandonou o padre e ocupou seu antigo e conhecido cavalo, no qual devia ter chegado à Igreja se Exú não atrapalhasse: Artur da Guima. Foi tudo tão rápido, sòmente os mais entendidos deram-se conta. O etnógrafo Barreiros, por exemplo, nada percebeu, apenas viu o padre esbofeteando Artur da Guima por pensá-lo bêbado.

--Não vai mais haver batizado. O padre vai botar o padrinho pra fóra... --concluiu.

Mas o padre voltava a seu natural. Nada sabia de bofetadas, não se lembrava de coisa alguma, abriu os olhos:

--Tive uma tonteira...

Inocêncio acudiu aflito:

--Um copo de água?

--Não é preciso. Já passou.

E, voltando-se para o padrinho:

--Como é mesmo seu nome?

Não estava êsse homem bêbado, há pouco? Pois curara a cachaça, agora firme nas pernas, erguido, parecia um guerreiro, a sorrir.

Manuscrito de *Os pastores da noite*

A primeira edição, publicada em 1964 pela Livraria Martins Editora, com capa de Clóvis Graciano e ilustrações de Aldemir Martins. Jorge e Aldemir, na casa do Rio Vermelho, 1980

O cineasta francês Marcel Camus, Jorge Amado e Romélia, mulher de mestre Pastinha, no Pelourinho, em 1975, durante a filmagem de *Otalia de Bahia*, filme de Camus baseado em *Os pastores da noite*. O livro também foi tema do samba-enredo da escola santista Império do Samba

Entre Carybé e Jorge, o cordelista baiano Cuíca de Santo Amaro, amigo que Jorge incluiu entre os personagens de *Os pastores da noite*, Salvador, 1960

Gremio Recreativo Escola
IMPÉRIO DO SAMBA
CARNAVAL 78
PASTORES DA NOITE
Autor: GERALDO CESAR PIEROTTI

Ô abram alas
Para os pastores da noite
Suas dores, seus amores
Romantismo e misticismo
A invasão do Mata Gato,
Casamento e Batizado
A Bahia emoldurando
A estória de Jorge Amado
Com suas ladeiras
Seus mestres de capoeira
Cais do porto,
Terreiros e saveiros
E formosa Natureza
Que beleza! Que beleza!

Ê Ê Ê Ê
Abram alas para ver] BIS

Cabo Martim, malandro fino
Curió e Jesuíno
Pé de Vento e suas mulatas
Ypicilone e suas serenatas
Cravo na lapela
Marialva, Otália e Tibéria
Ogum compadre de Massu
Beatriz, Doninha e Exu
No enredo trazem a mensagem
De amor, fé e coragem

Salve a velha Bahia
Salve São Salvador,] BIS
magia
dor

GRAFIA ATLANTICA
RICA DE CARIMBOS
— Tel. 2-5690 — Santos

Última Hora, 2 de outubro de 1963. Reação aos ataques feitos por Carlos Lacerda, governador do antigo estado da Guanabara, ao presidente João Goulart em entrevista ao jornal *Los Angeles Times*

Reunião no apartamento de Di Cavalcanti no Rio de Janeiro, dias antes do golpe militar de 1964. Da esquerda para a direita, sentados: Zélia, Jorge, João Goulart, Di, Antonio Callado, Paulo Francis, Alex Vianny, Mário Pedrosa e Adalgisa Nery; em pé: Mario Gruber, Joaquim Pinto Nazário, não-identificada, Samuel Wainer e Moacir Werneck de Castro

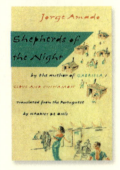
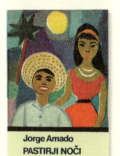

Os pastores de Jorge encantaram o mundo: capas das edições alemã, búlgara, colombiana, americana, eslovena, espanhola, finlandesa, moldávia e russa

O escritor recém-instalado na casa do Rio Vermelho, 1964

Em 1969, Mário Cravo Júnior ilustrou "O compadre de Ogum" com gravuras em metal para a Coleção Os Cem Bibliófilos do Brasil